BOLSILLO
ZETA

EDICIÓN LIMITADA

Título original: *P.S.: I Love You*

Traducción: Borja Folch

1.ª edición: septiembre 2007

© 2004 by Cecelia Ahern
© Ediciones B, S.A. de C.V. 2007
   para el sello Zeta Bolsillo
   Bradley 52, Colonia Anzures. 11590, México, D.F.
   www.edicionesb.com.mx

ISBN: 978-84-96778-71-9

Impreso por Quebecor World.

POSDATA: TE AMO

CECELIA AHERN

BOLSILLO
ZETA

1

Holly hundió la nariz en el suéter azul de algodón y un olor familiar la golpeó de inmediato: un abrumador desconsuelo le cerró el estómago y le partió el corazón. Le subió un hormigueo por el cogote y un nudo en la garganta amenazó con asfixiarla. Le entró el pánico. Aparte del leve murmullo del frigorífico y de los ocasionales gemidos de las tuberías, en la casa reinaba el silencio. Estaba sola. Tuvo una arcada de bilis y corrió al cuarto de baño, donde cayó de rodillas ante el retrete.

Gerry se había ido y jamás regresaría. Ésa era la realidad. Nunca volvería a acariciar la suavidad de su pelo, a intercambiar en secreto una broma con él durante una cena con amigos, a lloriquearle al llegar a casa tras una dura jornada en el trabajo porque necesitaba algo tan simple como un abrazo; nunca volvería a compartir la cama con él, ni la despertarían cada mañana sus ataques de estornudos, ni reiría con él hasta dolerle la barriga, nunca volverían a discutir sobre a quién le tocaba levantarse para apagar la luz del dormitorio. Lo único que le quedaba eran un puñado de recuerdos y una imagen de su rostro, que día tras día iba haciéndose más vaga.

Su plan había sido muy sencillo: pasar juntos el resto de sus vidas. Un plan que todo su círculo consideró de lo más factible. Nadie dudaba de que fueran grandes amigos, amantes y almas gemelas destinadas a estar juntas. Pero dio la casualidad de que un día el destino cambió de parecer.

El final había llegado demasiado pronto. Después de quejarse de una migraña durante varios días, Gerry se avino a seguir el consejo de Holly y fue a ver a su médico. Lo hizo un miércoles, aprovechando la hora del almuerzo. El médico pensó que el dolor de cabeza se debía al estrés o al cansancio y aventuró que en el peor de los casos quizá necesitase usar gafas. A Gerry no le gustó nada aquello. Le molestaba la idea de tener que usar gafas. No debería haberse preocupado, pues resultó que su problema no residía en los ojos, sino en el tumor que estaba creciendo en su cerebro.

Holly tiró de la cadena del retrete y, temblando por lo frías que estaban las baldosas del suelo, se puso de pie. Gerry sólo tenía treinta años. Ni mucho menos había sido el hombre más sano de la Tierra, pero había gozado de suficiente salud para... bueno, para llevar una vida normal. Cuando ya estaba muy enfermo, bromeaba a propósito de haber vivido con demasiada prudencia. Debería haber tomado drogas, haber bebido y viajado más, tendría que haber saltado de aviones y depilarse las piernas en plena caída... La lista seguía. Aunque él se riera de todo eso, Holly veía pesar y arrepentimiento en sus ojos. Arrepentimiento por las cosas para las que nunca había sabido tener tiempo, los lugares que nunca había visitado, y pesar por la pérdida de experiencias futuras. ¿Acaso lamentaba la vida que había llevado con ella? Holly jamás dudó de que la amara, pero temía que tuviera la impresión de haber desperdiciado un tiempo precioso.

Hacerse mayor se convirtió en algo que Gerry deseaba desesperadamente lograr, dejando así de ser un hecho inevitable y temido. ¡Qué presuntuosos habían sido ambos al no considerar nunca que hacerse mayor constituyese un logro y un desafío! Los dos habían querido evitar envejecer a toda costa.

Holly vagaba de una habitación a otra mientras sorbía lagrimones salados. Tenía los ojos enrojecidos e irritados y la noche parecía no tener fin. Ningún lugar en la casa le proporcionaba el menor consuelo. Los muebles que contemplaba sólo le devolvían inhóspitos silencios. Anheló que el sofá tendiera los brazos hacia ella, pero tampoco éste se dio por aludido.

A Gerry no le hubiese gustado nada esto, pensó. Exhaló un hondo suspiro, se enjugó las lágrimas y procuró recobrar un poco de sentido común. No, a Gerry no le hubiese gustado en absoluto.

Igual que cada noche durante las últimas semanas, Holly se sumió en un profundo sueño poco antes del alba. Cada día despertaba incómodamente repantingada en un lugar distinto; hoy le tocó el turno al sofá. Una vez más, fue la llamada telefónica de un familiar o un amigo preocupado la que la despertó. Probablemente pensaran que no hacía más que dormir. ¿Por qué no la llamaban mientras vagaba con desgana por la casa como un zombi, registrando las habitaciones en busca de... de qué? ¿Qué esperaba encontrar?

—¿Diga? —contestó adormilada. Tenía la voz ronca de tanto llorar, pero ya hacía bastante tiempo que no se molestaba en disimular. Su mejor amigo se había ido para siempre y nadie parecía comprender que ninguna cantidad de maquillaje, de aire fresco o de compras iba a llenar el vacío de su corazón.

—Oh, perdona, cariño, ¿te he despertado? —preguntó la voz inquieta de su madre a través de la línea.

Siempre la misma conversación. Cada mañana su madre llamaba para ver si había sobrevivido a la noche en soledad. Siempre temerosa de despertarla y, no obstante, aliviada al oírla respirar; a salvo al constatar que su hija se había enfrentado a los fantasmas nocturnos.

—No, sólo estaba echando una cabezada, no te preocupes.

Siempre la misma respuesta.

—Tu padre y Declan han salido y estaba pensando en ti, cielo.

¿Por qué aquella voz tranquilizadora y comprensiva

conseguía siempre que se le saltaran las lágrimas? Imaginaba el rostro preocupado de su madre, el ceño fruncido, la frente arrugada por la inquietud. Pero eso no sosegaba a Holly. En realidad hacía que recordara por qué estaban preocupados y que no deberían estarlo. Todo tendría que ser normal. Gerry debería estar allí junto a ella, poniendo los ojos en blanco e intentando hacerla reír mientras su madre le daba a la sinhueso. Un sinfín de veces Holly había tenido que pasarle el teléfono a Gerry, incapaz de contener el ataque de risa. Entonces él seguía la charla, ignorando a Holly mientras ésta daba brincos alrededor de la cama, haciendo muecas y bailes estrafalarios para captar su atención, cosa que rara vez conseguía.

Siguió toda la conversación contestando casi con monosílabos, oyendo sin escuchar una sola palabra.

—Hace un día precioso, Holly. Te sentaría la mar de bien salir a dar un paseo. Respirar un poco de aire fresco.

—Sí... Supongo que sí. —Otra vez el aire fresco, la presunta solución a sus problemas.

—Igual paso por ahí más tarde y charlamos un rato.

—No, gracias, mamá. Estoy bien.

Silencio.

—Bueno, pues nada... Llámame si cambias de idea. Estoy libre todo el día.

—De acuerdo.

Otro silencio.

—Gracias de todos modos —agregó Holly.

—De nada. En fin... Cuídate, cariño.

—Lo haré.

Holly estaba a punto de colgar el auricular pero volvió a oír la voz de su madre.

—Ah, Holly, por poco me olvido. Ese sobre sigue aquí, ya sabes, ése que te comenté. Está en la mesa de la cocina. Lo digo por si quieres recogerlo. Lleva aquí semanas y puede que sea importante.

—Lo dudo mucho. Lo más probable es que sea otra tarjeta de pésame.

—No, me parece que no lo es, cariño. La carta va dirigida a ti y encima de tu nombre pone... Espera, no cuelgues, que voy a buscarla...

Holly oyó el golpe seco del auricular, el ruido de los tacones sobre las baldosas alejándose hacia la mesa, el chirrido de una silla arrastrada por el suelo, pasos cada vez más fuertes y por fin la voz de su madre al coger de nuevo el teléfono.

—¿Sigues ahí?

—Sí.

—Muy bien, en la parte superior pone «la lista». No sé exactamente qué significa, cariño. Valdría la pena que le echaras...

Holly dejó caer el teléfono.

2

—¡Gerry, apaga la luz!

Holly reía tontamente mientras miraba a su marido desnudarse delante de ella. Éste bailaba por la habitación haciendo un *striptease*, desabrochándose lentamente la camisa blanca de algodón con sus dedos de pianista. Arqueó la ceja izquierda hacia Holly y dejó que la camisa le resbalara por los hombros, la cogió al vuelo con la mano derecha y la hizo girar por encima de la cabeza.

Holly rió otra vez.

—¿Que apague la luz? ¡Qué dices! ¿Y perderte todo esto?

Gerry sonrió con cierta picardía mientras flexionaba los músculos. No era un hombre vanidoso aunque tenía mucho de lo que presumir, pensó Holly. Tenía el cuerpo fuerte y estaba en plena forma, las piernas largas y musculosas gracias a las horas que pasaba haciendo ejercicio en el gimnasio. Su metro ochenta y cinco de estatura bastaba para que Holly se sintiera segura cuando él adoptaba una actitud protectora junto a su cuerpo de metro setenta y siete. No obstante, lo que más le gustaba era que al abrazarlo podía apoyar la cabeza justo debajo del mentón, de modo que notase el leve soplido de su aliento en el pelo haciéndole cosquillas.

El corazón le dio un brinco cuando se bajó los calzoncillos, los atrapó con la punta del pie y los lanzó hacia ella, aterrizando en su cabeza.

—Bueno, al menos aquí debajo está más oscuro. —Holly

se echó a reír. Siempre se las arreglaba para hacerla reír. Cuando llegaba a casa, cansada y enojada después del trabajo, él se mostraba comprensivo y escuchaba sus lamentos. Rara vez discutían, y cuando lo hacían era por estupideces que luego les hacían reír, como quién había dejado encendida la luz del porche todo el día o quién se había olvidado de conectar la alarma por la noche.

Gerry terminó su *striptease* y se zambulló en la cama. Se acurrucó a su lado, metiendo los pies congelados debajo de sus piernas para entrar en calor.

—¡Aaay! ¡Gerry, tienes los pies como cubitos de hielo! —Holly sabía que aquella postura significaba que no tenía intención de moverse un centímetro—. Gerry...

—Holly... —la imitó él.

—¿No te estás olvidando de algo?

—Creo que no —contestó Gerry con picardía.

—La luz.

—Ah, sí, la luz —dijo con voz soñolienta, y soltó un falso ronquido.

—¡Gerry!

—Anoche tuve que levantarme a apagarla, si no recuerdo mal —arguyó Gerry.

—Sí, ¡pero estabas de pie justo al lado del interruptor hace un segundo!

—Sí... hace un segundo —repitió él con voz soñolienta.

Holly suspiró. Detestaba tener que levantarse cuando ya estaba cómoda y calentita en la cama, pisar el suelo frío de madera y luego regresar a tientas y a ciegas por la habitación a oscuras. Chasqueó la lengua en señal de desaprobación.

—No puedo hacerlo siempre yo, ¿sabes, Hol? Quizás algún día yo no esté aquí y... ¿qué harás entonces?

—Pediré a mi nuevo marido que lo haga —contestó enfurruñada, tratando de apartar a patadas sus pies fríos.

—¡Ja!

—O me acordaré de hacerlo yo misma antes de acostarme —añadió Holly.

Gerry soltó un bufido.

—Dudo mucho que así sea, amor mío. Tendré que dejarte un mensaje al lado del interruptor antes de irme para que no se te olvide.

—Muy amable de tu parte, aunque preferiría que te limitaras a dejarme tu dinero —replicó Holly.

—Y una nota en la caldera de la calefacción —prosiguió Gerry.

—Ja, ja.

—Y en el cartón de la leche.

—Eres muy gracioso, Gerry.

—Ah, y también en las ventanas, para que no las abras y se dispare la alarma por las mañanas.

—Oye, si crees que sin ti seré tan incompetente, ¿por qué no me dejas en tu testamento una lista de las cosas que tengo que hacer?

—No es mala idea —dijo Gerry, y se echó a reír.

—Muy bien, entonces ya apago yo la maldita luz.

Holly se levantó de la cama a regañadientes, hizo una mueca al pisar el gélido suelo y apagó la luz. Tendió los brazos en la oscuridad y avanzó lentamente de regreso a la cama.

—¿Hola? Holly, ¿te has perdido? ¿Hay alguien ahí? ¿O ahí? ¿O ahí? —vociferó Gerry a la habitación a oscuras.

—Sí, estoy... ¡Ay! —gritó Holly al golpearse un dedo del pie contra la pata de la cama—. ¡Mierda, mierda, mierda! ¡Que te jodan, gilipollas!

Gerry soltó una risa burlona debajo del edredón.

—Número dos de mi lista: cuidado con la pata de la cama...

—Oh, cállate, Gerry, y deja de ponerte morboso —le espetó Holly, tocándose el pie con la mano.

—¿Quieres que te lo cure con un beso? —preguntó Gerry.

—No, ya está bien —respondió Holly con impostada tristeza—. Bastará con que los meta aquí para calentarlos...

—¡Aaah! ¡Jesús, están helados!

Holly rió de nuevo.

Así fue como surgió la broma de la lista. Era una idea

simple y tonta que no tardaron en compartir con sus amigos más íntimos, Sharon y John McCarthy. Era John quien había abordado a Holly en el pasillo del colegio cuando sólo tenían catorce años para farfullar la frase famosa: «Mi colega quiere saber si saldrías con él.» Tras días de incesante debate y reuniones de urgencia con sus amigas, Holly finalmente accedió. «Oh, venga, Holly —la había apremiado Sharon—, está como un tren, y al menos no tiene la cara llena de granos como John.»

Cuánto envidiaba Holly a Sharon ahora mismo. Sharon y John se casaron el mismo año que ella y Gerry. Con veintitrés años, Holly era la benjamina del grupo; el resto tenía veinticuatro. Alguien dijo que era demasiado joven y la sermoneó insistiendo en que, a su edad, debería ver mundo y disfrutar de la vida. En vez de eso, Gerry y Holly recorrieron juntos el mundo. Tenía mucho más sentido hacerlo así, ya que cuando no estaban... juntos, Holly sentía como si a su cuerpo le faltara un órgano vital.

El día de la boda distó mucho de ser el mejor de su vida. Como casi todas las niñas, había soñado con una boda de cuento de hadas, con un vestido de princesa y un hermoso día soleado en un lugar romántico, rodeada de sus seres queridos. Imaginaba que la recepción sería la mejor noche de su vida y se veía bailando con todos sus amigos, siendo la admiración de la concurrencia y sintiéndose alguien especial. La realidad fue bastante distinta.

Despertó en el hogar familiar a los gritos de «¡No encuentro la corbata!» (su padre) y «¡Tengo el pelo hecho un asco!» (su madre). Y el mejor de todos: «¡Parezco una vaca lechera! ¡Cómo voy a asistir a esta puñetera boda con este aspecto! ¡Me moriría de vergüenza! ¡Mamá, mira cómo estoy! Holly ya puede ir buscándose otra dama de honor porque, lo que es yo, no pienso moverme de casa. ¡Jack, devuélveme el puto secador, que aún no he terminado!» (Esta inolvidable declaración salió de la boca de su hermana menor, Ciara, a quien cada dos por tres le daba un berrinche y se negaba a salir de la casa, alegando que no tenía nada que ponerse, pese a que su armario ropero estaba siempre atestado. En la actualidad vivía en algún lugar de Australia con unos desconocidos y la única comunicación que la familia mantenía con ella se reducía a un e-mail cada tantas semanas.) La familia de Holly pasó el resto de la mañana intentando convencer a Ciara de que era la mujer más guapa del mundo. Mientras tanto, Holly fue vistiéndose en silencio, sintiéndose peor que mal. Finalmente, Ciara aceptó salir de la casa cuando el padre de Holly, un hombre de talante tranquilo, gritó a pleno pulmón para gran asombro de todos:

—¡Ciara, hoy es el puñetero día de Holly, no el tuyo! ¡Y vas a ir a la boda y vas a pasarlo bien, y cuando Holly baje por esa escalera le dirás lo guapa que está, y no quiero oírte rechistar más en todo el día!

De modo que cuando Holly bajó todos exclamaron embelesados, mientras Ciara, que parecía una cría de diez años que acabara de recibir una azotaina, la miró con ojos empañados y labios temblorosos y dijo:

—Estás preciosa, Holly.

Los siete se hacinaron en la limusina: Holly, sus padres, sus tres hermanos y Ciara, todos guardando un aterrado silencio durante el trayecto hasta la iglesia.

Aquella jornada era ya un vago recuerdo. Apenas había tenido tiempo de hablar con Gerry, pues ambos eran reclamados sin tregua en direcciones distintas para saludar a la tía abuela Betty, surgida de no se sabía dónde, y a la que no había vuelto a ver desde su bautizo, y al tío abuelo Toby de América, a quien nadie había mencionado hasta la fecha, pero que de repente se había convertido en un miembro muy importante de la familia.

Desde luego, nadie la había prevenido de lo agotador que sería. Al final de la noche le dolían las mejillas de tanto sonreír para las fotografías y tenía los pies destrozados después de andar todo el día de aquí para allá calzada con unos ridículos zapatitos que no estaban hechos para caminar. Se moría de ganas de sentarse a la mesa grande que habían dispuesto para sus amigos, quienes habían estado partiéndose el pecho de risa durante toda la velada, pasándolo en grande. En fin, al menos alguien había disfrutado del acontecimiento, pensó entonces. Ahora bien, en cuanto puso un pie en la suite nupcial con Gerry, las preocupaciones del día se desvanecieron y todo quedó claro.

Las lágrimas corrían de nuevo por el rostro de Holly, que de pronto cayó en la cuenta de que había vuelto a soñar despierta. Seguía sentada inmóvil en el sofá con el auricular del teléfono aún en la mano. Últimamente perdía a menudo la noción del tiempo y no sabía qué hora ni qué día era. Parecía como si viviera fuera de su cuerpo, ajena a todo salvo al dolor de su corazón, de los huesos, de la cabeza. Estaba tan cansada... Las tripas le temblaron y se dio cuenta de que no recordaba cuándo había comido por última vez. ¿Había sido ayer?

Fue hasta la cocina arrastrando los pies, envuelta en el batín de Gerry y calzada con las zapatillas «Disco Diva» de color rosa, sus favoritas, las que Gerry le había regalado la Navidad anterior. Ella era su Disco Diva, solía decirle. Siempre la primera en lanzarse a la pista, siempre la última en salir del club. ¿Dónde estaba esa chica ahora? Abrió la nevera y contempló los estantes vacíos. Sólo verduras y un yogur que llevaba siglos caducado y apestaba. No había nada que comer. Agitó el cartón de leche con un amago de sonrisa. Vacío. Lo tercero en la lista...

En la Navidad de hacía dos años Holly había salido con Sharon a comprar un vestido para el baile anual al que solían asistir en el Hotel Burlington. Ir de compras con Sharon siempre entrañaba peligro, y John y Gerry habían bromeado sobre cómo tendrían que volver a sufrir una Navidad sin regalos por culpa de las alocadas compras de las chicas. Y no se equivocaron por mucho. Pobres maridos desatendidos, los llamaban siempre ellas.

Aquella Navidad Holly gastó una cantidad vergonzosa de dinero en Brown Thomas para adquirir el vestido blanco más bonito que había visto en la vida.

—Mierda, Sharon, esto dejará un agujero tremendo en mi bolsillo —dijo Holly con aire de culpabilidad, mordiéndose el labio y acariciando la suave tela con la yema de los dedos.

—Bah, no te preocupes, deja que Gerry lo zurza —repuso Sharon, y soltó una de sus típicas risas socarronas—. Y deja de llamarme «mierda, Sharon», por favor. Cada vez que salimos de compras te diriges a mí así. Sé más cuidadosa o empezaré a ofenderme. Compra el puñetero vestido, Holly. Al fin y al cabo, estamos en Navidad, es la época de los regalos y la generosidad.

—Por Dios, mira que eres mala, Sharon. No volveré a ir de compras contigo. Esto equivale a la mitad de mi paga mensual. ¿Qué voy a hacer el resto del mes?

—Vamos a ver, Holly. ¿Qué prefieres?, ¿comer o estar fabulosa?

¿Acaso era preciso pensarlo dos veces?

—Me lo quedo —dijo Holly con entusiasmo a la dependienta.

El vestido era muy escotado, por lo que mostraba perfectamente el pecho menudo pero bien formado de Holly, y tenía un corte hasta el muslo que exhibía sus piernas esbeltas. Gerry no había podido quitarle el ojo de encima. Aunque no fue por lo guapa que estaba, sino porque no acertaba a comprender cómo diablos era posible que aquel pedazo de tela minúsculo pudiera ser tan caro. Una vez en el baile, la señorita Disco Diva se excedió en el consumo de bebidas alcohólicas y consiguió destrozar su vestido, derramando una copa de vino tinto en la parte delantera. Holly intentó sin éxito contener el llanto mientras los hombres de la mesa informaban a sus parejas, arrastrando las palabras, de que el número cincuenta y cuatro de la lista prohibía beber vino tinto si llevaban un vestido caro de color blanco. Entonces decidieron que la leche era la bebida preferida, puesto que no resultaría visible si se derramaba sobre un vestido caro de color blanco.

Poco después, cuando Gerry volcó su jarra de cerveza,

haciendo que chorreara por el borde de la mesa hasta el regazo de Holly, ésta anunció llorosa pero muy seria a la mesa (y a algunas de las mesas vecinas):

—Regla cincuenta y cinco de la lista: nunca jamás compres un vestido caro de color blanco.

Y así se acordó, y Sharon despertó de su coma en algún lugar de debajo de la mesa para aplaudir la moción y ofrecer apoyo moral. Hicieron un brindis (después de que el desconcertado camarero les hubiese servido una bandeja llena de vasos de leche) por Holly y su sabia aportación a la lista.

—Siento lo de tu vestido caro de color blanco, Holly —había dicho John, hipando antes de caer del taxi y llevarse a Sharon a rastras hacia su casa.

¿Era posible que Gerry hubiese cumplido su palabra, escribiendo una lista para ella antes de morir? Holly había pasado a su lado cada minuto de cada día hasta que falleció, y ni él la mencionó nunca ni ella había visto indicios de que la hubiese escrito. «No, Holly, cálmate y no seas estúpida.» Deseaba tan ardientemente que volviera que estaba imaginando toda clase de locuras. Gerry no habría hecho algo semejante. ¿O sí?

3

Holly caminaba por un prado cuajado de lirios tigrados. Soplaba una amable brisa que hacía que los pétalos sedosos le hicieran cosquillas en la punta de los dedos mientras avanzaba entre los altos tallos de intenso y brillante verde. Notaba el terreno blando y mullido bajo sus pies descalzos y sentía el cuerpo tan liviano que casi le parecía estar flotando justo por encima de la superficie de tierra esponjosa. Alrededor los pájaros entonaban melodías alegres mientras atendían sus quehaceres. El sol brillaba con tal intensidad en el cielo despejado que tenía que protegerse los ojos, y con cada ráfaga de viento que le acariciaba el rostro el dulce aroma de los lirios le llenaba la nariz. Era tan... feliz, tan libre. Una sensación que le resultaba del todo ajena últimamente.

De pronto el cielo oscureció cuando el sol caribeño se escondió tras una enorme nube gris. La brisa arreció y enfrió el aire. Los pétalos de los lirios tigrados corrían alocadamente llevados por el viento, dificultando la visibilidad. El suelo mullido se convirtió en un lecho de afilados guijarros que le arañaban los pies a cada paso. Los pájaros habían dejado de cantar y estaban posados en las ramas mirándolo todo. Algo iba mal y tuvo miedo.

Delante de ella, a cierta distancia, una piedra gris se erguía visible en medio de la hierba alta. Quería correr de regreso al hermoso lecho de flores, pero necesitaba averiguar qué había allí delante.

Cuando estuvo más cerca oyó unos golpes: ¡Pum! ¡Pum!

¡Pum! Apretó el paso y acabó corriendo sobre los guijarros, entre la hierba de afilados tallos que le arañaban brazos y piernas. Cayó de rodillas delante de la losa gris y soltó un alarido de dolor al descubrir lo que era: la tumba de Gerry. ¡Pum! ¡Pum! ¡Pum! ¡Estaba intentando salir! ¡Estaba llamándola, oía su voz!

Holly despertó del sueño y oyó que alguien aporreaba su puerta.

—¡Holly! ¡Holly! ¡Sé que estás ahí! ¡Déjame entrar, por favor!

Confusa y medio dormida, fue a abrir la puerta y encontró a Sharon en un estado frenético.

—¡Por Dios! ¿Qué estabas haciendo? ¡Llevo siglos llamando a la puerta!

Holly echó un vistazo al exterior, aún adormilada. Brillaba el sol y hacía un poco de frío, debía de ser por la mañana, muy pronto.

—Bueno, ¿no vas a dejarme entrar?

—Sí, claro, Sharon. Perdona. Me había quedado dormida en el sofá.

—¡Jesús! Tienes un aspecto horrible, Hol.

Sharon escrutó su semblante antes de darle un fuerte abrazo.

—Vaya, gracias —dijo Holly, que puso los ojos en blanco y se volvió para cerrar la puerta.

Sharon no era de las que se andaban con rodeos, pero por eso la quería tanto, por su sinceridad. Aunque ése era también el motivo por el que no había ido a verla desde hacía más de un mes. No quería oír la verdad. No quería que le dijeran que tenía que seguir adelante con su vida; sólo quería... En realidad no sabía lo que quería. Era feliz sintiéndose desdichada. Le parecía lo más apropiado.

—Dios, aquí falta el aire. ¿Cuánto hace que no abres una ventana?

Sharon recorrió resueltamente la casa, abriendo ventanas y recogiendo tazas y platos vacíos. Los llevó a la cocina, los metió en el fregadero y se dispuso a lavarlos.

—Oh, no tienes por qué hacerlo, Sharon —protestó Holly débilmente—. Ya lo haré yo...

—¿Cuándo? ¿El año que viene? No quiero que vivas miserablemente mientras el resto de nosotros finge no darse cuenta. ¿Por qué no vas arriba y te das una buena ducha? Cuando bajes, tomaremos una taza de té.

Una ducha. ¿Cuándo se había siquiera lavado la cara por última vez? Sharon tenía razón, debía de presentar un aspecto lamentable con el pelo grasiento, las raíces oscuras y el batín sucio. El batín de Gerry. Aunque eso era algo que no tenía la menor intención de lavar. Quería conservarlo exactamente tal como él lo había dejado. Por desgracia, su olor estaba empezando a disiparse, dando paso al inconfundible hedor de su propia piel.

—De acuerdo, pero no hay leche —le advirtió Holly—. No he ido a...

De pronto se sintió avergonzada ante lo mucho que había descuidado la casa y a sí misma. De ningún modo iba a permitir que su amiga mirara dentro de la nevera o, de lo contrario, ésta la pondría en un serio aprieto.

—¡Tachín! —entonó Sharon, alzando una bolsa que Holly no había visto al recibirla—. No te preocupes, ya me he encargado de eso. Al parecer, llevas semanas sin comer.

—Gracias, Sharon. —Se le hizo un nudo en la garganta y las lágrimas le asomaron a los ojos. Su amiga se estaba portando demasiado bien con ella.

—¡No lo hagas! ¡Hoy nada de lágrimas! Sólo buen rollo, risas y felicidad, querida amiga. Y ahora, a la ducha. ¡Deprisa!

Holly se sentía casi un ser humano cuando volvió a bajar. Se había puesto un chándal azul y llevaba su larga melena rubia (marrón en las raíces) suelta sobre los hombros. Todas las ventanas de abajo estaban abiertas de par en par y la brisa fresca le despejó la mente. Fue como desprenderse de sus malos pensamientos y temores. Rió al contemplar la posibilidad de que, a fin de cuentas, su madre tuviera razón. Cuando por fin salió del trance, Holly se quedó atónita al ver cómo estaba la casa. No podía haber pasado más de media hora, pero Sharon había ordenado y limpiado, había pasado la aspiradora y ahuecado los cojines, los suelos estaban fregados y todas las habitaciones olían a ambientador. Oyó ruidos en la cocina, donde encontró a Sharon sacando brillo a los quemadores. Los mostradores estaban relucientes, los grifos plateados y el escurridero del fregadero resplandecían.

—¡Sharon, eres un ángel! ¡Es increíble que hayas hecho todo esto! ¡Y en tan poco rato!

—Pero si has estado arriba más de una hora. Estaba empezando a pensar que te habías colado por el desagüe. Lo cual no sería de extrañar, teniendo en cuenta lo flaca que estás. —Miró a Holly de arriba abajo.

¿Una hora? Una vez más las ensoñaciones de Holly se habían apoderado de su mente.

—En fin, he comprado un poco de fruta y verdura, hay queso y yogures y también leche, por descontado. No sé dónde guardas la pasta y la comida envasada, de modo que las he dejado ahí encima sin ordenar. Ah, y he metido unos cuantos platos precocinados en el congelador. No tienes más que calentarlos en el microondas. Con todo esto creo que puedes apañártelas una temporadita, aunque a juzgar por tu aspecto te durará al menos un año. ¿Me puedes decir cuántos kilos has perdido?

Holly se miró el cuerpo. El chándal le hacía bolsas en el trasero y, aunque se había anudado el cordón de la cintura al máximo, le caía hasta las caderas. Hasta entonces no se había dado cuenta de lo mucho que había adelgazado. La voz de Sharon la hizo regresar de nuevo a la realidad.

—Hay unas cuantas galletas que puedes tomar con el té. Jammy Dodgers, tus favoritas.

Aquello fue demasiado para Holly. Las Jammy Dodgers fueron la gota que colmó el vaso. Notó que los ojos se le llenaban de lágrimas.

—Oh, Sharon —susurró—, muchas gracias. Has sido muy buena conmigo mientras que yo me he portado como la peor de las amigas. —Se sentó a la mesa y cogió la mano de Sharon—. No sé qué haría sin ti.

Sharon se sentó frente a ella en silencio, dejándola continuar. Eso era lo que más había horrorizado a Holly, venirse abajo delante de la gente en cualquier momento. Pero no se sentía avergonzada. Sharon se limitaba a beber sorbos de té y sostenerle la mano como si fuese lo más normal. Finalmente las lágrimas dejaron de brotar.

—Gracias.

—Soy tu mejor amiga, Hol. Si no te ayudo yo, ¿quién va a hacerlo? —dijo Sharon, estrechándole la mano y esbozando una sonrisa alentadora.

—Supongo que debería valerme por mí misma —aventuró Holly.

—¡Bah! —espetó Sharon, restándole importancia con un ademán—. Lo harás cuando estés preparada. No hagas caso a la gente que te diga que deberías volver a la normalidad en un par de meses. Además, llorar la pérdida que has sufrido forma parte del proceso de recuperación.

Siempre decía lo más apropiado en cada momento.

—Sí, bueno, pero, sea como fuere, llevo mucho tiempo haciéndolo. Ya he llorado todo lo que tenía que llorar —dijo Holly.

—¡Eso es imposible! —replicó Sharon, con una indisimulada mueca de disgusto—. Sólo hace dos meses que enterraste a tu marido.

—¡Oh, basta! La gente no parará de decirme cosas por el estilo, ¿verdad?

—Probablemente, pero que les jodan. Hay infinidades de peores pecados en el mundo que aprender a ser feliz de nuevo.

—Supongo que tienes razón —concedió Holly.

—Prométeme que comerás —ordenó Sharon.

—Lo prometo.

—Gracias por venir a verme, Sharon. De verdad que he disfrutado con la charla —dijo Holly, abrazando agradecida a su amiga, que había pedido el día libre en el trabajo para hacerle compañía—. Ya me siento mucho mejor.

—Como ves, te conviene estar con gente, Hol. Los amigos y la familia podemos ayudarte. Bueno, en realidad, pensándolo dos veces, quizá tu familia no pueda —bromeó Sharon—, pero al menos el resto de nosotros sí.

—Sí, lo sé, ahora me doy cuenta. Es sólo que creía que sabría manejar la situación por mí misma, y está claro que no es así.

—Prométeme que irás a verme. O al menos que saldrás de casa de vez en cuando.

—Prometido. —Holly puso los ojos en blanco—. Estás empezando a parecerte a mi madre.

—Bueno, todos estamos pendientes de ti. En fin, hasta pronto —dijo Sharon, y le dio un beso en la mejilla—. ¡Y come! —insistió pinchándole las costillas.

Holly se despidió de Sharon con la mano cuando el coche arrancó. Era casi de noche. Habían pasado el día riendo y bromeando sobre los viejos tiempos, luego llorando, para más tarde volver a reír y al cabo llorar otra vez. La visita de Sharon también le sirvió para ver las cosas de forma más objetiva. Holly ni siquiera había reparado que Sharon y John habían perdido a su mejor amigo, que sus padres habían perdido a su yerno y los de Gerry a su único hijo. Había estado demasiado ocupada pensando en sí misma. No obstante, le había sentado muy bien volver a sentirse entre los vivos en lugar de andar alicaída entre los fantasmas de su pasado. Mañana sería un nuevo día, estaba dispuesta a iniciarlo yendo a recoger el sobre que le guardaba su madre.

4

La mañana del viernes comenzó con buen pie, levantándose temprano. No obstante, aunque se había metido en la cama llena de optimismo y entusiasmada con las perspectivas que le aguardaban, el miedo la asaltó de nuevo ante la cruda realidad de lo difícil que le resultaría mantener la entereza a cada instante. Una vez más, despertó en una cama vacía dentro de una casa silenciosa, si bien se produjo un pequeño avance. Por primera vez desde hacía más de dos meses se había despertado sin la ayuda de una llamada telefónica. Amoldó su mente, tal como hacía cada mañana, al hecho de que los sueños de Gerry y ella juntos que habían vivido en su cabeza durante las últimas diez horas no eran más que eso: sueños.

Se duchó y se vistió con ropa cómoda, echando mano de sus tejanos favoritos, zapatillas de deporte y una camiseta rosa claro. Sharon tenía toda la razón en cuanto a lo del peso, pues los tejanos, que solían irle ajustados, sólo se mantenían en su sitio con la ayuda de un cinturón. Dedicó una mueca a su reflejo en el espejo. Estaba fea. Tenía ojeras, los labios agrietados y el pelo hecho un desastre. Lo primero que debía hacer era ir a su peluquería y rezar para que pudieran atenderla.

—¡Jesús, Holly! —exclamó Leo, su peluquero, nada más verla—. Pero ¿has visto cómo estás? ¡Por favor, abran paso! ¡Abran paso! ¡Llevo a una mujer en estado crítico! —Le guiñó el ojo y comenzó a apartar gente de su camino. Luego le ofreció una silla y la obligó a sentarse.

—Gracias, Leo. Ahora sí que me siento atractiva —masculló Holly, procurando ocultar el rubor de su rostro.

—Pues no deberías porque estás hecha cisco. Sandra, prepárame la mezcla de costumbre; Colin, trae el papel de aluminio; Tania, necesito mi bolsita mágica, que está arriba. ¡Ah, y dile a Paul que se vaya olvidando de almorzar porque cogerá a mi clienta de las doce!

Leo fue dando órdenes a diestro y siniestro sin dejar de agitar los brazos desaforadamente, como si se dispusiera a efectuar una operación quirúrgica de urgencia. Y es que quizá fuera así.

—Oh, lo siento, Leo, no quería estropearte el día —se excusó Holly.

—No me vengas con ésas, encanto. De no ser así, ¿por qué habrías de presentarte aquí de repente un viernes a la hora del almuerzo sin tener una cita concertada? ¿Para contribuir a la paz mundial?

Holly se mordió el labio con aire de culpabilidad.

—En fin, te aseguro que no lo haría por nadie más que por ti, cariño.

—Gracias.

—¿Cómo lo llevas?

Leo apoyó su pequeño trasero en el mostrador de delante de Holly. Tenía cincuenta años cumplidos y, no obstante, presentaba una piel tan perfecta y, por descontado, el pelo tan bien cortado que nadie le hubiese echado más de treinta y cinco. Sus cabellos de color miel realzaban la tersura de su tez, y siempre vestía de forma impecable. Su mera presencia bastaba para que cualquier mujer se sintiera horrenda.

—Fatal —admitió Holly.

—Ya. Se te nota.

—Gracias.

—Bueno, al menos para cuando salgas de aquí habrás resuelto una cosa. Yo me dedico al pelo, no al corazón.

Holly le mostró una sonrisa de agradecimiento por su peculiar manera de demostrar que la entendía.

—Pero por el amor de Dios, Holly, cuando has entrado por esa puerta, ¿te has fijado en si ponía «mago» o «peluquero» en el rótulo de la entrada? Tendrías que haber visto el aspecto que traía una mujer que ha venido esta mañana. Una anciana vestida de jovencita. Le faltaba poco para cumplir los sesenta, diría yo. Y va y me pasa una revista con Jennifer Aniston en la portada. «Quiero tener este aspecto», me dice, muy resuelta.

Holly rió con la imitación. Leo gesticulaba con la cara y las manos al mismo tiempo.

—«¡Jesús!», le digo yo, «soy peluquero, no cirujano plástico. Lo único que se me ocurre para que tenga este aspecto es que recorte la foto y se la grape a la cabeza».

—¡No! ¡Leo! ¡No le habrás dicho eso!

La sorpresa dejó a Holly atónita.

—¡Pues claro que sí! Esa mujer necesitaba que alguien le abriera los ojos. ¿Acaso no le he hecho un favor? Ha entrado pavoneándose como una adolescente. ¡Era para verla!

—¿Y qué te ha contestado ella?

Holly lloraba de risa y se enjugó las lágrimas. Hacía meses que no reía así.

—He ido pasando las páginas de la revista hasta que he dado con una foto maravillosa de Joan Collins. Le he dicho que esa imagen era ideal para ella y me ha parecido que se quedaba bastante contenta con eso.

—¡Leo, lo más probable es que estuviera demasiado aterrada para decirte que la encontraba horrible!

—Bah, y qué más da. Amigas no me faltan.

—Pues no sé por qué será —bromeó Holly.

—No te muevas —ordenó Leo. De repente se había puesto muy serio y apretaba los labios con gesto de concentración mientras separaba el pelo de Holly preparándolo para aplicarle el tinte. Aquello bastó para que ella volviera a desternillarse.

—Oh, vamos, Holly —dijo Leo, exasperado.

—No puedo evitarlo, Leo. ¡Tú has empezado y ahora no puedo parar!

Leo dejó lo que estaba haciendo y la observó con aire divertido.

—Siempre he pensado que estabas como un cencerro. No sé por qué nadie me escucha nunca.

Holly rió con más ganas aún.

—Oh, lo siento, Leo. No sé qué me pasa, pero no puedo dejar de reír.

A Holly ya le dolía la barriga de tanto reír y era consciente de las miradas curiosas que estaba atrayendo hacia sí, pero no podía hacer nada para evitarlo. Era como si todo lo que no había reído durante los últimos dos meses le saliera de golpe.

Leo dejó de trabajar y volvió a situarse entre Holly y el espejo, apoyándose en el mostrador para mirarla.

—No tienes por qué disculparte, Holly. Ríe todo lo que quieras, dicen que la risa es buena para el corazón.

—Oh, es que hacía siglos que no me reía así —contestó Holly con una risilla nerviosa.

—Bueno, supongo que no has tenido mucho de lo que reírte —dijo Leo, sonriendo con tristeza. Él también quería a Gerry. Cada vez que coincidían se burlaban el uno del otro, pero ambos sabían que bromeaban y en el fondo se tenían mucho aprecio. Leo apartó tales pensamientos, despeinó juguetonamente a Holly y le dio un beso en lo alto de la cabeza—. Pronto estarás bien, Holly Kennedy —le aseguró.

—Gracias, Leo —dijo Holly serenándose, conmovida por su preocupación. Leo reanudó el trabajo, adoptando de nuevo su divertida mueca de concentración. Holly volvió a reír.

—Vale, ahora ríete, Holly, pero espera a que sin querer te deje la cabeza a rayas. Ya veremos quién es el que ríe entonces.

—¿Cómo está Jamie? —preguntó Holly, deseosa de cambiar de tema para no tener que avergonzarse de nuevo.

—Me abandonó —dijo Leo, pisando agresivamente la palanca elevadora del sillón. Holly comenzó a ascender mientras Leo la zarandeaba de mala manera.

—Va...ya, Le...o, looo siiien...to muuu...cho. Coooon la bueee...na pareee...ja que hacííí...ais.

Leo dejó la palanca e hizo una pausa.

—Sí, bueno, pues ahora ya no hacemos tan bueee...na pareee...ja, señorita. Me parece que sale con otro. Muy bien. Voy a ponerte dos tonos de rubio, uno dorado y el que llevabas antes. De lo contrario te quedará de ese color tan ordinario que está reservado sólo para las prostitutas.

—Oye, Leo, de verdad que lo siento. Si tiene dos dedos de frente se dará cuenta de lo que se está perdiendo.

—Creo que no los tiene. Rompimos hace dos meses y todavía no se ha dado cuenta. O quizá los tenga y esté encantado de la vida. Estoy harto, no quiero saber nada más de ningún hombre. He decidido volverme hetero.

—Vamos, Leo. Eso es la estupidez más grande que he oído en mi vida...

Holly salió del salón de belleza pletórica de alegría. Sin la presencia de Gerry a su lado, algunos hombres la siguieron con la mirada, lo cual le resultaba extraño e incómodo, de modo que apretó el paso hasta alcanzar la seguridad que le brindaba el coche y se preparó para la visita a casa de sus padres. De momento la jornada iba bien. Había sido un acierto ir a ver a Leo. A pesar de su desengaño amoroso se había esforzado por hacerla reír. Tomó buena nota de ello.

Echó el freno de mano frente a la casa de sus padres en Portmarnock y respiró hondo. Para gran sorpresa de su madre, Holly la había llamado a primera hora de la mañana para acordar una cita con ella. Ahora eran las tres y media, y Holly permanecía sentada en el coche presa del nerviosismo. Aparte de las visitas que sus padres le habían hecho a lo largo de los últimos dos meses, apenas había dedicado tiempo a su familia. No quería ser el centro de atención, no quería ser el blanco incesante de preguntas impertinentes sobre cómo se sentía y qué planes tenía. No obstante, ya iba siendo hora de aparcar ese temor. Ellos eran su familia.

La casa de sus padres estaba situada en pleno paseo marítimo ante la playa de Portmarnock, cuya bandera azul daba fe de su limpieza. Aparcó el coche y contempló el mar al otro lado del paseo. Había vivido allí desde el día que nació hasta el día en que se mudó para vivir con Gerry. Siempre le había encantado oír el rumor del mar batiendo las rocas y los vehementes chillidos de las gaviotas al despertar por las mañanas. Resultaba maravilloso tener la playa a modo de jardín delantero, sobre todo durante el verano. Sharon había vivido a la vuelta de la esquina, y en los días más calurosos del año las niñas se aventuraban a cruzar el paseo luciendo sus mejores prendas veraniegas y aguzando la vista en busca de los muchachos más guapos. Holly y Sharon eran la antítesis una de otra. Sharon tenía el pelo castaño, la piel clara y el pecho prominente. Holly era rubia, de piel cetrina y más bien plana. Sharon era vocinglera, gritaba a los chicos para captar su atención. Por su parte, Holly era más dada a guardar silencio y flirtear con la mirada, contemplando a su muchacho predilecto hasta que éste se daba por aludido. Lo cierto era que ninguna de las dos había cambiado mucho desde entonces.

No tenía intención de quedarse mucho tiempo, sólo el necesario para charlar un poco y recoger el sobre que había decidido que quizá sí fuese de Gerry. Estaba cansada de fustigarse a sí misma preguntándose sobre el posible contenido, de modo que había resuelto poner fin a ese silencioso tormento. Tomó aire, llamó al timbre y esbozó una sonrisa para causar buena impresión.

—¡Hola, cariño! ¡Entra, entra! —dijo su madre con aquella encantadora expresión de bienvenida que hacía que Holly tuviera ganas de besarla cada vez que la veía.

—Hola, mamá. ¿Cómo va todo? —Holly entró en la casa y de inmediato sintió el reconfortante y familiar olor de su viejo hogar—. ¿Estás sola?

—Sí, tu padre ha salido con Declan a comprar pintura para su habitación.

—No me digas que tú y papá seguís pagando sus gastos...

—Bueno, tu padre puede que sí, pero desde luego yo no. Ahora trabaja por las noches, de modo que al menos tiene dinero para sus gastos personales, aunque no contribuye con un solo penique en los gastos de la casa.

Rió entre dientes y llevó a Holly hasta la cocina, donde puso agua a calentar.

Declan era el hermano menor de Holly y el benjamín de la familia, de modo que sus padres aún se sentían inclinados a mimarlo. Tendríais que ver a su «niño»: Declan era un chaval de veintidós años que estudiaba producción cinematográfica y que siempre llevaba una cámara de vídeo en la mano.

—¿Qué empleo tiene ahora?

Su madre puso los ojos en blanco.

—Se ha incorporado a un grupo de música. The Orgasmic Fish, creo que se hacen llamar, o algo por el estilo. Estoy hasta la coronilla de oírle hablar de eso, Holly. Como vuelva a contarme una vez más quién ha acudido al último concierto y ha prometido ficharlos y lo famosos que van a ser, me volveré loca.

—Ay, pobre Deco. No te preocupes, tarde o temprano encontrará algo.

—Ya lo sé, y es curioso, porque de todos vosotros, mis queridos hijos, es el que menos me preocupa. Ya encontrará su camino.

Se llevaron los tazones al salón y se acomodaron frente al televisor.

—Tienes muy buen aspecto, cariño, me encanta cómo llevas el pelo. ¿Crees que Leo se dignaría cortármelo a mí o ya soy demasiado vieja para formar parte de su clientela?

—Bueno, mientras no le pidas que te haga un corte al estilo de Jennifer Aniston, creo que no tendrá inconveniente.

Holly le refirió la anécdota de la mujer en el salón de belleza y ambas se echaron a reír.

—En fin, lo último que quiero es parecerme a Joan Collins, así que me mantendré alejada de él.

—Quizá sea lo más sensato —convino Holly.

—¿Ha habido suerte en cuanto al trabajo? —preguntó

su madre como de pasada, aunque Holly advirtió que se moría por saberlo.

—No, todavía no, mamá. A decir verdad, ni siquiera he comenzado a buscar. No tengo claro qué quiero hacer.

—Haces bien, hija —opinó su madre, asintiendo con la cabeza—. Tómate el tiempo que sea necesario para decidir qué te gustaría, de lo contrario acabarás aceptando con prisas un empleo que odiarás, tal como hiciste la última vez.

Holly se sorprendió al oír esto. Aunque su familia siempre la había apoyado a lo largo de los años, se sintió algo abrumada y conmovida ante la generosidad de su amor.

El último empleo que Holly había tenido había sido de secretaria de un canalla implacable en un bufete de abogados. Se había visto obligada a dejar el trabajo cuando el muy asqueroso fue incapaz de comprender que necesitaba ausentarse del despacho para atender a su marido agonizante. Ahora tenía que buscar uno nuevo. Un trabajo nuevo, por supuesto. Por el momento le parecía inimaginable ir a trabajar por las mañanas.

Mientras se relajaban, Holly y su madre fueron desgranando una larga conversación durante horas, hasta que por fin Holly se armó de valor y preguntó por el sobre.

—Oh, por supuesto, cariño, lo había olvidado por completo. Confío en que no sea nada importante, lleva aquí un montón de tiempo.

—No tardaré en averiguarlo.

Sentada en el montículo de hierba desde el que se dominaba la playa dorada y el mar, Holly estuvo un rato toqueteando el sobre cerrado. Su madre no lo había descrito muy bien, pues en realidad no se trataba de un sobre sino de un grueso paquete marrón. La dirección figuraba mecanografiada en una etiqueta, por lo que era imposible saber quién la había escrito. Y encima de la dirección había dos palabras escritas en negrita: LA LISTA.

Se le revolvió el estómago. Si no era de Gerry, Holly

finalmente debería aceptar el hecho de que se había ido, que había desaparecido de su vida por completo, y tendría que comenzar a pensar en existir sin él. Si era de él, se vería enfrentada al mismo futuro, pero al menos podría agarrarse a un recuerdo reciente. Un recuerdo que tendría que durarle toda una vida.

Con dedos temblorosos desgarró el precinto del paquete. Lo puso boca abajo y lo sacudió para vaciarlo. Cayeron diez sobres diminutos, de los que suelen encontrarse en un ramo de flores, cada cual con el nombre de un mes escrito en el anverso. El corazón le dio un vuelco cuando reconoció la letra que llenaba la hoja suelta que acompañaba a los sobres.

Era la letra de Gerry.

5

Holly contuvo el aliento y, con los ojos bañados en lágrimas y el corazón palpitante, leyó la carta manuscrita, sabiendo que la persona que se había sentado a redactarla nunca podría volver a hacerlo. Acarició las palabras con la yema de los dedos, consciente de que la última persona que había tocado la hoja de papel era él.

Querida Holly:
No sé dónde estarás ni en qué momento exacto vas a leer esto. Sólo espero que mi carta te haya encontrado sana y salva. No hace mucho me susurraste que no podrías seguir adelante sola, y quiero decirte que sí puedes, Holly.
Eres fuerte y valiente y podrás superar este trance. Hemos compartido algunos momentos preciosos y has hecho que mi vida... Has sido mi vida. No tengo nada de lo que arrepentirme. Pero yo sólo soy un capítulo de tu vida, y habrá muchos más. Conserva nuestros maravillosos recuerdos, pero, por favor, no tengas miedo de crear otros distintos.
Gracias por hacerme el honor de ser mi esposa. Por todo, te quedo eternamente agradecido.
Quiero que sepas que siempre que me necesites estaré contigo.
Te querré siempre.
Tu marido y mejor amigo,

GERRY

Posdata: te prometí una lista, de modo que aquí la tienes. Los sobres adjuntos deben abrirse exactamente cuando corresponda y deben ser obedecidos. Y recuerda, te estaré vigilando, así que sabré...

Holly se vino abajo, abatida por la tristeza. Sin embargo, al mismo tiempo se sintió aliviada, pues en cierto modo Gerry seguiría a su lado durante un poco más de tiempo. Fue pasando los pequeños sobres blancos y ordenándolos por meses. Ahora se encontraba en el de abril. Se había saltado el de marzo, y decidió abrirlo el primero. Dentro había una tarjeta escrita con letra de Gerry. Rezaba así:

> ¡Ahórrate los golpes y compra una lámpara para la mesita de noche!
> Posdata: te amo...

¡El llanto se convirtió en risa al constatar que Gerry había vuelto!

Leyó y releyó la carta una y otra vez, como si intentara hacerle regresar de nuevo a su vida. Finalmente, cuando las lágrimas ya no le dejaron ver las palabras, contempló el mar. El mar siempre le había resultado muy relajante, e incluso de niña corría a cruzar el paseo hasta la playa cuando se disgustaba por lo que fuera y necesitaba pensar. Sus padres sabían que si la echaban de menos en casa la encontrarían junto a la orilla del mar.

Cerró los ojos y se concentró, respirando al compás del suave murmullo de las olas. Era como si el mar estuviera respirando hondo, absorbiendo el agua al inhalar y devolviéndola a la arena al exhalar. Por fin notó que las pulsaciones disminuían a medida que se serenaba. Pensó en cómo solía tenderse al lado de Gerry en sus últimos días para poder escuchar mejor el sonido de su respiración. Le aterrorizaba apartarse de él para ir a abrir la puerta, prepararle algo de comida o ir al cuarto de baño, por si decidía abandonarla justo en ese momento. Al regresar junto a la cama, se sentaba inmóvil guardando un aterrado silencio mientras aguzaba el oído, hasta que le oía respirar y observaba su pecho para ver si se movía.

Pero él siempre se las arreglaba para seguir adelante. Su fuerza y su determinación para seguir viviendo habían desconcertado a los médicos; Gerry no estuvo dispuesto a dejarse vencer sin presentar batalla. Conservó el buen humor hasta el final. Estaba muy débil y hablaba en voz muy baja, pero Holly aprendió a descifrar su nuevo lenguaje tal como lo hace una madre con los balbuceos de un hijo que está empezando a aprender a hablar. Reían juntos hasta bien entrada la noche, y otras veces se abrazaban y lloraban. Holly aguantó el tipo ante él en todo momento, pues su nuevo trabajo pasó a ser el de estar a su lado siempre que la necesitara. Ahora comprendía que en realidad lo había necesitado más que él a ella. Había necesitado que la necesitara para no tener la sensación de estar cruzada de brazos, absolutamente inútil.

El 2 de febrero, a las cuatro de la madrugada, Holly asió con fuerza la mano de Gerry y le sonrió alentadoramente mientras éste exhalaba el último suspiro y cerraba los ojos. No quiso que tuviera miedo, ni que sintiera que ella estaba asustada, ya que en aquel momento no era así. Más bien sentía alivio, alivio por ver que dejaba de sufrir y por haber estado allí con él para ser testigo de la paz y tranquilidad de su defunción. Se sintió aliviada por haberle conocido, por haberle amado y haber sido amada por él, y también porque la última cosa que Gerry vio en este mundo fue su rostro sonriéndole, alentándolo y asegurándole que hacía bien en dejarse llevar.

Los días siguientes permanecían borrosos en su memoria. Había estado ocupada con los preparativos del funeral, conociendo y recibiendo a parientes y viejos amigos del colegio a quienes no había visto desde hacía años. Si logró mostrarse tan firme y serena fue porque sentía que por fin podía pensar con claridad. Estaba agradecida de que aquellos meses de sufrimiento hubiesen tocado a su fin. Ni siquiera se le pasó por la cabeza sentir la rabia y la amargura que ahora sentía por la vida que le habían arrebatado. Ese sentimiento no llegó hasta que fue a recoger el certificado de defunción de su marido.

Y ese sentimiento hizo una entrada triunfal.

Mientras permanecía sentada en la atestada sala de espera del centro médico, se preguntó por qué motivo a Gerry le había tocado el turno cuando aún le quedaba tanto por vivir. Ocupaba un asiento entre una pareja de jóvenes y otra de ancianos. La imagen de lo que ella y Gerry habían sido durante un período de tiempo y una visión del futuro que podrían haber tenido. Todo le pareció de lo más injusto. Se vio aplastada entre los hombros de su pasado y los de su futuro perdido, y se sintió asfixiada. Se dio cuenta de que no le correspondía estar allí.

Ninguno de sus amigos debía estar allí.

Ninguno de sus parientes debía estar allí.

De hecho, la mayoría de la población del mundo no tenía que encontrarse en la posición en la que ella se encontraba ahora.

No parecía justo.

Porque no era justo.

Tras presentar la prueba oficial de la defunción de su marido a directores de banco y compañías de seguros, como si el aspecto de su rostro no fuese prueba suficiente, Holly regresó a casa y, alejándose del resto del mundo, se encerró en su nido, que contenía cientos de recuerdos de la vida que antaño había tenido. La vida que tan feliz la había hecho. ¿Por qué le habían dado otra, pero mucho peor que la anterior?

Habían pasado dos meses desde entonces y no había salido de la casa hasta hoy. Menudo recibimiento le habían dispensado, pensó, mirando con una sonrisa los sobres. Gerry había regresado.

Apenas capaz de contener su excitación, Holly marcó furiosamente el número de Sharon con mano temblorosa. Tras llamar a varios números equivocados, trató de serenarse y concentrarse en marcar el número correcto.

—¡Sharon! —vociferó en cuanto descolgaron el auricular—. ¡No imaginas qué ha ocurrido! ¡Oh, Dios mío, no puedo creerlo!

—Oye, no... Soy John, pero te la paso ahora mismo.

Muy preocupado, John fue corriendo en busca de Sharon.

—¿Qué, qué, qué? —dijo Sharon, jadeando y casi sin aliento—. ¿Qué ha ocurrido? ¿Estás bien?

—¡Sí, estoy la mar de bien!

Holly soltó una risilla histérica, sin saber si reír o llorar, de repente olvidándose por completo de cómo construir una frase.

John observó a Sharon mientras ésta se sentaba a la mesa de la cocina y, con expresión confusa, procuraba sacar algo en claro de las divagaciones de Holly al otro lado de la línea. Era algo sobre la señora Kennedy entregando a Holly un sobre marrón con una lámpara de mesita de noche dentro. Lo cierto es que resultaba harto preocupante.

—¡Basta! —exclamó Sharon, sobresaltando a Holly y a John—. No entiendo una palabra de lo que estás diciendo, así que hazme el favor —dijo Sharon parsimoniosamente— de respirar hondo y volver a empezar desde el principio, a ser posible empleando palabras coherentes.

De repente oyó unos débiles sollozos en el auricular.

—Oh, Sharon —musitó Holly con voz quebrada—, me ha escrito una lista. Gerry me ha escrito una lista.

Sharon se quedó atónita en la silla mientras procesaba esta información.

John vio que su esposa abría los ojos con asombro y cogió una silla y se sentó a su lado, acercando la cabeza al teléfono para oír qué estaba pasando.

—Muy bien, Holly, quiero que vengas aquí de inmediato pero conduciendo con suma prudencia. —Hizo otra pausa y apartó la cabeza de John como si fuera una mosca, para poder concentrarse en lo que acababa de oír—. ¿Y eso son... buenas noticias?

John se levantó con aire ofendido y echó a caminar por la cocina, tratando de adivinar de qué estaban hablando.

—Pues claro, Sharon —susurró Holly—. Claro que lo son.

—Muy bien, ven a verme y hablaremos.

—De acuerdo.

Sharon colgó el auricular y guardó silencio.

—¿Qué? ¿Qué pasa? —inquirió John, incapaz de soportar que le dejaran al margen de lo que a todas luces era un acontecimiento importante.

—Oh, perdona, amor. Holly viene hacia aquí. Creo que... dice que...

—¿Qué? ¡Por el amor de Dios!

—Dice que Gerry le ha escrito una lista.

John la miró de hito en hito, escrutó su rostro y trató de decidir si hablaba en serio. Los ojos azules de Sharon le devolvieron una mirada de preocupación y comprendió que sí. Fue a sentarse a su lado y ambos guardaron silencio con la vista fija en la pared, sumidos en sus pensamientos.

6

«Vaya» fue todo cuanto Sharon y John pudieron decir mientras los tres estaban sentados a la mesa de la cocina, contemplando en silencio el contenido del paquete que Holly había vaciado a modo de prueba. La conversación mantenida durante los últimos minutos había sido mínima, puesto que todos estaban tratando de averiguar cómo se sentían. Fue algo así:

—Pero ¿cómo se las arreglaría para...?

—¿Y cómo no nos dimos cuenta de que...? Bueno... Dios.

—¿Cuándo creéis que...? En fin, supongo que pasó algunos ratos a solas...

Holly y Sharon se limitaron a mirarse mientras John balbuceaba y tartamudeaba, tratando de establecer cuándo, dónde y cómo su amigo agonizante se las había arreglado para llevar a cabo aquella idea a solas sin que nadie lo supiese.

—Vaya —repitió finalmente, tras llegar a la conclusión de que en efecto Gerry lo había llevado a cabo a solas.

—Sí —convino Holly—. Entonces, ¿ninguno de vosotros dos tenía la menor idea?

—Bueno, no sé cómo lo verás tú, Holly, pero para mí está bastante claro que John fue el cerebro que planeó y organizó todo esto —dijo Sharon con sarcasmo.

—En fin, sea como fuere, cumplió con su palabra, ¿no? —dijo John secamente, y miró a las chicas con una tierna sonrisa.

—No cabe duda —susurró Holly.

—¿Te encuentras bien, Holly? Quiero decir, ¿cómo te hace sentir esta situación? Tiene que ser... extraño —dijo Sharon, obviamente preocupada.

—Estoy bien —contestó Holly, meditabunda—. En realidad, ¡creo que es lo mejor que podría haber sucedido en este momento! Aunque no deja de ser curioso que estemos tan asombrados si tenemos en cuenta lo mucho que hablamos sobre esta lista. Quiero decir que debería haberlo esperado.

—En parte sí, pero lo cierto es que nunca contamos con que ninguno de nosotros llegara a hacerlo —dijo John.

—Pero ¿por qué no? —inquirió Holly—. Para empezar, éste era el único sentido que tenía. Servir de apoyo a tus seres queridos cuando uno de nosotros se hubiese ido.

—Creo que Gerry fue el único que se lo tomó realmente en serio —terció Sharon.

—Sharon, Gerry es el único que se ha ido, ¿quién sabe cómo se lo habría tomado cualquier otro?

Se hizo el silencio.

—Bien, estudiemos esto con más detalle, si os parece —propuso John, de repente disfrutando con el asunto—. ¿Cuántos sobres hay?

—Hay... diez —contó Sharon, sumándose al espíritu de la nueva tarea.

—De acuerdo, ¿y qué meses tenemos aquí? —preguntó John.

Holly fue ordenando el montón de sobres.

—Está el de marzo, que es el de la lámpara y que ya he abierto, abril, mayo, junio, julio, agosto, septiembre, octubre, noviembre y diciembre.

—Eso significa un mensaje para cada uno de los meses que quedan hasta terminar el año —dijo Sharon lentamente con aire reflexivo.

Los tres estaban pensando en lo mismo: Gerry lo había planeado sabiendo que no viviría más allá de febrero. Todos reflexionaron un momento sobre aquello, hasta que finalmente Holly miró a sus amigos radiante de felicidad. Fuera lo que fuese lo que Gerry hubiese preparado para ella, iba a ser interesante, y además ya había conseguido que volviera a sentirse una mujer casi normal. Mientras reía y escuchaba a John y Sharon especular acerca de lo que contendrían los demás sobres, fue como si él todavía estuviera con ellos.

—¡Un momento! —exclamó John muy serio.

—¿Qué pasa? —preguntó Holly.

Los ojos de John brillaron.

—Ahora estamos en abril y todavía no has abierto el sobre correspondiente.

—¡Oh, lo había olvidado! Oh, no, ¿tengo que hacerlo ahora?

—Adelante —la alentó Sharon.

Holly cogió el sobre y comenzó a abrirlo lentamente. Sólo quedaban ocho más por abrir después de aquél y quería atesorar cada instante antes de que se convirtiera en otro recuerdo. Sacó la tarjeta.

Una Disco Diva siempre tiene que ir guapa. Ve a comprarte un conjunto, ¡pues el mes que viene vas a necesitarlo!

Posdata: te amo...

—¡Uau! —entonaron John y Sharon con entusiasmo—. ¡Se está poniendo enigmático!

7

Holly estaba tendida en la cama como una demente, encendiendo y apagando la lámpara sin dejar de sonreír. Había ido a comprarla con Sharon a la tienda Bed Knobs and Broomsticks de Malahide, y finalmente ambas se decidieron por aquel pie de madera bellamente tallada y la pantalla de un suave color crema, pues combinaban con los tonos predominantes en la decoración del suntuoso dormitorio principal (por descontado, habían elegido la más estrafalariamente cara, ya que habría sido una lástima romper con la tradición). Y si bien Gerry no había estado materialmente presente mientras la compraba, tenía la impresión de haberla comprado con él.

Había corrido las cortinas del dormitorio para probar la nueva adquisición. La lámpara de la mesita de noche surtía un efecto sedante en la habitación, llenándola de calidez. Con qué facilidad habría puesto punto final a las discusiones de todas las noches, aunque tal vez ninguno de los dos había querido que se acabaran. De hecho, se habían convertido en una rutina, algo consabido que les hacía sentir más unidos. Ahora daría cualquier cosa con tal de tener una de aquellas pequeñas disputas. Con sumo gusto saldría de la acogedora cama por él, con sumo gusto pisaría el frío entarimado del suelo y estaría encantada de golpearse con la pata de la cama al regresar a tientas y a ciegas hasta el lecho conyugal. Pero aquellos tiempos ya eran historia.

La melodía de *I Will Survive* de Gloria Gaynor la devolvió de improviso al presente al darse cuenta de que su teléfono móvil estaba sonando.

—¿Diga?

—Buenos días, hermana. ¡Estoy en caaaasa! —exclamó una voz conocida.

—¡Dios mío, Ciara! ¡No sabía que ibas a venir!

—¡Bueno, la verdad es que yo tampoco, pero me quedé sin blanca y decidí sorprenderos a todos!

—Vaya, apuesto a que mamá y papá se llevaron una buena sorpresa.

—Bueno, a papá se le cayó la toalla del susto cuando salió de la ducha y me vio.

Holly se tapó la cara con la mano.

—¡Oh, Ciara, dime que no! —rogó Holly.

—¡Nada de abrazos para papi cuando le vi! —Ciara se echó a reír.

—¡Puaj, puaj, puaj! Cambio de tema, estoy teniendo visiones —bromeó Holly.

—De acuerdo. Verás, te llamaba para decirte que estoy en casa, obviamente, y que mamá está organizando una cena esta noche para celebrarlo.

—¿Celebrar qué?

—Que estoy viva.

—Ah, vale. Creí que quizá tenías que anunciarnos algo.

—Que estoy viva.

—Muy... bien. ¿Quién irá?

—La familia en pleno.

—¿Te he comentado que tengo hora con el dentista para que me arranque todos los dientes? Lo siento, no podré asistir.

—Ya lo sé, ya lo sé, es lo mismo que le dije a mamá, pero no hemos estado todos juntos desde hace siglos. A ver, dime, ¿cuándo fue la última vez que viste a Richard y Meredith? —preguntó Ciara.

—Ah, el bueno de Dick. Le vi muy espabilado en el funeral. Tenía un montón de cosas sensatas y reconfortantes que decirme, como «¿Has considerado la posibilidad de donar su cerebro a la ciencia médica?». Sí, no cabe duda de que es un hermano fantástico —dijo Holly con sarcasmo.

—Vaya, Holly, lo siento. Me había olvidado del funeral. —La voz de su hermana cambió—. Lamento no haber asistido.

—Ciara, no seas tonta. Entre las dos decidimos que era mejor que no vinieras —dijo Holly con firmeza—. Sale demasiado caro un vuelo de ida y vuelta desde Australia, así que no lo mencionemos más, ¿de acuerdo?

—De acuerdo —convino Ciara aliviada.

Holly cambió de tema enseguida.

—Veamos, cuando dices la familia en pleno, ¿a que te refieres a...?

—Sí, Richard y Meredith traerán a nuestros adorables sobrinos. Y te gustará saber que Jack y Abbey también estarán presentes. Declan lo estará en cuerpo aunque probablemente no en alma. Mamá, papá y yo, por supuesto, y también tú.

Holly refunfuñó. Por más que se quejara de su familia, mantenía una magnífica relación con su hermano Jack. Sólo era dos años mayor que ella y siempre habían estado muy unidos; además, Jack tenía una actitud muy protectora para con Holly. Su madre solía llamarlos «los dos geniecillos» porque siempre andaban haciendo diabluras por la casa (diabluras que por lo general tenían como blanco a su hermano mayor, Richard). Jack se parecía a Holly tanto en aspecto como en personalidad, y ella lo consideraba el más normal de sus hermanos. También contribuía a su buena relación el hecho de que Holly se llevara de maravilla con la que era su cónyuge desde hacía siete años, Abbey, y cuando Gerry vivía, con frecuencia salían los cuatro a cenar y de copas. Cuando Gerry vivía... Dios, qué mal sonaba aquello.

Ciara era harina de otro costal, un caso totalmente aparte. Jack y Holly estaban convencidos de que provenía del planeta Ciara, población: 1. Ciara se parecía a su padre: piernas largas y pelo oscuro. También lucía varios tatuajes y *piercings* en el cuerpo como resultado de sus viajes alrededor del mundo. Un tatuaje por cada país, solía bromear su padre. Un tatuaje por cada hombre, pensaban Holly y Jack.

Por supuesto, este asunto estaba muy mal visto por el mayor de la familia, Richard (o Dick, como le llamaban Holly y Jack). Richard nació con la grave enfermedad de ser eternamente viejo. Toda su vida giraba en torno a reglas, normas y obediencias. De pequeño tuvo un amigo con el que se peleó a los diez años y, después de esa riña, Holly no recordaba que hubiese vuelto a llevar a nadie a casa, que hubiese tenido novias ni ninguna otra clase de trato social. Ella y Jack se preguntaban maravillados dónde habría conocido a su igualmente sombría esposa, Meredith. Probablemente en una convención antifelicidad.

No era que Holly tuviese la peor familia del mundo, sino que constituían una mezcla muy extraña de personas. Aquellos tremendos choques entre personalidades solían desembocar en peleas que estallaban en las ocasiones menos apropiadas o, como los padres de Holly preferían llamarlas, en «acaloradas discusiones». Podían llevarse bien, pero sólo cuando todos ellos se esforzaban de veras en mostrar el mejor comportamiento posible.

Holly y Jack solían reunirse para almorzar o tomar unas copas con la única finalidad de mantenerse al corriente de sus respectivas vidas; se interesaban el uno por la otra. Ella disfrutaba con su compañía y le consideraba no sólo un hermano, sino un verdadero amigo. Últimamente no se habían visto mucho. No obstante, Jack conocía bien a Holly y sabía cuándo necesitaba que respetaran su espacio vital.

Las únicas ocasiones en que se ponía más o menos al día de la vida de su hermano menor, Declan, era cuando llamaba a casa para hablar con sus padres y él contestaba el teléfono. Declan no era un gran conversador. Era un «niño» de veintidós años que todavía no terminaba de sentirse a gusto en compañía de adultos, así que en realidad Holly nunca acababa de saber gran cosa acerca de él. Era un buen muchacho, sólo que solía tener la cabeza en las nubes.

Ciara, su hermana menor de veinticuatro años, llevaba

fuera un año entero y Holly la había echado de menos. Nunca fueron la clase de hermanas que intercambian ropa y cotillean sobre los chicos, pues sus gustos diferían bastante. Ahora bien, al ser las dos únicas chicas en una familia de hermanos, se había creado un vínculo entre ellas. Aun así, Ciara estaba más unida a Declan, pues ambos eran unos soñadores. Jack y Holly siempre habían sido inseparables de niños y amigos de adultos. Eso dejaba a Richard desparejado. Era el único que iba por su cuenta, aunque Holly sospechaba que a su hermano mayor le gustaba esa sensación de estar separado del resto de una familia a la que no acababa de comprender. A Holly le daban pavor sus sermones sobre toda clase de cosas aburridas, su falta de tacto cuando la interrogaba acerca de su vida y la frustración que causarían sus comentarios durante la cena. Pero se trataba de una cena de bienvenida para Ciara y Jack estaría presente. Holly podía contar con él.

Así pues, ¿le apetecía la velada? Decididamente no.

Holly llamó con renuencia a la puerta del hogar familiar y de inmediato oyó las pisadas de unos piececitos que corrían hacia la entrada seguidos por una voz que no parecía pertenecer a un niño.

—¡Mami! ¡Papi! ¡Es tía Holly, es tía Holly!

Era su sobrino Timothy, cuya felicidad se vio aplastada de golpe por una voz severa. Sin duda era inusual que el pequeño se alegrase por su llegada, pero el ambiente debía de ser de lo más aburrido allí dentro.

—¡Timothy! ¿Qué te he dicho sobre lo de correr por la casa? Podrías caerte y hacerte daño. Ahora ve al rincón y piensa en lo que te he dicho. ¿He hablado claro?

—Sí, mami.

—Oh, vamos, Meredith, ¿crees que se hará daño con la alfombra o la tapicería acolchada del sofá?

Holly rió para sus adentros, no había duda de que Ciara estaba en casa. Justo cuando Holly comenzaba a pensar en huir, Meredith abrió la puerta de par en par. Parecía más avinagrada y antipática que de costumbre.

—Holly.

La saludó con una breve inclinación de la cabeza.

—Meredith —la imitó Holly.

Una vez en la sala de estar, Holly buscó a Jack con la mirada, pero comprobó desilusionada que su hermano preferido no estaba presente. Richard se hallaba de pie delante de la chimenea vestido con un suéter de colores sorprendentemente vistosos, quizás iba a soltarse el pelo esa noche. Con las manos en los bolsillos, se balanceaba atrás y adelante, de los talones a la punta de los pies, como un hombre dispuesto a soltar una conferencia. La conferencia iba dirigida a su pobre padre, Frank, que estaba sentado incómodamente en su sillón predilecto y parecía un escolar recibiendo una reprimenda. Richard estaba tan concentrado en su relato que no vio entrar a Holly. Ésta le mandó un beso a su pobre padre a través de la sala, para no verse envuelta en la conversación. El hombre le sonrió e hizo ademán de atrapar el beso al vuelo.

Declan estaba repantingado en el sofá con sus tejanos raídos y una camiseta de South Park, dando furiosas caladas a un cigarrillo mientras Meredith invadía su espacio vital y le advertía sobre los peligros de fumar.

—¿De verdad? No lo sabía —dijo Declan, mostrando preocupación e interés mientras apagaba el cigarrillo. El rostro de Meredith irradió satisfacción, hasta que Declan le guiñó el ojo a Holly, alcanzó la cajetilla y acto seguido encendió otro pitillo—. Cuéntame más, por favor, deseo saberlo todo.

Meredith le miró indignada.

Ciara estaba escondida detrás del sofá arrojando palomitas de maíz al cogote del pobre Timothy, que permanecía de pie de cara a la pared en un rincón y tenía demasiado miedo como para volverse. Abbey estaba inmovilizada contra el suelo, sometida a las despóticas órdenes de Emily, la sobrinita de cinco años, una muñeca de expresión malvada. Hizo señas a Holly y movió los labios en silencio, articulando la palabra «socorro».

—Hola, Ciara. —Holly se acercó a su hermana, que se puso de pie de un salto y le dio un gran abrazo, estrechándola con un poco más de fuerza de la habitual—. Bonito pelo.

—¿Te gusta?

—Sí, el rosa te sienta como anillo al dedo.

Ciara se mostró complacida.

—Eso es lo que he intentado decirles —aseguró, entornando los ojos para mirar a Richard y Meredith—. Eh, ¿cómo está mi hermana mayor? —preguntó Ciara en voz baja, frotando el brazo de Holly afectuosamente.

—Bueno, ya puedes imaginarlo. —Holly esbozó una sonrisa—. Voy tirando.

—Jack está en la cocina ayudando a tu madre a preparar la cena, si es que le estás buscando, Holly —anunció Abbey, abriendo desorbitadamente los ojos y pidiendo de nuevo «socorro» en silencio.

Holly miró a Abbey y arqueó las cejas.

—¿De verdad? Vaya, ¿no es estupendo que le esté echando una mano a mamá?

—Vamos, Holly, no me digas que no sabes lo mucho que le gusta a Jack cocinar. Le encanta, es algo de lo que nunca se cansa —dijo Abbey con sarcasmo.

El padre de Holly rió entre dientes, lo cual interrumpió a Richard.

—¿Qué te hace tanta gracia, padre?

Frank se movió nerviosamente en el asiento.

—Me parece sorprendente que todo eso ocurra dentro de uno de esos tubitos de ensayo —dijo Frank con fingido interés.

Richard exhaló un suspiro de desaprobación ante la estupidez de su padre.

—Sí, claro, pero debes comprender que te hablo de cosas minúsculas, padre. Resulta bastante fascinante. Los organismos se combinan con... —Y siguió con la perorata mientras su padre volvía a arrellanarse en el sillón, esforzándose por no mirar a Holly.

Holly entró de puntillas en la cocina, donde encontró a su hermano sentado a la mesa con los pies apoyados en una silla, masticando algo.

—¡Ajá, ahí está, el gran chef en carne y hueso! —exclamó Holly.

Jack sonrió y se levantó de la silla.

—Y aquí llega mi hermana favorita. —Arrugó la nariz—. Veo que a ti también te han enredado para asistir al evento. —Se acercó a ella y tendió los brazos para darle uno de sus grandes abrazos de oso—. ¿Cómo estás? —le preguntó al oído.

—Muy bien, gracias. —Holly sonrió con tristeza y le besó en la mejilla antes de volverse hacia su madre—. Querida madre, he venido a ofrecerte mis servicios en este momento tan extremadamente estresante de tu vida —dijo Holly, depositando un beso en la mejilla colorada de su madre.

—Vaya, ¿no soy la mujer más afortunada del mundo al tener unos hijos tan bien dispuestos como vosotros dos? —preguntó Elizabeth con sarcasmo—. Bueno, ya puedes ir escurriendo esas patatas que hay ahí.

—Mamá, háblanos de cuando eras una niña durante la hambruna y no había ni patatas para comer —dijo Jack, con exagerado acento irlandés.

Elizabeth le golpeó juguetonamente la cabeza con un trapo.

—Oye, eso pasó muchos años antes de mi época, hijo.

—Pero ¿serás coqueta?

—Pero ¿serás grosero? —intervino Holly.

—¿Queréis dejar de marearme? —pidió su madre, y se echó a reír.

Holly se reunió con su hermano en la mesa.

—Espero que no os dé por tramar ninguna diablura esta noche. Me gustaría que, para variar, hoy nuestra casa fuese zona neutral.

—Mamá, me asombra que te haya pasado esa idea por la cabeza —contestó Jack, guiñándole el ojo a Holly.

—Perfecto —dijo la mujer con escepticismo—. Bueno,

lo siento, chicos, pero aquí ya no hay nada más que hacer. La cena estará lista dentro de un momento.

—Vaya —se lamentó Holly.

Elizabeth se sentó con sus hijos a la mesa y los tres miraron hacia la puerta, pensando exactamente lo mismo.

—¡No, Abbey! —protestó Emily, gritando—. No estás haciendo lo que te he dicho. —Y rompió a llorar.

Acto seguido se oyó una gran carcajada de Richard. Sin duda acababa de contar un chiste, ya que era el único que se reía.

—Aunque supongo que no estará de más que nos quedemos aquí a vigilar el punto de cocción —agregó Elizabeth.

—Todo el mundo a la mesa. La cena ya está lista —anunció Elizabeth, y todos se dirigieron al comedor.

Se produjo un momento un tanto incómodo, como cuando en una fiesta de cumpleaños infantil todos se apresuran a sentarse al lado de sus mejores amigos. Finalmente, Holly se dio por satisfecha con su sitio en la mesa y se sentó con su madre a la izquierda, en una cabecera de la mesa, y Jack a su derecha. Abbey se sentó con cara de pocos amigos entre Jack y Richard. Jack tendría que hacer las paces con ella cuando regresaran a casa. Declan se situó delante de Holly, y a su lado quedó el asiento vacío donde debería haber estado Timothy, luego Emily y Meredith, y por último Ciara. Por desgracia, al padre de Holly le tocó ocupar la otra cabecera de la mesa, entre Richard y Ciara, aunque teniendo en cuenta su talante sosegado era el mejor preparado para mediar entre ellos.

Todos soltaron exclamaciones de entusiasmo cuando Elizabeth llevó las fuentes de comida y los aromas llenaron la estancia. A Holly le encantaban las habilidades culinarias de su madre, quien siempre se atrevía a experimentar con nuevos sabores y recetas, rasgo que no había heredado ninguna de sus hijas.

—Eh, el pobre Timmy se estará muriendo de hambre en

ese rincón —dijo Ciara a Richard—. Supongo que con el rato que lleva ahí ya habrá cumplido su condena.

Sabía de sobra que pisaba terreno resbaladizo, pero le encantaba correr ese peligro y, además, disfrutaba como una loca incordiando a Richard. Al fin y al cabo, tenía que recuperar el tiempo perdido, pues había estado un año fuera.

—Ciara, es muy importante que Timothy sepa cuándo ha hecho algo malo —explicó Richard.

—Sí, ya, pero ¿no bastaría con que se lo dijeras?

El resto de la familia tuvo que hacer un gran esfuerzo para no echarse a reír.

—Es preciso que sepa que sus actos le acarrearán graves consecuencias para que no los repita —insistió Richard.

—Ah, bueno —dijo Ciara, alzando la voz—. Pero se está perdiendo toda esta comida tan rica. Mmmm... —agregó, relamiéndose.

—Basta, Ciara —la interrumpió bruscamente Elizabeth.

—O tendrás que ponerte de cara a la pared —concluyó Jack con impostada severidad.

La mesa en pleno estalló en carcajadas, con la excepción de Richard y Meredith, por supuesto.

—A ver, Ciara, cuéntanos tus aventuras en Australia —se apresuró a sugerir Frank.

—Oh, ha sido alucinante, papá —dijo Ciara con un brillo intenso en la mirada—. No dudaría en recomendar a cualquiera un viaje a ese país.

—No obstante, el vuelo es espantosamente largo —intervino Richard.

—Sí que lo es, pero merece la pena con creces —replicó Ciara.

—¿Te has hecho más tatuajes? —preguntó Holly.

—Sí, mira. —Ciara se levantó de la mesa y se bajó los pantalones, mostrando la mariposa colorada que llevaba en el trasero.

Su madre, su padre, Richard y Meredith protestaron indignados mientras los demás no podían parar de reír. La situación se prolongó un buen rato. Finalmente, cuando Ciara se hubo disculpado y Meredith dejó de tapar los ojos de Emily con una mano, la mesa recobró la calma.

—Esas cosas son repugnantes —opinó Richard con cierta acritud.

—A mí las mariposas me parecen bonitas, papá —dijo Emily con inocencia.

—Sí, algunas mariposas son bonitas, Emily, pero me estoy refiriendo a los tatuajes. Pueden causarte toda clase de enfermedades y problemas.

La sonrisa de Emily se desvaneció.

—Oye, no me hice esto precisamente en un antro inmundo compartiendo agujas con traficantes de drogas, ¿sabes? Era un sitio perfectamente limpio —se excusó Ciara.

—Vaya, si eso no es un oxímoron es que nunca he oído uno —soltó Meredith.

—¿Has estado en alguno últimamente, Meredith? —preguntó Ciara con una contundencia un tanto excesiva.

—Bueno, yo... no —farfulló su cuñada—. No, nunca he estado en un sitio de ésos, gracias, pero estoy segura de que son así. —Se volvió hacia Emily—. Son lugares sucios y horribles, Emily, a los que sólo va gente peligrosa.

—¿Tía Ciara es peligrosa, mamá?

—Sólo para las niñitas pelirrojas de cinco años —dijo Ciara, masticando a dos carrillos.

Emily se quedó perpleja.

—Richard, cariño, ¿crees que Timmy quizá querría venir a comer algo ahora? —preguntó muy educadamente Elizabeth.

—Se llama Timothy —puntualizó Meredith.

—Sí, madre, creo que estaría bien que viniera —dijo Richard.

Muy disgustado, Timothy entró lentamente en el comedor con la cabeza gacha y, en silencio, ocupó su sitio al lado de Declan. El corazón de Holly saltó en defensa de su sobrino. Qué crueldad tratar así a un niño, qué crueldad impedirle ser un niño... De pronto sus compasivos pensamientos se esfumaron al notar que el pequeño le arreaba una patada en la espinilla por debajo de la mesa. Deberían haberlo dejado un rato más de cara a la pared.

—Vamos, Ciara, cuéntanos más. ¿Hiciste alguna maravillosa locura de las tuyas? ¿Alguna aventura? —quiso saber Holly.

—¡Pues claro! Lo más impresionante fue mi salto de *puenting*. Bueno, en realidad hice unos cuantos. Tengo una foto.

Se llevó la mano al bolsillo trasero y todos apartaron la vista por si tenía intención de mostrarles más partes de su anatomía. Afortunadamente, se limitó a sacar la cartera. Hizo circular la foto por la mesa y siguió hablando.

—El primero que hice fue desde un viaducto encima de un río y llegué a tocar el agua con la cabeza al caer...

—Oh, Ciara, eso parece muy peligroso —dijo su madre, tapándose la cara con las manos.

—Qué va, no tuvo nada de peligroso —la tranquilizó Ciara.

Cuando la fotografía llegó a Holly, ésta y Jack se echaron a reír. Ciara colgaba boca abajo de una cuerda, el rostro contraído en pleno grito de puro terror. El pelo (que entonces llevaba teñido de azul) le salía disparado en todas direcciones, como si la hubiesen electrocutado.

—Estás muy atractiva, Ciara. Mamá, tienes que enmarcarla y ponerla encima de la chimenea —bromeó Holly.

—¡Eso! —Los ojos de Ciara se iluminaron al oír la propuesta—. Es una idea estupenda.

—Por supuesto, querida, quitaré la de tu primera comunión y la sustituiré por ésta —ironizó Elizabeth.

—La verdad es que no sé cuál de las dos da más miedo —dijo Declan.

—Holly, ¿qué vas a hacer para tu cumpleaños? —preguntó Abbey, inclinándose hacia ella. Estaba claro que ansiaba librarse de la conversación que mantenía con Richard.

—¡Oh, es verdad! —exclamó Ciara—. ¡Vas a cumplir treinta dentro de pocas semanas!

—No pienso hacer nada importante —advirtió Holly

a todos—. No quiero ninguna fiesta sorpresa ni nada por el estilo, por favor.

—¿Qué? Pero tienes que celebrarlo...

—No, no tiene que celebrarlo si no tiene ganas de hacerlo —intervino su padre, guiñándole el ojo a Holly en señal de apoyo.

—Gracias, papá. Como mucho, saldré con unas amigas a bailar.

Richard chasqueó la lengua en señal de desaprobación cuando le llegó la foto y se la pasó a su padre, que rió entre dientes al ver el aspecto de Ciara.

—Sí, estoy completamente de acuerdo contigo, Holly —terció Richard—. Esas celebraciones de cumpleaños siempre acaban siendo un tanto vergonzosas. Adultos hechos y derechos portándose como niños, bailando la conga y bebiendo más de la cuenta. Tienes toda la razón.

—Bueno, el caso es que en realidad me gustan bastante esas fiestas, Richard —replicó Holly—. Lo que pasa es que este año no estoy de humor para celebraciones, eso es todo.

Tras unos segundos de silencio, Ciara dijo:

—Una velada entre amigas, pues.

—¿Puedo seguiros con la cámara? —preguntó Declan.

—¿Para qué?

—Para tener unas secuencias de clubes y todo eso en clase.

—Bueno, si va a servirte de algo... pero que sepas que no vamos a ir a ningún sitio moderno de los que te gustan a ti.

—No, me da igual adónde vay... ¡Ay! —exclamó Declan, y fulminó a Timothy con la mirada.

Timmy le sacó la lengua y la conversación prosiguió. Cuando hubieron dado buena cuenta del segundo plato, Ciara abandonó el comedor y regresó con una gran bolsa.

—¡Regalos! —anunció.

Timmy y Emily gritaron con entusiasmo. Holly esperó que Ciara se hubiese acordado de traerles algo.

Su padre recibió un bumerán multicolor que fingió arrojar a su esposa; Richard una camiseta con el mapa de Australia que enseguida extendió sobre la mesa para enseñar geografía a Timmy y Emily; Meredith no tuvo regalo, cosa que tuvo su gracia; Jack y Declan recibieron sendas camisetas con ilustraciones obscenas y una leyenda que rezaba «He estado en el monte»; la madre de Holly se quedó encantada con un compendio de antiguas recetas aborígenes, y la propia Holly se emocionó con su trampa para sueños hecha con palitos y plumas de vivos colores.

—Para que todos tus sueños se hagan realidad —le susurró Ciara al oído antes de darle un beso en la mejilla.

Por suerte, Ciara había traído caramelos para Timmy y Emily, aunque guardaban un extraño parecido con los que vendían en la tienda de la esquina. Éstos les fueron bruscamente arrebatados por Richard y Meredith, alegando que iban a cariarles los dientes.

—Pues entonces devolvédmelos, que a mí no me da miedo la caries —exigió Ciara.

Timmy y Emily miraron con tristeza los regalos de los demás y Richard los reprendió de inmediato por no concentrarse en el mapa de Australia. Timmy le hizo un puchero a Holly y de nuevo un sentimiento de afecto le llenó el corazón. En la medida en que los críos siguieran portándose de modo que merecieran el severo trato del que eran objeto, a Holly le resultaría más fácil aguantarlo. De hecho, quizás hasta le habría gustado ver cómo les daban una buena azotaina.

—Muy bien, más vale que vayamos tirando, Richard, o los niños caerán dormidos encima de la mesa —anunció Meredith, aunque los pequeños estaban bien despiertos y no paraban de dar patadas a Holly y Declan por debajo de la mesa.

—Un momento, antes de que todos desaparezcáis —dijo el padre de Holly, levantando la voz por encima de las conversaciones. Se hizo el silencio—. Me gustaría proponer un brindis por nuestra guapa hija Ciara, ya que ésta es su cena de bienvenida. —Sonrió a su hija, complacida al convertirse en el centro de atención—. Te hemos echado de menos, cariño, y nos alegramos de que hayas vuelto a casa sana y salva —concluyó Frank, y alzó su copa—. ¡Por Ciara!

—¡Por Ciara! —repitieron todos, y apuraron el contenido de las copas.

En cuanto la puerta se cerró tras Richard y Meredith, los demás fueron marchándose uno tras otro. Holly salió al aire frío y caminó sola hasta el coche. Sus padres habían salido a despedirla con la mano desde la puerta, pero aun así se sentía muy sola. Normalmente se marchaba de las cenas en compañía de Gerry y, cuando no lo hacía con él, sabía que lo encontraría en casa. Mas no sería así esta noche, ni la noche siguiente ni ninguna otra.

8

Holly se situó delante del espejo de cuerpo entero y contempló su reflejo. Obedeciendo las órdenes de Gerry, se había comprado un conjunto nuevo. Para qué, no lo sabía, pero varias veces al día tenía que hacer un gran esfuerzo para no abrir el sobre correspondiente al mes de mayo. Sólo faltaban dos días para que pudiera hacerlo, y la expectativa no le dejaba pensar en nada más.

Se había decidido por un conjunto negro, acorde con su estado de ánimo actual. Los pantalones negros le hacían más esbeltas las piernas, y estaban cortados a la perfección para que terminaran justo sobre sus botas negras. Un corsé negro que le realzaba el busto completaba el conjunto a las mil maravillas. Leo había hecho un extraordinario trabajo con su pelo, recogiéndoselo en lo alto y dejando que unos cuantos mechones cayeran sueltos sobre los hombros. Holly se retocó el pelo y sonrió al recordar la última visita a su peluquero. Había llegado al salón de belleza con el rostro enrojecido y sin aliento.

—Lo siento mucho, Leo, me he quedado colgada al teléfono sin darme cuenta de la hora que era.

—No te preocupes, encanto, tengo al personal entrenado para que cada vez que llames pidiendo una cita la anote media hora más tarde. ¡Colin! —vociferó, chasqueando los dedos en el aire.

Colin dejó lo que estaba haciendo y se alejó.

—Dios —prosiguió Leo—, ¿acaso tomas tranquilizantes para caballos o algo por el estilo? Mira qué largo tienes ya el pelo, y apenas hace unas semanas que te lo corté.

Pisó vigorosamente la palanca del sillón, elevando a Holly.

—¿Haces algo especial esta noche? —preguntó Leo, sin dejar de bregar con el artefacto.

—El gran tres cero —contestó Holly, mordiéndose el labio.

—¿Y eso qué es? —inquirió Leo—. ¿Quizá el número del autobús que va hasta tu barrio?

—¡No! —protestó Holly—. ¡Son los años que cumplo!

—¿Crees que no lo sé, cariño? ¡Colin! —bramó otra vez, chasqueando los dedos.

Al oír la señal, Colin salió de la trastienda con un pastel en la mano, seguido por una fila de peluqueros que entonaron junto a Leo el *Cumpleaños feliz*. Holly se quedó atónita.

—¡Leo! —fue cuanto pudo decir. Trató de contener las lágrimas que le llenaban los ojos, pero fracasó de manera lamentable. A esas alturas todo el personal se había sumado al coro, y se sintió abrumada ante aquella muestra de afecto. Cuando terminaron de cantar, todos aplaudieron y volvieron a sus quehaceres.

Holly estaba sin habla.

—¡Dios Todopoderoso, Holly, un día estás aquí riéndote tanto que por poco te caes del sillón y al siguiente te echas a llorar!

—Oh, pero es que esto ha sido increíble, Leo. Muchas gracias —dijo Holly, enjugándose los ojos antes de darle un fuerte abrazo y un beso.

—Verás, tenía que vengarme de ti después de la vergüenza que me hiciste pasar —dijo Leo, incómodo ante el sentimentalismo de su amiga y clienta.

Holly rió al recordar la fiesta sorpresa del quincuagésimo cumpleaños de Leo. El tema había sido «plumas y encaje». Holly llevó un precioso vestido ceñido de encaje y Gerry, siempre dispuesto a pasarlo bien, se puso una boa de plumas a juego con la corbata y la camisa rosas. Leo sostuvo que le habían hecho pasar un bochorno horrible, aunque todos sabían que en el fondo disfrutó de lo lindo con tantas atenciones. Al día siguiente Leo llamó a los invitados que habían asistido a la fiesta y dejó un mensaje amenazador en sus contestadores automáticos. Durante semanas, a Holly le dio pavor concertar una cita con Leo por si éste decidía tratar de asesinarla. Corrió el rumor de que el peluquero tuvo muy poca clientela durante aquella semana.

—Bueno, de todos modos no me negarás que el chico que hizo el *striptease* te gustó —bromeó Holly.

—¿Que si me gustó? Salí con él durante un mes después de aquello. El muy cabrón...

Cada cliente recibió un pedazo de pastel y todos se volvieron para darle las gracias a Holly.

—No sé por qué te dan las gracias a ti —murmuró Leo entre dientes—. Soy yo quien ha comprado esta puñetera tarta.

—No te preocupes, Leo, me aseguraré de dejar una propina que cubra los gastos —dijo Holly.

—¿Te has vuelto loca? Tu propina no cubriría ni el precio del billete de autobús hasta mi casa —replicó Leo.

—Leo, vives en la puerta de al lado.

—¡Precisamente!

Holly hizo un mohín y fingió enfurruñarse. Leo se echó a reír.

—Treinta años y sigues comportándote como una cría. ¿Adónde vas a ir esta noche? —inquirió Leo.

—Oh, no pienso hacer ninguna locura. Sólo quiero pasar una velada tranquila con mis amigas.

—Eso fue lo que yo dije cuando cumplí los cincuenta. ¿Quiénes seréis?

—Sharon, Ciara, Abbey y Denise; hace siglos que no la veo —contestó Holly.

—¿Ciara está aquí? —preguntó Leo.

—Sí, y lleva el pelo teñido de rosa.

—¡Dios nos asista! Se mantendrá alejada de mí si sabe lo que le conviene. Muy bien, doña Holly, estás fabulosa, serás la reina de la fiesta. ¡Pásalo bien!

Holly salió de su ensoñación y volvió la vista hacia su reflejo en el espejo del dormitorio. No se sentía como una treintañera. Aunque a decir verdad, ¿cómo se suponía que debía sentirse una a los treinta? Cuando era más joven, los treinta le parecían muy remotos, pensaba que una mujer de esa edad sería sabia y sensata, que estaría bien establecida en la vida con un marido, hijos y una profesión. Ella no tenía ninguna de esas cosas. Seguía sintiéndose tan despistada como cuando tenía veinte años, sólo que con unas cuantas canas más y patas de gallo alrededor de los ojos. Se sentó en el borde de la cama y siguió contemplándose. No acababa de ver nada especial en el hecho de cumplir treinta años que mereciera ser celebrado.

Sonó el timbre de la puerta y acertó a oír el parloteo y las risas de las chicas en la calle. Intentó animarse, respiró hondo y pegó una sonrisa a su rostro.

—¡Felicidades! —gritaron todas al unísono.

Al ver sus rostros alegres, de inmediato le contagiaron su entusiasmo. Las hizo pasar al salón y saludó con la mano a la cámara que sostenía Declan.

—¡No, Holly, tienes que hacer como si él no estuviera! —le advirtió Denise entre dientes, asiendo a Holly del brazo para llevarla hasta el sofá, donde todas la rodearon y le presentaron sus regalos.

—¡Abre el mío primero! —exclamó Ciara, apartando a Sharon de un empujón tan fuerte que ésta perdió el equilibrio y se cayó del sofá. Horrorizada e inmóvil, Sharon no supo cómo reaccionar, hasta que finalmente se echó a reír.

—Muy bien, un poco de calma, chicas —dijo la voz de la razón (Abbey), procurando aplacar la histeria de Ciara—. Creo que primero habría que abrir las burbujas y luego los regalos.

—Vale, pero sólo si abre el mío primero —insistió Ciara con un mohín.

—Ciara, prometo abrir el tuyo primero —le aseguró Holly como si se estuviera dirigiendo a una niña.

Abbey echó a correr hacia la cocina y regresó con una bandeja llena de copas de champán.

—¿Quién quiere un poco de champán, queridas?

Las copas eran un regalo de boda y una de ellas llevaba grabados los nombres de Gerry y Holly, pero Abbey tuvo la delicadeza de no incluirla en la bandeja.

—Venga, Holly, haz los honores —propuso Abbey, tendiéndole la botella.

Todas corrieron a buscar refugio agachándose detrás del sofá mientras Holly comenzaba a sacar el corcho.

—¡Eh, que no lo hago tan mal! —protestó Holly.

—Claro, a estas alturas ya es una profesional consumada —dijo Sharon con sarcasmo, asomándose desde detrás del sofá con un cojín en la cabeza.

Cuando saltó el tapón, las chicas gritaron entusiasmadas y salieron a gatas de sus escondites.

—Esto es música celestial —dijo Denise de manera histriónica llevándose una mano al corazón.

—¡Venga, ahora abre mi regalo! —volvió a exclamar Ciara.

—¡Ciara! —gritaron las demás.

—Después del brindis —agregó Sharon.

Todas alzaron su copa.

—Bien, por la mejor amiga del mundo entero, que ha pasado un año difícil pero que en todo momento ha demostrado ser la persona más valiente y fuerte que he conocido jamás. Es una inspiración para todas nosotras. ¡Que sea feliz los próximos treinta años de su vida! ¡Por Holly!

—¡Por Holly! —corearon todas, los ojos llenos de lágrimas mientras tomaban un sorbo de champán, a excepción de Ciara, por supuesto, que se bebió la copa de un trago en su afán por dar su regalo a Holly la primera.

—Primero tienes que ponerte esta diadema porque esta noche eres nuestra princesa y, segundo, ¡aquí tienes mi regalo!

Las chicas ayudaron a Holly a ponerse la centelleante diadema que, por fortuna, combinaba de perlas con su reluciente corsé negro. En ese momento, rodeada por sus amigas, efectivamente se sintió como una princesa.

Holly retiró con cuidado el celofán del paquete primorosamente envuelto.

—¡Oh, rompe el papel de una vez! —la instó Abbey para sorpresa de las demás.

Holly miró la caja que había dentro, un tanto confusa.

—¿Qué es? —preguntó.

—¡Léelo! —exclamó Ciara con nerviosismo.

Holly comenzó a leer lo que ponía en la caja.

—Veamos, funciona con pilas y es... ¡Oh, Dios mío! ¡Ciara! ¡Eres una sinvergüenza!

Holly y sus amigas se echaron a reír como histéricas.

—Bueno, desde luego voy a necesitarlo —bromeó Holly, levantando la caja para mostrarla a la cámara.

Declan pareció a punto de vomitar.

—¿Te gusta? —preguntó Ciara, ansiando su aprobación—. Quería dártelo en la cena de bienvenida, pero luego pensé que no era el mejor momento...

—¡Pues menos mal que lo guardaste hasta hoy! —dijo Holly, abrazando a su hermana.

—Muy bien, ahora el mío —decidió Abbey, poniendo su paquete en el regazo de Holly—. Es de parte mía y de Jack, ¡así que no esperes nada parecido al de Ciara!

—La verdad es que me preocuparía si Jack me regalara algo como eso —dijo Holly, abriendo el regalo de Abbey—. ¡Oh, Abbey, es precioso! —exclamó, alzando el magnífico álbum de fotos con las tapas plateadas.

—Para tus nuevos recuerdos —susurró Abbey.

—Oh, es perfecto —dijo Holly, rodeando a Abbey con el brazo y estrechándola.

—Bueno, el mío no es tan sentimental, pero como mujeres que somos estoy convencida de que sabrás apreciarlo —dijo Denise, tendiéndole un sobre.

—¡Fantástico! Siempre he querido ir allí —exclamó Holly al abrirlo—. «¡Un fin de semana de mimos en la clínica balneario Haven's!»

—Por Dios, parece que te hayan propuesto una cita a ciegas —bromeó Sharon.

—Avísanos cuando tengas intención de ir. Es válido durante un año, así que todas podríamos hacer una reserva para las mismas fechas. ¡Será como ir de vacaciones! —propuso Denise.

—¡Qué buena idea, Denise, gracias!

—Por último, pero no por eso menos importante, aquí tienes el mío —dijo Sharon.

Holly le guiñó el ojo. Sharon jugueteó con las manos mientras escrutaba con cierto disimulo el rostro de Holly para ver su reacción. Era un gran marco de plata con una fotografía de Sharon, Denise y Holly en el baile de Navidad de hacía dos años.

—¡Llevo puesto mi vestido más caro de color blanco! —bromeó Holly.

—Antes de que se echara a perder —puntualizó Sharon.

—¡Dios, ni siquiera recuerdo que nos hiciéramos fotos! —confesó Holly.

—Pues yo ni siquiera recuerdo haber estado allí —murmuró Denise.

Holly siguió contemplando la fotografía con expresión triste mientras se acercaba a la chimenea.

Aquél había sido el último baile al que habían ido ella y Gerry, pues éste ya estaba demasiado enfermo para asistir al del año pasado.

—Bueno, esto va a ocupar el lugar de honor —anunció Holly, poniendo el retrato sobre la repisa de la chimenea junto a la foto de su boda.

—¡Venga, chicas, ya es hora de beber como Dios manda! —vociferó Ciara, y todas se apresuraron de nuevo a esconderse para protegerse del siguiente tapón.

Dos botellas de champán y varias botellas de vino tinto más tarde, las chicas salieron a trompicones de la casa y se metieron en un taxi. Entre risas y gritos, alguien se las arregló para explicar al conductor adónde iban. Holly insistió en sentarse en el asiento delantero y mantener una charla íntima con John, el taxista, quien probablemente deseaba matarla para cuando llegaron a su destino.

—¡Adiós, John! —gritaron todas a su nuevo mejor amigo antes de apearse en una acera del centro de Dublín, desde donde le observaron partir a toda velocidad. Habían decidido (mientras bebían la tercera botella de tinto) probar suerte en el club más elegante de Dublín, el Boudoir. Era un lugar reservado sólo para ricos y famosos, y todo el mundo sabía que, si no eras rico y famoso, necesitabas un carnet de socio para ser admitido. Denise se encaminó hacia la puerta, exhibiendo con total descaro su tarjeta de socia del videoclub ante los rostros de los gorilas que custodiaban la entrada. Y aunque cueste creerlo, no la dejaron pasar.

Los únicos rostros famosos que vieron adelantarlas para entrar en el club mientras intentaban convencer a los porteros de que les franquearan el paso, fueron los de unos presentadores de informativos de la televisión nacional a quienes Denise sonrió y dio las «buenas noches» muy seria. Fue para desternillarse de risa. Por desgracia, después de eso Holly no recordaba nada más.

Holly despertó con una horrible jaqueca. Tenía la boca más seca que una sandalia de Gandhi y problemas de vista. Se apoyó en un codo e intentó abrir los ojos, que de un modo u otro se le habían pegado. Echó un vistazo a la habitación con los ojos entornados. Había luz, mucha luz, y la habitación parecía dar vueltas. Algo muy extraño estaba ocurriendo. Se vio en el espejo y se asustó. ¿Había sufrido un accidente la noche anterior? Exhausta, volvió a desplomarse en la cama. De repente, la alarma de la casa comenzó a ulular. Holly levantó un poco la cabeza de la almohada y abrió un ojo. «Oh, podéis llevaros lo que queráis —pensó—, siempre y cuando me traigáis un vaso de agua antes de largaros.» Al cabo de un rato, se dio cuenta de que no se trataba de la alarma sino del teléfono, que estaba sonando junto a la cama.

—¿Diga? —contestó con voz ronca.

—Menos mal que no soy la única —dijo una voz gravemente enferma al otro extremo de la línea.

—¿Quién eres? —gruñó Holly otra vez.

—Me llamo Sharon, creo —fue la respuesta—, pero no me preguntes quién es esa Sharon porque no tengo ni idea. El hombre que está a mi lado en la cama parece creer que le conozco.

Holly oyó a John reír con ganas.

—Sharon, ¿qué sucedió anoche? Explícamelo, por favor.

—Alcohol es lo que sucedió anoche —dijo Sharon, amodorrada—. Litros y litros de alcohol.

—¿Algún otro dato? —inquirió Holly.

—No.

—¿Sabes qué hora es?

—Las dos —informó Sharon.

—¿Por qué me llamas a estas horas de la madrugada?

—Son las dos de la tarde, Holly.

—Vaya. ¿Cómo es posible?

—Tiene que ver con la gravedad o algo por el estilo. Ese día no fui a clase —bromeó Sharon.

—Oh, Dios, creo que me estoy muriendo.

—Yo también.

—Voy a dormir un rato más, a ver si cuando despierte el suelo ha dejado de moverse —dijo Holly.

—Buena idea. Ah, Holly, bienvenida al club de los treinta.

—Este comienzo no significa que vaya a seguir así —repuso Holly—. A partir de ahora seré una mujer sensata y madura de treinta años.

—Sí, es justo lo que dije yo. Buenas noches.

—Buenas noches.

Instantes después Holly estaba dormida. Se despertó varias veces a lo largo del día para contestar al teléfono, entablando conversaciones que parecían formar parte de un sueño. También realizó varias excursiones a la cocina para hidratarse.

Finalmente, a las nueve de la noche Holly sucumbió a los quejidos de su estómago, reclamando alimento. Como de costumbre, no había nada en la nevera, así que decidió obsequiarse con una cena china servida a domicilio. Se acurrucó en el sofá en pijama para ver lo mejor de la televisión del sábado por la noche mientras se hartaba de comer. Después del trauma de pasar sin Gerry su cumpleaños el día anterior, se sorprendió al constatar que estaba contenta consigo misma. Era la primera vez desde su muerte que se sentía a gusto sin más compañía. Quizá cabía la posibilidad de que al final supiera apañarse sin él.

Más tarde, esa misma noche Jack la llamó al móvil.

—Hola, hermanita, ¿qué estás haciendo?

—Veo la tele y engullo comida china —dijo Holly.

—Vaya, parece que estás en forma. No como mi pobre novia, a quien tengo aquí, a mi lado, sufriendo las consecuencias de vuestros excesos de anoche.

—Jamás volveré a salir contigo, Holly —oyó gimotear a Abbey al fondo.

—Entre tú y tus amigas le habéis pervertido la mente —bromeó Jack.

—A mí no me culpes. Hasta donde recuerdo, se lo montaba la mar de bien ella solita.

—Dice que no se acuerda de nada.

—Yo tampoco. Igual es algo que ocurre en cuanto cumples los treinta, nunca me había pasado algo así —dijo Holly.

—O quizás es un plan maléfico que habéis urdido entre todas para no tener que contarnos qué diablos hicisteis —replicó Jack.

—Ojalá lo fuese... Ah, por cierto, gracias por el regalo, es una preciosidad.

—Me alegro de que te guste. Me llevó siglos encontrar el que buscaba.

—Mentiroso.

Jack rió y luego dijo:

—En fin, te llamaba para saber si irás al concierto de Declan mañana por la noche.

—¿Dónde es?

—En el pub Hogan's.

—Ni hablar. Nunca más voy a poner un pie en un pub, y menos aún para oír a una banda de rock duro con guitarras estridentes y baterías ruidosas —dijo Holly.

—Vaya, es la vieja excusa de «nunca volveré a beber», ¿verdad? Bien, pues no bebas. Pero por favor, Holly, ven. Declan está muy entusiasmado y no va a ir nadie más.

—¡Ja! Así que soy tu último recurso, ¿eh? Es muy agradable saber que me tienes en tan alta estima.

—No, no lo eres. A Declan le encantará verte allí y tú y yo apenas tuvimos ocasión de charlar en la cena. Hace siglos que no salimos —suplicó Jack.

—Dudo mucho que podamos mantener una charla íntima con los Orgasmic Fish atronando con sus canciones —dijo Holly sarcásticamente.

—Bueno, en realidad ahora se llaman Black Strawberries, lo cual suena bastante más dulce, diría yo. —Jack se echó a reír.

Holly apoyó la cabeza en las manos y susurró:

—Oh, por favor, no me obligues a ir, Jack.

—Irás.

—De acuerdo, pero no me quedaré hasta el final —puntualizó Holly.

—Eso ya lo discutiremos cuando estemos allí. Declan se pondrá loco de alegría cuando se lo diga. La familia no suele ir a estos sitios.

—Muy bien. ¿Hacia las ocho?

—Perfecto.

Holly colgó y siguió tumbada en el sofá unas horas. Estaba tan harta que no podía moverse. Después de todo, quizá la comida china no había sido una idea tan buena.

9

Holly llegó al pub Hogan's bastante más relajada que el día anterior, aunque sus reflejos seguían siendo un poco más lentos de lo habitual. Sus resacas parecían empeorar a medida que iba haciéndose mayor, y la de ayer merecía la medalla de oro a la peor de las resacas. Aquella mañana, había ido a dar un largo paseo por la costa, desde Malahide hasta Portmarnock, y la brisa fría y vigorizante la ayudó a aclarar su confusión mental. Luego había ido a almorzar a casa de sus padres, quienes le regalaron un hermoso jarrón de cristal Waterford por su cumpleaños. La visita resultó maravillosamente relajante y tuvo que hacer un gran esfuerzo para levantarse del confortable sofá y dirigirse al Hogan's.

El Hogan's era un pub de tres plantas muy concurrido situado en el centro de la ciudad, e incluso en domingo estaba atestado. El primer piso era un local nocturno muy moderno donde siempre sonaba lo más nuevo de las listas de éxitos. Allí iba la gente joven a lucir sus últimos modelitos. La planta baja era un pub irlandés tradicional destinado a un público más maduro (solía estar lleno de hombres mayores encaramados a sus taburetes y encorvados sobre sus jarras de cerveza, viendo la vida pasar). Unas pocas noches por semana actuaba una banda de música tradicional irlandesa, que gozaba de notable popularidad tanto entre los jóvenes como entre los mayores. El sótano, oscuro y lúgubre, era el lugar reservado a los grupos de rock. Su clientela estaba formada exclusivamente por estudiantes, y saltaba a la vista que

Holly era la persona más mayor del lugar. El bar consistía en una diminuta barra situada en un rincón del alargado local, rodeada por una multitud desaliñada de estudiantes con tejanos y camisetas raídas que se empujaban sin miramientos para conseguir sus bebidas. Los camareros también presentaban aspecto de universitarios y se afanaban de un lado a otro con el rostro bañado en sudor.

El ambiente del sótano estaba muy cargado, puesto que no había ventilación ni aire acondicionado, y a Holly le costaba respirar en aquella atmósfera tan viciada. Al parecer, prácticamente todos cuantos la rodeaban fumaban cigarrillos, y los ojos comenzaban a escocerle. Trató de no pensar en cómo sería la situación dentro de una hora, aunque todo indicaba que era la única persona a quien eso le preocupaba. Saludó a Declan con la mano para hacerle saber que había llegado pero decidió no acercarse hasta él, ya que estaba rodeado por un grupo de chicas. Lo último que deseaba era cortarle las alas. Holly se había perdido por completo el ambiente estudiantil cuando era más joven. Había decidido no matricularse en la universidad después del instituto, optando por un trabajo de secretaria, lo cual la llevó a cambiar de empleo cada pocos meses, hasta acabar en la espantosa oficina que dejó para poder dedicar tiempo a Gerry durante su enfermedad. De todos modos, dudaba que hubiese permanecido allí mucho más. Gerry había estudiado marketing en la Universidad de Dublín, pero nunca tuvo mucho trato social con los amigos de la facultad. De hecho, prefería salir con Holly, Sharon y John, Denise y su pareja de turno. A la vista de lo que tenía delante, Holly se dijo que no se había perdido gran cosa.

Cuando finalmente Declan consiguió deshacerse de sus admiradoras, se reunió con Holly.

—Hola, señor Éxito. Es todo un honor que te hayas dignado hablar conmigo —saludó Holly.

Las chicas dieron un buen repaso a Holly, preguntándose qué diablos vería Declan en aquella mujer mayor.

Declan rió y se frotó las manos con picardía.

—¡Ya lo sé! ¡Ya lo sé! Este asunto de la música es genial.

Me parece que tendré un poco de acción esta noche —dijo con petulancia.

—Como hermana tuya que soy, siempre es un placer que me informes de esas cosas —ironizó ella. Era imposible mantener una conversación con Declan, pues éste se negaba a mirarla a los ojos, dedicándose a inspeccionar a la concurrencia—. Vamos, Declan, ve a flirtear con esas bellezas en lugar de quedarte pegado a tu hermana mayor —instó Holly.

—No, no, no es eso —replicó Declan a la defensiva—. Es que nos han dicho que esta noche quizá vendrá un tipo de una discográfica a vernos actuar.

—¡Fantástico!

Holly se alegró por su hermano. Era obvio que aquello significaba mucho para él y se sintió culpable por no haberse interesado nunca hasta entonces. Miró alrededor para ver si localizaba a algún tipo con pinta de trabajar en una discográfica. ¿Qué aspecto tendría? Tampoco era de esperar que estuviera sentado en un rincón, tomando notas frenéticamente en un bloc. Por fin reparó en un hombre mucho mayor que el resto del público. Iba vestido con una chaqueta negra de piel, pantalones negros de sport y camiseta del mismo color. Estaba de pie con los brazos en jarras, mirando fijamente hacia el escenario. Sí, sin duda era el tipo de la discográfica, pues iba sin afeitar y daba la impresión de no haberse acostado en varios días. Seguro que llevaba toda la semana pasando las noches en vela para asistir a conciertos y bolos y probablemente dormía de día. También era muy probable que oliera fatal. No obstante, quizá sólo fuera un bicho raro a quien le gustaba frecuentar el ambiente estudiantil para comerse con los ojos a las jovencitas. No dejaba de ser una posibilidad.

—¡Está allí, Deco! —exclamó Holly, levantando la voz por encima del ruido y señalando hacia el hombre.

Declan se mostró excitado y dirigió la mirada hacia donde le indicaba Holly. Su sonrisa se desvaneció, evidenciando que conocía al sujeto en cuestión.

—¡No, ése es Danny! —gritó Declan, y silbó con el propósito de atraer su atención.

Danny volvió la cabeza varias veces tratando de averiguar quién le llamaba, asintió al localizar a Declan y se dirigió hacia ellos.

—Qué pasa, tío —dijo Declan, dándole la mano.

—Hola, Declan. ¿Está todo listo? —preguntó el hombre, un tanto inquieto.

—Sí, tranquilo —contestó Declan con aire indiferente. Sin duda alguien le había dicho que para estar en la onda debía actuar como si nada importara.

—¿La prueba de sonido ha ido bien? —insistió Danny, ávido de información.

—Ha habido algún problemilla, pero lo hemos resuelto.

—Entonces, ¿todo está en solfa?

—Claro.

—Bien. —Su expresión se relajó y se volvió para saludar a Holly—. Perdona que no te haya hecho caso antes. Soy Daniel.

—Encantada. Yo soy Holly.

—Oh, lo siento —interrumpió Declan—. Holly, el propietario; Daniel, mi hermana.

—¿Hermana? Vaya, no os parecéis en nada.

—Gracias a Dios —dijo Holly a Daniel, procurando que Declan no la oyera. Daniel se rió.

—¡Eh, Deco, empezamos! —le gritó un chaval con el pelo azul.

—Hasta luego —se despidió Declan, y se encaminó al escenario.

—¡Buena suerte! —le deseó Holly—. Así que eres un Hogan —dijo, volviéndose hacia Daniel.

—Verás, en realidad soy un Connolly. —Sonrió y añadió—: Me quedé con el negocio hace unas semanas.

—Vaya, no sabía que lo hubiesen vendido —dijo Holly sorprendida—. ¿Y vas a cambiarle el nombre por el de Connolly's?

—No me caben tantas letras en la fachada. Es un poco largo.

Holly se echó a reír.

—Bueno, todo el mundo conoce este sitio como Hogan's. Probablemente sería una estupidez cambiarle el nombre —observó Holly.

Daniel asintió.

—En realidad, ésa es la verdadera razón para no hacerlo.

De pronto Holly vio a Jack en la entrada y le hizo señas.

—Siento mucho llegar tarde —se excusó Jack—. ¿Me he perdido algo? —preguntó, dándole un abrazo y un beso.

—No, van a comenzar ahora. Jack, te presento a Daniel, el propietario.

—Encantado de conocerte —dijo Daniel, estrechándole la mano.

—¿Sabes si son buenos? —preguntó Jack, señalando con el mentón hacia el escenario.

—A decir verdad, nunca les he oído tocar —respondió Daniel no sin cierta preocupación.

—¡Muy valiente por tu parte! —bromeó Jack.

—Espero que no demasiado —dijo Daniel, volviéndose hacia el escenario que los músicos ya habían ocupado.

—Reconozco algunas caras —dijo Jack a Holly, paseando la mirada entre el público—. La mayoría no ha cumplido los dieciocho.

Una jovencita vestida con tejanos rotos y una camiseta que no le tapaba el ombligo pasó junto a Jack, sonriendo insegura. Se llevó un dedo a los labios como para indicarle que se callara. Jack también sonrió y asintió con la cabeza.

Holly miró a Jack inquisitivamente.

—¿A qué venía eso? —preguntó.

—Es alumna mía de inglés. Sólo tiene dieciséis o diecisiete. Pero es una buena chica. —Jack la observó mientras se alejaba—. Aunque más le vale no llegar tarde a clase mañana.

Holly vio a la muchacha apurar una jarra de cerveza con sus amigos y deseó haber tenido un profesor como Jack en el instituto. Todos los estudiantes parecían adorarlo. Y era fácil entender por qué; Jack era de esa clase de personas que se hacen querer.

—Mejor será que no le digas que son menores —sugirió

Holly entre dientes, señalando con la cabeza hacia Daniel.

El público aplaudió y vitoreó a los artistas, y Declan adoptó un aire taciturno mientras se colgaba la guitarra al hombro. En cuanto empezaron a tocar, fue imposible mantener ninguna clase de conversación. El público comenzó a pegar saltos, y continuamente Holly recibía un pisotón. Jack la miraba y se reía, divertido por su evidente incomodidad.

—¿Puedo invitaros a un trago? —vociferó Daniel, haciendo un gesto de beber con la mano.

Jack le pidió una jarra de Budweiser y Holly optó por un 7UP. Observaron a Daniel abrirse paso entre el gentío y saltar al interior de la barra para preparar las bebidas. Regresó poco después con las bebidas y un taburete para Holly. Volvieron a fijar su atención en el escenario para ver la actuación de su hermano. La música no era exactamente del estilo predilecto de Holly, y sonaba tan fuerte y atronadora que le resultaba difícil saber si tenía algo de buena. Estaba a años luz de los relajantes sonidos de su CD favorito de Westlife, de modo que quizá no se hallara en condiciones de juzgar a los Black Strawberries. Aunque en realidad el nombre del grupo ya lo decía todo.

Después de cuatro canciones, Holly ya no pudo más. Se despidió de Jack con un abrazo y un beso.

—¡Dile a Declan que me he quedado hasta el final! —gritó—. ¡Encantada de conocerte, Daniel! ¡Gracias por la bebida! —Y emprendió el camino de regreso a la civilización y el aire fresco. Los oídos siguieron zumbándole durante el trayecto de regreso a su casa en coche. Cuando llegó, eran más de las diez. Sólo faltaban dos horas para que ya fuese mayo. Y eso significaba que podría abrir otro sobre.

Holly estaba sentada a la mesa de la cocina tamborileando nerviosamente con los dedos sobre la madera. Bebió de un trago su tercera taza de café y estiró las piernas. Aguantar despierta durante dos horas más le resultó bastante más complicado de lo que había supuesto, era obvio que aún estaba cansada por haberse pasado de rosca en su fiesta. Repiqueteó con los pies debajo de la mesa sin seguir ningún ritmo en concreto y luego volvió a cruzar las piernas. Eran las once y media. Tenía el sobre encima de la mesa delante de ella, y casi podía ver cómo le sacaba la lengua y le decía: «Toma, toma.»

Lo cogió y empezó a manosearlo. ¿Quién se enteraría si lo abría antes de hora? Sharon y John probablemente ni se acordarían de que había un sobre para el mes de mayo, y Denise seguro que estaría durmiendo como un tronco después del estrés de sus dos días de resaca. Además, lo tenía muy fácil para decir una mentira suponiendo que le preguntasen si había hecho trampas, aunque lo más plausible era que no les importase nada. Nadie lo sabría y a nadie le importaría.

Pero eso no era del todo cierto.

Gerry lo sabría.

Cada vez que Holly mantenía los sobres con la mano mostraba como una fuerte conexión con él. Al abrir los últimos dos sobres, había notado como si Gerry estuviera sentado justo a su lado, riéndose de sus reacciones. Sentía como si participaran juntos de un juego, a pesar de encontrarse en dos mundos distintos. Sentía su presencia, y si hacía trampas él lo sabría, sabría si se saltaba las reglas de su juego en común.

Después de otra taza de café, Holly estaba histérica. La manecilla horaria del reloj parecía dar una audición para conseguir un papel en «Los vigilantes de la playa», con su carrera a cámara lenta alrededor de la esfera, pero por fin llegó la medianoche. Una vez más, volvió lentamente al sobre y atesoró cada instante del proceso. Gerry estaba sentado a la mesa frente a ella.

—¡Venga, ábrelo!

Rasgó con cuidado la solapa y la rozó con los dedos, consciente de que lo último que había tocado era la lengua de Gerry. Por fin, sacó la tarjeta del interior y la abrió.

¡Adelante, Disco Diva! Enfréntate a tu miedo al karaoke en el Club Diva este mes y, quién sabe, quizá seas recompensada...

Posdata: te amo...

Notó la mirada de Gerry, sus labios se torcieron en una sonrisa y terminó echándose a reír. Holly repetía «¡ni hablar!» cada vez que recobraba el aliento. Por fin se serenó y anunció a la habitación:

—¡Gerry, cabrón! ¡De ninguna de las maneras voy a pasar por esto!

Gerry se rió con ganas.

—Esto no tiene nada de divertido. Sabes muy bien lo que pienso al respecto y me niego a hacerlo. No. Ni hablar. No lo haré.

—Tienes que hacerlo y lo sabes —dijo Gerry, sonriendo.

—¡No tengo por qué hacer esto!

—Hazlo por mí.

—No voy a hacerlo por ti, ni por mí, ni por la paz mundial. ¡Odio el karaoke!

—Hazlo por mí —repitió Gerry.

El timbre del teléfono hizo que Holly pegara un brinco en la silla. Era Sharon.

—Venga, son las doce y cinco. ¿Qué ponía? ¡John y yo nos morimos de ganas de saberlo!

—¿Qué te hace suponer que lo he abierto? —preguntó Holly.

—¡Oh, vamos! —soltó Sharon—. Veinte años de amistad me otorgan el título de experta en ti. Y ahora déjate de zarandajas, dinos qué pone.

—No pienso hacerlo —repuso Holly rotundamente.

—¿Qué? ¿No vas a decírnoslo?

—No, no voy a hacer lo que quiere que haga.

—¿Por qué? ¿De qué se trata? —preguntó Sharon.

—Oh, no es más que un patético intento de hacerse el gracioso —espetó Holly al techo.

—Ahora sí que estoy intrigada —dijo Sharon—. Suéltalo.

—Holly, descubre el pastel. ¿De qué se trata? —inquirió John desde un teléfono supletorio.

—Vale... Gerry quiere que... canteenunkaraoke —soltó Holly de corrido.

—¿Qué? Holly, no hemos entendido una sola palabra de lo que has dicho —protestó Sharon.

—Yo sí —aseguró John—. Creo que he oído algo acerca de un karaoke. ¿Tengo razón?

—Sí —respondió Holly como una niña traviesa.

—¿Y tienes que cantar? —inquirió Sharon.

—Sí —confesó Holly con voz queda. Quizá si no lo decía, no tendría por qué pasar.

Sharon y John rieron tan fuerte que Holly tuvo que apartar el auricular de su oreja.

—Volved a llamar cuando se os haya pasado —dijo enojada, y colgó.

Al cabo de un momento volvieron a llamar.

—¿Sí?

Holly oyó a Sharon resoplar, incapaz de reprimir otro ataque de risa. La línea volvió a enmudecer.

Diez minutos después llamó de nuevo.

—¿Sí?

—De acuerdo. —Esta vez Sharon habló con decisión y con un tono excesivamente serio—. Perdona lo de antes, ahora estoy bien. No me mires, John —rogó, apartándose del teléfono—. Lo siento, Holly, pero es que no dejo de pensar en la última vez que tú...

—Ya, ya, ya —la interrumpió Holly—. No hace falta que lo saques a relucir. Fue el día más embarazoso de mi vida, así que me acuerdo muy bien. Por eso no voy a hacerlo.

—¡Vamos, Holly, no puedes permitir que una tontería como ésa te desanime!

—¡Mira, quien no se desanime por una cosa así es que está loco de remate! —arguyó Holly.

—Holly, no fue más que una pequeña caída... —insistió Sharon.

—¡No me digas! Me acuerdo perfectamente, ¿sabes?

Además, ni siquiera sé cantar, Sharon. ¡Creía haber dejado claro este aspecto la última vez!

Sharon guardó silencio.

—¿Sharon?

Silencio absoluto.

—Sharon, ¿sigues ahí?

No obtuvo respuesta.

—Sharon, ¿te estás riendo? —inquirió Holly.

Oyó algo parecido a un chillido y se cortó la línea.

—¡Qué maravilloso apoyo me prestan mis amigos! —murmuró entre dientes—. ¡Oh, Gerry! Creía que tenías intención de ayudarme y en vez de eso me pones los nervios de punta.

Aquella noche, durmió poco y mal.

10

—¡Feliz cumpleaños, Holly! ¿O debería decir feliz cumpleaños con retraso? —Richard rió nerviosamente. Holly se quedó perpleja al ver a su hermano en el umbral. No era algo que ocurriera con frecuencia. De hecho, quizá fuese la primera vez. Abría y cerraba la boca como un pececito de estanque, sin saber ni por asomo qué decir—. Te he traído una orquídea *phalaenopsis* enana —agregó Richard, pasándole una maceta con la planta—. Acaban de llegar. Está echando brotes y no tardará en florecer.

Richard parecía un anuncio. Holly se quedó aún más aturdida al verle acariciar con la punta de los dedos los diminutos brotes de color rosa.

—¡Vaya, Richard, las orquídeas son mis favoritas!

—Bueno, aquí tienes un hermoso jardín, grande y... —Carraspeó y añadió—: Verde. Un poco abandonado, aunque... —Se interrumpió para balancearse sobre los pies de aquella forma tan suya y tan molesta.

—¿Quieres entrar o sólo estás de paso? —«Por favor di que no, por favor di que no.» Pese a lo considerado del regalo, Holly no estaba de humor para aguantar la compañía de Richard.

—Bueno, puedo quedarme un ratito.

Se limpió las suelas de los zapatos en el felpudo durante dos minutos enteros antes de entrar en la casa. Al verlo vestido con una chaqueta marrón de punto y pantalones marrones que terminaban justo encima de unos impecables mocasines del mismo color, Holly se acordó del viejo profesor de matemáticas. No tenía ni un solo cabello fuera de lugar en toda la cabeza y llevaba las uñas limpias y con una manicura perfecta. Holly lo imaginó midiéndolas cada noche con una pequeña regla para comprobar que no sobrepasaran el estándar europeo establecido para la longitud de uñas, si tal cosa existía.

Richard siempre daba la impresión de no estar a gusto. Parecía que el apretado nudo de la corbata (marrón por supuesto) estuviera estrangulándolo, y siempre caminaba como si llevara un palo de escoba en la espalda. Rara vez sonreía y, cuando lo hacía, la sonrisa apenas le cambiaba la expresión. Era el sargento de instrucción de su propio cuerpo, gritándose y castigándose cada vez que pasaba a modo humano. Pero se lo hacía él mismo y lo más triste era que pensaba que eso le convertía en alguien superior a los demás. Holly lo condujo a la sala de estar y de momento dejó la maceta de cerámica encima del televisor.

—No, no, Holly —dijo Richard, señalándola con el dedo como si fuese una niña traviesa—. No debes ponerla ahí. Necesita estar en un sitio fresco y sin corrientes de aire, apartada del sol directo y de los radiadores.

—Oh, por supuesto.

Holly volvió a coger la maceta y, presa de pánico, buscó un lugar apropiado por toda la habitación. ¿Qué había dicho Richard? ¿Un rincón caldeado y sin corrientes de aire? ¿Cómo se las arreglaba para que siempre se sintiera como una chiquilla incompetente?

—¿Qué te parece esa mesita de centro? Creo que ahí estará a salvo —sugirió Richard.

Holly obedeció y puso la maceta en la mesa, casi esperando que le dijera «buena chica». Afortunadamente no fue así.

Richard adoptó su postura favorita junto a la chimenea e inspeccionó la habitación.

—Tienes la casa muy limpia —comentó.

—Gracias, acabo de... limpiarla —contestó Holly.

Richard asintió como si ya lo supiera.

—¿Te sirvo un té o un café? —ofreció Holly, confiando en que Richard rehusara.

—Sí, estupendo —dijo Richard, dando una palmada—. Un té sería espléndido. Sólo leche, sin azúcar.

Holly regresó de la cocina con dos tazas de té que dejó en la mesita de centro. Esperó que el vapor que subía de las tazas no asesinara a la pobre planta.

—Sólo tienes que regarla regularmente y abonarla durante los meses de primavera. —Richard seguía hablando de la planta.

Holly asintió con la cabeza, consciente de que no haría ninguna de las dos cosas.

—No sabía que se te dieran tan bien las plantas, Richard —dijo Holly, procurando relajar la tensión.

—Sólo cuando las dibujo con los niños. Al menos eso es lo que dice Meredith. —Rió como si hubiese contado un chiste.

—¿Dedicas mucho tiempo a tu jardín? —Holly se esforzaba por mantener viva la conversación. Como la casa estaba tan silenciosa, cada silencio entre ellos se amplificaba.

—Oh sí, me encanta trabajar en el jardín. —Se le iluminaron los ojos—. Los sábados son mi día de jardín —añadió sonriendo a su taza de té.

Holly tenía la impresión de estar sentada junto a un perfecto desconocido. Se dio cuenta de que sabía muy poco acerca de Richard y de que a éste le sucedía lo mismo con ella. Pero así era como Richard había querido que fueran las cosas, siempre se había distanciado del resto de la familia, incluso cuando eran más jóvenes. Nunca les daba noticias excitantes. Ni siquiera contaba cómo le había ido la jornada. Sólo estaba lleno de hechos, hechos y más hechos. La primera vez que la familia supo de la existencia de Meredith fue el día que la llevó a cenar a casa para anunciar el compromiso. Por desgracia, a esas alturas ya fue demasiado tarde para convencerlo de que no se casara con aquella dragona de ojos verdes y pelo refulgente. Aunque, de todos modos, tampoco los habría escuchado.

—Muy bien —dijo Holly en voz tan alta que la sala casi le devolvió el eco—, ¿ocurre algo extraño o alarmante? ¿Por qué has venido?

—No, no, nada extraño. Vamos tirando, como de costumbre. —Bebió un sorbo de té y, al cabo de un rato, agregó—: Nada alarmante, ya que lo preguntas. Simplemente estaba en la zona y se me ocurrió pasar a saludar.

—Vaya, no deja de ser raro verte por esta parte de la ciudad. —Holly sonrió—. ¿Qué te trae por el mundo oscuro y peligroso de la zona norte?

—Bueno, ya sabes, asuntos de trabajo —farfulló Richard—. ¡Aunque mi coche está aparcado al otro lado del río Liffey, por descontado!

Holly sonrió forzadamente.

—Es una broma, claro —agregó Richard—. Está justo delante de la casa... Estará seguro, ¿verdad? —preguntó en serio.

—Yo diría que sí —contestó Holly, y añadió con sarcasmo—: Hoy no he visto a nadie sospechoso merodear por la calle a plena luz del día. —Richard no captó la ironía—. ¿Cómo están Emily y Timmy? Lo siento, quiero decir Timothy.

Por una vez la equivocación fue espontánea.

Los ojos de Richard se iluminaron.

—Oh, están bien, Holly, muy bien. Aunque me tienen preocupado.

Richard desvió la mirada y siguió inspeccionando la sala de estar.

—¿A qué te refieres? —preguntó Holly, pensando que quizá Richard se abriera a ella.

—Bueno, no se trata de nada en concreto, Holly. Los hijos, generalmente, son una preocupación. —Se ajustó la montura de las gafas en lo alto de la nariz y la miró a los ojos—. Aunque supongo que estarás contenta de no tener que preocuparte de todas estas tonterías de los hijos —dijo Richard, sonriendo.

Se produjo un grave silencio.

Holly se sentía como si le hubiesen dado una patada en el estómago.

—¿Ya has encontrado trabajo? —continuó Richard.

Atónita, Holly permaneció inmóvil en el asiento. No podía creer que hubiese tenido la osadía de decirle aquello. Se sentía ofendida y dolida, y quería que se largara de su casa. Lo cierto era que no estaba de humor para seguir mostrándose cortés con su hermano y, desde luego, no iba a molestarse en explicar a alguien tan estrecho de miras que ni siquiera había comenzado a buscar un empleo, ya que todavía estaba llorando la muerte de su marido. «Tonterías» que él no tendría que soportar durante los próximos cincuenta años.

—No —le espetó.

—¿Y qué haces para conseguir dinero? ¿Te has apuntado al paro?

—No, Richard —dijo Holly, procurando no perder los estribos—. No me he apuntado al paro. Recibo una pensión por viudedad.

—Ah, eso está bien. Muy oportuno, ¿no?

—Oportuno no es quizá la palabra que yo emplearía. No, sumamente deprimente se ajusta más.

La tensión crecía por momentos. De repente, Richard se dio una palmada en el muslo, dando por terminada la conversación.

—Bueno, más vale que me ponga en marcha y vuelva al trabajo —anunció. Se levantó y se estiró exageradamente, como si llevara horas sentado.

—Muy bien. —Holly se relajó—. Mejor será que te marches mientras tu coche sigue ahí fuera.

Una vez más, Richard no captó la broma. Fue a mirar por la ventana para comprobar que seguía allí.

—Tienes razón. Sigue ahí, gracias a Dios. En fin, me he alegrado de verte, y gracias por el té —dijo, mirando a un punto de la pared situado por encima de la cabeza de Holly.

—De nada. Y gracias por la orquídea —dijo Holly entre dientes.

Richard avanzó a grandes zancadas por el sendero del jardín y se detuvo a medio camino para echarle un vistazo. Meneó la cabeza con un ademán de desaprobación y le gritó:

—¡De verdad que tienes que hacer que alguien arregle esto un poco!

Luego se marchó conduciendo su coche familiar marrón.

Holly estaba furiosa mientras observaba cómo se alejaba. Cerró dando un portazo. Aquel hombre la sacaba tanto de quicio que le entraban ganas de golpearlo. Simplemente no se enteraba... de nada.

11

—Oh, Sharon, le odio —se lamentó Holly a su amiga aquella noche por teléfono.

—No le hagas caso, Holly. No puede evitarlo, es un idiota —contestó Sharon, molesta.

—Eso es lo que más me fastidia. Todo el mundo dice que no puede evitarlo, que no es culpa suya. Es un hombre adulto, Sharon. Tiene treinta y seis años. Debería saber cuándo mantener la boca cerrada. Dice esas cosas deliberadamente —insistió Holly, irritada.

—Me resisto a creer que lo haga a propósito, Holly —dijo Sharon con voz tranquilizadora—. Creo sinceramente que fue a verte para desearte un feliz cumpleaños...

—¡Claro! ¿Y a santo de qué? —vociferó Holly—. ¿Desde cuándo viene a mi casa a darme regalos de cumpleaños? ¡Nunca! ¡No lo había hecho ni una sola vez!

—Bueno, cumplir treinta es más importante que...

—¡Para él no! Hasta lo dijo durante una cena hace unas semanas. Si no recuerdo mal, sus palabras exactas fueron... —Hizo una pausa y añadió imitando su voz—: «No me parecen bien estas celebraciones estúpidas bla bla bla, soy un infeliz bla bla bla.» Es un auténtico plasta.

Sharon rió ante la bufonada de su amiga.

—Vale, ¡es un monstruo maligno que merece arder en el infierno!

—Bueno, yo no iría tan lejos, Sharon...

Sharon volvió a reír y luego dijo:

—Veo que no hay forma de tranquilizarte, ¿verdad?

Holly esbozó una sonrisa. Gerry sabría exactamente cómo se sentía, sabría exactamente qué decir y qué hacer. Le daría uno de sus famosos abrazos y todos los problemas se esfumarían. Agarró una almohada de la cama y la abrazó con fuerza. No recordaba la última vez que había abrazado a alguien, abrazado a alguien de verdad. Y lo más deprimente era que no se imaginaba abrazando de nuevo a nadie de la misma manera.

—¿Holaaa? Planeta Tierra llamando a Holly. ¿Sigues ahí o estoy hablando sola otra vez?

—Perdona, Sharon. ¿Qué decías?

—Decía si habías vuelto a pensar en el asunto ese del karaoke.

—¡Sharon! —exclamó Holly—. ¡No hay nada más que pensar sobre ese tema!

—¡Bueno, bueno! ¡Cálmate, mujer! Sólo estaba pensando que podríamos alquilar una máquina de karaoke y montarla en tu sala de estar. ¡Así harías lo que él desea ahorrándote la vergüenza! ¿Qué te parece?

—No, Sharon, es una gran idea pero no dará resultado. Él quiere que lo haga en el Club Diva, dondequiera que esté.

—¡Ay, qué tierno! ¿Eso es porque tú eres su Disco Diva?

—Creo que ésa era la idea —admitió Holly, desconsolada.

—Pues me parece una idea encantadora. Pero ¿Club Diva? Nunca lo he oído.

—Por eso no hay más que hablar. Si nadie sabe dónde está, simplemente no puedo hacerlo, ¿verdad? —dijo Holly, satisfecha de haber encontrado una escapatoria.

Ambas se despidieron y, en cuanto Holly colgó, volvió a sonar el teléfono.

—Hola, mi vida.

—¡Mamá! —exclamó Holly con tono acusador.

—Dios mío, ¿qué he hecho esta vez?

—Hoy he recibido una visita de tu hijo malvado y no estoy muy contenta.

—Vaya. Lo siento, querida. Intenté llamarte antes para avisarte de que iba de camino, pero no paraba de salirme ese puñetero contestador. ¿Alguna vez contestas al teléfono?

—Ésa no es la cuestión, mamá.

—Ya lo sé, perdona. Dime, ¿qué ha hecho?

—Ha abierto su bocaza. Ahí radica el problema.

—Oh, no, estaba muy entusiasmado con la idea de hacerte un regalo.

—Bueno, no niego que el regalo era muy bonito y considerado y todas esas cosas maravillosas, ¡pero me ha hablado de forma insultante sin pestañear!

—¿Quieres que hable con él?

—No, no pasa nada. Ya somos niños y niñas mayores. Pero gracias de todos modos. Dime, ¿qué estás haciendo?

—Ciara y yo estamos viendo una película de Denzel Washington. Ciara cree que algún día se casará con él. —Elizabeth rió.

—¡Y lo haré! —exclamó Ciara al fondo.

—Bueno, siento romperle la burbuja, pero resulta que ya está casado.

—Está casado, cielo —dijo Elizabeth a Ciara.

—Esas bodas de Hollywood... —farfulló Ciara.

—¿Estáis solas? —preguntó Holly.

—Frank ha ido al pub y Declan está en la facultad.

—¿En la facultad? ¡Pero si son las diez de la noche!

Lo más probable era que Declan hubiese salido a hacer algo ilegal sirviéndose de la facultad como excusa. Holly no pensaba que su madre fuese tan crédula como para creerle, sobre todo habiendo criado a otros cuatro hijos.

—Es muy trabajador cuando se aplica, Holly. Está enfrascado en no sé qué proyecto. No sé de qué se trata, la mitad de las veces no presto atención a lo que me cuenta.

—Mmm... —susurró Holly sin creer una sola palabra.

—Además, mi futuro yerno vuelve a estar en la tele, así que tengo que colgar —bromeó Elizabeth—. ¿Te apetece venir a ver la película con nosotras?

—No, gracias. Estoy bien aquí.

—Como quieras, cariño, pero si cambias de idea, ya sabes dónde estamos. Adiós, mi vida.

De vuelta a la casa vacía y silenciosa.

A la mañana siguiente Holly despertó completamente vestida encima de la cama. Advirtió que estaba volviendo a caer en sus viejos hábitos. Los pensamientos positivos de las últimas semanas iban desvaneciéndose poco a poco cada día. Resultaba tan enojosamente agotador intentar estar contenta todo el rato que ya apenas le quedaban energías. ¿A quién le importaba que la casa estuviera hecha una pocilga? Nadie más iba a verlo, y desde luego a ella le traía sin cuidado. ¿A quién le importaba que llevara una semana sin lavarse la cara ni maquillarse? Por supuesto, no tenía la menor intención de impresionar a nadie. El único chico a quien veía regularmente era el repartidor de pizza, y tenía que darle una propina si quería verle sonreír. ¿A quién puñetas le importaba? El teléfono vibró a su lado, anunciando un mensaje. Era de Sharon.

CLUB DIVA N.° 36700700
PIÉNSALO. SERÍA DIVER.
¿LO HARÁS X GERRY?

Gerry está muerto y enterrado, tuvo ganas de contestar. Sin embargo, desde que había comenzado a abrir los sobres ya no tenía la sensación de que estuviese muerto. Era como si simplemente se hubiese marchado de vacaciones y estuviera mandándole cartas, así que en realidad no se había ido. En fin, lo menos que podía hacer era llamar al club y tantear la situación. Eso no la comprometía a nada.

Marcó el número y contestó un hombre. No supo qué decir y volvió a colgar de inmediato. «Oh, vamos, Holly —se dijo—, en realidad no es tan complicado. Di que una amiga tiene ganas de cantar.»

Holly se preparó y pulsó el botón de rellamada.

Contestó la misma voz:

—Club Diva.

—Hola, quería saber si organizan veladas de karaoke.

—Pues sí, en efecto. Son los... —Holly le oyó pasar páginas—. Sí. Perdón, son los jueves.

—¿Los jueves?

—Espere, no cuelgue... —Volvió a pasar unas cuantas páginas—. No, son los martes por la noche.

—¿Está seguro?

—Sí, definitivamente son los martes.

—Muy bien. Bueno, me preguntaba si... —Holly respiró hondo y empezó la frase de nuevo—. Verá, una amiga mía quizá tendría interés en cantar y le gustaría saber qué tiene que hacer.

Hubo una larga pausa al otro lado.

—¿Oiga? —¿Estaba hablando con un estúpido?

—Sí, lo siento, el caso es que en realidad no soy quien organiza las veladas de karaoke, de modo que...

—Vale. —Holly estaba a punto de perder los estribos. Le había costado mucho armarse de valor para efectuar aquella llamada y no estaba dispuesta a que un inútil atontado echara a perder tanto esfuerzo—. Veamos, ¿hay alguien ahí que pueda darme alguna pista?

—Eh, no, no hay nadie más. En realidad el club aún no está abierto a esta hora de la mañana —le respondió sarcásticamente.

—Pues nada, muchísimas gracias. Me ha sido de gran ayuda —dijo Holly, devolviéndole el sarcasmo.

—Disculpe, si tiene la bondad de esperar un momento, intentaré averiguarlo.

Holly aguardó, encontrándose obligada a escuchar a los Greensleeves durante los cinco minutos siguientes.

—¿Hola? ¿Sigue ahí?

—Por poco —contestó enojada.

—Bien, lamento mucho el retraso, pero he tenido que hacer una llamada. ¿Cómo se llama su amiga?

Holly se quedó pasmada, aquello no lo había previsto.

Bueno, tal vez podía dar su nombre y hacer que «su amiga» volviera a llamar para cancelar la reserva si cambiaba de parecer.

—Se llama... Holly Kennedy.

—Muy bien. Verá, en realidad es un concurso de karaoke lo que celebramos los martes. Dura un mes, y cada semana se eligen a dos personas entre seis hasta la última semana del mes, que es cuando estas seis vuelven a cantar en la final.

Holly tragó saliva. No estaba dispuesta a hacerlo.

—Pero por desgracia —continuó el tipo del club—, los nombres ya se inscribieron con unos meses de antelación, de modo que puede decirle a su amiga que si quiere cantar tendrá que ser en la edición de Navidad, cuando se celebra el próximo concurso.

—Ah, muy bien.

—Por cierto, el nombre de Holly Kennedy me suena. No será la hermana de Declan Kennedy, ¿verdad?

—Pues sí. ¿Por qué? ¿La conoce? —dijo Holly, impresionada.

—Tanto como conocerla no, pero su hermano me la presentó la otra noche.

¿Acaso Declan iba por ahí presentando a chicas como su hermana? El muy retorcido y enfermizo... No, imposible. ¿Qué demonios estaba pasando?

—¿Declan dio un concierto en el Club Diva? —preguntó Holly.

—No, no. —El tipo del teléfono rió. Luego aclaró—: Tocó con su grupo abajo, en el sótano.

Holly intentó digerir deprisa la información, hasta que por fin lo entendió.

—¿El Club Diva está en Hogan's?

Él rió otra vez.

—Sí, está en el piso de arriba. ¡Quizá tendría que anunciarlo más!

—¿Eres Daniel? —soltó Holly, para de inmediato maldecirse por ser tan tonta.

—Sí. ¿Te conozco? —preguntó Daniel.

—¡No, no, qué va! Holly te mencionó en una conversación, eso es todo. —Entonces se dio cuenta de lo que aquello podía dar a entender—. Sólo de pasada —agregó—. Dijo que le habías dado un taburete.

Holly comenzó a darse cabezazos contra la pared.

Daniel volvió a reír.

—Oh, vaya, pues dile que, si quiere cantar en el karaoke por Navidad, puedo anotar su nombre ahora mismo. No imaginas la cantidad de gente que quiere inscribirse.

—¿En serio? —dijo Holly con un hilo de voz, sintiéndose rematadamente estúpida.

—Ah, por cierto, ¿con quién estoy hablando? —inquirió Daniel.

Holly iba de un lado a otro del dormitorio.

—Bueno, con... Sharon. Sí, soy su amiga Sharon.

—Encantado, Sharon. En fin, como tengo tu número en el identificador de llamadas, ya te avisaré si alguien se echa atrás.

—Vale, muchas gracias.

Daniel colgó.

Holly saltó a la cama y se tapó la cara con el edredón al notar que estaba ruborizándose de vergüenza. Se escondió debajo de las mantas, maldiciéndose por ser tan mema. Haciendo caso omiso al timbre del teléfono, trató de convencerse de que no había quedado como una verdadera idiota. Finalmente, una vez persuadida de que sería capaz de volver a mostrarse en público (le llevó un buen rato), salió de la cama y pulsó el botón del contestador.

—Hola, Sharon, seguro que acabas de salir. Soy Daniel, del Club Diva. —Hizo una pausa y agregó—: En Hogan's. Verás, estaba echando un vistazo a la lista de inscripciones y, al parecer, alguien ya apuntó el nombre de Holly hace unas semanas. En realidad, es una de las primeras inscripciones. A no ser que haya otra Holly Kennedy... —Se interrumpió—. En fin, llámame cuando tengas un momento para ver si lo aclaramos. Gracias.

Holly se quedó anonadada. Se sentó en el borde de la cama, incapaz de moverse durante horas.

12

Sharon, Denise y Holly ocupaban una mesa del Café Bewley's junto a la ventana que daba a Grafton Street. Solían reunirse allí para ver el mundo pasar. Sharon siempre decía que era la mejor manera de ir de tiendas puesto que veía a vuelo de pájaro todas sus favoritas.

—¡No puedo creer que Gerry organizara todo esto! —le dijo asombrada Denise al enterarse de las novedades. Se echó su larga melena morena detrás de los hombros y sus ojos azules brillaron con entusiasmo al mirar a Holly.

—Será muy divertido —dijo Sharon impaciente.

—Oh, Dios. —Holly se ponía nerviosa sólo de pensarlo—. De verdad, de verdad que sigo sin querer hacerlo, pero tengo la impresión de que debo terminar lo que Gerry comenzó.

—¡Ése es el espíritu que hay que tener, Hol! —exclamó Denise—. ¡Y todos estaremos allí para darte ánimos!

—Espera un momento, Denise —dijo Holly, con tono menos festivo—. Sólo quiero que estéis presentes tú y Sharon, nadie más. No quiero convertir esto en un acontecimiento. Que quede entre nosotras.

—¡Pero Holly! —protestó Sharon—. ¡Es que es un acontecimiento! Nadie espera que vuelvas a cantar en un karaoke después de la última vez...

—¡Sharon! —la interrumpió Holly—. Una no debe hablar de esas cosas. Una sigue estando marcada por aquella experiencia.

—Ya, pues en mi opinión una es una idiota si aún no lo ha superado —replicó Sharon.

—¿Cuándo es la gran noche? —preguntó Denise para cambiar de tema al percibir malas vibraciones.

—El próximo martes —rezongó Holly. Se inclinó hacia delante hasta golpear la mesa con la cabeza. Los clientes de las otras mesas la miraron con curiosidad.

—Sólo tiene permiso de un día —anunció Sharon a la sala, señalando a Holly.

—No te preocupes, Holly. Eso te da siete días exactos para transformarte en Mariah Carey. No hay ningún problema —añadió Denise, sonriendo a Sharon.

—Oh, por favor, tendríamos más probabilidades de éxito enseñando ballet clásico a Lennox Lewis —dijo Sharon.

Holly dejó de golpearse la cabeza y levantó la vista.

—Vaya, eso sí que es dar ánimos, Sharon.

—¡Uau, pero imaginaos a Lennox Lewis con mallas! Ese culito prieto haciendo piruetas... —dijo Denise con voz soñadora.

Holly y Sharon miraron a su amiga al unísono.

—Has perdido el hilo, Denise.

—¿Qué? —dijo Denise, siguiendo con su fantasía—. Imaginaos esos muslos grandes y musculosos...

—Que te partirían el cuello en dos si te acercaras a él —concluyó Sharon por ella.

—Qué buena idea —dijo Denise, abriendo los ojos desorbitadamente.

—Ya lo estoy viendo —terció Holly con la mirada perdida—. Las páginas de sucesos dirían: «Denise Hennessey falleció trágicamente estrujada por un par de muslos formidables después de haber entrevisto brevemente el cielo...»

—Me gusta —convino Denise—. ¡Uau, menuda manera de morir! ¡Dadme un pedazo de ese cielo!

—Oye —interrumpió Sharon, señalando a Denise con el dedo—, haz el favor de guardar tus sórdidas fantasías para ti. Y tú —señaló a Holly—, deja ya de intentar cambiar de tema.

—Oh, vamos, Sharon, estás celosa, porque tu marido no partiría ni un palillo con esos muslos tan flacuchos que tiene —se burló Denise.

—Perdona, bonita, pero los muslos de John están la mar de bien. Ojalá los míos se parecieran a los suyos —replicó Sharon.

—¡Oye, tú...! —Denise señaló a Sharon y la imitó—. Guarda tus sórdidas fantasías para ti.

—¡Chicas, chicas! —Holly chasqueó los dedos—. Centrémonos en mí. Centrémonos en mí.

Hizo un gracioso ademán con las manos llevándoselas al pecho.

—Muy bien, doña Egoísta, ¿qué tienes previsto cantar?

—No tengo idea, por eso he convocado esta reunión de urgencia.

—Mientes, me dijiste que querías ir de compras —aseguró Sharon.

—¿En serio? —dijo Denise, mirando a Sharon y mientas arqueaba una ceja—. Creía que veníais a almorzar conmigo.

—Ambas tenéis razón —afirmó Holly—. Quiero comprar ideas y os necesito a las dos.

—Buena respuesta —convinieron ambas por una vez.

—¡Un momento, un momento! —exclamó Sharon, excitada—. Creo que tengo una idea. ¿Cuál era esa canción pegadiza que cantábamos sin parar durante las dos semanas que pasamos en España y que acabó por sacarnos de quicio?

Holly se encogió de hombros. Si las sacaba de quicio, no podía ser muy buena elección.

—No lo sé. Yo no fui invitada a esas vacaciones —repuso Denise.

—¡Venga ya, seguro que te acuerdas, Holly! —insistió Sharon.

—No me acuerdo.

—¡Tienes que acordarte!

—Sharon, me parece que no se acuerda —dijo Denise molesta.

—¿Cuál era? —Impaciente, Sharon, se tapó la cara con las manos—. ¡Ya lo tengo! —anunció muy contenta, y se puso a cantar a voz en grito en plena cafetería—: *Quiero hacer el amor en la playa...*

—*Vamos, mueve tu cuerpo* —cantó Denise.

Una vez más, los ocupantes de las mesas vecinas las miraron, algunos con simpatía pero la mayoría con cierto desdén, mientras Denise y Sharon hacían gorgoritos al cantar. Cuando estaban a punto de entonar el estribillo por cuarta vez (ninguna de las dos recordaba la letra), Holly las hizo callar.

—¡Chicas, no puedo cantar esa canción! ¡Además, la letra la rapea un tío!

—Bueno, así al menos no tendrás que cantar mucho. —Denise se echó a reír.

—¡Ni hablar! ¡No pienso rapear en un concurso de karaoke!

—Está bien —aceptó Sharon.

—Veamos, ¿qué CD estás escuchando en este momento? —preguntó Denise, poniéndose seria otra vez.

—Westlife —contestó Holly, mirándolas esperanzada.

—Pues entonces canta una canción de Westlife —la alentó Sharon—. Así al menos te sabrás toda la letra.

Sharon y Denise rompieron a reír como histéricas.

—Quizá no te salga bien la melodía... —dijo Sharon entre carcajadas.

—¡Pero al menos te sabrás la letra! —consiguió terminar Denise antes de que ambas se doblaran encima de la mesa.

Al principio Holly se enojó, pero al verlas en aquel estado, sujetándose la barriga en pleno ataque de risa, no pudo por menos de sumarse a ellas. Tenían razón, ella carecía de oído musical, las notas no le entraban en la cabeza. Encontrar una canción que pudiera cantar bien iba a resultar una misión imposible. Finalmente, cuando las chicas se serenaron, Denise miró la hora y se quejó de que tenía que volver al trabajo. Así pues, para alivio de los demás parroquianos, salieron de Bewley's.

—Seguro que ahora estos muermos montan una fiesta —murmuró Sharon al pasar entre las mesas.

Las tres muchachas se cogieron del brazo y enfilaron Grafton Street abajo, dirigiéndose a la tienda de ropa donde Denise trabajaba de encargada. El día era soleado y apenas hacía frío. Como de costumbre, Grafton Street estaba concurrida. Los empleados iban y venían de almorzar mientras la gente que había salido de compras deambulaba lentamente por la acera, aprovechando que no llovía. En cada tramo de calle había un músico callejero esforzándose por captar la atención de la multitud y Denise y Sharon ejecutaron de forma lamentable una breve danza irlandesa al pasar por delante de un hombre que tocaba el violín. El músico les hizo un guiño y las chicas echaron unas monedas al sombrero de tweed que había puesto en el suelo.

—Muy bien, señoritas ociosas, más vale que vuelva al trabajo —dijo Denise, empujando la puerta de su tienda. En cuanto las dependientas la vieron, dejaron de cotillear en el mostrador para acto seguido ponerse a ordenar las prendas de los colgadores. Holly y Sharon procuraron no reír. Se despidieron de Denise y se encaminaron hacia Stephen's Green para recoger los coches.

—*Quiero hacer el amor en la playa...* —canturreó Holly para sí—. ¡Oh, mierda, Sharon! Ya me has metido esa estúpida canción en la cabeza —se lamentó.

—¿Lo ves? Ya estás otra vez con la manía del «mierda, Sharon». Eres muy negativa, Holly.

Sharon comenzó a tararear la canción.

—¡Oh, cállate! —le espetó Holly, sonriendo y dándole un golpe en el brazo.

13

Eran ya más de las cuatro cuando finalmente Holly salió de la ciudad para dirigirse a su casa en Swords. Después de todo, la incorregible Sharon la había convencido para ir de compras, lo que tuvo como resultado que gastara un dineral en un ridículo top que ya no tenía edad de ponerse. Realmente necesitaba controlar sus gastos a partir de ahora; sus ahorros estaban menguando y puesto que no contaba con unos ingresos regulares, preveía que se avecinaban tiempos difíciles. Debía empezar a pensar en buscar trabajo, pero teniendo en cuenta lo mucho que le costaba levantarse de la cama por las mañanas, otro deprimente empleo de nueve a cinco no iba a ayudarla a mejorar la situación. No obstante, le serviría para pagar las facturas. Holly suspiró sonoramente ante el montón de asuntos que tenía que resolver por sí misma. Sólo de pensarlo se deprimía, y el problema era que pasaba demasiado tiempo a solas pensando en ello. Necesitaba estar rodeada de gente como Denise y Sharon, quienes siempre conseguían que dejara de dar vueltas a los problemas. Telefoneó a su madre para preguntarle si le iba bien que fuera a visitarla.

—Claro que sí, mi vida, aquí siempre eres bienvenida. —Luego bajó la voz para susurrar—: Pero ten en cuenta que Richard está aquí.

¡Jesús! ¿A qué venían todas esas visitas sorpresas?

Al oírlo, Holly había considerado la posibilidad de ir directamente a casa, pero se convenció de que era una estupidez. Por más pesado que fuera, Richard era su hermano y no podía seguir evitándolo toda la vida.

Llegó a una casa extremadamente ruidosa y concurrida que le hizo pensar en los viejos tiempos, pues se oían chillidos y gritos en todas las habitaciones. Su madre estaba poniendo un cubierto más en la mesa cuando entró.

—Oh, mamá, tendrías que haberme dicho que ibais a cenar —dijo Holly, dándole un abrazo y un beso.

—¿Por qué, es que ya has cenado?

—No, en realidad me muero de hambre, pero espero no haberte complicado la vida.

—No es ninguna complicación, cariño. Sólo significa que el pobre Declan hoy se queda sin comer y ya está —dijo Elizabeth tomando el pelo a su hijo, que se estaba sentando a la mesa. Declan le hizo una mueca.

El ambiente era mucho más distendido esta vez, o quizás Holly había estado muy nerviosa durante la última cena familiar.

—Dime, don Alumno Aplicado, ¿cómo es que no estás en la facultad? —inquirió Holly con sarcasmo.

—He estado en clase toda la mañana —contestó Declan, poniendo mala cara—. Y vuelvo a entrar a las ocho.

—Eso es muy tarde —dijo su padre, sirviéndose abundante salsa. Siempre acababa con más salsa que comida en el plato.

—Ya, pero era la única hora que estaba disponible la sala de edición —explicó Declan.

—¿Sólo hay una sala de edición, Declan? —saltó Richard.

—Sí —contestó el gran conversador.

—¿Y cuántos estudiantes hay?

—Es una clase pequeña, sólo somos doce.

—¿No tienen recursos para más?

—¿Para más estudiantes? —bromeó Declan.

—No, para otra sala de edición.

—No, es una facultad pequeña, Richard.

—Supongo que las universidades grandes estarán mejor preparadas para esa clase de cosas. En general son mejores.

Y ahí estaba la pulla que todos esperaban.

—No, yo no diría eso. Las instalaciones que tenemos son de categoría, es sólo que hay menos gente y por consiguiente menos equipos. Y los profesores no son peores que los de una gran universidad, tienen un valor añadido porque trabajan en la industria además de dar clases. O sea que practican lo que predican. No se limitan a impartir materia de libro de texto.

Bien dicho, Declan, pensó, y le guiñó el ojo desde el otro lado de la mesa.

—Supongo que no les pagarán muy bien haciendo eso, así que probablemente no tienen más remedio que también dar clases —prosiguió Richard.

—Richard, trabajar en el mundo del cine es muy rentable. Estás hablando de personas que han pasado años en la universidad para sacarse licenciaturas y másters...

—Vaya, ¿te dan una licenciatura por eso? —Richard se quedó atónito—. Creía que estabas haciendo un cursillo.

Declan dejó de comer y miró a Holly pasmado. Era curioso que la ignorancia de Richard siguiera asombrándolos a todos.

—¿Quién crees que hace todos esos programas de jardinería que ves, Richard? —terció Holly—. No se trata de un grupo de gente que está siguiendo un cursillo.

La expresión de Richard puso de manifiesto que nunca se le había pasado por la cabeza que aquello requiriera conocimientos especializados.

—Son unos programas fantásticos —convino.

—¿Sobre qué va tu proyecto, Declan? —preguntó Frank.

Declan terminó de masticar antes de hablar.

—Bueno, es un poco complejo para contarlo con detalle, pero básicamente es sobre la vida nocturna de Dublín.

—¡Uau! ¿Y vamos a salir en tu película? —preguntó Ciara, rompiendo el atípico silencio que guardaba.

—Sí, puede que aparezca tu cogote o algo por el estilo —bromeó Declan.

—Pues me muero de ganas de verlo —dijo Holly alentadoramente.

—Gracias. —Declan dejó los cubiertos y se echó a reír. Luego añadió—: Oye, ¿qué es eso de que vas a cantar en un concurso de karaoke la semana que viene?

—¿Qué? —exclamó Ciara, abriendo los ojos desorbitadamente.

Holly fingió no saber de qué le estaba hablando.

—¡Vamos, Holly! —insistió Declan—. ¡Danny me lo ha contado! —Se volvió hacia los otros y explicó—: Danny es el propietario del local donde di el concierto la otra noche y me ha dicho que Holly se ha apuntado a un concurso de karaoke que organizan en el club del piso de arriba.

Todos comentaron lo maravilloso que era. Holly se negó a darse por vencida.

—Declan, Daniel te está tomando el pelo. ¡Todo el mundo sabe que soy una cantante pésima! Hablo en serio —dijo dirigiéndose al resto de la mesa—. Sinceramente, si fuese a cantar en un concurso de karaoke, ¿creéis que no os lo diría? —Rió como si la idea fuese absurda. En realidad, era muy absurda.

—¡Holly! —exclamó Declan, sonriendo—. ¡He visto tu nombre en la lista! ¡No mientas!

Holly dejó los cubiertos. De repente no tenía hambre.

—Holly, ¿por qué no nos has dicho que vas a cantar en un concurso? —preguntó su madre.

—¡Porque no sé cantar!

—¿Pues por qué lo haces entonces? —Ciara se echó a reír.

Tal vez debía contárselo, se dijo Holly; de lo contrario Declan la sonsacaría y no le gustaba mentir a sus padres. Lástima que Richard también tuviera que enterarse.

—Muy bien, el asunto es bastante complicado, pero en resumidas cuentas Gerry me apuntó hace meses porque tenía muchas ganas de que lo hiciera y, por más que yo no quiera, siento que debo pasar por ello. Es una tontería, ya lo sé.

Ciara dejó de reír de golpe.

Con toda la familia observándola, Holly se sintió como una paranoica. Se remetió el pelo detrás de las orejas con nerviosismo.

—Me parece una idea maravillosa —anunció su padre de súbito.

—Sí —agregó su madre—, y todos iremos para apoyarte.

—No, mamá, de verdad que no tenéis por qué ir. Es una tontería.

—Es imposible que mi hermana cante en un concurso sin que yo esté presente —declaró Ciara.

—Oye, oye —dijo Richard—, que nosotros también iremos. Nunca he puesto los pies en un karaoke, pero debe de ser... —hurgó en su cerebro en busca de la palabra adecuada— divertido.

Holly resopló y cerró los ojos, deseando haber ido directamente a su casa al regresar del centro. Declan se desternillaba de risa.

—¡Sí, Holly, será...! —dijo, rascándose la barbilla—. ¡Divertido!

—¿Cuándo es la función? —preguntó Richard, sacando su agenda.

—El sábado —mintió Holly, y Richard procedió a anotarlo.

—¡No es verdad! —saltó Declan—. ¡Es el martes que viene, mentirosa!

—¡Mierda! —maldijo Richard, para gran sorpresa de todos—. ¿Alguien tiene un Tipp-Ex?

Holly no podía dejar de ir al cuarto de baño. Estaba nerviosa y prácticamente no había dormido la noche anterior. Presentaba un aspecto acorde a su estado de ánimo. Tenía unas ojeras enormes debajo de los ojos enrojecidos y los labios cortados.

El gran día había llegado, su peor pesadilla: cantar en público.

Holly era una de esas personas incapaces de cantar ni en la ducha por miedo a romper los espejos. Pero el caso es que ese día apenas salía del cuarto de baño. No había mejor laxante que el miedo, y tenía la impresión de haber perdido cinco kilos en un solo día. Como siempre, sus amigos y la familia le habían dado todo su apoyo y le habían enviado tarjetas de buena suerte. Sharon y John hasta le habían mandado un ramo de flores que Holly colocó en la mesa de café sin corrientes de aire ni radiadores amenazantes, junto a la orquídea agonizante de Richard. Denise había remitido una «hilarante» tarjeta de pésame.

Holly no dejó de maldecir a Gerry mientras se ponía el conjunto que Gerry le había dicho que se comprara en abril. Había cosas mucho más importantes de las que preocuparse en aquel momento como para reparar en pequeños detalles irrelevantes como qué aspecto tenía. Se dejó el pelo suelto para que le tapara el rostro todo lo posible y se puso toneladas de rímel resistente al agua, como si eso fuera a impedir que llorara. Preveía que la velada acabaría con lágrimas. Tendía a los poderes psíquicos cuando le tocaba enfrentarse a los días más asquerosos de su vida.

John y Sharon fueron en taxi a recogerla y ella se negó a hablarles, maldiciendo a todo el mundo por obligarla a hacer aquello. Estaba mareada y no podía dejar de moverse en el asiento. Cada vez que el taxi se detenía en un semáforo en rojo consideraba la posibilidad de apearse y huir corriendo, pero para cuando reunía el coraje necesario para hacerlo el semáforo cambiaba otra vez a verde. Movía con nerviosismo las manos todo el rato y continuamente abría y cerraba el bolso para mantenerse ocupada, fingiendo ante Sharon que estaba buscando algo.

—Cálmate, Holly —dijo Sharon con tono tranquilizador—. Todo irá bien.

—Que te jodan —le espetó.

Continuaron en silencio el resto del trayecto, ni siquiera el taxista abrió la boca. Finalmente llegaron a Hogan's, y John y Sharon se las vieron y desearon para que dejara de despotricar (algo acerca de preferir tirarse al río Liffey) y convencerla de que entrara. Horrorizada, Holly comprobó que el club estaba atestado, por lo que tuvo que abrirse paso a empujones para reunirse con su familia, que ocupaba una mesa reservada con antelación (justo al lado del lavabo tal como habían pedido).

Richard estaba sentado con aire desgarbado en un taburete, enfundado en su traje como gallina en corral ajeno.

—Cuéntame en qué consisten las reglas, padre. ¿Qué tiene que hacer Holly?

El padre de Holly explicó las «reglas» a Richard, con lo que Holly se puso aún más nerviosa.

—¡Cáspitas! Esto es fenomenal, ¿eh? —dijo Richard, echando un vistazo al club con cara de pasmo.

Holly pensó que seguramente era la primera vez que entraba en un club nocturno.

La visión del escenario tenía aterrada a Holly. Era mucho más grande de lo que esperaba y había una pantalla enorme en la pared, para que el público siguiera la letra de las canciones. Jack estaba sentado con el brazo apoyado en los hombros de Abbey; ambos le dedicaron una sonrisa de aliento. Holly puso ceño y apartó la vista.

—Holly, hace un rato ha pasado algo increíble —dijo Jack, sonriendo—. ¿Te acuerdas de aquel tío, Daniel, que conocimos la semana pasada?

Holly se limitaba a mirarlo fijamente, pendiente del movimiento de sus labios pero obviando por completo lo que le estaba diciendo.

—Verás, Abbey y yo hemos llegado los primeros para guardar la mesa y nos estábamos besando cuando tu hombre se acerca y me susurra al oído que esta noche ibas a venir. ¡Creía que yo salía contigo y que te estaba poniendo los cuernos!

Jack y Abbey se partían de risa.

—Pues a mí eso me parece vergonzoso —dijo Holly, y se volvió.

—No —intentó explicar Jack—, él no sabía que somos

hermanos. Tuve que explicarle que... —Se interrumpió porque Sharon le lanzó una mirada de advertencia.

—Hola, Holly —saludó Daniel, acercándose a ella con un cuaderno en la mano—. Veamos, el orden de esta noche es el siguiente: la primera en salir es una chica que se llama Margaret, luego un chico llamado Keith y después de él sales tú. ¿De acuerdo?

—Entonces voy la tercera.

—Sí, después de...

—Me basta con saber eso —soltó Holly con acritud. Sólo quería salir de aquel estúpido club y deseaba que todos dejaran de molestarla y quedarse a solas para maldecirlos. Quería que el suelo se abriera y se la tragara, que ocurriera un desastre natural y todo el mundo tuviera que evacuar el edificio. De hecho, aquélla era una buena idea: buscó desesperadamente alrededor un botón para conectar la alarma contra incendios, pero Daniel seguía hablando.

—Holly, lamento molestarte otra vez, pero ¿podrías decirme cuál de tus amigas es Sharon?

Daniel parecía temer que Holly fuera a cortarle la cabeza a mordiscos en cualquier momento. Y bien que hacía, pensó ella entornando los ojos.

—Es aquella de ahí. —Holly señaló a Sharon—. Un momento, ¿por qué lo preguntas?

—Oh, sólo quería disculparme por la última vez que hablamos.

Echó a andar hacia Sharon.

—¿Por qué? —preguntó Holly horrorizada, haciendo que Daniel se volviera otra vez.

—Tuvimos un pequeño malentendido por teléfono la semana pasada.

La miró sorprendido, ya que no entendía por qué tenía que darle explicaciones a ella.

—Verás, en realidad no tienes por qué hacerlo. Lo más probable es que a estas alturas lo haya olvidado por completo —balbució Holly. Sólo le faltaba aquello.

—Ya, pero aun así me gustaría disculparme.

Por fin se encaminó hacia Sharon y Holly saltó del taburete.

—Sharon, hola, soy Daniel. Sólo quería disculparme por la confusión cuando hablamos por teléfono la semana pasada.

Sharon lo miró como si tuviera diez cabezas.

—¿Confusión?

—Sí, mujer, por teléfono.

John cogió a Sharon por la cintura con ademán protector.

—¿Por teléfono?

—Eh... sí, por teléfono. —Daniel asintió con la cabeza.

—¿Cómo has dicho que te llamas?

—Pues... Daniel.

—¿Y hablamos por teléfono? —preguntó Sharon, sonriendo.

Holly le hacía señas como una loca desde detrás de Daniel. Éste carraspeó, un tanto nervioso.

—Sí, la semana pasada llamaste al club y contesté yo. ¿Te suena?

—No, encanto, te equivocas de chica —dijo Sharon con tono alegre.

John fulminó a Sharon con la mirada por haberle llamado encanto. Si por él hubiese sido, habría enviado a Daniel al diablo. Atónito, Daniel se tocó el pelo y se volvió hacia Holly.

Holly asentía frenéticamente con la cabeza a Sharon.

—Ah... —dijo Sharon, fingiendo que por fin se acordaba—. ¡Ahora caigo, Daniel! —exclamó con un entusiasmo excesivo—. Dios, cuánto lo siento, creo que mis neuronas se están desconectando. —Rió como una loca y luego agregó—: Será que he tomado demasiado de esto. —Alzó su copa.

Daniel pareció aliviado.

—¡Menos mal, por un momento creí que estaba volviéndome loco! Bien, ¿entonces recuerdas que mantuvimos esa conversación por teléfono?

—Ah, esa conversación. Oye, no te preocupes, en serio —dijo Sharon, restándole importancia con un gesto de la mano.

—Es que sólo hace unas semanas que estoy a cargo de esto y no tenía muy claro cómo estaba organizada la velada de esta noche.

—No pasa nada... Todos necesitamos tiempo... para adaptarnos... a las cosas... Ya se sabe.

Sharon miró a Holly para ver si había dicho lo correcto o no.

—Bueno, encantado de conocerte en persona... por fin —dijo Daniel—. ¿Te traigo un taburete o alguna otra cosa? —agregó, intentando resultar gracioso.

Sharon y John se sentaron en sus taburetes y lo miraron en silencio sin saber qué decir a aquel hombre tan extraño.

John observó con recelo a Daniel mientras éste se alejaba.

—¿De qué iba todo esto? —preguntó Sharon a Holly en cuanto Daniel estuvo lo bastante lejos para no oírla.

—Ya te lo explicaré después —dijo Holly volviéndose hacia el escenario. El presentador de la velada de karaoke estaba subiendo a él.

—¡Buenas noches, damas y caballeros! —saludó.

—¡Buenas noches! —gritó Richard, entusiasmado.

Holly puso los ojos en blanco.

—Tenemos por delante una velada de lo más excitante... —continuó el presentador interminablemente con su voz de locutor, mientras Holly bailaba nerviosa de un pie al otro. Volvió a tener ganas de ir al lavabo—. Para la primera actuación de esta noche tenemos a Margaret, de Tallaght, que va a cantar el tema de *Titanic*, *My Heart Will Go On*, de Celine Dion. ¡Por favor, recibamos con un aplauso a la maravillosa Margaret!

El público enloqueció, al igual que el corazón de Holly. La canción más difícil de cantar del mundo, típico.

Cuando Margaret comenzó a cantar, la sala se sumió en un silencio tan absoluto que si un alfiler hubiese caído al suelo se habría oído. Holly echó un vistazo a la sala observando los rostros del público. Todos miraban a Margaret con arrobo, hasta la familia de Holly, los muy traidores. Margaret mantenía los ojos cerrados y cantaba con tanta pasión que parecía estar viviendo cada frase de la canción. Holly la odió y consideró la posibilidad de echarle la zancadilla cuando regresara a su sitio.

—¿No ha sido increíble? —dijo el presentador. El público la vitoreó y Holly se preparó para soportar una reacción muy distinta después de su actuación—. A continuación tenemos a Keith, a quien muchos recordarán como el ganador del año pasado, que va a cantar *Coming to America*, de Neil Diamond. ¡Un aplauso para Keith!

Holly no necesitaba oír nada más y echó a correr hacia el lavabo.

Caminaba de un lado a otro del lavabo procurando serenarse. Las rodillas le temblaban, notó que se le formaba un nudo en el estómago y sintió una arcada que le subió a la boca. Se miró al espejo e intentó respirar hondo. Fue inútil, pues sólo consiguió marearse más. Fuera, el público aplaudía y Holly se quedó inmóvil. Ella era la siguiente.

—Este Keith es un fenómeno. ¿No es cierto, damas y caballeros?

Otra ovación.

—A lo mejor Keith quiere lograr el récord de ganar dos años seguidos pero aún está por ver si sube el listón.

El listón iba a bajar, y mucho.

—A continuación tenemos a una concursante nueva. Se llama Holly y va a cantar...

Holly entró corriendo en un retrete y se encerró. No iban a sacarla de allí por nada del mundo.

—¡Damas y caballeros, recibamos con un fuerte aplauso a Holly!

El público aplaudió entusiasmado.

14

Tres años antes Holly había subido al escenario para hacer su debut como intérprete de karaoke. Casualmente, había transcurrido ese tiempo desde la última vez que había pisado un escenario.

Un montón de amigos se había congregado en el pub que solían frecuentar en Swords para celebrar el trigésimo cumpleaños de uno de los chicos. Holly estaba terriblemente cansada ya que llevaba dos semanas haciendo horas extras en el trabajo. Lo cierto es que no estaba de humor para salir de fiesta. Lo único que quería era ir a casa, tomar un buen baño, ponerse el pijama menos sexy que encontrara, comer kilos de chocolate y acurrucarse en el sofá delante de la tele con Gerry.

Después de viajar de pie en un tren atestado desde Blackrock hasta Sutton Station, Holly definitivamente no estaba de humor para pasar por un suplicio semejante en un pub abarrotado y con el ambiente cargado. En el tren la mitad de la cara le quedó aplastada contra la ventanilla; la otra mitad, medio hundida en el sobaco de un hombre muy poco dado a la higiene personal. Justo detrás de ella otro hombre respiraba sonoramente gases alcohólicos contra su cogote. Para acabar de arreglarlo, cada vez que el tren se balanceaba el sujeto en cuestión apretaba «sin querer» su enorme panza contra su espalda. Holly había padecido aquella humillación cada día al ir a trabajar y al volver a casa durante dos semanas y ya no lo aguantaba más. Quería su pijama.

Por fin llegaron a Sutton Station y las mentes privilegiadas de los que aguardaban allí decidieron que era una gran idea subir en tropel al tren mientras los viajeros intentaban salir. Tardó tanto en abrirse paso a empujones entre el gentío para bajar del tren que cuando llegó al andén vio cómo arrancaba su autobús lleno de personitas que le sonreían desde dentro. Y puesto que ya eran más de las seis, la cafetería estaba cerrada y tuvo que aguardar de pie muerta de frío durante media hora hasta que llegó el siguiente autobús. Aquella experiencia no hizo más que reforzar su deseo de acurrucarse delante de la tele.

Pero no le esperaba una feliz velada hogareña. Su amado marido tenía otros planes. Al llegar a casa, exhausta y muy cabreada, Holly se encontró con que estaba llena de gente y con la música a todo volumen. Personas que ni siquiera conocía deambulaban por su sala de estar con latas de cerveza en la mano, dejándose caer en el sofá en el que ella había previsto pasar las próximas horas de su vida. Gerry estaba junto al reproductor de CD, haciendo de pinchadiscos y dándoselas de estar en la onda. En realidad, Holly nunca lo había visto menos en la onda que en aquel preciso instante.

—¿Qué te pasa? —preguntó Gerry al verla subir hecha una furia hacia el dormitorio.

—Gerry, estoy cansada, estoy cabreada, no estoy de humor para salir esta noche y tú ni siquiera me has preguntado si me parecía bien invitar a toda esa gente. Por cierto, ¿quiénes son? —vociferó Holly.

—Son amigos de Connor y, por cierto, ¡ésta también es mi casa! —contestó Gerry, alzando igualmente la voz.

Holly se llevó los dedos a las sienes y comenzó a darse un masaje. Le dolía mucho la cabeza y la música la estaba volviendo loca.

—Gerry —susurró al cabo, procurando mantener la calma—, no estoy diciendo que no puedas invitar a quien quieras. No pasaría nada si lo hubieses planeado con antelación y me hubieses avisado. En ese caso no me importaría, pero hoy he tenido un día de perros y estoy hecha polvo. —Fue bajando la voz a cada palabra—. Sólo quería relajarme en mi propia casa.

—Holly, cada día me vienes con lo mismo —le soltó Gerry—. Nunca tienes ganas de hacer nada. Cada noche la misma historia. ¡Llegas a casa malhumorada y no haces más que quejarte de todo!

Holly se quedó perpleja.

—¡Perdona, he estado trabajando como una negra!

—Y yo también, pero en cambio no me has visto saltarte al cuello cada vez que no me salgo con la mía.

—Gerry, no se trata de que me salga con la mía o no, sino de que has invitado a toda la calle a nuestra...

—¡Es viernes! —exclamó Gerry, haciéndola callar—. ¡Fin de semana! ¿Cuándo fue la última vez que saliste? Podrías olvidarte del trabajo y soltarte el pelo para variar. ¡Deja de comportarte como una abuelita!

Y salió del dormitorio dando un portazo.

Después de pasar un buen rato en el dormitorio odiando a Gerry y soñando con el divorcio, consiguió serenarse y pensar racionalmente sobre lo que él le había dicho. Tenía razón. De acuerdo, la forma de expresarlo no había sido muy correcta, pero ella había estado malhumorada y de mala leche todo el mes, y lo sabía.

Holly era de esas personas que terminaban de trabajar a las cinco de la tarde y que, un minuto después, ya había apagado el ordenador y las luces y corría hacia la estación, tanto si a sus jefes les parecía bien como si no. Nunca se llevaba trabajo a casa ni se estresaba por el futuro de la empresa porque, a decir verdad, le importaba un comino. Solía llamar para decir que estaba enferma tantos lunes por la mañana como fuera posible sin correr el riesgo de que la despidieran. No obstante, debido a una momentánea falta de concentración mientras buscaba empleo, se había encontrado aceptando un trabajo administrativo que la obligaba a llevarse papeleo a casa, a aceptar un montón de horas extras y a preocuparse por la marcha del negocio, lo cual le desagradaba. Que hubiese sido capaz de aguantar en aquel puesto un mes entero era un misterio sin resolver, pero eso no impedía que Gerry tuviera razón. De hecho, hasta le dolía pensarlo. Hacía semanas que no salía con él ni con sus amigas, y cada noche se quedaba dormida en cuanto apoyaba la cabeza en la almohada. Ahora que lo pensaba, probablemente aquél era el principal problema para Gerry, aparte del mal genio.

Pero aquella noche iba a ser distinta. Iba a demostrar a sus abandonados amigos y a su marido que seguía siendo la irresponsable, divertida y frívola Holly, capaz de beber hasta que todos perdían el sentido y aun así arreglárselas para regresar a casa sin tambalearse. El festival de travesuras comenzó con la preparación de cócteles caseros que sólo Dios sabía lo que contenían pero que surtieron el efecto mágico deseado y, a eso de las once, todos iban bailando por la calle camino del pub donde habían programado una sesión de karaoke. Holly exigió ser la primera en subir al escenario y no paró de interrumpir al presentador hasta que se salió con la suya. El pub estaba abarrotado de un público pendenciero formado básicamente por hombres con ganas de correrse una buena juerga. Era como si un equipo de rodaje hubiese llegado horas antes y hubiese trabajado con ahínco para preparar la escena del desastre. No podrían haberlo hecho mejor.

El presentador cantó las alabanzas de Holly después de tragarse la mentira de que era una cantante profesional. Gerry perdió el habla y la vista de tanto reír, pero ella estaba decidida a demostrarle que todavía sabía desmelenarse. Aún no era preciso hacer planes de divorcio. Holly decidió cantar *Like a Virgin* y dedicarla al hombre con quien supuestamente iba a casarse al día siguiente. En cuanto comenzó a cantar, Holly comprobó que no había oído tantos abucheos en toda su vida ni tan ensordecedores. Pero estaba tan borracha que no le importó y siguió cantando para su marido, quien al parecer era el único que no ponía mala cara.

Finalmente, cuando la gente comenzó a arrojar cosas al escenario y el propio presentador alentaba los abucheos del público, Holly consideró que había cumplido con su cometido. Cuando le devolvió el micrófono, se produjo una ovación tan atronadora que la clientela del pub vecino fue corriendo. No podía haber más gente reunida para ver cómo Holly tropezaba en la escalera con sus tacones de aguja y se caía de bruces al suelo. Todos los ojos estaban pendientes de ella mientras la falda le voló hasta la cabeza dejando al descubierto unas bragas viejas que un día habían sido blancas y ahora grises y que no se había molestado en cambiar cuando llegó a casa desde el trabajo.

Tuvieron que llevarla al hospital con la nariz rota.

Gerry se quedó afónico de tanto reír, mientras que Denise y Sharon remataron la faena sacando fotos de la escena del crimen, que después Denise empleó como anverso de las invitaciones para su fiesta de Navidad añadiendo como encabezamiento «¡Viva el cachondeo!».

Holly juró que nunca volvería a un karaoke.

15

—¿Holly Kennedy? ¿Estás aquí? —resonó la voz del presentador.

El aplauso del público se diluyó en un murmullo mientras todo el mundo miraba alrededor en busca de Holly. Iban a pasar un buen rato buscando, pensó ella mientras bajaba la tapa del retrete para sentarse a esperar que el alboroto remitiera y pasaran a su siguiente víctima. Cerró los ojos, apoyó la cabeza en las manos y rezó para que aquel momento pasara. Ojalá al abrirlos apareciera sana y salva en su casa una semana después. Contó hasta diez, rogando que se obrara el milagro, y luego abrió los ojos lentamente.

Seguía estando en el lavabo.

¿Por qué no podía, al menos por una vez, descubrir que tenía poderes mágicos? No era justo, a las chicas americanas de las películas siempre les ocurría...

Sin embargo, en el fondo había sabido que aquello iba a suceder. Desde el instante en que abrió aquel sobre y leyó la tercera carta de Gerry, supo que habría lágrimas y humillación. Su pesadilla se había hecho realidad.

Fuera, en el local, apenas se oía ruido y la invadió una sensación de calma al caer en la cuenta de que iban a pasar al cantante siguiente. Relajó los hombros y abrió los puños, dejó de apretar los dientes y el aire fluyó más fácilmente hasta sus pulmones. El pánico había pasado, pero decidió aguardar hasta que el siguiente intérprete comenzara su canción antes de escapar. Ni siquiera podía saltar por la ventana, porque no estaba en una planta baja, a menos que quisiera morir desplomada. Otra cosa que su amiga americana habría podido hacer.

Desde el retrete Holly oyó que la puerta del lavabo se abría y cerraba de golpe. Venían a buscarla. Quienquiera que fuese.

—¿Holly?

Era Sharon.

—Holly, sé que estás ahí dentro, así que escúchame, ¿vale?

Holly se sorbió las lágrimas que comenzaban a asomarle.

—Muy bien, me consta que esto es una pesadilla terrible para ti y que tienes fobia a esta clase de cosas, pero debes calmarte, ¿de acuerdo?

La voz de Sharon sonaba tan tranquilizadora que Holly volvió a relajar los hombros.

—Holly, odio a los ratones, lo sabes de sobra.

Holly frunció el entrecejo preguntándose adónde pretendía llegar su amiga.

—Y mi peor pesadilla sería salir de aquí para meterme en una habitación llena de ratones. ¿Te lo imaginas?

Holly sonrió ante la idea y recordó que en una ocasión Sharon había ido a pasar dos semanas con ella y Gerry después de haber cazado un ratón en su casa. Por descontado, a John le concedieron permiso para efectuar visitas conyugales.

—Bien, pues estaría exactamente donde estás tú ahora y nadie ni nada me haría salir. —Sharon hizo una pausa.

—¿Cómo? —dijo la voz del presentador antes de echarse a reír—. Damas y caballeros, según parece nuestra cantante está en el lavabo ahora mismo.

La sala entera estalló en carcajadas.

—¡Sharon! —dijo Holly temblando de miedo.

Se sentía como si la airada multitud estuviera a punto a derribar la puerta, arrancarle la ropa y llevarla en volandas hasta el escenario para ejecutarla. Le entró el pánico por tercera vez. Sharon se apresuró a seguir hablando.

—En fin, Holly, lo único que quiero decir es que no tienes por qué hacer esto. Nadie te está obligando...

—Damas y caballeros, ¡hagamos que Holly se entere de que es la siguiente! —vociferó el presentador—. ¡Venga!

El respetable se puso a patear fuertemente el suelo y a corear su nombre.

—Bueno, al menos ninguno de los que te apreciamos te estamos obligando a hacerlo —farfulló Sharon, bajo la presión del gentío—. Pero si no lo haces, me consta que nunca te lo perdonarás. Por algún motivo Gerry quería que lo hicieras.

—¡HOLLY! ¡HOLLY! ¡HOLLY!

—¡Oh, Sharon! —repitió Holly, dejándose llevar por el pánico.

De repente tuvo la sensación de que las paredes del retrete comenzaban a estrecharse para aplastarla. Unas gotas de sudor le perlaron la frente. Tenía que salir de allí. Abrió la puerta. Sharon quedó atónita al ver la expresión consternada de su amiga, que parecía que acabara de ver un fantasma. Tenía los ojos enrojecidos e hinchados y el rímel bajándole por la cara (esos productos resistentes al agua nunca dan buen resultado), las lágrimas le habían estropeado el maquillaje.

—No les hagas caso, Holly —dijo Sharon con voz serena—. No pueden obligarte a hacer algo que no quieras hacer.

El labio inferior de Holly comenzó a temblar.

—¡No! —exclamó Sharon, agarrándola por los hombros y mirándola a los ojos—. ¡Ni se te ocurra!

El labio dejó de temblarle, pero no el resto del cuerpo. Finalmente Holly rompió su silencio.

—No sé cantar, Sharon —susurró horrorizada.

—¡Ya lo sé! —contestó Sharon—. ¡Y tu familia también! ¡Que se vayan a la mierda los demás! ¡Nunca más volverás a ver la jeta de ninguno de esos idiotas! ¿A quién le importa lo que piensen? A mí no. ¿Y a ti?

Holly pareció meditar la respuesta y luego susurró:

—No.

—No te he oído. ¿Qué has dicho? ¿Te importa lo que piensen?

—No —dijo Holly, con voz un poco más firme.

—¡Más alto! —Sharon la sacudió por los hombros.

—¡No! —gritó.

—¡Más alto!

—¡Nooo! ¡No me importa lo que piensen! —exclamó Holly tan alto que el público de la sala comenzó a callar.

Sharon parecía impresionada, quizás estaba medio sorda, y permaneció un momento inmóvil. De pronto ambas sonrieron y luego se echaron a reír de su estupidez.

—Vamos, haz que esto sea otra de las famosas veladas de la loca de Holly para que podamos reírnos durante unos meses —le suplicó Sharon.

Holly echó un último vistazo a la imagen que le devolvía el espejo, se lavó las marcas de rímel corrido, suspiró y se abalanzó sobre la puerta como una mujer en misión de combate. La abrió para enfrentarse a sus enloquecidos admiradores, que estaban todos de cara a ella coreando su nombre. En cuanto la vieron, estallaron los vítores y una fuerte ovación, de modo que Holly les dedicó una reverencia de lo más teatral y se encaminó al escenario entre risas y aplausos, mientras Sharon la alentaba al grito de «¡Jódelos!».

Le gustara o no, Holly contaba con la atención de todo el mundo. De no haberse escondido en el lavabo, la gente que había coreado su nombre en el fondo del club probablemente no se hubiese enterado de quién cantaba, pero ahora todos estaban pendientes de ella.

Intimidada, Holly se plantó en medio del escenario con los brazos cruzados y miró fijamente al público. La música comenzó sin que se diera cuenta y se le pasaron las primeras frases de la canción. El pinchadiscos interrumpió el tema y volvió a ponerlo desde el principio.

Se hizo el silencio. Holly carraspeó y el sonido retumbó por toda la sala. Luego bajó la vista hacia Denise y Sharon pidiendo ayuda, y todos levantaron los pulgares para darle ánimos. De ordinario Holly se habría reído al verlos reaccionar de forma tan cursi, pero en aquel momento le resultó muy reconfortante. Cuando la música comenzó de nuevo, Holly agarró el micrófono apretándolo con las manos. Por fin, con voz extremadamente temblorosa y tímida cantó:

—*¿Qué harías si desafinara al cantar? ¿Te levantarías y te marcharías?*

Denise y Sharon aullaron de risa ante tan acertada elección y aplaudieron como locas. Holly siguió esforzándose, cantando horriblemente y dando la impresión de estar a punto de echarse a llorar. Justo cuando esperaba los primeros abucheos, su familia y amigos se sumaron al estribillo.

—*Oh, lo superaré con ayuda de mis amigos; sí, lo superaré con ayuda de mis amigos.*

El público miró hacia la mesa de los familiares y amigos y también rió, caldeando un poco el ambiente. Holly se preparó para la nota alta que se avecinaba y gritó a pleno pulmón:

—*¿Necesitas a alguien?*

Hasta ella misma se sorprendió del volumen y unas cuantas personas la ayudaron a cantar el verso siguiente.

—*Sólo alguien a quien amar.*

—¿Necesitas a alguien? —repitió Holly, dirigiendo el micrófono al público para animarlos a cantar, y así lo hicieron—: *I need somebody to love.* —Y se dedicaron a sí mismos una salva de aplausos.

Algo menos nerviosa, Holly se defendió como buenamente pudo hasta el final de la canción. La gente del fondo de la sala reanudó su cháchara, los camareros siguieron sirviendo bebidas y rompiendo vasos hasta que Holly tuvo la impresión de ser la única que se estaba escuchando.

Cuando por fin terminó de cantar, los gentiles ocupantes de unas mesas cercanas al escenario y los de su propia mesa fueron los únicos que aplaudieron con cierta espontaneidad. El presentador le arrebató el micrófono de la mano y, entre risas, se las arregló para decir:

—¡Por favor, un aplauso para la increíble valentía de Holly Kennedy!

Esta vez su familia y sus amigos fueron los únicos que respondieron. Denise y Sharon fueron a su encuentro, las mejillas mojadas de lágrimas provocadas por la risa.

—¡Estoy tan orgullosa de ti! —dijo Sharon, rodeando el cuello de Holly con los brazos—. ¡Ha sido espantoso!

—Gracias por ayudarme, Sharon —dijo Holly abrazada a su amiga.

Jack y Abbey la vitorearon y Jack gritó:

—¡Lamentable! ¡Absolutamente lamentable!

La madre de Holly le sonrió alentadoramente, consciente de que su hija había heredado su talento para el canto, mientras que su padre apenas podía mirarla a los ojos de tanto reír. Por su parte, Ciara no dejaba de repetir una y otra vez:

—Nunca creí que alguien pudiera hacerlo tan mal.

Declan la saludó con el brazo desde el otro extremo de la sala con una cámara en la mano y le hizo una seña de fiasco señalando el suelo con el dedo pulgar. Holly se escondió en el rincón de la mesa y empezó a beber sorbos de agua mientras escuchaba las felicitaciones por haberlo hecho tan increíblemente mal. No recordaba la última vez que se había sentido tan orgullosa.

John se encaminó parsimoniosamente hacia ella y se apoyó contra la pared a su lado, desde donde vio la siguiente actuación en silencio. Finalmente se armó de valor y dijo:

—Es probable que Gerry esté aquí, ¿sabes? —Y la miró con ojos llorosos.

Pobre John, él también echaba de menos a su mejor amigo. Holly sonrió y echó un vistazo a la sala. John tenía razón. También podía sentir la presencia de Gerry. Sentía cómo la rodeaba con sus brazos y le daba uno de aquellos abrazos que tanto echaba de menos.

Al cabo de una hora, los cantantes por fin acabaron sus actuaciones y Daniel y el presentador se marcharon para hacer el recuento de votos. Todos los asistentes habían recibido una papeleta para votar al pagar la entrada en la puerta. Holly no se vio con ánimos de escribir su nombre en la suya, de modo que se la dio a Sharon. Estaba bastante claro que ella no iba a ganar, pero ésa no había sido su intención en ningún momento. Y si por casualidad ganaba, temblaba sólo de pensar en tener que volver a padecer aquel suplicio al cabo de dos semanas. No había aprendido nada con aquella experiencia, salvo que odiaba el karaoke aún más que antes. El vencedor del año anterior, Keith, había traído consigo a no menos de treinta amigos, lo que significaba que era el principal favorito, y Holly dudó mucho que los «admiradores» que tenía entre el público votaran por ella.

El pinchadiscos puso un patético CD de redobles de tambor cuando iban a anunciar los nombres de los ganadores. Daniel subió al escenario con su uniforme de chaqueta negra de piel y pantalones negros y fue recibido por los silbidos y los chillidos de las chicas. Para mayor inquietud de Holly, la que más gritaba era Ciara. Richard parecía entusiasmado y cruzó los dedos, sonriendo a Holly. Un gesto muy tierno pero increíblemente ingenuo, pensó ella; saltaba a la vista que no había entendido bien las «reglas».

Se produjo un momento de bochorno cuando el disco del redoble se encalló y el pinchadiscos corrió a su equipo para apagarlo. Los ganadores se anunciaron sin apenas histrionismo, en medio de un silencio absoluto.

—Bien, quiero dar las gracias a todos los que han participado en el concurso de esta noche. Nos habéis brindado un espectáculo fantástico. —La última frase iba dirigida a Holly que, muerta de vergüenza, se escurrió en el asiento—. Atención, los dos concursantes que van a pasar a la final son... —Daniel hizo una pausa para conseguir un efecto dramático—: ¡Keith y Samantha!

Holly saltó de alegría y bailó abrazada a Denise y Sharon. No se había sentido tan aliviada en toda la vida. Richard se mostró muy confuso y el resto de la familia la felicitó por su victorioso fracaso.

—Yo he votado a la rubia —anunció Declan, decepcionado.

—Sólo lo has hecho porque tiene las tetas grandes —se mofó Holly.

—Bueno, cada cual tiene el talento que tiene —convino Declan.

Al sentarse de nuevo, Holly se preguntó cuál tenía ella. Debía de ser una sensación maravillosa ganar algo, saber que tenías talento. Holly no había ganado nada en toda su vida; no practicaba deportes, no tocaba ningún instrumento y, ahora que se detenía a pensarlo, no tenía ningún hobby ni afición especial. ¿Qué pondría en su currículo cuando llegara el momento de salir a buscar trabajo? «Me gusta beber e ir de compras», no quedaría muy bien. Tomó un sorbo de su bebida con aire pensativo. A lo largo de su vida el único interés de Holly había sido Gerry. En realidad, lo único que había hecho era ser su pareja. ¿Qué tenía ahora? No tenía trabajo, no tenía marido y ni siquiera era capaz de cantar bien en un concurso de karaoke, y mucho menos ganarlo.

Sharon y John parecían enfrascados en una discusión acalorada, como de costumbre Abbey y Jack se miraban a los ojos con el arrobo de dos adolescentes enamorados, Ciara se estaba arrimando a Daniel y Denise estaba... Vaya, ¿dónde estaba Denise?

Holly echó un vistazo alrededor y la localizó sentada en el escenario, balanceando las piernas y haciendo poses provocativas para el presentador del karaoke. Los padres de Holly se habían marchado cogidos de la mano poco después de que su nombre no fuese anunciado como uno de los ganadores, con lo cual sólo quedaba... Richard. Richard estaba sentado en cuclillas al lado de Ciara y Daniel, contemplando la sala como un cachorro perdido y bebiendo sorbos de su copa cada pocos segundos como un paranoico. Holly se dijo que ella debía de haber presentado el mismo aspecto que él... una perdedora nata. Pero al menos aquel perdedor tenía una esposa y dos hijos que lo esperaban en casa, a diferencia de ella, que tenía una cita con un plato de comida preparada para calentar en un horno de microondas.

Holly se acercó y ocupó un taburete enfrente de Richard para trabar conversación con él.

—¿Lo estás pasando bien?

Richard levantó la vista de su copa, sorprendido de que alguien le hablara.

—Sí, gracias. Me estoy divirtiendo mucho, Holly.

Si cuando lo pasaba bien hacía aquella pinta, Holly prefería no saber qué aspecto tendría cuando se aburriera.

—Me ha sorprendido que vinieras, la verdad. Creía que éste no era tu ambiente.

—Bueno, ya sabes... Hay que apoyar a la familia —se excusó Richard, agitando su copa.

—¿Y dónde está Meredith esta noche?

—Emily y Timothy —contestó Richard, como si aquello lo explicara todo.

—¿Trabajas mañana? —preguntó Holly.

—Sí —dijo bruscamente, y apuró la copa de un trago—. Será mejor que me marche. Has demostrado un gran espíritu deportivo esta noche, Holly.

Miró torciendo el gesto a su familia, preguntándose si debía interrumpirlos para decirles adiós. Finalmente decidió que no. Se despidió de Holly con una inclinación de la cabeza y se largó, mezclándose entre el gentío.

Holly volvió a quedarse sola. Pese a lo mucho que deseaba coger el bolso y marcharse a casa, sabía que tenía que resistir. En el futuro habría un montón de ocasiones en las que estaría sola de aquel modo, siendo la única soltera en compañía de parejas, y necesitaba adaptarse. No obstante se sentía fatal y enojada con los demás porque no le hacían caso. Se maldijo a sí misma por ser tan pueril. Sus amigos y la familia le habían brindado un apoyo formidable. Se preguntó si ésa había sido la intención de Gerry. ¿Pensó que le convenía pasar por una situación como aquélla? ¿Pensó que esto la ayudaría? Quizá tuviera razón, pues desde luego era una prueba muy dura. La obligaba a ser más valiente en más de un aspecto. Había subido a un escenario a cantar delante de cientos de personas, y ahora estaba sola en un club lleno de parejas. La rodeaban por todas partes. Fuera cual fuese el plan de Gerry, estaba viéndose obligada a ser más valiente sin contar con él. «Así que resiste», se dijo.

Sonrió al ver a su hermana cotorrear con Daniel. Ciara no se parecía a ella en nada, era muy despreocupada y segura de sí misma, nunca daba muestras de preocuparse por nada. Que Holly recordase, Ciara nunca había conseguido conservar un empleo o un novio, su mente siempre estaba en otra parte, perdida en el sueño de visitar otro país lejano. Deseó parecerse a Ciara, pero ella era una persona muy hogareña, incapaz de imaginarse alejándose de su familia y sus amigos y abandonando la vida que se había erigido allí. Al menos nunca podría abandonar la vida que tuvo una vez.

Centró su atención en Jack, que seguía perdido en un mundo aparte con Abbey. También deseó ser un poco más como él. Jack adoraba su trabajo como profesor de escuela secundaria. Era el típico profesor enrollado de inglés que todos los adolescentes respetaban, y cada vez que Holly y Jack se topaban con uno de sus alumnos por la calle, éstos siempre lo saludaban con una gran sonrisa y un «¡Hola, profe!». Las chicas estaban prendadas y todos los chicos querían ser como él cuando fuesen mayores. Holly suspiró sonoramente y apuró su bebida. Estaba empezando a aburrirse.

Daniel la miró.

—Holly, ¿puedo invitarte a una copa?

—Eh, no, gracias, Daniel. Me iré a casa enseguida.

—¡Vamos, Hol! —protestó Ciara—. ¡No puedes marcharte tan pronto! ¡Es tu noche!

A Holly no le parecía que aquélla fuese su noche. Más bien tenía la impresión de haberse colado en una fiesta en la que no conocía a nadie.

—No, estoy bien, gracias —aseguró a Daniel de nuevo.

—Ni hablar, te quedas un rato —insistió Ciara—. Tráele un vodka con Coca-Cola y para mí lo mismo de antes —ordenó a Daniel.

—¡Ciara! —exclamó Holly, avergonzada ante la grosería de su hermana.

—¡Eh, no pasa nada! —terció Daniel—. Yo me he ofrecido. —Y se dirigió a la barra.

—Ciara, has sido muy grosera —dijo Holly.

—¿Qué? Pero si no tiene que pagar, es el dueño de este puñetero sitio —contestó Ciara a la defensiva.

—Eso no significa que tengas derecho a exigirle copas gratis...

—¿Dónde está Richard? —interrumpió Ciara.

—Se ha ido a casa.

—¡Mierda! ¿Hace mucho rato? —Ciara saltó del taburete alarmada.

—No lo sé, unos cinco minutos. ¿Por qué?

—¡Habíamos quedado en que me llevaría a casa!

Ciara amontonó los abrigos de los demás en el suelo en busca de su bolso.

—Ciara, no podrás alcanzarlo. Hace demasiado que ha salido.

—No. Verás como lo pillo. Ha aparcado muy lejos y tendrá que volver a pasar por esta calle para ir a su casa. Lo interceptaré por el camino. —Por fin encontró el bolso y echó a correr hacia la salida gritando—: ¡Adiós, Holly! ¡Has estado de pena! —Y desapareció por la puerta.

Holly se quedó otra vez sola. Genial, pensó al ver que Daniel regresaba a la mesa con tres bebidas, ahora no tendría más remedio que darle conversación.

—¿Dónde está Ciara? —preguntó Daniel mientras dejaba los vasos en la mesa y se sentaba delante de Holly.

—Me ha pedido que te dijera que lo sentía mucho, pero que tenía que dar caza a mi hermano para que la llevara a casa. —Holly se mordió el labio. Se sentía culpable porque sabía de sobras que Ciara no había pensado en Daniel ni por un segundo mientras salía despavorida hacia la puerta—. Perdona que antes yo también haya sido tan grosera contigo. —De pronto se echó a reír. Luego añadió—: Dios, pensarás que somos la familia más grosera del mundo. Ciara es un poco bocazas, la mayoría de las veces no sabe lo que dice.

—¿Y tú sí? —replicó Daniel, sonriendo.

—Si lo dices por lo de antes, sí. —Y volvió a reír.

—Eh, no te preocupes, sólo significa que ahora hay más

bebida para ti —dijo Daniel deslizando un vaso de chupito hasta su lado de la mesa.

—¿Qué es esto? —Holly arrugó la nariz al olerlo.

Daniel la miró con una simpática sonrisa.

—Se llama un BJ. Deberías haber visto la cara del camarero cuando se lo he pedido. ¡Me parece que no sabía qué era!

—Oh, Dios —dijo Holly—. ¿Qué hace Ciara bebiendo esto? ¡Huele fatal!

—Según ella, es fácil de tragar.

Ahora fue Daniel quien se echó a reír.

—Lo siento, Daniel, la verdad es que a veces se comporta de forma absurda. —Negó con la cabeza como dando a su hermana por imposible.

Daniel miró más allá del hombro de Holly con aire divertido.

—Vaya, parece que tu amiga lo está pasando bien esta noche.

Holly se volvió y vio a Denise y al pinchadiscos abrazados junto al escenario. Saltaba a la vista que sus gestos provocativos habían surtido el efecto deseado.

—Oh, no, es ese horrible tipo que me obligó a salir del lavabo —refunfuñó Holly.

—Es Tim O'Connor de Dublín FM —explicó Daniel—. Somos amigos.

Holly se tapó la cara avergonzada.

—Esta noche trabaja aquí porque el karaoke se ha emitido en directo en la radio —agregó Daniel, muy serio.

—¿Qué?

A Holly por poco le dio un infarto por vigésima vez en la misma velada.

Daniel esbozó una amplia sonrisa y dijo:

—Es broma. Sólo quería ver qué cara ponías.

—Dios mío. No me des estos sustos —rogó Holly llevándose una mano al corazón—. Bastante horrible ha sido tener a toda esta gente aquí escuchándome, sólo faltaba que además me hubiese oído la ciudad entera.

Holly aguardó a que el corazón volviera a latir con normalidad mientras Daniel la miraba con picardía.

—Perdona que te lo pregunte pero, si tanto lo detestas, ¿por qué te inscribiste? —preguntó con aire vacilante.

—Verás, es que a mi marido se le ocurrió, con su increíble sentido del humor, que sería divertido inscribir a su esposa, que es una negada para la música, en un concurso de canto.

Daniel rió.

—¡Tampoco los has hecho tan mal! ¿Está aquí tu marido? —preguntó mirando alrededor—. No quiero que piense que estoy intentando envenenar a su esposa con este brebaje repugnante —agregó señalando el chupito con la barbilla.

Holly se volvió hacia la sala y sonrió.

—Sí, seguro que está aquí... En alguna parte.

16

Holly sujetó con una pinza la sábana que estaba tendiendo y pensó en cómo había ido trastabillando durante el resto del mes de mayo, tratando de poner un poco de orden en su vida. Había días en los que se sentía feliz y contenta, segura de que las cosas le irían bien, cuando de súbito, tan deprisa como había llegado, la dicha desaparecía y ella volvía a sumirse en la más absoluta tristeza. Procuró establecer una rutina en la que dejarse atrapar de buen grado para volver a sentir que pertenecía a su cuerpo y su cuerpo a la vida, en lugar de deambular por ahí como una zombi observando cómo los demás disfrutaban de sus vidas mientras ella aguardaba a que la suya acabara. Por desgracia, la rutina no resultó ser exactamente como esperaba. Se encontró a sí misma inmóvil durante horas en la sala de estar reviviendo cada uno de los recuerdos que conservaba de su vida con Gerry. Lo más triste de todo era que pasaba la mayor parte de ese tiempo rememorando todas y cada una de las peleas que habían tenido, deseando poder borrarlas, poder retirar todo lo desagradable que le había dicho, presa del enojo, y que en absoluto reflejaba sus verdaderos sentimientos. Se atormentaba por lo egoísta que había sido en ocasiones, saliendo de juerga con las amigas cuando se enfadaba con él en vez de quedarse en casa y deshacer el entuerto. Se reprendía por haberse apartado de él cuando debería haberlo abrazado, por haberle guardado rencor durante días en lugar de perdonarlo, por haberse ido a dormir sin cenar en lugar de hacerle el amor.

Deseaba borrar todas las ocasiones en las que le constaba que Gerry se había enfadado con ella y la había odiado. Deseaba que todos sus recuerdos fuesen de buenos momentos, pero los malos no dejaban de perseguirla hasta obsesionarla. Y éstos habían sido una absoluta pérdida de tiempo.

Y nadie les había advertido que andaban escasos de tiempo.

Luego venían los días felices en los que iba de aquí para allá con una sonrisa pintada en el rostro, sorprendiéndose a sí misma riendo mientras paseaba por la calle al asaltarle el recuerdo de una de sus típicas bromas. Ésa era su rutina. Se hundía en días de una profunda y lóbrega depresión, hasta que por fin recobraba las fuerzas para ser más positiva y cambiar de estado de ánimo durante otros tantos días. Ahora bien, cualquier nimiedad bastaba para desencadenar el llanto otra vez. Era un proceso agotador y las más de las veces le daba pereza batallar contra su mente, mucho más fuerte que cualquier músculo de su cuerpo.

Los familiares y los amigos iban y venían, unas veces para consolarla y otras para hacerla reír. Pero incluso en su risa se echaba algo en falta. Nunca parecía estar verdaderamente contenta, daba la impresión de matar el tiempo mientras aguardaba alguna otra cosa. Estaba harta de limitarse a existir; quería vivir. Pero ¿qué sentido tenía vivir cuando no se sentía viva? Se hizo las mismas preguntas una y mil veces, hasta que finalmente prefirió no despertar de sus sueños; éstos eran lo único que le parecía real.

En el fondo sabía que era normal sentirse así, tampoco es que pensara que estaba perdiendo la cabeza. Sabía que la gente decía que un día volvería a ser feliz y que aquella sensación sólo sería un recuerdo lejano. Sin embargo, alcanzar ese día era la parte difícil.

Leyó y releyó la primera carta de Gerry una y otra vez, analizando cada palabra y cada frase, y cada día hallaba un nuevo significado. Pero no podía quedarse sentada allí hasta el día del juicio final, intentando leer entre líneas para adivinar el mensaje oculto. La verdad era que en realidad nunca sabría exactamente qué había querido decirle puesto que jamás volvería a hablar con él. Aquella conclusión era sin duda la más dolorosa y difícil de aceptar, y la estaba matando.

Mayo había quedado atrás y junio había traído consigo largos atardeceres luminosos y las hermosas mañanas que los acompañaban. Los radiantes días soleados del nuevo mes le brindaron la claridad. Se acabó el encerrarse en casa en cuanto oscurecía y el quedarse en la cama hasta la tarde. Irlanda parecía haber despertado súbitamente del letargo invernal, desperezándose y bostezando para volver a la vida. Era hora de abrir las ventanas y airear la casa, de librarla de los fantasmas del invierno y los días oscuros, era hora de levantarse temprano con los trinos de los pájaros y salir a pasear y mirar a la gente a los ojos, sonreír y saludar en vez de esconderse bajo varias capas de ropa, la mirada clavada en el suelo mientras corría de un lado a otro haciendo caso omiso del mundo. Era hora, en fin, de abandonar la oscuridad y levantar la cabeza bien alta para enfrentarse cara a cara con la verdad.

Junio también trajo otra carta de Gerry.

Holly se había sentado fuera para disfrutar del sol, deleitándose en aquella renovada alegría de vivir. Nerviosa y entusiasmada al mismo tiempo, leyó la cuarta carta. Se embelesó con el tacto de la tarjeta y de los contornos de la caligrafía de Gerry cuando acarició la tinta seca con la yema de los dedos. Dentro, su pulcra caligrafía presentaba un listado de artículos que le pertenecían y que seguían en la casa y, al lado de cada una de sus posesiones, explicaba qué quería que Holly hiciera con ellas y dónde deseaba que las hiciera llegar. Al final ponía:

Posdata: te amo, Holly, y sé que tú me amas. No necesitas mis pertenencias para acordarte de mí, no necesitas conservarlas como prueba de que he existido o de que aún existo en tu mente. No necesitas ponerte un suéter mío para sentirme cerca de ti; ya estoy ahí... estrechándote siempre entre mis brazos.

A Holly le costó mucho aceptar aquello. Casi deseó que le hubiese pedido que volviera a cantar en un karaoke. Habría saltado desde un avión por él, o corrido dos mil kilómetros, cualquier cosa excepto vaciar sus armarios y desprenderse de su presencia en la casa. Pero sabía que Gerry tenía razón. No podía aferrarse a sus pertenencias para siempre. No podía engañarse pensando que él regresaría para recogerlas. El Gerry de carne y hueso se había ido; no necesitaba su ropa.

La experiencia resultó agotadora desde el punto de vista emocional. Tardó días en concluirla. Revivió un millón de recuerdos con cada prenda de ropa y cada pedazo de papel que metió en bolsas. Sostenía cerca de ella cada artículo antes de decirle adiós. Cada vez que sus dedos se desprendían de un objeto era como si se despidiera de una parte de Gerry otra vez. Era difícil, muy difícil. A veces demasiado difícil.

Informó a su familia y sus amigos de lo que estaba haciendo y, aunque todos le ofrecieron ayuda y apoyo reiteradamente, Holly sabía que tenía que hacerlo sola. Necesitaba tomarse su tiempo para despedirse como era debido puesto que no volvería a ver ninguna de aquellas cosas. Al igual que el propio Gerry, sus pertenencias tampoco podrían regresar. Pese al deseo de Holly de estar a solas, Jack se había presentado en su casa varias veces para brindarle su apoyo fraterno y ella lo había agradecido. Cada objeto tenía una historia, y conversaban y reían a propósito de los recuerdos que les suscitaba. Jack estaba a su lado cuando lloraba y también cuando daba una palmada para sacudirse el polvo de las manos. No era una tarea fácil, pero tenía que hacerse y la ayuda de Gerry la hacía más llevadera. Holly no debía preocuparse de tomar grandes decisiones, Gerry las había tomado por ella. Sí, la estaba ayudando y, por una vez, Holly sintió que ella también estaba ayudándolo a él.

Rió al meter en la bolsa las polvorientas casetes del que fue su grupo de rock favorito cuando iba al colegio. Al menos una vez al año Gerry encontraba la vieja caja de zapatos mientras se esforzaba por poner un poco de orden en el creciente caos de su armario. Entonces hacía sonar aquella música heavy metal a todo volumen en todos los altavoces de la casa, para torturar a Holly con los estridentes chirridos de las guitarras y la pésima calidad de la grabación. Ella siempre le decía que se moría de ganas de perder de vista aquellas cintas. Ahora, sin embargo, no la invadió el alivio que antaño había esperado sentir.

Sus ojos repararon en una prenda arrugada que había en un rincón del fondo del armario ropero: la camiseta de fútbol de Gerry, su amuleto. Aún estaba sucia de manchas de hierba y barro, tal como la dejó después de su último día victorioso en el campo. Se la llevó a la cara e inhaló profundamente; el olor a cerveza y sudor era débil, pero seguía allí. La apartó para lavarla y dársela a John.

Tantos objetos, tantos recuerdos. Todos iban siendo etiquetados y empaquetados, al tiempo que los archivaba en la mente. Los guardaría en un sitio al que pudiera apelar cuando necesitara enseñanzas y ayuda en la vida futura. Objetos que una vez estuvieron llenos de vida e importancia, pero que ahora yacían inertes en el suelo. Sin él sólo eran cosas.

El esmoquin que llevó Gerry en la boda, los trajes, las camisas y corbatas que cada mañana lamentaba tener que ponerse para ir a trabajar. Las modas de años pasados, trajes llamativos de los ochenta y un fardo de chándales; unas gafas de buceo de la primera vez que fueron a hacer submarinismo, una concha que recogió del fondo del mar diez años atrás, su colección de posavasos de cerveza de todos los pubs de todos los países que habían visitado; cartas y felicitaciones de cumpleaños de amigos y familiares recibidas a lo largo de los años; las tarjetas de San Valentín que le había enviado Holly; muñecos y peluches de la infancia apartados para enviárselos a sus padres; carpetas de facturas, sus palos de golf para John, libros para Sharon, recuerdos, lágrimas y risas para Holly.

La vida entera de Gerry metida en veinte bolsas de basura.

Los recuerdos de ambos guardados en la mente de Holly.

Cada artículo desenterraba polvo, lágrimas, risas y recuerdos. Metió los artículos en bolsas, quitó el polvo, se enjugó los ojos y archivó los recuerdos.

El móvil de Holly comenzó a sonar. Dejó caer la canasta de la colada y entró corriendo en la cocina por la puerta del patio para contestar al teléfono.

—¿Diga?

—¡Voy a convertirte en una estrella! —exclamó Declan medio histérico al otro lado de la línea, antes de que le entrara una risa incontenible.

Holly aguardó a que se serenara mientras se estrujaba el cerebro intentando entender de qué estaba hablando.

—¿Estás borracho, Declan?

—Puede que un poco pero eso es completamente irrelevante —dijo Declan, hipando.

—¡Declan, son las diez de la mañana! —Rió y luego preguntó—: ¿Aún no te has acostado?

—¡Nooo! —Volvió a hipar—. Estoy en el tren de vuelta a casa y me acostaré dentro de más o menos unas tres horas.

—¡Tres horas! ¿Dónde estás? —Holly volvió a reír. Estaba disfrutando con aquella charla, ya que se acordaba de las ocasiones en las que ella solía llamar a Jack a cualquier hora de la mañana desde toda clase de sitios tras haberse portado mal una noche de juerga.

—Estoy en Galway. Los premios fueron anoche —dijo como si su hermana tuviera que saber a qué se refería.

—Perdona mi ignorancia, pero ¿de qué premios hablas?

—¡Te lo conté!

—No, a mí no me has contado nada.

—Le dije a Jack que te lo contara. Será cabrón... —farfulló, trabándosele la lengua.

—Pues no lo hizo —interrumpió Holly—. Así que tendrás que hacerlo tú.

—¡Los premios de los estudiantes de periodismo se entregaron anoche y he ganado! —gritó Declan, y a Holly le pareció que el vagón en pleno lo celebraba. Se alegró mucho por él—. ¡Y el premio consiste en que van a emitirlo en Channel 4 la semana que viene! ¿No es increíble? —Hubo nuevos vítores y Holly apenas entendía lo que Declan le estaba diciendo—. ¡Vas a ser famosa, hermanita! —Fue lo último que oyó antes de que se cortara la comunicación.

¿Qué era aquella extraña sensación que notaba recorriéndole el cuerpo? ¿Acaso era...? No, imposible... No podía creer que estuviera experimentando una sensación de felicidad.

Llamó a su familia para divulgar la noticia, pero descubrió que todos habían recibido llamadas semejantes. Ciara se había pegado al teléfono durante horas charlando como una colegiala excitada sobre cómo iban a aparecer en la tele, por supuesto su historia culminaba con su matrimonio con Denzel Washington. Acordaron que toda la familia se reuniría en el pub Hogan's el miércoles siguiente para ver la emisión del documental. Daniel había tenido la amabilidad de ofrecer el Club Diva para que pudieran verlo en la pantalla gigante. Holly estaba entusiasmada con el logro de su hermano y telefoneó a Sharon y a Denise para darles la buena noticia.

—¡Vaya, es fantástico, Holly! —susurró, Sharon muy contenta.

—¿Por qué hablas tan bajito? —susurró Holly a su vez—. Ah, entiendo, no voy a entretenerte mucho rato. Sólo quería decirte que vamos a ir todos a Hogan's el próximo miércoles para verlo y que estáis invitados.

—Ajá... perfecto. —Sharon fingió anotar sus datos.

—Estupendo, será divertido. Sharon, ¿qué me pongo?

—Hummm... ¿Nuevo o de segunda mano?

—No, no puedo permitirme comprar nada nuevo. Aunque me obligaras a comprar ese top hace unas semanas, me niego a ponérmelo: ya no tengo dieciocho años. Así que tendrá que ser algo viejo.

—Muy bien... Rojo.

—¿El top rojo que me puse en tu cumpleaños?

—Sí, exacto.

—Bueno, tal vez.

—¿Cuál es tu situación laboral actualmente?

—La verdad es que aún no he empezado a buscar. —Holly se mordió el interior de la mejilla y frunció el entrecejo.

—¿Fecha de nacimiento?

—Oh, vamos, cierra el pico, chismosa.

—Lo siento, pero sólo abrimos pólizas de automóvil a conductores mayores de veinticuatro años. Me temo que eres demasiado joven.

—Ojalá. Vale, ya hablaremos después.

—Gracias por llamar.

Holly se sentó a la mesa de la cocina, preguntándose qué se pondría para ir a Hogan's la semana siguiente. Tenía ganas de estar guapa y sexy para variar, y estaba harta de su ropa vieja. Quizá Denise tendría algo en su tienda. Estaba a punto de llamarla cuando recibió un mensaje de texto de Sharon.

ARPÍA ESPÍA T LLAMO + TARDE BSOS

Holly descolgó el auricular y llamó a Denise al trabajo.

—Casuals, buenos días —contestó Denise, muy educada.

—Hola, Casuals, soy Holly. Ya sé que no tengo que llamarte al trabajo, pero sólo quería decirte que el documental de Declan ha ganado no sé qué premio universitario y que van a emitirlo el miércoles por la noche.

—¡Qué guay, Holly! ¿Y nosotras salimos? —preguntó entusiasmada.

—Creo que sí. Vamos a ir todas a Hogan's a verlo. ¿Te apuntas?

—¡Uau, por supuesto! Igual llevo a mi novio nuevo —agregó Denise, sonriendo con picardía.

—¿Qué novio nuevo es ése? —preguntó Holly.

—¡Tom!

—¿El tío del karaoke? —Holly no daba crédito.

—¡Pues claro! Oh, Holly, estoy tan enamorada... —Y se echó a reír como una chiquilla.

—¿Enamorada? ¡Pero si sólo hace unas semanas que lo conoces!

—¿Y qué más da? Desde el primer instante... como dice la canción.

—Vaya, Denise... ¡No sé qué decir!

—¡Dime que es maravilloso!

—Sí... O sea... no hay duda de que es una buena noticia.

—Oye, no te entusiasmes tanto, Holly —dijo Denise con sarcasmo—. De todos modos, me muero de ganas de que lo conozcas. Te encantará. Bueno, no tanto como a mí, pero estoy segura de que te caerá bien. —Y comenzó a divagar sobre lo fantástico que era Tom.

—Denise, ¿no recuerdas que ya lo conozco? —la interrumpió Holly en medio de una historia sobre cómo Tom había salvado a un niño de ahogarse.

—Sí, ya lo sé, pero prefiero que le veas cuando no estés portándote como una demente que se esconde en los lavabos y grita por los micrófonos.

—Supongo que tienes razón...

—Pues claro, mujer. ¡Lo pasaremos bomba! ¡Será la primera vez que vaya a mi propio estreno! —dijo excitada.

Holly puso los ojos en blanco ante el histrionismo de su amiga y se despidió de ella.

Holly apenas hizo ninguna de las tareas domésticas que se había propuesto, ya que estuvo casi toda la mañana hablando por teléfono. El móvil sonaba sin cesar y acabó provocándole dolor de cabeza. Se estremeció al pensarlo. Cada vez que le dolía la cabeza se acordaba de Gerry. Detestaba que sus allegados se quejaran de jaquecas y migrañas y, cuando lo hacían, los atosigaba con advertencias sobre el peligro que corrían y los instaba a tomárselo más en serio e ir a ver al médico. Acabó por aterrorizar a todo el mundo con sus historias, y finalmente optaron por no decirle nada cuando se encontraban mal.

Suspiró sonoramente. Se estaba volviendo tan hipocondríaca que hasta su doctora estaba harta de verla. Corría a la consulta presa de pánico por cualquier nimiedad, aunque fuera un dolor en la pierna o retortijones en el estómago. La semana anterior, se convenció de que le ocurría algo en los pies; los dedos no acababan de tener buen aspecto. La doctora los examinó con seriedad y acto seguido se puso a garabatear una receta mientras Holly la observaba horrorizada. Por fin le entregó el trozo de papel y, con esa caligrafía indescifrable típica de los médicos, leyó: «Compra zapatos más grandes.»

Tal vez tuviera su gracia, pero la broma le costó cuarenta euros.

Holly había pasado los últimos minutos al teléfono, escuchando a Jack despotricar contra Richard. Por lo visto Richard también le había hecho una visita. Holly se preguntó si simplemente estaría tratando de establecer lazos afectivos con sus hermanos después de años de esconderse de ellos. Bien, pues al parecer era demasiado tarde. Desde luego, resultaba muy difícil mantener una conversación con alguien que todavía no dominaba el arte de la buena educación. ¡Oh, basta, basta, basta!, se gritó en silencio. Tenía que dejar de preocuparse, dejar de pensar, dejar de estrujarse los sesos y, sobre todo, dejar de hablar consigo misma. Se estaba volviendo loca.

Finalmente acabó de tender la colada con más de dos horas de retraso y metió otra carga de ropa en la lavadora y la conectó. Encendió la radio de la cocina, puso el televisor a todo volumen en la sala de estar y reanudó la faena. Quizás así sofocaría la vocecilla interior que no paraba de lloriquear.

17

Holly llegó a Hogan's y se abrió paso entre la clientela de hombres mayores del pub para subir al Club Diva. La banda de música tradicional tocaba muy animada y el público coreaba sus canciones irlandesas favoritas. Sólo eran las siete y media de la tarde, así que el Club Diva aún no estaba abierto oficialmente. Echó un vistazo al local vacío y le pareció muy distinto de aquel en el que había estado aterrorizada unas pocas semanas antes. Fue la primera en llegar y ocupó una mesa justo enfrente de la pantalla gigante para tener una visión perfecta del documental de su hermano, si bien no era de esperar que acudiese tanta gente como para que alguien se plantara entre las mesas y la pantalla.

El ruido de un vaso al romperse la sobresaltó y Holly se volvió para ver quién había entrado en la sala. Daniel salió de detrás de la barra con una escoba y un recogedor.

—Vaya, hola, Holly. No me había dado cuenta de que había entrado alguien —dijo Daniel, mirándola sorprendido.

—Sólo soy yo, he venido temprano para variar.

Holly se dirigió a la barra para saludarlo. Daniel presentaba un aspecto distinto aquella noche, pensó ella mientras le pasaba revista.

—Temprano es poco —dijo Daniel, mirando la hora en su reloj de pulsera—. Los demás empezarán a llegar dentro de una hora más o menos.

Un tanto confusa, Holly también consultó la hora.

—Pero si son las siete y media. ¿No empieza a las ocho el programa?

Daniel puso ceño.

—No, a mí me dijeron a las nueve, pero igual lo entendí mal... —Cogió un periódico del día y buscó la página con la programación de televisión—. Sí, nueve en punto, Channel 4.

Holly puso los ojos en blanco.

—Oh, no. Lo siento, iré a dar un paseo por la ciudad y regresaré más tarde —dijo Holly, saltando del taburete.

—Eh, no seas tonta. —Esbozó una radiante sonrisa—. Las tiendas han cerrado a esta hora y puedes hacerme compañía, siempre que no te importe...

—Bueno, no me importa si a ti no te importa...

—No me importa —aseguró Daniel con firmeza.

—Muy bien, pues entonces me quedo —dijo Holly, encaramándose de nuevo al taburete, llena de alegría.

Daniel apoyó las manos sobre el surtidor de cerveza en una pose típica de camarero.

—Y ahora que ya estamos de acuerdo, ¿qué puedo servirte? —inquirió sonriendo.

—Vaya, es fantástico esto de no tener que hacer cola ni pedir la bebida a gritos —bromeó Holly—. Tomaré un agua con gas, por favor.

—¿No quieres algo más fuerte? —Daniel arqueó las cejas. Su sonrisa era contagiosa.

—No, más vale que no o estaré borracha cuando lleguen los demás.

—Bien pensado —convino Daniel, y se volvió hacia la nevera que tenía detrás para sacar el botellín de agua. Holly cayó en la cuenta de qué era lo que le confería un aspecto tan distinto: no iba de negro como de costumbre. Vestía tejanos gastados y camisa azul celeste desabrochada, con una camiseta blanca debajo que hacía que sus ojos azules centellearan más de lo habitual. Iba arremangado hasta justo debajo de los codos. Holly se fijó en sus músculos a través de la tela fina. Apartó la vista enseguida cuando Daniel le sirvió el vaso de agua.

—¿Puedo invitarte a algo? —preguntó Holly.

—No, gracias. Ésta corre de mi cuenta.

—No, por favor —insistió Holly—. Me has invitado a un montón de bebidas. Ahora me toca a mí.

—Muy bien, pues entonces tomaré una Budweiser, gracias.

Daniel se apoyó en la barra sin quitarle el ojo de encima.

—¿Cómo? ¿Quieres que la sirva yo? —preguntó Holly. Saltó del taburete y rodeó la barra. Daniel se apartó y la observó con aire divertido—. Cuando era pequeña, siempre quise trabajar detrás de una barra —dijo Holly, cogiendo una jarra de cerveza y abriendo el tirador. Lo estaba pasando muy bien.

—Pues hay un puesto vacante si andas buscando trabajo —dijo Daniel, observándola trabajar con detenimiento.

—No, gracias. Me parece que trabajo mejor al otro lado de la barra —bromeó Holly, llenando la jarra de cerveza.

—Bueno, pero si alguna vez buscas empleo, ya sabes dónde tienes uno —dijo Daniel, y bebió un sorbo de cerveza—. Lo has hecho muy bien.

—Hombre, tampoco es neurocirugía. —Sonrió y regresó al otro lado de la barra. Cogió el bolso y le dio unos billetes—. Quédate con el cambio. —Se echó a reír.

—Gracias —aceptó Daniel, sonriendo. Se volvió para abrir la caja registradora y Holly se despreció por fijarse en su trasero. Aunque lo encontró bonito y firme, no era como el de Gerry, decidió—. ¿Tu marido ha vuelto a abandonarte esta noche? —preguntó Daniel en broma mientras rodeaba la barra para reunirse con ella. Holly se mordió el labio y se preguntó qué debía responder. No era el mejor momento para hablar de algo tan deprimente con alguien que sólo pretendía ser amable, pero no quería que Daniel siguiera preguntándole por él cada vez que la viera. Tarde o temprano descubriría la verdad y el pobre se vería en una situación embarazosa.

—Daniel —susurró—, no quisiera incomodarte, pero mi marido falleció.

Daniel se paró en seco y se ruborizó levemente.

—Oh, Holly, lo siento. No lo sabía —dijo con sinceridad.

—No pasa nada, sé que no lo sabías. —Sonrió para demostrarle que todo iba bien.

—La otra noche no llegué a conocerle, pero si alguien me lo hubiese dicho habría ido al funeral a presentar mis respetos. —Se sentó en el taburete contiguo al de Holly.

—No, no. Gerry murió en febrero. No estaba aquí la otra noche, Daniel.

—Pero creía que habías dicho que estaba aquí... —susurró pensando que quizá se trataba de un malentendido.

—Y lo hice. —Holly se miró los pies avergonzada—. Verás, él no estaba aquí —dijo mirando alrededor— pero sí aquí —concluyó llevándose una mano al corazón.

—Comprendo —dijo Daniel al cabo—. En ese caso, la otra noche aún fuiste más valiente de lo que creía, teniendo en cuenta las circunstancias —agregó con amabilidad.

A Holly le sorprendió que Daniel no diera muestras de incomodarse. Normalmente la gente balbuceaba y tartamudeaba al recibir la noticia y, o bien divagaba, o bien cambiaba de tema. En cambio, se sentía a gusto en presencia de Daniel, como si pudiera hablarle con franqueza y sin miedo a llorar. Holly sonrió, negando con la cabeza, y le refirió sucintamente la historia de la lista.

—Por eso salí corriendo después del concierto de Declan aquella noche —dijo Holly.

—¿Estas segura que no fue por lo mal que lo hicieron? —bromeó Daniel. Se quedó absorto un momento y luego añadió—: Ah, claro, es verdad. Era el trece de abril.

—Sí, no podía esperar más para abrirla —explicó Holly.

—¿Cuándo toca la próxima?

—En julio —contestó Holly, excitada.

—Así que no voy a verte el trece de julio —dijo Daniel secamente.

—Veo que lo vas captando. —Holly sonrió.

—¡Ya estoy aquí! —anunció Denise a la sala vacía, mien

tras entraba pavoneándose emperifollada de punta en blanco con el vestido que había lucido en el baile del año anterior. Tom la seguía con aire despreocupado, riendo y negándose a apartar los ojos de ella.

—Vas hecha un figurín —comentó Holly, mirando a su amiga de arriba abajo. Ella había decidido ponerse tejanos, botas negras y un top negro muy sencillo. Lo cierto es que no estaba de humor para arreglarse mucho, sobre todo teniendo en cuenta que el plan consistía en sentarse en un club vacío. En fin, Denise no parecía haber captado ese detalle.

—Bueno, una no va cada día a su propio estreno, ¿verdad? —bromeó Denise.

Tom y Daniel se saludaron dándose un abrazo.

—Nena, éste es Daniel, mi mejor amigo —dijo Tom, presentándola a Daniel. Daniel y Holly se miraron arqueando las cejas, sonriendo al reparar en el uso de la palabra «nena».

—Hola, Tom. —Holly le estrechó la mano cuando Denise la hubo presentado y él la besó en la mejilla—. Lamento lo de la primera vez que nos vimos, no estaba muy cuerda aquella noche. —Holly se ruborizó al recordar la escena del karaoke.

—Oh, no hay problema. —Tom esbozó una amable sonrisa—. Si no hubieses participado no habría conocido a Denise, así que me alegro de que lo hicieras —agregó, volviéndose hacia Denise. Daniel y Holly, contentos por sus amigos, intercambiaron de nuevo una mirada. Holly se sentó en el taburete, sintiéndose muy a gusto en compañía de aquellos dos hombres.

Al cabo de un rato, Holly descubrió que estaba disfrutando. No sólo fingía reír o encontrar divertidos los comentarios, estaba contenta. El hecho de pensarlo la alegró aún más, así como el constatar que Denise por fin había encontrado a alguien a quien amaba de veras.

Minutos después llegó el resto de la familia Kennedy junto con Sharon y John. Holly corrió a recibir a sus amigos.

—Hola, preciosa —dijo Sharon, dándole un abrazo—. ¿Hace mucho que has llegado?

Holly se echó a reír.

—Pensaba que la emisión era a las ocho, así que he venido a las siete y media.

—Oh, no —dijo Sharon con aire preocupado.

—No te preocupes, no pasa nada. Daniel me ha hecho compañía —dijo Holly, señalando hacia él.

—¿Él? —dijo John enojado—. Ándate con cuidado con ese tío, Holly, es un bicho raro. Deberías haber oído lo que le dijo a Sharon la otra noche.

Holly rió para sus adentros y enseguida se disculpó para ir a reunirse con su familia.

—¿No has traído a Meredith? —preguntó con descaro a Richard.

—Pues no —contestó él bruscamente antes de dirigirse a la barra.

—¿Por qué se molesta siquiera en venir a estos sitios? —se lamentó Holly a Jack mientras éste apoyaba la cabeza de su hermana en su pecho y le acariciaba el pelo, fingiendo consolarla.

—¡Atención todos! —Declan estaba de pie encima de un taburete y anunció—: Puesto que Ciara no sabía qué ponerse esta noche, todos hemos llegado tarde y mi documental va a empezar de un momento a otro. Así que os agradeceré que toméis asiento y cerréis el pico.

—Oh, Declan —reprendió su madre por ser tan grosero.

Holly buscó a Ciara por la sala y la vio junto a Daniel en la barra. Sonrió y se acomodó para ver el documental. En cuanto el presentador lo anunció, todo el mundo aplaudió y soltó vítores, pero Declan los hizo callar de inmediato con expresión enojada, ya que no quería que perdieran detalle.

Las palabras «Las chicas y la ciudad» aparecieron sobre un hermoso plano nocturno de la ciudad de Dublín, y Holly se puso nerviosa. El título destacaba sobre un fondo negro que fundió a un plano de Sharon, Denise, Abbey y Ciara hacinadas en el asiento trasero de un taxi. Sharon estaba hablando:

«¡Hola! Soy Sharon y éstas son Abbey, Denise y Ciara.»

Las chicas posaban por turnos para sus respectivos planos cortos de presentación.

«Vamos a casa de nuestra mejor amiga, Holly, porque hoy es su cumpleaños...»

La escena cambiaba a la de las chicas sorprendiendo a Holly con gritos de «feliz cumpleaños» en la puerta delantera de su casa. Luego volvía a salir Sharon en el taxi.

«Esta noche es nuestra noche y saldremos SIN hombres...»

La escena siguiente mostraba a Holly abriendo los regalos y enseñando el vibrador a la cámara al grito de: «¡Bueno, está claro que voy a necesitar esto!» Luego volvía a Sharon en el taxi diciendo:

«Vamos a beber hasta perder el sentido...»

Ahora Holly estaba abriendo el champán, luego las chicas bebían chupitos en el Boudoir y finalmente salía Holly con la diadema torcida en la cabeza, bebiendo directamente de una botella de champán con una pajita.

«Vamos a ir de bares...»

Entonces venía un plano de las chicas en Boudoir contoneándose de forma un tanto vergonzosa en la pista de baile. A continuación aparecía Sharon hablando muy sinceramente.

«¡Pero sin pasarnos de la raya! ¡Esta noche nos portaremos bien!»

En la escena siguiente aparecían protestando enloquecidas, mientras tres gorilas las acompañaban hasta la salida del club.

Holly miró asombrada a Sharon, que parecía tan sorprendida como ella. Los hombres se desternillaban de risa y daban palmadas a los hombros a Declan, felicitándolo por poner en evidencia a sus compañeras. Holly, Sharon, Denise, Abbey y hasta Ciara se hundieron mortificadas en sus asientos.

¿Qué demonios había hecho Declan?

18

Reinaba un silencio absoluto en el club mientras todos los presentes miraban fijamente la pantalla con expectación. Holly aguantaba la respiración, nerviosa al pensar en lo que iba a aparecer a continuación. Quizá les recordaría a las chicas con exactitud lo que todas ellas habían conseguido olvidar tan convenientemente acerca de aquella noche. La verdad la aterrorizaba. Al fin y al cabo, se habían emborrachado hasta el punto de olvidar por completo los acontecimientos de la velada. A no ser que alguien estuviera mintiendo, en cuyo caso aún deberían estar más nerviosas. Holly echó un vistazo a las chicas. Todas se estaban mordiendo las uñas. Holly cruzó los dedos.

Un nuevo título apareció en pantalla: «Los regalos».

«Abre el mío primero», vociferó Ciara desde el televisor, entregando su regalo a Holly y empujando a Sharon en el sofá hasta tirarla al suelo. En el club todos se echaron a reír al ver a Abbey arrastrando a una horrorizada Sharon por los pies. Ciara se apartó de Daniel y fue a reunirse con el resto de las chicas en busca de seguridad. Todos soltaron exclamaciones mientras los regalos de Holly iban apareciendo uno tras otro. A Holly se le hizo un nudo en la garganta cuando la cámara realizó un zoom sobre las dos fotografías encima en la repisa de la chimenea mientras hacían el brindis de Sharon.

De pronto un nuevo título ocupó la pantalla, «Viaje a la ciudad», y aparecieron las chicas peleando para subir al taxi de siete plazas. Era evidente que ya iban muy entonadas. Holly quedó impresionada, pues creía que en esa etapa aún estaban bastante sobrias.

«Oh, John —se lamentaba Holly al taxista, arrastrando las palabras—. Hoy cumplo treinta años. ¿Puedes creerlo?»

John el taxista, a quien no podía importarle menos la edad que tuviera, le echó un vistazo y rió.

«Te aseguro que sigues siendo una muchachita, Holly», dijo con voz grave y seria. La cámara se aproximó al rostro de Holly, y ésta se encogió al verse a sí misma en la pantalla. Parecía muy borracha y triste.

«Pero ¿qué voy a hacer, John? —insistió Holly—. ¡Cumplo treinta años! ¡No tengo trabajo ni marido ni hijos y cumplo treinta años! ¿Ya te lo había dicho?», preguntó, inclinándose hacia él. Detrás de ella Sharon soltó una carcajada. Holly le dio un golpe.

De fondo se oía a las chicas hablar a la vez, muy excitadas. En realidad ninguna parecía escuchar a las demás; costaba seguir el hilo de alguna conversación coherente.

«Venga, pásalo bien esta noche, Holly. No te dejes atrapar por emociones tontas el día de tu cumpleaños. Preocúpate de toda esa mierda mañana, encanto.»

John parecía tan atento que Holly tomó nota de llamarlo para darle las gracias.

La cámara se quedó con Holly mientras ésta apoyaba la cabeza contra la ventanilla y guardaba silencio, sumida en sus pensamientos durante el resto del viaje. No le gustó nada verse así. Avergonzada, echó un vistazo a la sala y se cruzó con la mirada de Daniel, que le hizo un guiño de aliento. Se dijo que todos debían de estar pensando lo mismo. Le sonrió débilmente y se volvió de nuevo hacia la pantalla, justo a tiempo para verse gritando a las demás en O'Connell Street.

«Muy bien, chicas. Esta noche vamos a ir a Boudoir y nadie va a impedirnos entrar, sobre todo ningún estúpido gorila que se crea el amo del lugar.» Y se dirigió resueltamente hacia la entrada, en aquel momento pensando que en línea recta. Las demás aclamaron la decisión y fueron tras ella.

La escena siguiente mostraba a los dos gorilas que custodiaban la puerta del Boudoir negando con la cabeza.

«Esta noche, no, chicas. Lo siento», dijo uno de los tipos, que lucía bigote.

La familia de Holly no podía parar de reír.

«Pero es que no lo entienden —dijo Denise con voz serena—. ¿Saben quiénes somos?»

«No», contestaron ambos porteros y miraron por encima de sus cabezas, ignorándolas.

«¡Vaya! —Denise puso los brazos en jarras y señaló a Holly—. Pues ella es la archiconocida y famosa... princesa Holly, de la casa real de... Finlandia.»

Holly puso ceño a Denise y miró a la cámara. Su familia volvió a estallar en carcajadas.

—Imposible escribir un guión mejor que esto —dijo Declan entre risas.

«Oh, ¿pertenece a la realeza?» El portero con bigote sonrió con suficiencia.

«Por supuesto», aseguró Denise muy seria.

«¿Finlandia tiene familia real, Paul?», preguntó el Bigotes a Paul.

«Creo que no, jefe», fue la respuesta de Paul.

Holly se ajustó la diadema torcida en la cabeza y los saludó con un gesto mayestático.

«¿Lo ven? —dijo Denise, satisfecha—. Van a encontrarse en una situación muy embarazosa si no la dejan entrar.»

«Suponiendo que la dejemos entrar, usted tendrá que aguardar fuera», dijo el Bigotes mientras hacía una seña a la gente que tenían detrás para que entrara en el club. Holly les repitió el saludo.

«Ah, no, no, no, no. —Denise rió, y luego agregó—: No lo entienden. Yo soy su... dama de honor, de modo que no puedo separarme de ella ni un instante.»

«En ese caso no le importará hacerle el honor de aguardar a que salga cuando llegue la hora de cierre», dijo Paul con una sonrisa socarrona.

Tom, Jack y John se echaron a reír, mientras que Denise se hundió aún más en el asiento.

Finalmente Holly habló.

«Oh, *nos* debemos tomar una copa. *Nos* estamos espantosamente sedienta.»

Paul y el Bigotes bufaron y procuraron reprimir la risa mientras seguían mirando por encima de las cabezas de las chicas.

«No, de verdad, chicas. Esta noche no puede ser, hay que ser miembro.»

«¡Pero yo soy miembro de la familia real! —exclamó Holly con severidad—. ¡Que os corten la cabeza!», ordenó señalándolos.

Denise se apresuró a bajar por la fuerza el brazo de Holly.

«Caballeros, ahora en serio, la princesa y yo no vamos a causarles ningún problema, sólo pretendemos tomar unas copas», suplicó.

El Bigotes las miró y luego levantó la vista al cielo.

«De acuerdo, adelante», dijo haciéndose a un lado.

«Dios le bendiga», dijo Holly, haciéndole la señal de la cruz al pasar.

«¿En qué quedamos, es princesa o sacerdote?», ironizó Paul mientras Holly entraba en el club.

«Está como una cuba —añadió el Bigotes—, pero es la mejor excusa que he oído desde que me dedico a esto.» Y ambos rieron por lo bajo. Recobraron la compostura en cuanto Ciara y su corte se aproximaron a la puerta.

«¿Hay algún inconveniente en que mi equipo de rodaje entre conmigo?», preguntó Ciara con un logradísimo acento australiano.

«Espere un momento. Tengo que consultarlo con el encargado. —Paul se volvió y habló por el *walkie-talkie*—. No hay problema, adelante», dijo, sosteniendo la puerta abierta para que pasara.

«Es esa cantante australiana, ¿verdad?», dijo el Bigotes a Paul.

«Sí. Me gusta esa canción.»

«Di a los chicos de dentro que no pierdan de vista a la princesa y su dama —dijo el Bigotes—. No queremos que molesten a la cantante de pelo rosa.»

El padre de Holly por poco se atragantó con su bebida al echarse a reír y Elizabeth le frotó la espalda, incapaz de contenerse a su vez.

Mientras Holly observaba la imagen del interior de Boudoir en la pantalla recordó que el club la había decepcionado. Aquel espacio mítico siempre había estado rodeado de misterio. Las chicas habían leído en una revista que había un montaje acuático al que Madonna había saltado una noche. Holly se había imaginado una enorme catarata que caía por la pared del club y que seguía fluyendo en pequeños riachuelos burbujeantes por todo el local, a cuyas orillas se sentaban fascinantes personajes que de vez en cuando sumergían su copa en la corriente para llenarla con más champán. Pero en vez de su cascada de champán, Holly se encontró con una gigantesca pecera presidiendo la barra circular y no entendió a qué venía aquello. Sus sueños se hicieron pedazos. La sala tampoco era tan grande como había pensado, y estaba decorada con opulentos rojos y dorados. En el extremo opuesto a la entrada había una enorme cortina dorada que dividía el local y que estaba protegida por otro gorila de aspecto amenazador.

En la parte más alta la principal atracción consistía en una gran cama de matrimonio dispuesta encima de una plataforma inclinada hacia el resto del club. Sobre las sábanas doradas de seda había dos modelos muy flacas con el cuerpo embadurnado de pintura dorada y unos tangas minúsculos también dorados. El efecto general era más bien chabacano.

«¡Mira el tamaño de esos tangas! —exclamó Denise, indignada—. La tirita que llevo en el meñique es más grande.»

Junto a ella en el Club Diva, Tom rió entre dientes y comenzó a mordisquear el meñique de Denise. Holly apartó la vista y volvió a mirar hacia la pantalla.

«Buenas noches y bienvenidos al informativo de las doce, soy Sharon McCarthy.»

Sharon estaba delante de la cámara agarrando una botella a modo de micrófono y Declan había situado la cámara de modo que en el encuadre apareciera el locutor de informativos más famoso de Irlanda.

«En el día del cumpleaños de la princesa Holly de Finlandia, su alteza y su dama de honor finalmente han conseguido que les franquearan el acceso al famoso nido de celebridades Boudoir. Entre los asistentes también está presente Ciara, la estrella emergente del rock australiano, con su equipo de rodaje y... —Se llevó un dedo a la oreja como si estuviera recibiendo más información—. Tenemos una noticia de última hora. Al parecer el locutor de informativos favorito de Irlanda, Tony Walsh, ha sido visto sonriendo hace unos instantes. Tengo aquí a mi lado a una de las testigos del hecho. Bienvenida, Denise. —Denise posó seductoramente ante la cámara—. Cuéntanos, Denise, ¿dónde estabas cuando ese suceso se ha producido?»

«Bueno, estaba justo allí, al lado de su mesa cuando he visto que sucedía.»

Denise metió los mofletes y sonrió a la cámara.

«¿Puedes explicarnos lo ocurrido?»

«Bueno, yo estaba de pie allí enfrascada en mis cosas, cuando el señor Walsh ha tomado un sorbo de su bebida y poco después ha sonreído.»

«Caramba, Denise, ésta sí que es una noticia fascinante. ¿Estás segura de que ha sido una sonrisa?»

«Bueno, podría ser que tuviera gases e hiciera una mueca, pero la gente que había alrededor también ha pensado que era una sonrisa.»

«¿Entonces ha habido más testigos presenciales?»

«Sí, la princesa Holly estaba a mi lado y lo ha visto todo.»

La cámara hacía una panorámica hasta Holly, que bebía de una botella de champán con una pajita.

«Dinos, Holly, ¿fueron gases o una sonrisa?»

Holly se mostró confusa y puso los ojos en blanco. Luego dijo:

«Oh, gases... Lo siento, creo que es culpa de este champán.»

El Club Diva se llenó de carcajadas. Como de costumbre Jack fue el que rió más fuerte. Holly escondió el rostro, avergonzada.

«Muy bien, pues... —dijo Sharon, procurando no reír—. Hasta aquí nuestra primicia. La noche en que el presentador más adusto de Irlanda fue visto sonriendo. Devolvemos la conexión a nuestros estudios.»

La sonrisa de Sharon se desvaneció cuando ésta levantó la vista y vio a Tony Walsh de pie a su lado y, cosa nada sorprendente, sin asomo de sonrisa en los labios.

Sharon tragó saliva, dijo «buenas noches» y la cámara se desconectó. Todos los presentes en el club reían con ganas, incluidas las chicas. Por su parte, a Holly aquello le resultaba tan ridículo que tampoco pudo evitar reír.

La cámara volvió a la vida, esta vez enfocando el espejo del lavabo de señoras. Declan filmaba desde fuera a través de una ranura en la puerta y los reflejos de Sharon y Denise se veían claramente.

«¡Sólo estaba bromeando!», vociferaba Sharon mientras se pintaba los labios.

«Olvídate ya de ese canalla, Sharon. Lo único que pasa es que no quiere una cámara delante de su cara toda la noche, y menos aún en su día libre. La verdad es que yo le comprendo.»

«O sea que estás de su parte», dijo Sharon, contrariada.

«Ah, cierra el pico, puta vieja llorona», le espetó Denise.

«¿Dónde está Holly?», preguntó Sharon, cambiando de tema.

«No lo sé, la última vez que la he visto estaba bailando en la pista», dijo Denise. Se miraron la una a la otra y rompieron a reír.

«Ay... nuestra Disco Diva. Pobrecilla... —dijo Sharon con tristeza—. Espero que esta noche encuentre a un tío guapísimo y se pegue el lote.»

«Sí —convino Denise—. Vamos, vayamos a buscarle un hombre», sugirió, guardando el maquillaje en el bolso.

Justo después de que las chicas salieran del lavabo, se oyó

que alguien tiraba de la cadena en un retrete. La puerta se abrió y salió Holly. Su amplia sonrisa se desvaneció al ver su rostro en la pantalla. A través de la rendija de la puerta se veía su reflejo en el espejo, los ojos enrojecidos de llorar. Se sonó y, con aire abatido, se miró fijamente al espejo durante un rato. Luego respiró hondo, abrió la puerta y bajó por la escalera en pos de sus amigas. Holly no recordaba haber llorado aquella noche; de hecho, creía que había superado la velada bastante bien. Se frotó la cara, preocupada por si a continuación iban a salir otras cosas que tampoco recordara.

Finalmente la escena cambió y aparecieron las palabras «Operación Cortina Dorada».

—¡Oh, Dios mío! ¡Declan, eres un cabrón! —gritó Denise al ver el título en la pantalla, y salió disparada hacia el lavabo.

Obviamente acababa de acordarse de algo.

Declan rió entre dientes y encendió un cigarrillo.

«Muy bien, chicas —estaba anunciando Denise—. Ha llegado la hora de la Operación Cortina Dorada.»

«¿Cómo?», musitaron Sharon y Holly, medio groguis, desde el sofá en el que se habían desplomado sumidas en un sopor etílico.

«¡Operación Cortina Dorada! —exclamó Denise con entusiasmo, intentando ponerlas de pie—. ¡Es hora de infiltrarse en el bar VIP!»

«¿Quieres decir que éste no lo es?», preguntó Sharon sarcásticamente, echando un vistazo al club.

«¡No! ¡Allí es donde van los verdaderos famosos!», explicó Denise excitada, señalando hacia la cortina dorada que custodiaba quien probablemente fuese el hombre más alto y fornido del planeta.

«Me importa un bledo dónde se metan los famosos, la verdad, Denise —soltó Holly—. Aquí estoy la mar de bien.» Y se acurrucó en el cómodo sofá.

Denise resopló y puso los ojos en blanco.

«¡Chicas! Abbey y Ciara están ahí dentro. ¿Por qué nosotras no?»

Jack miró con curiosidad a su novia. Abbey se encogió un poco de hombros y se tapó el rostro con la mano. Nada de aquello estaba despertando los recuerdos de nadie salvo los de Denise, que se había escabullido de la habitación. De repente Jack dejó de sonreír, se cruzó de brazos y se hundió en el asiento. Al parecer no tenía inconveniente en que su hermana hiciera locuras, pero cuando se trataba de su novia las cosas cambiaban. Jack apoyó los pies en la silla de delante y guardó silencio hasta el final del documental.

En cuanto Sharon y Holly se enteraron de que Abbey y Ciara estaban en el bar VIP, se incorporaron y escucharon atentamente el plan de Denise.

«¡Muy bien, chicas, esto es lo que vamos a hacer!»

Holly apartó la vista de la pantalla y dio un ligero codazo a Sharon. Holly no recordaba haber dicho y hecho ninguna de aquellas cosas. Comenzaba a sospechar que Declan había contratado a unas actrices, que eran prácticamente sus dobles, para gastarles una broma espantosa. Preocupada, Sharon se volvió hacia ella abriendo desorbitadamente los ojos y se encogió de hombros. No, ella tampoco había estado allí la noche de autos. La cámara siguió a las tres chicas mientras éstas se aproximaban de un modo muy sospechoso a la cortina dorada y merodeaban delante de ella como unas idiotas. Sharon por fin se armó de valor para llamar la atención del gigantón dándole una palmadita en el hombro, consiguiendo así que se volviera y diera a Denise el tiempo suficiente para escapar por debajo de la cortina. Luego se puso a gatas y asomó la cabeza al bar VIP, mientras el trasero y las piernas sobresalían por el otro lado de la cortina.

Holly le dio una patada en el culo para que se apresurara.

«¡Ya las veo! —dijo Denise entre dientes en voz muy alta—. ¡Oh, Dios mío! ¡Están hablando con ese actor de Hollywood!»

Volvió a sacar la cabeza de debajo de la cortina y miró

a Holly entusiasmada. Por desgracia, Sharon ya no sabía qué más decirle al gorila gigante y éste se volvió justo a tiempo para atrapar a Denise.

«¡No, no, no, no, no! —dijo Denise con suma calma una vez más—. ¡No lo entiende! ¡Ella es la princesa Holly de Suecia!»

«Finlandia», la corrigió Sharon.

«Perdón, de Finlandia —dijo Denise, aún de rodillas—. Estoy haciéndole una reverencia. ¡Usted debería hacer lo mismo!»

Sharon también se arrodilló y ambas se pusieron a adorar los pies de Holly. Ésta miraba incómoda alrededor, ya que el club entero estaba pendiente de ella y, una vez más, dedicó a su público un saludo mayestático. Nadie dio muestras de impresionarse.

—¡Oh, Holly! —exclamó su madre, tratando de recobrar el aliento después de tanto reír.

El fornido gorila se volvió y habló por el *walkie-talkie*.

«Chicos, tenemos un problema con la princesa y la dama.»

Presa de pánico, Denise miró a sus amigas y movió los labios diciendo «escondeos». Las chicas se pusieron de pie y huyeron. La cámara las buscó entre la concurrencia, pero no dio con ellas.

En su asiento en el Club Diva, Holly se llevó las manos a la cabeza cuando por fin recordó lo que estaba a punto de ocurrir.

19

Paul y el Bigotes corrieron escaleras arriba hasta el club y se reunieron con el gorila gigante delante de la cortina dorada.

«¿Qué está pasando?», preguntó el Bigotes.

«Esas chicas que me dijiste que vigilara han intentado colarse a gatas al otro lado», dijo el hombretón muy serio. Bastaba verle para adivinar que su empleo anterior conllevaba el asesinato de personas que intentaban colarse a gatas al otro lado. Se estaba tomando muy en serio aquel atentado contra la seguridad del local.

«¿Dónde están?», preguntó el Bigotes.

El gigantón carraspeó y apartó la vista.

«Se han escondido, jefe.»

El Bigotes puso los ojos en blanco.

«¿Se han escondido?»

«Sí, jefe.»

«¿Dónde? ¿En el club?»

«Creo que sí, jefe.»

«¿Crees que sí?»

«Bueno, no nos hemos cruzado con ellas al entrar, así que todavía tienen que estar aquí», terció Paul.

«Muy bien. —El Bigotes suspiró—. Pues empecemos a buscarlas. Que alguien se quede aquí y no le quite ojo a la cortina.»

La cámara seguía en secreto a los tres gorilas mientras éstos patrullaban el club, mirando detrás de los sofás, debajo de las mesas y detrás de las cortinas. Hasta enviaron a alguien a inspeccionar el lavabo. La familia de Holly se desternillaba de risa ante la escena que se desarrollaba en la pantalla.

Se produjo cierto revuelo en la parte alta del club y los gorilas se encaminaron hacia allí para ver qué ocurría. Estaba empezando a formarse un corro. Las dos bailarinas cubiertas de pintura dorada habían dejado de bailar y miraban la cama con cara de horror. La cámara hizo una panorámica hasta la cama de matrimonio inclinada para que se viera mejor. Bajo las sábanas doradas de seda parecía que hubiera tres cerdos en plena pelea. Sharon, Denise y Holly se revolcaban entre chillidos intentando ponerse tan planas como podían para pasar inadvertidas. El gentío se agolpó ante el lecho y, en un momento dado, dejó de sonar música. Los tres bultos de la cama dejaron de retorcerse y se quedaron inmóviles, sin saber qué estaba sucediendo fuera.

Los gorilas contaron hasta tres y retiraron el cobertor de la cama. Tres muchachas muy asustadas, que parecían ciervos sorprendidos por los faros de un coche, los miraban fijamente tendidas boca arriba, los brazos pegados al cuerpo.

«*Nos* teníamos que lograr cuarenta guiños antes de marcharnos», dijo Holly con su acento mayestático, y las otras dos se echaron a reír.

«Vamos, princesa, se acabó la diversión», dijo Paul.

Los tres hombres acompañaron a las chicas hasta la salida y les aseguraron que nunca más volverían a poner los pies en el club.

«¿Puedo decir a mis amigas que nos marchamos?», preguntó Sharon.

Los hombres chasquearon la lengua y desviaron la mirada.

«Disculpe. ¿Estoy hablando sola? Le he preguntado si puedo ir a decir a mis amigas que tenemos que irnos.»

«Mirad, basta de juegos, chicas —dijo el Bigotes, enojado—. Vuestras amigas no están aquí. Así que ahora largo, ya es hora de irse a la cama.»

«Perdone —insistió Sharon—, tengo dos amigas en el bar VIP. Una de ellas lleva el pelo rosa y la otra...»

«¡Chicas! —advirtió el Bigotes, alzando la voz—. No quiere que nadie la moleste. Es tan amiga vuestra como el primer hombre que fue a la Luna. Y ahora largo de aquí, antes de que os metáis en más problemas.»

En el club todos aullaban de risa.

La escena cambió a «El largo regreso a casa», en la que las chicas aparecían a bordo de un taxi. Abbey iba sentada como un perro, sacando la cabeza por la ventanilla abierta por orden del taxista.

«No vas a vomitar en mi taxi. O sacas la cabeza por la ventanilla o vuelves a casa caminando.»

El rostro de Abbey estaba amoratado y le castañeteaban los dientes, pero no iba a caminar todo el trayecto hasta su casa. Ciara, cruzada de brazos y en silencio, estaba enojada con las chicas por haberla obligado a marcharse del club tan temprano, pero sobre todo por haberla puesto en evidencia al desmontarle la farsa de ser una famosa cantante de rock. Sharon y Denise se habían dormido y apoyaban la cabeza la una en la otra.

La cámara volvió a enfocar a Holly, que ocupaba de nuevo el asiento del pasajero, sólo que esta vez no estaba taladrándole el oído al taxista. Apoyaba la cabeza en el respaldo del asiento y miraba fijamente al frente hacia la noche oscura. Holly supo lo que estaba pensando cuando se vio a sí misma en la imagen. Había llegado la hora de regresar sola una vez más a aquella casa grande y vacía.

«Feliz cumpleaños, Holly», dijo Abbey con un hilo de voz temblorosa.

Holly se volvió para sonreírle y quedó de cara a la cámara.

«¿Todavía estás filmando con esa cosa? ¡Apágala!»

Y dio un manotazo a la cámara, que cayó de las manos de Declan. Fin.

Mientras Daniel iba a encender las luces del club, Holly se escabulló rápidamente del grupo y huyó por la primera puerta que encontró. Necesitaba ordenar sus ideas antes de que todos comenzaran a hablar del documental. Se encontró en un almacén diminuto rodeada de fregonas, cubos y barriles de cerveza vacíos. «Qué sitio tan estúpido para esconderse», pensó. Se sentó en un barril y meditó sobre lo que acababa de ver. Estaba conmocionada. Se sentía confusa y enojada con Declan. Éste le había dicho que estaba haciendo un documental sobre la vida nocturna. Recordaba perfectamente que no había mencionado nada de hacer un programa sobre ella y sus amigas. Sin embargo las había convertido literalmente en un espectáculo. Si hubiera pedido permiso educadamente para hacerlo hubiese sido distinto. Aunque lo cierto es que no lo habría autorizado.

No obstante, lo último que deseaba en ese momento era gritarle a Declan delante de los demás. Aparte del hecho de que el documental la había humillado por completo, lo cierto era que Declan lo había filmado y editado muy bien. Si hubiese aparecido en pantalla cualquier otra persona que no fuese ella, Holly lo habría considerado merecedor del premio. Pero era ella, de modo que no merecía ganar... Debía admitir que algunas partes eran divertidas, y no le importaban tanto los planos en los que ella y sus amigas hacían tonterías, cuanto los taimados fragmentos que mostraban su desdicha.

Gruesas lágrimas saladas le rodaban por las mejillas y se abrazó a sí misma para consolarse. La televisión le había mostrado cómo se sentía en realidad. Perdida y sola. Lloró por Gerry, lloró por ella misma con sollozos convulsivos que le hacían daño en las costillas cada vez que intentaba recobrar el aliento. No quería seguir estando sola, ni tampoco que su familia viera lo mucho que le costaba disimular. Sólo quería que Gerry volviera, lo demás le traía sin cuidado. No le importaba que si regresaba discutieran cada día, no le importaba si se quedaban sin blanca y no tenían ni casa. Sólo le quería a él. Oyó que la puerta se abría detrás de ella y notó que unos brazos grandes y fuertes rodeaban su cuerpo frágil. Lloró desconsoladamente, liberando de golpe la angustia acumulada durante meses.

—¿Qué le pasa? ¿No le ha gustado? —oyó que Declan preguntaba, preocupado.

—Déjala tranquila, hijo —susurró su madre, y la puerta se cerró detrás de ellos mientras Daniel le acariciaba el pelo y la mecía tiernamente.

Finalmente, tras llorar lo que le parecieron todas las lágrimas del mundo, Holly se serenó y se soltó de Daniel.

—Perdona —dijo secándose la cara con las mangas del top.

—No hay nada que perdonar —contestó Daniel, apartándole con delicadeza la mano de la cara y dándole un pañuelo.

Holly se sentó en silencio, procurando recobrar la compostura.

—Si estás disgustada por el documental, conste que no tienes motivo —dijo Daniel, sentándose en una caja de vasos delante de ella.

—Sí, ya —replicó Holly con sarcasmo, volviendo a enjugarse las lágrimas.

—Hablo en serio —dijo Daniel sinceramente—. A mí me ha parecido muy divertido. Todas dais la impresión de estar pasándolo bomba. —Le sonrió.

—Lástima que en mi caso no fuese así —añadió Holly con voz queda.

—Es posible, Holly, pero la cámara no capta sentimientos.

—No tienes por qué intentar que me sienta mejor —dijo Holly, avergonzada de que estuviera consolándola un desconocido.

—No estoy intentando que te sientas mejor, sólo digo cómo son las cosas. Nadie más que tú se ha dado cuenta de lo que te ha disgustado. Yo no he visto nada, así que ¿por qué iban a verlo los demás?

Holly se sintió un poco mejor.

—¿Estás seguro?

—Claro que sí —dijo Daniel, sonriendo—. Venga, deja ya de esconderte en las habitaciones de mi club o me lo tomaré como algo personal —agregó, y se echó a reír.

—¿Están bien las chicas? —preguntó Holly, confiando en ser la única que estuviera portándose como una tonta. Fuera se oyeron risas.

—Están bien, como puedes oír —dijo Daniel, señalando hacia la puerta con la cabeza—. Ciara está encantada porque toda Irlanda pensará que es una estrella, Denise por fin ha salido del baño y Sharon no puede parar de reír. Aunque Jack se las está haciendo pasar canutas a Abbey por el episodio de los vómitos mientras regresabais a casa.

Al oírlo Holly esbozó una sonrisa.

—Como ves, nadie se ha fijado en lo que tú has visto.

—Gracias, Daniel. —Holly suspiró y volvió a sonreír.

—¿Estás lista para enfrentarte a tu público? —preguntó Daniel.

—Creo que sí.

Holly salió a la sala donde resonaban las risas. Las luces estaban encendidas y todos se hallaban sentados alrededor de una mesa, contándose bromas y chistes. Holly se sumó a ellos sentándose al lado de su madre, que la rodeó con un brazo y la besó en la mejilla.

—Bueno, creo que ha sido fantástico —anunció Jack, entusiasmado—. Si consiguiéramos que Declan acompañara a las chicas cada vez que salen solas, al menos sabríamos qué travesuras hacen, ¿eh, John? —Guiñó un ojo al marido de Sharon.

—Oye, puedo aseguraros que lo que habéis visto no es una de nuestras salidas típicas —aclaró Abbey.

Los chicos no se lo tragaron.

—¿Entonces está todo bien? —preguntó Declan a Holly, temeroso de haber ofendido a su hermana.

Holly lo fulminó con la mirada.

—Creí que te gustaría, Hol —dijo Declan, preocupado.

—Quizá me habría gustado si hubiese sabido lo que estabas haciendo —le espetó Holly.

—Pero quería que fuese una sorpresa —explicó Declan con sinceridad.

—Odio las sorpresas —replicó Holly frotándose los ojos irritados.

—Que te sirva de lección, hijo —advirtió Frank a su hijo—. No deberías ir por ahí filmando a la gente sin que sepa lo que estás haciendo. Es ilegal.

—Apuesto a que el jurado que le dio el premio no lo sabía —intervino Elizabeth.

—No irás a contárselo, ¿verdad, Holly? —preguntó Declan con inquietud.

—No si te portas bien conmigo durante los próximos meses —dijo Holly, enroscándose maliciosamente un mechón de pelo con el dedo. Declan hizo una mueca. Estaba atrapado y lo sabía.

—Por descontado —aseguró éste con retintín.

—Si quieres que te diga la verdad, Holly, tengo que reconocer que me ha parecido muy divertido —dijo Sharon, sonriendo—. Tú y tu Operación Cortina Dorada... —golpeó en broma a Denise en la pierna.

Denise puso los ojos en blanco y luego sentenció:

—Ah, una cosa sí que os digo, y es que nunca más volveré a beber.

Todo el mundo rió y Tom le rodeó los hombros con el brazo.

—¿Qué pasa? —dijo inocentemente—. Hablo en serio.

—Por cierto, ¿a alguien le apetece beber algo? —Daniel se levantó de la silla—. ¿Jack?

—Sí, una Budweiser, gracias.

—¿Abbey?

—Mmm... vino blanco, por favor —contestó educadamente.

—¿Frank?

—Una Guinness, gracias, Daniel.

—Para mí lo mismo —dijo John.

—¿Sharon?

—Sólo una Coca-Cola, por favor. Holly, ¿tú también quieres? —dijo mirando a su amiga. Holly asintió con la cabeza.

—¿Tom?

—JD y Coca-Cola, por favor.

—Yo también —dijo Declan.

—¿Denise? —Daniel procuró disimular su sonrisa.

—Yo... tomaré... un gin tonic, por favor.

Una vez más, todos se echaron a reír.

—¿Qué pasa? —Se encogió de hombros como si no le importara—. Una copa tampoco va a matarme...

Holly estaba en la cocina arremangada hasta los codos fregando los cacharros cuando oyó una voz familiar.

—Hola, cariño.

Levantó la vista y lo vio de pie en el umbral de la puerta del patio.

—Hola. —Le sonrió.

—¿Me echas de menos?

—Por supuesto.

—¿Ya has encontrado a ese nuevo marido?

—Pues claro, está arriba durmiendo. —Holly rió secándose las manos.

Gerry negó con la cabeza y chasqueó la lengua.

—¿Subo y lo asfixio por dormir en nuestra cama?

—Hombre, podrías concederle una hora más —bromeó Holly, consultando el reloj de pulsera—. Necesita descansar.

Gerry parecía contento, pensó Holly, con la cara recién lavada y tan guapo como lo recordaba. Llevaba puesta su camiseta azul favorita, una que ella misma le había regalado una Navidad. Sus grandes ojos castaños la contemplaban a través de sus largas pestañas.

—¿Vas a entrar? —preguntó Holly, sonriendo.

—No, sólo quería asomarme para ver cómo estabas. ¿Va todo bien?

Gerry se apoyó contra el umbral con las manos en los bolsillos.

—Así, así —dijo Holly, moviendo las manos en el aire—. Podría ir mejor.

—Tengo entendido que ahora eres una estrella de televisión —dijo Gerry, esbozando una amplia sonrisa.

—Muy a mi pesar —respondió Holly.

—Habrá un montón de hombres que caerán rendidos ante tus encantos —le aseguró Gerry.

—Que caigan rendidos está bien —convino Holly—. El problema es que ninguno hace diana —agregó señalándose el corazón. Gerry rió—. Te echo de menos, Gerry.

—No ando muy lejos —susurró.

—¿Vuelves a dejarme sola?

—Por el momento.

—Hasta pronto —se despidió Holly, sonriendo.

Gerry le guiñó el ojo y desapareció.

Holly despertó con una sonrisa en los labios y la sensación de haber dormido varios días seguidos.

—Buenos días, Gerry —dijo, mirando hacia el techo.

El teléfono sonó a su lado.

—¿Diga?

—Oh, Dios mío, Holly. Echa un vistazo a los diarios del fin de semana —dijo Sharon, horrorizada.

20

Holly saltó de inmediato de la cama, se puso un chándal y fue en coche hasta el quiosco más cercano. Al llegar, comenzó a hojear los periódicos en busca de lo que había hecho que Sharon pusiera el grito en el cielo. El hombre de detrás del mostrador tosió significativamente y Holly levantó la vista hacia él.

—Esto no es una biblioteca, señorita. Si quiere leerlo, tiene que comprarlo —dijo el quiosquero, señalando el diario con el mentón.

—Ya lo sé —replicó Holly, molesta por su grosería. La verdad, ¿cómo demonios iba nadie a saber qué periódico quería comprar si tampoco sabía en cuál de ellos aparecía lo que uno estaba buscando? Terminó por coger un ejemplar de cada uno de los diarios del expositor y tiró el montón sobre el mostrador, sonriendo con dulzura.

El hombre se quedó perplejo y comenzó a pasarlos uno por uno por el escáner de la caja registradora. Detrás de Holly empezó a formarse una cola.

Holly contempló la selección de chocolatinas expuesta delante de ella y echó un vistazo alrededor para ver si alguien estaba mirándola. Todo el mundo la estaba mirando. Se volvió de nuevo hacia el mostrador. Finalmente levantó un brazo y cogió dos tabletas de chocolate de tamaño extragrande del estante más cercano, pero como las cogió de la parte inferior del montón, el resto de las tabletas comenzó a caer al suelo. El adolescente que tenía detrás resopló y miró hacia otro lado mientras, ruborizándose, Holly se agachaba y comenzaba a recogerlas. Habían caído tantas que tuvo que agacharse y levantarse varias veces. La tienda estaba en silencio, aparte de algunos tosidos procedentes de la impaciente cola que se había formado. Añadió a hurtadillas unos cuantos paquetes de golosinas a su montón.

—Para los críos —dijo en voz alta al quiosquero para que la gente de la cola también la oyera.

El quiosquero se limitó a gruñir y siguió pasando articulos por el escáner. Entonces Holly recordó que necesitaba leche, de modo que salió corriendo de la cola hasta el otro extremo de la tienda para coger un cartón de leche de la nevera. Varias mujeres chasquearon la lengua mientras regresaba al principio de la cola, donde añadió la leche a su montón. El quiosquero dejó de pasar artículos por el escáner para mirarla. Holly le sostuvo la mirada con expresión confusa.

—¡Mark! —gritó el quiosquero.

Un adolescente con la cara llena de granos surgió de uno de los pasillos de la tienda con una pistola de etiquetar en la mano.

—¿Sí? —dijo malhumorado.

—Abre la otra caja, ¿quieres, hijo? Creo que aquí tenemos para rato. —Fulminó a Holly con la mirada y ella le hizo una mueca.

Mark se encaminó parsimoniosamente hasta la segunda caja sin quitarle el ojo de encima a Holly. «¿Qué pasa? —se preguntó ella a la defensiva—. No me culpes por tener que hacer tu trabajo.» El chaval ocupó su puesto detrás de la caja y toda la cola se desplazó de inmediato. Satisfecha de que ya no hubiera nadie observándola, Holly cogió unas cuantas bolsas de patatas fritas de debajo del mostrador y las añadió a sus compras.

—Fiesta de cumpleaños —masculló.

En la otra cola el adolescente que iba detrás de Holly pidió un paquete de cigarrillos en voz baja.

—¿Tienes algún documento de identidad? —le preguntó Mark en voz muy alta.

El adolescente miró alrededor, avergonzado. Al igual que él antes, Holly resopló y miró hacia otro lado.

—¿Algo más? —preguntó el quiosquero con sarcasmo.

—No, gracias, esto es todo —dijo Holly, apretando los dientes. Pagó en efectivo y se las vio y deseó para meter todo el cambio en el monedero.

—Siguiente —dijo el quiosquero, señalando con el mentón al cliente que iba detrás de Holly.

—Hola, quisiera un paquete de Benson y...

—Disculpe —le interrumpió Holly—. ¿Podría darme una bolsa, por favor? —pidió educadamente, mirando el montón de comestibles que había encima del mostrador.

—Espere un momento —respondió el quiosquero con acritud—. Antes atenderé a este caballero. Diga, señor, ¿cigarrillos, pues?

—Sí, por favor —respondió el cliente mirando a Holly con aire de disculpa.

—Bien —dijo el quiosquero—. ¿Qué me pedía?

—Una bolsa. —Holly apretó la mandíbula.

—Son veinte céntimos, por favor.

Holly suspiró ostensiblemente y volvió a abrir el bolso para buscar el monedero. Otra vez se formó una cola a sus espaldas.

—Mark, vuelve a abrir la caja, ¿quieres? —pidió el quiosquero insidioso.

Holly sacó la moneda del monedero, la puso en el mostrador dando un golpe y comenzó a llenar la bolsa con sus compras.

—Siguiente —dijo el quiosquero, mirando por encima del hombro de Holly. Ésta sintió que la presionaban para que se apartara y terminó de llenar la bolsa precipitadamente.

—Aguardaré a que la señora haya terminado —decidió el cliente muy cortés.

Holly le sonrió agradecida y se volvió para salir de la tienda. Se dirigió hacia la puerta refunfuñando para sí misma hasta que Mark, el chico de la segunda caja, la asustó al gritarle:

—¡Eh, te conozco! ¡Eres la chica de la tele!

Sorprendida, Holly se volvió y el asa de plástico se rompió por el peso de los periódicos. Todo el contenido de la bolsa se desparramó por todo el suelo; las chocolatinas, los caramelos y las patatas salieron despedidos en todas direcciones.

El cliente simpático se arrodilló solícito para ayudarla a recoger sus pertenencias, mientras el resto de los presentes observaban, divertidos y se preguntaban quién era la chica de la tele.

—Eres tú, ¿verdad? —El chaval rió.

Holly le sonrió débilmente desde el suelo.

—¡Lo sabía! —Dio una palmada, entusiasmado—. ¡Eres increíble!

Sí, Holly se sentía realmente increíble de rodillas en el suelo de una tienda recogiendo tabletas de chocolate. Se sonrojó y carraspeó nerviosamente. Luego dijo:

—Perdone... ¿podría darme otra bolsa, por favor?

—Sí, cuesta...

—Ahí tiene —le interrumpió el cliente simpático, dejando una moneda de veinte céntimos sobre el mostrador. El quiosquero se mostró perplejo y continuó atendiendo a los demás clientes.

—Me llamo Rob —dijo el hombre, ayudándola a meter la compra otra vez en la bolsa, y le tendió la mano.

—Y yo Holly —contestó ella, estrechándole la mano, un tanto violenta por su exceso de simpatía—. Y soy adicta al chocolate.

Rob se echó a reír.

—Gracias por ayudarme —dijo Holly, poniéndose de pie.

—De nada.

Rob le abrió la puerta. Era atractivo, pensó Holly, pocos años mayor que ella y con un color de ojos rarísimo, una especie de gris verdoso. Holly entornó los ojos y lo miró con más detenimiento.

Rob carraspeó.

Holly se ruborizó al darse cuenta de que había estado

observándolo como una tonta. Fue hasta su coche y dejó la voluminosa bolsa en el asiento trasero. Rob acudió a su encuentro. A Holly el corazón le dio un brinco.

—Hola de nuevo —saludó Rob—. Verás, me preguntaba si... te gustaría ir a tomar una copa. —Se echó a reír, mirando su reloj—. En realidad es un poco temprano para eso, pero ¿qué me dices de un café?

Parecía muy seguro de sí mismo y se apoyó con total desenfado en el coche contiguo al de Holly. Llevaba las manos en los bolsillos con los pulgares por fuera y aquellos extraños ojos no dejaban de mirarla. Sin embargo, Holly no se sentía incómoda. En realidad se comportaba con mucha serenidad, como si invitar a una desconocida a tomar café fuese la cosa más natural del mundo. ¿Era eso lo que la gente hacía en la actualidad?

—Bueno, yo... —musitó Holly, vacilante. ¿Qué mal podía hacerle tomar un café con un hombre que había sido tan cortés con ella? El hecho de que fuera guapísimo también ayudaba, claro, pero al margen de eso, lo cierto era que Holly ansiaba un poco de compañía y aquel hombre parecía una buena persona con quien conversar. Sharon y Denise estaban trabajando y ella no podía seguir llamando a su madre continuamente, ya que Elizabeth también tenía cosas que hacer. Realmente necesitaba empezar a conocer gente nueva. Gerry había conocido a muchos de sus amigos comunes en el trabajo y en otras actividades sociales, pero una vez que él había fallecido, la mayoría de ellos había dejado de frecuentar su casa. Al menos ahora sabía quiénes eran sus verdaderos amigos.

Estaba a punto de aceptar la invitación de Rob cuando éste reparó en el anillo de casada de Holly y su sonrisa se desvaneció.

—Oh, perdona, ni me había dado cuenta...

Rob se apartó de ella con torpeza, como si Holly tuviera una enfermedad contagiosa.

—De todos modos tengo prisa. —Sonrió con nerviosismo y se alejó calle abajo.

Holly se quedó mirándolo, atónita. ¿Había dicho algo inoportuno? ¿Había tardado demasiado en decidirse? ¿Había roto una de las reglas tácitas de este nuevo juego para conocer personas? Bajó la mirada a la mano que había provocado la huida de Rob y la alianza le contestó con un destello. Suspiró y se frotó la cara con gesto cansino.

En aquel momento el adolescente de la tienda pasó junto a ella con una pandilla de amigos y un cigarrillo en los labios y le soltó un resoplido.

Holly no podía ganar.

Cerró el coche dando un portazo y miró alrededor. No estaba de humor para ir a casa. Se había hartado de mirar las paredes todo el día y de hablar consigo misma. Sólo eran las diez de la mañana y el sol brillante templaba el aire. Al otro lado de la calle, en Greasy Spoon, la cafetería del barrio, estaban montando la terraza. El estómago le tembló. Un buen desayuno irlandés era exactamente lo que necesitaba. Sacó las gafas de sol de la guantera, cogió los periódicos con ambas manos y cruzó la calle parsimoniosamente. Una señora rolliza estaba limpiando las mesas. Llevaba el pelo recogido en un moño grande y un impecable delantal a cuadros rojos y blancos cubría el estampado de flores de su vestido. Holly tuvo la impresión de entrar en una cocina campestre.

—Hacía tiempo que estas mesas no veían el sol —dijo la camarera alegremente cuando vio llegar a Holly.

—Sí, hace un día precioso —convino Holly, y ambas alzaron la mirada hacia el cielo azul. Resultaba curioso constatar hasta qué punto en Irlanda el buen tiempo se convertía siempre en el tema de conversación del día. Era tan infrecuente que, cuando por fin llegaba, todo el mundo lo vivía como una bendición.

—¿Quieres sentarte aquí fuera, guapa?

—Pues sí, así lo aprovecharé al máximo. Dudo mucho que dure más de una hora. —Holly sonrió y tomó asiento.

—Deberías ser más positiva, chica —le aconsejó la camarera mientras acababa su tarea—. Ya está, ahora te traigo el menú —dijo, y se volvió para dirigirse al café.

—No, no hace falta —la avisó Holly, levantando la voz—. Ya sé qué quiero. Tomaré el desayuno irlandés.

—Muy bien, guapa. —La camarera sonrió y pareció sorprenderse al ver el montón de diarios encima de la mesa—. ¿Estás pensando en abrir tu propio quiosco? —preguntó, y chasqueó la lengua.

Holly bajó la vista y rió al ver el *Arab Leader* encima de la pila. Había cogido todos y cada uno de los periódicos sin fijarse en cuáles eran. Dudaba mucho que el *Arab Leader* publicara algún artículo sobre el documental.

—Bueno, si quieres que te diga la verdad, guapa —añadió la camarera, limpiando la mesa contigua a la de Holly—, nos harías un favor a todos si obligaras a cerrar a ese miserable cabrón.

Lanzó una mirada iracunda a la tienda de la acera de enfrente. Holly aún reía cuando la mujer entró en el café.

Holly se quedó un rato sin hacer más que ver la vida pasar. Le encantaba pescar retazos de las conversaciones, era como husmear a escondidas en las vidas de los demás. Lo pasaba en grande imaginando cómo se ganaban la vida, adónde se dirigían tan apresurados, dónde vivían, si eran casados o solteros... Ella y Sharon compartían esta afición y les gustaba mucho practicarla en el Café Bewley's de Grafton Street, ya que era el mejor sitio para ver gente variopinta.

En esas ocasiones creaban pequeños guiones para matar el rato, aunque últimamente Holly quizás estaba empezando a hacerlo con demasiada frecuencia. Una demostración más de que tenía la mente absorta en las vidas ajenas en vez de centrada en la suya. Por ejemplo, la nueva historia que estaba inventando sobre el hombre que en aquel momento se acercaba por la acera cogido de la mano de su esposa. Holly decidió que nadie sabía que era gay, y que el hombre que iba a cruzarse con ellos era su amante. Observó sus rostros mientras se aproximaban, preguntándose si se atreverían a mirarse a los ojos. Hicieron mucho más que eso, y ella tuvo que reprimir la risa cuando los tres se detuvieron delante de su mesa.

—Disculpe. ¿Podrían decirme qué hora es? —preguntó el amante al gay encubierto y su esposa.

—Sí, son las diez y cuarto —le contestó el gay encubierto, mirando su reloj.

—Muchas gracias —dijo el amante, tocándole el brazo antes de seguir su camino.

Para Holly, estaba más claro que el agua que aquellos hombres habían empleado algun código secreto para acordar una cita. Siguió observando a los peatones, hasta que finalmente se aburrió y decidió vivir su propia vida para variar.

Pasó las páginas de los tabloides y encontró un artículo breve en la sección de críticas que le llamó la atención:

«LAS CHICAS Y LA CIUDAD», GRAN ÉXITO DE AUDIENCIA

por Tracey Coleman

A todos aquellos de ustedes que tuvieron la mala suerte de perderse el desternillante documental de televisión «Las chicas y la ciudad» emitido el miércoles pasado, les digo: no desesperen, pues no tardaremos en volver a tenerlo en nuestras pantallas.

Este divertidísimo documental, dirigido por el irlandés Declan Kennedy, sigue a cinco chicas de Dublín que salen de copas en su ciudad. Las chicas destapan el misterioso mundo de la vida de los famosos en Boudoir, el club de moda, y nos proporcionan treinta minutos para partirnos de risa.

El programa demostró ser un éxito cuando se emitió por primera vez en Channel 4 el pasado miércoles, dado que los últimos índices de audiencia revelaron que cuatro millones de personas lo sintonizaron en el Reino Unido. La próxima emisión será el domingo a las once de la noche en Channel 4. Esto es televisión de la buena. ¡No se lo pierdan!

Holly procuró mantener la calma mientras leía el artículo. Sin duda, era una noticia magnífica para Declan, aunque desastrosa para ella. Bastante malo había sido ya que emitieran el documental una vez; sólo le faltaba que ahora lo repitieran. Desde luego se haría necesario mantener una charla seria con Declan. La otra noche, apenas lo había reprendido porque lo vio muy entusiasmado y no quería montar una escena, pero a estas alturas ya tenía bastantes problemas entre manos como para encima tener que preocuparse de aquello.

Siguió ojeando los diarios y comprendió por qué se había alarmado tanto Sharon. Todos los tabloides sin excepción publicaban un artículo sobre el documental y en uno de ellos aparecía una fotografía de ellas tres unos años atrás. Cómo la habían conseguido era un misterio. Gracias a Dios, los periódicos serios contenían algunas noticias importantes, pues de lo contrario Holly se habría preocupado por la marcha del mundo. Sin embargo, no acababa de gustarle el uso de palabras como «enloquecidas» o «borrachas», ni tampoco la explicación que daba un articulista sobre lo «bien dispuestas» que estaban. ¿Qué diablos insinuaba?

Por fin llegó el desayuno y Holly se quedó mirándolo, pasmada, preguntándose si sería capaz de engullir todo aquello.

—Con esto engordarás un poco, guapa —dijo la señora rolliza al dejar el plato en la mesa—. Te falta un poco de carne en los huesos, estás demasiado flacucha —le advirtió antes de retirarse caminando como un pato.

Holly agradeció el cumplido.

En el plato había salchichas, tocino, huevos, patatas y cebollas doradas en sartén, pudín, alubias, champiñones, tomates y cinco tostadas. Abochornada, Holly miró alrededor, esperando que nadie pensara que era una glotona de tomo y lomo. Vio que el adolescente tan plasta se acercaba otra vez con su pandilla de amigos, por lo que cogió el plato y entró a toda prisa en el café. No había tenido mucho apetito últimamente, pero por fin estaba hambrienta y no iba a permitir que un adolescente estúpido y lleno de granos le arruinara el festín.

Debía de haber permanecido en la cafetería Greasy Spoon mucho más tiempo del que pensaba porque cuando llegó a casa de sus padres, en Portmarnock, ya eran casi las dos. Contra el pronóstico de Holly, el tiempo no había empeorado y el sol seguía luciendo en lo alto del cielo azul. Contempló la atestada playa de delante de la casa y le costó distinguir dónde acababa el mar y comenzaba el cielo. Los autobuses descargaban pasajeros sin cesar al otro lado de la calle y un agradable aroma a loción bronceadora flotaba en el aire. Por la zona de hierba vagaban pandillas de adolescentes provistos de reproductores de CD a un volumen atronador con los últimos éxitos. Los sonidos y los olores devolvieron a Holly los recuerdos felices de su infancia.

Llamó al timbre por cuarta vez sin que nadie le abriera. Sabía que había alguien en casa, puesto que las ventanas de los dormitorios de arriba estaban abiertas de par en par. Sus padres siempre las cerraban cuando salían de casa, y más aún con una multitud de desconocidos deambulando por el vecindario. Avanzó por el césped hasta la ventana del salón y pegó la cara al cristal para ver si había algún signo de vida. Justo cuando estaba a punto de darse por vencida y bajar a dar un paseo por la playa oyó una discusión a gritos entre Declan y Ciara.

—¡CIARA, ABRE LA MALDITA PUERTA!

—¡TE HE DICHO QUE NO! ¡ESTOY OCUPADA!

Holly volvió a llamar al timbre para añadir leña al fuego.

—¡DECLAN! —Aquél fue un grito espeluznante.

—¡ÁBRELA TÚ, PEREZOSA!

—¡JA! ¿QUE YO SOY PEREZOSA?

Holly sacó el móvil y llamó a la casa.

—¡CIARA, CONTESTA AL TELÉFONO!

—¡NO!

—Oh, por el amor de Dios —rogó Holly en voz alta antes de colgar. Marcó el número del móvil de Declan.

—¿Sí?

—Declan, abre la maldita puerta de una puta vez o la derribo de una patada —ordenó Holly.

—Oh, lo siento, Holly, creía que había abierto Ciara —mintió.

Declan abrió la puerta en calzoncillos y Holly entró hecha una furia.

—¡Jesús! Espero que no montéis este número cada vez que suena el timbre.

Declan se encogió de hombros sin comprometerse.

—Papá y mamá han salido —dijo dirigiéndose hacia la escalera.

—Eh, ¿adónde crees que vas?

—Vuelvo a la cama.

—Te equivocas —dijo Holly con voz serena—. Vas a sentarte aquí conmigo y vamos a tener una larga charla sobre «Las chicas y la ciudad».

—No —replicó Declan—. ¿Tiene que ser ahora? Estoy muy cansado.

Se frotó los ojos con los puños. Holly no se apiadó.

—Declan, son las dos de la tarde. ¿Cómo es posible que aún estés cansado?

—Porque sólo hace unas horas que he vuelto a casa —contestó Declan descaradamente, guiñándole un ojo. Ahora sí que Holly no sintió la más mínima compasión, estaba simple y llanamente celosa.

—¡Siéntate! —le ordenó, señalando el sofá.

Declan arrastró su agotado cuerpo hasta el sofá. Se desplomó y se tendió ocupándolo por entero, sin dejarle sitio a Holly. Ésta puso los ojos en blanco y acercó el sillón de su padre hacia el sofá de Declan.

—Es como si estuviera en el loquero. —Declan se echó a reír, cruzando los brazos debajo de la cabeza y levantando la vista hacia ella desde el sofá.

—Estupendo, porque pienso ametrallarte los sesos.

Declan volvió a quejarse.

—Venga, Holly, ¿es necesario? Ya hablamos sobre esto la otra noche.

—¿De verdad creíste que aquello era todo lo que tenía que decir? «Ay, lo siento, Declan, pero no me ha gustado la manera en que nos has humillado públicamente a mí y a mis amigas, ¿nos vemos la semana que viene?»

—Es obvio que no.

—Vamos, Declan —agregó Holly, suavizando el tono—. Sólo quiero comprender por qué pensaste que sería tan buena idea no decirme que nos estabas filmando.

—Pero si ya lo sabías —dijo Declan a la defensiva.

—¡Para un documental sobre la vida nocturna de Dublín! —replicó Holly, alzando la voz contrariada con su hermano.

—Y fue sobre la vida nocturna —se burló Declan.

—Vaya, veo que te crees muy listo —le espetó Holly, y Declan dejó de reír. Holly contó hasta diez y respiró lentamente para dominar los deseos de sacudirle—. Ahora en serio, Declan —prosiguió en un susurro—, ¿no crees que ya tengo bastante con lo que estoy pasando ahora mismo como para preocuparme de esto también? ¿Y sin siquiera preguntármelo? ¡Te juro por mi vida que no entiendo por qué lo has hecho!

Declan se sentó en el sofá y, para variar, se puso serio.

—Ya lo sé, Holly, ya sé que has pasado por un infierno, pero pensé que esto te animaría. No mentí cuando dije que iba a filmar el club, porque eso era lo que tenía planeado hacer. Pero cuando llevé las cintas a la facultad para editarlas, todos dijeron que era tan divertido que no podía dejar de mostrárselo a la gente.

—Ya, pero es que salió por televisión, Declan.

—No sabía que ése era el premio, de verdad —dijo Declan, abriendo los ojos desorbitadamente—. ¡Nadie lo sabía, ni siquiera mis profesores! ¿Cómo iba a negarme después de ganar?

Holly se dio por vencida y se mesó el pelo.

—De verdad que creí que te gustaría. —Declan sonrió—. Incluso lo consulté con Ciara y hasta ella dijo que te gustaría. Siento haberte ofendido —murmuró finalmente.

Holly no paró de asentir con la cabeza mientras Declan le daba explicaciones, comprendiendo que sus intenciones habían sido buenas aunque equivocadas. De pronto dejó de moverse. ¿Qué acababa de decir? Se irguió en el asiento con expresión alerta.

—Declan, ¿has dicho que Ciara sabía lo que había en la cinta?

Declan se quedó inmóvil y se devanó los sesos, buscando la manera de deshacer el entuerto. Como no se le ocurrió nada, volvió a tirarse en el sofá y se tapó la cabeza con un cojín, consciente de que acababa de desencadenar la Tercera Guerra Mundial.

—¡No le digas nada, Holly! ¡Me matará! —musitó desde debajo del cojín.

Holly saltó del sillón y subió echa una furia por la escalera, pisando con fuerza los escalones para que Ciara supiera que estaba muy enfadada. Mientras subía, fue gritándole y aporreó la puerta de su dormitorio.

—¡No entres! —suplicó Ciara desde dentro.

—¡Te has metido en un buen lío, Ciara! —exclamó Holly. Abrió la puerta e irrumpió en la habitación con expresión aterradora.

—¡Te he dicho que no entraras! —gimoteó Ciara.

Holly se disponía a gritar toda clase de insultos a su hermana, pero se contuvo al ver a Ciara sentada en el suelo con lo que le pareció un álbum de fotos en el regazo y lágrimas rodándole por las mejillas.

21

—¿Qué te pasa, Ciara? —preguntó Holly con dulzura a su hermana menor. Holly estaba preocupada, no recordaba la última vez que la había visto llorar. En realidad, ni siquiera sabía que Ciara fuese capaz de llorar. Fuera cual fuese el motivo que había hecho que a su hermana se le saltaran las lágrimas, tenía que tratarse de algo grave.

—No me pasa nada —dijo Ciara, cerrando de golpe el álbum de fotos y metiéndolo debajo de la cama. Parecía avergonzada de que la hubiesen sorprendido llorando y se enjugó la cara de cualquier manera, procurando dar la impresión de que no le importaba.

En el salón, Declan sacó la cabeza de debajo del cojín. Reinaba un silencio inquietante en el piso de arriba; confió en que no hubiesen cometido alguna estupidez. Subió de puntillas y escuchó detrás de la puerta.

—Claro que te pasa algo —replicó Holly, cruzando la habitación para sentarse junto a su hermana en el suelo. No estaba segura de cómo manejar aquella situación. Se trataba de un intercambio de papeles, pues desde niñas siempre era Holly la que lloraba. Se suponía que Ciara era la fuerte.

—Estoy bien —insistió Ciara.

—Vale —dijo Holly, mirando alrededor—, pero si hay algo que te preocupa, sabes que puedes contármelo, ¿verdad?

Ciara se negó a mirarla y asintió con la cabeza. Holly comenzó a levantarse para dejar a su hermana en paz cuando de súbito ésta rompió a llorar de nuevo. Holly volvió a sentarse a su lado y la abrazó con gesto protector. Acarició el sedoso pelo rosa de Ciara mientras ésta lloraba en silencio.

—¿Quieres contarme qué ha pasado? —preguntó Holly en voz baja.

Ciara masculló una especie de respuesta y se irguió para sacar el álbum de fotos de debajo de la cama. Lo abrió con manos temblorosas y pasó unas cuantas páginas.

—Es por él —dijo con tristeza, señalando una fotografía en la que ella aparecía con un chico que Holly no reconoció. De hecho, también su hermana estaba casi irreconocible. La fotografía había sido tomada un día de sol a bordo de una barca, con la Sydney Opera House de fondo. Ciara estaba sentada en las rodillas del muchacho, rodeándole el cuello con el brazo mientras él la contemplaba sonriendo. Holly no salía de su asombro ante el aspecto de Ciara. Tenía el pelo rubio, color que Holly jamás había visto llevar a su hermana, y sonreía llena de dicha. Sus rasgos parecían mucho más suaves y, para variar, no daba la impresión de estar a punto de darle un mordisco al primero que se cruzara en su camino.

—¿Es tu novio? —preguntó Holly con cautela.

—Era —musitó Ciara, y una lágrima cayó en la página.

—¿Por eso volviste a casa? —preguntó Holly, enjugando una lágrima del rostro de su hermana.

Ciara asintió con la cabeza.

—¿Te apetece contarme lo que ocurrió?

Ciara tomó aire.

—Nos peleamos.

—Te... —Holly eligió las palabras con cuidado—. No te haría daño ni nada por el estilo, ¿verdad?

Ciara negó con la cabeza.

—No —farfulló—. Fue por una verdadera tontería, le dije que me iría y me dijo que se alegraba...

Volvió a sollozar. Holly la estrechó entre sus brazos y aguardó a que Ciara estuviera en condiciones de hablar.

—Ni siquiera fue al aeropuerto a despedirme —continuó Ciara.

Holly le frotó la espalda con ternura como si fuese un bebé que acabara de tomarse el biberón. Confió en que Ciara no fuera a vomitarle encima.

—¿Ha vuelto a llamar desde entonces?

—No, y ya llevo dos meses en casa, Holly —se lamentó. Miró a su hermana mayor con ojos tan tristes que faltó poco para que Holly también se echara a llorar. Detestaba aquel tipo que hacía sufrir a su hermana. Holly le sonrió alentadoramente.

—¿Y no crees que quizá no es la persona adecuada para ti?

Entre lágrimas, Ciara respondió.

—Pero amo a Mathew, Holly, y sólo fue una pelea estúpida. Reservé el billete porque estaba enfadada, creía que no me dejaría marchar...

Contempló un buen rato la fotografía.

Las ventanas del dormitorio de Ciara estaban abiertas de par en par y Holly escuchó el familiar rumor de las olas y las risas que llegaban de la playa. Las dos habían compartido aquella habitación mientras crecían y una curiosa sensación de consuelo la reconfortó al percibir los mismos olores y los mismos sonidos que entonces.

—Perdona, Hol —dijo Ciara, algo más tranquila.

—No hay nada que perdonar —susurró Holly, apretándole la mano—. Deberías haberme contado todo esto en cuanto llegaste a casa en vez de guardártelo dentro.

—Pero si es una chiquillada, comparado con lo que te ha pasado a ti. Me siento como una tonta hasta por haber llorado.

Se enjugó las lágrimas, enojada consigo misma.

Holly estaba impresionada.

—Ciara, lo que te ha ocurrido es importante. Perder a alguien que amas siempre es duro, tanto si está vivo como... —Se le quebró la voz—. Puedes contarme lo que sea.

—Has sido tan valiente, Holly. No sé cómo lo has conseguido. Y yo aquí llorando por un estúpido novio con el que sólo salí unos meses.

—¿Valiente yo? —Holly rió, y luego exclamó—: ¡Ojalá!

—Sí que lo eres —insistió Ciara—. Todo el mundo lo dice. Has sido muy fuerte mientras pasabas por esto. Si me hubiese ocurrido a mí, creo que estaría en una fosa.

—No me des ideas, Ciara —advirtió Holly, sonriendo y preguntándose quién demonios la había considerado valiente.

—Aunque ahora estás bien, ¿verdad? —preguntó Ciara preocupada, estudiándole el semblante.

Holly se miró las manos y se puso a mover la alianza a lo largo del dedo. Meditó un rato sobre aquella pregunta y ambas muchachas quedaron sumidas en sus pensamientos. Ciara, súbitamente más serena que nunca, aguardó con paciencia la respuesta de Holly.

—¿Estoy bien? —Holly repitió la pregunta en voz alta. Tenía la mirada perdida en la colección de osos de peluche y muñecas que sus padres se habían negado a tirar—. Estoy muchas cosas, Ciara —explicó sin dejar de dar vueltas al anillo en el dedo—. Estoy sola, estoy cansada, estoy triste, estoy contenta, soy afortunada, soy desdichada; estoy un millón de cosas cada día de la semana. Pero supongo que estar bien es una de ellas.

Miró a su hermana y le sonrió con tristeza.

—Y eres valiente —agregó Ciara—. Sabes controlarte y mantener la calma. Y también eres organizada.

Holly negó lentamente con la cabeza.

—No, Ciara, no soy valiente. La valiente eres tú. Siempre lo has sido. Y en cuanto a tener la situación bajo control, nunca sé qué voy hacer de un día para otro.

Ciara puso ceño al negar enérgicamente con la cabeza.

—No, yo no soy nada valiente, Holly.

—Claro que sí —insistió Holly—. Todas esas cosas que haces, como saltar de aviones y arrojarte por precipicios en *snowboard...* —Holly se interrumpió mientras intentaba recordar otras locuras de las que hacía su hermana pequeña.

Ciara hizo una mueca de protesta.

—Qué va, querida hermana. Eso no es ser valiente, es ser

idiota. Cualquiera puede hacer *puenting*. Hasta tú —dijo señalándola con el mentón.

Holly dio un respingo, aterrada de sólo pensarlo, y negó con la cabeza.

Ciara bajó la voz.

—Oh, vamos, si tuvieras que hacerlo lo harías, Holly. Créeme, no es ninguna proeza.

Holly miró a su hermana e imitó su tono de voz.

—Sí, y si tu marido muriera, también lo sobrellevarías. Tampoco es una proeza. No tienes opción.

Ambas se miraron a los ojos, conscientes de la batalla que libraba cada una de ellas.

Ciara fue la primera en hablar.

—Bueno, supongo que tú y yo nos parecemos más de lo que pensábamos. —Sonrió a su hermana y Holly la rodeó con los brazos, estrechando su menudo cuerpo con fuerza.

—Quién iba a decirlo, ¿verdad?

Holly pensó que su hermana parecía una chiquilla, con aquellos grandes e inocentes ojos azules. Se sintió como si ambas volvieran a ser niñas, sentadas en el suelo donde solían jugar juntas durante la infancia y donde cotilleaban cuando eran adolescentes.

Se quedaron un rato sentadas en silencio, escuchando los ruidos del exterior.

—¿Ibas a echarme una bronca por algo hace un rato? —preguntó Ciara con tono aún más infantil.

Holly no pudo evitar reír al ver que su hermana intentaba aprovecharse de la situación.

—No, olvídalo, era una tontería —aseguró Holly, mirando el cielo por la ventana.

Al otro lado de la puerta Declan se pasó la mano por la frente y suspiró aliviado, se había librado de una buena. Regresó de puntillas a su habitación y saltó a la cama. Quienquiera que fuese Mathew, le debía una. Su móvil pitó indicando la llamada de un mensaje y Declan frunció el entrecejo al leerlo. ¿Quién diablos era Sandra? Por fin una pícara sonrisa le iluminó el rostro al recordar la noche anterior.

22

Eran más de las ocho cuando Holly por fin aparcó frente a su casa. Aún había luz. Sonrió. El mundo era un lugar mucho menos deprimente cuando hacía sol. Había pasado la tarde con Ciara charlando sobre sus aventuras en Australia. Su hermana había cambiado de parecer al menos veinte veces en cuestión de horas acerca de si debía o no llamar a Mathew a Australia. Para cuando Holly se marchó, finalmente había decidido de forma irrevocable que nunca más volvería a hablar con él, lo que con toda probabilidad significaba que ya le habría llamado.

Recorrió el camino de entrada hasta la puerta principal, contemplando el jardín con curiosidad. ¿Eran imaginaciones suyas o estaba un poco más arreglado? Todavía se veía abandonado, lleno de malezas y matas que crecían por todas partes, pero algo había cambiado.

El ruido de un cortacésped sobresaltó a Holly, que se volvió y vio a su vecino trabajando en el jardín. Holly le hizo una seña de agradecimiento, ya que supuso que había sido él quien le había echado un cable, y el hombre le correspondió levantando la mano.

El jardín siempre había sido tarea de Gerry. No es que fuese un jardinero entusiasta, sólo que Holly aborrecía la jardinería y alguien tenía que hacer el trabajo sucio. Habían acordado que por nada del mundo ella iba a desperdiciar sus días de fiesta deslomándose en la tierra. Como resultado, su jardín era muy simple, poco más que un rectángulo de hierba con unos cuantos setos y flores. Dado que Gerry sabía muy poco de plantas, solía plantar flores durante la estación menos indicada o situarlas donde no debía, por lo que al final se morían. Pero ahora hasta su pedazo de césped y arbustos parecía un campo abandonado. Cuando Gerry murió, el jardín murió con él.

Aquella idea hizo que Holly se acordara de la orquídea que tenía en casa. Entró corriendo, llenó una jarra con agua y la vertió sobre la planta sedienta. Desde luego, no presentaba un aspecto muy saludable y Holly se prometió que no permitiría que muriera mientras estuviera bajo su tutela. Metió un pollo al curry en el microondas y aguardó a que se calentara, sentada a la mesa de la cocina. Fuera aún se oía a los críos jugando felices en la calle. Siempre le habían encantado los largos atardeceres que anunciaban el verano. Sus padres los dejaban jugar hasta más tarde de lo habitual, placer que Holly y sus hermanos disfrutaban con gusto. Holly repasó lo que había hecho durante la jornada y decidió que había pasado un buen día, salvo por un incidente aislado...

Volvió a contemplar la alianza que lucía en el dedo anular y de inmediato se sintió culpable. Cuando aquel hombre se había alejado de ella, Holly se había sentido fatal. La había mirado como si estuviera a punto de iniciar una aventura, cuando en realidad era lo último que ella haría jamás. Se sintió culpable hasta por haber considerado la posibilidad de aceptar su invitación a tomar café.

Si hubiese abandonado a su marido por estar harta de él, comprendería que fuese capaz de sentirse atraída por otro hombre al cabo de un tiempo. Pero Gerry había muerto cuando ambos aún estaban muy enamorados, y no concebía olvidarse de él sólo porque ya no estuviera allí. Todavía se sentía casada, e ir a tomar un café con un extraño habría sido como traicionar a su marido. La mera idea la asqueaba. Su corazón, su alma y su mente todavía pertenecían a Gerry.

Holly seguía dando vueltas al anillo en el dedo. ¿En qué momento debería quitarse la alianza? Hacía casi cinco meses que Gerry se había ido. Así pues, ¿cuándo sería apropiado que se quitara el anillo y se dijera que ya no estaba casada? ¿Dónde estaba el reglamento para viudas que explicara exactamente cuándo debía quitarse la alianza? Y luego, ¿dónde la guardaría, dónde debía ponerla? ¿Al lado de la cama para que le recordara a él cada día? ¿En el cubo de la basura? Se atormentó con una pregunta tras otra. No, todavía no estaba dispuesta a renunciar a Gerry. Por lo que a ella se refería, él seguía estando vivo.

La campanilla del microondas anunció que la cena estaba lista. Holly sacó la bandeja y la tiró directamente a la basura. Ya no tenía hambre.

Aquella noche, Denise la llamó hecha un manojo de nervios.

—¡Pon la radio en Dublín FM, deprisa!

Holly corrió a la radio y la encendió.

«Soy Tom O'Connor y estáis escuchando Dublín FM. Por si acabáis de sintonizarnos, os recuerdo que estamos hablando de gorilas. Visto el alarde de persuasión del que tuvieron que hacer gala las muchachas de "Las chicas y la ciudad" para ser admitidas en el Club Boudoir, queremos saber qué opináis acerca de los gorilas. ¿Os gustan? ¿No os gustan? ¿Estáis de acuerdo o comprendéis por qué son como son? ¿O son demasiado estrictos? Esperamos vuestras llamadas al número...»

Atónita, Holly volvió a coger el teléfono. Había olvidado que Denise aguardaba al otro lado de la línea.

—¿Y bien? —inquirió Denise, sonriendo.

—¿Qué demonios hemos iniciado, Denise?

—Sí, es una locura. —Se echó a reír. Era evidente que estaba pasándolo en grande—. ¿Has visto los diarios de hoy?

—Sí, y todo esto me parece una tontería, la verdad. Vale que el documental fuera bueno, pero lo que han publicado es una estupidez —dijo Holly.

—¡Qué dices, querida, a mí me encanta! ¡Y aún me encanta más porque salgo yo!

—No me extraña —respondió Holly.

Ambas guardaron silencio mientras escuchaban la radio.

Un tío estaba despotricando contra los gorilas y Tom procuraba calmarlo.

—Oh, escucha a mi chico —dijo Denise—. ¿No tiene una voz sexy?

—Mmm... sí —masculló Holly—. Deduzco que seguís saliendo.

—Por supuesto —contestó Denise, mostrándose ofendida—. ¿Por qué no iba a ser así?

—Bueno, ya ha pasado algún tiempo, Denise, eso es todo. —Holly se apresuró a dar una explicación para no herir los sentimientos de su amiga—. ¡Y tú siempre has dicho que nunca saldrías con un hombre más de una semana seguida! No paras de decir cuánto detestas sentirte atada a una persona.

—Sí, bueno, he dicho que no podría estar con un hombre durante más de una semana, pero nunca he dicho que no lo haría. Tom es distinto, Holly —añadió con voz entrecortada.

A Holly la sorprendió oír aquello en boca de su amiga, la chica que quería quedarse soltera el resto de su vida.

—Oye, ¿y qué hace tan distinto a Tom?

Holly sujetó el teléfono con el hombro y la oreja y se sentó a inspeccionarse las uñas.

—Verás, hay una especie de conexión entre nosotros. Es como si fuera mi alma gemela. Es muy atento, siempre me sorprende con pequeños regalos y me lleva a cenar fuera, y no para de consentirme. Me hace reír continuamente y me encanta estar con él. Además, no me he hartado como me pasaba con los otros tíos. Y por si fuera poco es atractivo.

Holly reprimió un bostezo. Denise solía decir todo aquello de sus nuevos novios después de salir con ellos la primera semana, pero luego no tardaba en cambiar de opinión. No obstante, quizás esta vez hablara en serio, ya que al fin y al cabo llevaban varias semanas saliendo juntos.

—Me alegro mucho por ti —agregó Holly con sinceridad.

Las dos chicas se pusieron a escuchar a un gorila que hablaba con Tom en la radio.

«Bien, ante todo quiero advertiros que estas últimas noches hemos tenido no sé cuántas princesas y damas de honor haciendo cola en nuestra puerta. Desde que se emitió ese maldito programa ¡parece que la gente cree que vamos a dejarla entrar si pertenece a la realeza! Y sólo quiero dejaros una cosa bien clara, chicas, eso no volverá a dar resultado, ¡así que no os molestéis en probarlo!»

Tom no paraba de reír mientras procuraba recobrar la compostura. Holly apagó la radio.

—Denise —dijo Holly muy seria—, el mundo se está volviendo loco.

Al día siguiente Holly se obligó a levantarse de la cama para ir a dar un paseo por el parque. Necesitaba hacer un poco de ejercicio para combatir la dejadez y también iba siendo hora de comenzar a pensar en buscar trabajo. Allí donde iba intentaba imaginarse a sí misma trabajando. Había descartado definitivamente las tiendas de ropa (posibilidad de tener una jefa como Denise bastó para disuadirla), los restaurantes, los hoteles y los pubs y, por descontado, no quería otro empleo administrativo de nueve a cinco, con lo cual le quedaba... nada. Así pues, decidió que quería ser como la mujer de la película que había visto la noche anterior, deseaba trabajar en el FBI para ir de un lado a otro resolviendo crímenes e interrogando a gente y finalmente enamorarse de su compañero de fatigas, a quien por supuesto había detestado nada más conocerlo. Sin embargo, ya que no residía en Estados Unidos ni contaba con ninguna formación policial, las probabilidades de que tal cosa ocurriera no eran muy prometedoras. Quizás hubiese un circo por ahí al que pudiera incorporarse...

Se sentó en un banco del parque delante de la zona de juegos infantiles y escuchó a los niños gritar de deleite. Ojalá pudiera ir a jugar en el tobogán y los columpios en vez de quedarse sentada mirando. ¿Por qué tenían que crecer las personas? De pronto se dio cuenta de que llevaba todo el fin de semana soñando con regresar a la infancia.

Deseaba ser irresponsable, deseaba que la cuidaran, que le dijeran que no tenía que preocuparse de nada y que alguien se encargase de todo. Qué fácil resultaría la vida sin tener que preocuparse de los problemas de los adultos. Y entonces podría volver a crecer y a conocer de nuevo a Gerry, y lo obligaría a ir al médico meses antes y así ahora estaría sentada junto a él en aquel banco, viendo jugar a su hijo. Y si, y si, y si...

Pensó en el desagradable comentario de Richard acerca de no tener que preocuparse de todas aquellas tonterías de los hijos. Se enojó sólo de recordarlo. Ahora mismo daría cualquier cosa con tal de preocuparse de todas aquellas tonterías de los hijos. Ojalá tuviera un pequeño Gerry corriendo por el parque mientras ella le gritaba que anduviera con cuidado y hacía otras cosas propias de las madres, como escupir en un pañuelo para limpiarle la carita rolliza.

Holly y Gerry habían comenzado a hablar de tener hijos unos meses antes de recibir el diagnóstico. Se entusiasmaban con la idea y pasaban horas tendidos en la cama, tratando de decidir qué nombres les pondrían y montándose películas de cómo sería su vida cuando fueran padres. Holly sonrió ante la idea de Gerry ejerciendo de padre (lo habría hecho de miedo). Se lo imaginaba siendo infinitamente paciente mientras ayudaba a sus hijos a hacer los deberes en la mesa de la cocina. Lo imaginaba celosamente protector si su hija llevaba un chico a casa. Imagínate si, imagínate si, imagínate si... Por Dios, debía dejar de vivir su vida en la cabeza, recordando viejos recuerdos y soñando sueños imposibles. Así no iría a ninguna parte.

Por cierto, hablando del rey de Roma, pensó Holly al ver a Richard salir de la zona de juegos con Emily y Timmy. Parecía muy relajado, se dijo mientras observaba sorprendida cómo perseguía a los niños por el parque. Holly se irguió en el banco y se dispuso a mostrarse insensible a las críticas ante la inminente conversación con su hermano.

—¡Hola, Holly! —saludó alegremente Richard, aproximándose a ella por el césped.

—¡Hola! —dijo Holly a los niños que corrieron a su encuentro y le dieron un fuerte abrazo. Qué cambio tan agradable, pensó—. Estáis lejos de casa —dijo a Richard—. ¿Qué os trae por aquí?

—He llevado a los niños a ver al abuelo y la abuela, ¿verdad? —contestó Richard, revolviendo el pelo de Timmy.

—Además hemos ido a McDonald's —dijo Timmy excitado, y Emily aplaudió con entusiasmo.

—¡Mmmmm... qué rico! —dijo Holly, relamiéndose—. Qué suerte tenéis. ¿A que vuestro padre es el mejor? —agregó sonriendo. Richard se mostró complacido—. ¿Comida basura? —cuestionó luego a su hermano.

—¡Bah! —Richard restó importancia al asunto con un ademán y se sentó a su lado—. Todo con moderación, ¿no es así, Emily?

Emily asintió como si a sus cinco años hubiese comprendido perfectamente a su padre. Lo hizo abriendo mucho sus grandes ojos verdes y el gesto agitó sus rizos rubios rojizos. Se parecía espantosamente a su madre y Holly tuvo que apartar la vista. De inmediato se sintió culpable y volvió a mirarla sonriendo... para desviarla de nuevo. Había algo en aquel pelo y aquellos ojos que la asustaba.

—Bueno, una comida en McDonald's tampoco va a matarlos —convino Holly.

Timmy se agarró el cuello y fingió que se asfixiaba. Su rostro enrojeció mientras fingía vomitar, se desplomó sobre la hierba y quedó inmóvil. Richard y Holly rieron. Emily hizo pucheros como si fuera a llorar.

—¡Vaya por Dios! —bromeó Richard—. Creo que nos hemos equivocado, Holly, la hamburguesa de McDonald's ha matado a Timmy.

Holly miró asombrada a su hermano al oír que llamaba Timmy a su hijo, pero optó por no hacer ningún comentario, pues sin duda se trataba de un lapsus. Richard se levantó y cargó a Timmy en el hombro.

—En fin, tendremos que enterrarlo y celebrar un funeral.

Timmy rió colgado boca abajo del hombro de su padre.

—¡Oh, está vivo! —exclamó Richard.

—No, no lo estoy —protestó Timmy.

Holly contemplaba complacida aquella escena de vida en familia. Hacía tiempo que no veía algo así. Ninguna de sus amigas tenía hijos y ella rara vez se relacionaba con niños. Se dijo que algo raro le estaba pasando si tanto adoraba a los hijos de Richard. Y desde luego no podía decirse que fuese una sabia decisión permitir que le despertaran el instinto maternal cuando no había un hombre en su vida.

—Bien, es hora de irse —dijo Richard—. Adiós, Holly.

—Adiós, Holly —repitieron los niños, felices y afectuosos. Observó a Richard alejarse con Timmy colgando de su hombro derecho, mientras Emily brincaba y bailaba agarrada a la mano de su padre.

Holly contempló a aquel extraño que se marchaba del parque con sus dos hijos. ¿Quién era ese hombre que afirmaba ser su hermano? Desde luego, se dijo que nunca había visto a aquel hombre hasta entonces.

23

Barbara terminó de atender a sus clientes y en cuanto éstos salieron por la puerta corrió al cuarto del personal y encendió un cigarrillo. La agencia de viajes había estado muy concurrida todo el día y había tenido que trabajar sin descanso, saltándose la pausa para almorzar. Melissa, su compañera, había llamado a primera hora para informar de que estaba enferma, aunque Barbara sabía de sobra que había salido de marcha la noche anterior y que si se encontraba mal la culpa era sólo suya. Por eso había tenido que pasar sola toda la jornada en aquel empleo tan aburrido. Y para colmo no habían tenido un día de tanto trabajo desde hacía siglos. En cuanto noviembre traía las noches oscuras, horribles y deprimentes, las mañanas encapotadas, los vientos cortantes y la lluvia a cántaros, todo el mundo entraba corriendo a la agencia para reservar unas vacaciones en bellos países calidos y soleados. Barbara se estremeció al oír el viento repiquetear en las ventanas y tomó nota de buscar alguna oferta especial para sus propias vacaciones.

Ahora que su jefe por fin había salido a hacer unos recados, Barbara se moría de ganas de fumar un pitillo. Pero claro, para variar, justo entonces sonó la campanilla de la puerta y Barbara maldijo al cliente que entraba en la agencia por echar a perder su tan ansiada pausa. Dio unas furiosas caladas al cigarrillo, por lo que casi se mareó, se retocó los labios y echó ambientador por la habitación para que su jefe no notara el humo. Salió del cuarto de los empleados esperando encontrar a un cliente sentado detrás del mostrador, pero en cambio el anciano aún estaba avanzando lentamente hacia los asientos. Barbara procuró no mirarlo y se puso de cara a la pantalla del ordenador, pulsando teclas al azar.

—Disculpe —oyó que la reclamaba una voz débil.

—Buenas tardes, caballero, ¿qué desea? —dijo Barbara por enésima vez aquel día. No quería resultar grosera mirándolo más de la cuenta, pero se sorprendió al ver lo joven que era aquel hombre en realidad. De lejos, su maltrecha figura hacía que pareciera mayor. Caminaba encorvado y daba la impresión de que si no llevara bastón podría desplomarse delante de ella en cualquier momento. Estaba muy pálido, como si hiciera años que no viera la luz del sol, pero sus grandes ojos castaños parecían sonreírle. Barbara no pudo por menos de devolverle la sonrisa.

—Me gustaría reservar unas vacaciones —susurró el hombre—, y me preguntaba si usted podría ayudarme a elegir dónde.

Normalmente Barbara habría gritado en silencio al cliente por obligarla a efectuar una tarea del todo imposible. La mayoría de sus clientes eran tan quisquillosos que a menudo se pasaba horas enteras sentada con ellos estudiando catálogos y tratando de convencerlos de que fueran a tal o cual sitio cuando en realidad le importaba un bledo adónde fueran. Pero aquel hombre parecía agradable y Barbara se dio cuenta de que le apetecía echarle una mano, cosa que la sorprendió.

—No faltaría más, señor. Si tiene la bondad de sentarse, consultaremos unos cuantos folletos.

Le indicó la silla y desvió la mirada otra vez para no ver los esfuerzos que tenía que hacer para sentarse.

—Veamos —prosiguió Barbara con la mejor de sus sonrisas—. ¿Hay algún país en concreto al que le gustaría ir?

—Sí... España... Lanzarote, creo.

Barbara se alegró, aquello iba a ser mucho más fácil de lo que había pensado.

—¿Y serían unas vacaciones de verano?

Él asintió con la cabeza.

Compararon las ofertas de distintos catálogos y finalmente el hombre encontró un lugar que le gustó. Barbara se sintió complacida de que tomara en consideración sus consejos a diferencia de algunos de sus clientes, quienes simplemente obviaban cualquier información contrastada que tuviera a bien facilitarles. Esa actitud siempre la sacaba de quicio, pues al fin y al cabo parte de su trabajo consistía en saber qué era lo mejor para ellos.

—Muy bien, ¿qué mes prefiere? —preguntó Barbara, estudiando la lista de precios.

—¿Agosto? —aventuró él, y sus grandes ojos castaños penetraron en el alma de Barbara, que sintió el impulso de saltar el mostrador y darle un fuerte abrazo.

—Agosto es un mes fantástico —convino Barbara—. ¿Le gustaría tener vistas al mar o la piscina? Las vistas al mar tienen un suplemento de treinta euros —agregó enseguida.

Con la mirada perdida, el hombre sonrió como si ya estuviera allí.

—Con vistas al mar, por favor.

—Buena elección. ¿Puede darme su nombre y dirección, por favor?

—Verá, en realidad no es para mí... Es una sorpresa para mi esposa y sus amigas.

De pronto aquellos ojos castaños reflejaron tristeza.

Barbara carraspeó nerviosa.

—Vaya, es todo un detalle por su parte, señor —comentó sin saber muy bien por qué—. ¿Me da entonces sus nombres, por favor?

Barbara terminó de anotar los datos y emitió la factura. Comenzó a imprimir la documentación desde el ordenador para entregársela.

—¿Sería posible que usted guardara aquí la documentación? Quiero sorprender a mi esposa y me da miedo guardar papeles en casa, no vaya a ser que los encuentre.

Barbara sonrió; su esposa era una mujer muy afortunada.

—No le diré nada hasta julio. ¿Cree que podemos mantenerlo en secreto hasta entonces?

—No hay ningún problema, señor. Normalmente los horarios de los vuelos no se confirman hasta unas semanas antes de la fecha, de modo que no deberíamos tener ninguna razón para llamarla. Daré instrucciones estrictas al resto del personal de no llamar a su casa.

—Muchas gracias por su colaboración, Barbara —dijo él, sonriendo con tristeza.

—Ha sido un placer, señor... ¿Clarke?

—Gerry.

—Pues ha sido un placer, Gerry. Estoy segura de que su esposa lo pasará de maravilla. Una amiga mía estuvo allí el año pasado y le encantó. —Por algún motivo, le pareció necesario asegurarle que su esposa estaría bien.

—En fin, mejor será que vuelva a casa antes de que piensen que me han secuestrado. Se supone que ni siquiera debería levantarme de la cama, ¿sabe?

Gerry volvió a sonreír y a Barbara se le hizo un nudo en la garganta. La muchacha se apresuró a levantarse y salió de detrás del mostrador para abrirle la puerta. Gerry sonrió agradecido al pasar junto a ella. Barbara se quedó observando cómo subía trabajosamente al taxi que había estado esperándolo. Justo cuando Barbara comenzaba a cerrar la puerta entró su jefe y se dio un golpe en la cabeza. Barbara miró de nuevo a Gerry, que aún esperaba a que el taxi arrancara y que, riendo, le hizo una seña levantando el pulgar.

El jefe lanzó una mirada furibunda a Barbara por dejar desatendido el mostrador y se dirigió resueltamente al cuarto del personal.

—Barbara —gritó—, ¿has vuelto a fumar aquí dentro?

Barbara puso los ojos en blanco y se volvió hacia él.

—Dios santo, ¿qué te pasa? Parece que estés a punto de echarte a llorar.

Era 1 de julio y Barbara estaba sentada, hecha una furia, detrás del mostrador de la agencia de viajes Swords Travel Agents. Todos los días de aquel verano habían sido espléndidos, excepto sus dos días de fiesta, que había llovido a mares. Para variar, hoy volvía a hacer buen tiempo. De hecho, era el día más caluroso del año, como sus clientes se jactaban de recordarle al entrar en la agencia vestidos con pantalones cortos y camisetas ajustadas y apestando a loción solar de coco. Barbara se retorcía en la silla, incómoda con aquel uniforme que picaba tanto. Tenía la sensación de estar otra vez en la escuela. El ventilador se paró una vez más y Barbara le arreó un buen golpe.

—Déjalo estar, Barbara —se quejó Melissa—. Así sólo conseguirás estropearlo del todo.

—Como si eso fuese posible —masculló Barbara, y giró la silla para situarse de nuevo frente al ordenador y comenzar a teclear sin ton ni son.

—¿Qué te pasa? —preguntó Melissa.

—Nada —dijo Barbara, apretando los dientes—, sólo que es el día más caluroso del año y estamos aquí atrapadas en este trabajo de mierda, en este ambiente tan cargado sin aire acondicionado y con estos uniformes que pican —dijo, alzando la voz hacia el despacho del jefe para que la oyera—. Eso es todo.

Melissa rió por lo bajo.

—Oye, ¿por qué no sales fuera un rato a que te dé el aire? Ya atenderé yo al próximo cliente —dijo señalando con el mentón a la mujer que estaba a punto de entrar.

—Gracias, Mel —respondió Barbara aliviada de poder escapar. Cogió los cigarrillos—. Bien, voy a tomar un poco de aire fresco.

Melissa miró la mano de Barbara y puso los ojos en blanco.

—Buenos días, ¿qué desea? —saludó Melissa, sonriente.

—Verá, me gustaría saber si Barbara sigue trabajando aquí.

Barbara se paró en seco justo antes de abrir la puerta y dudó entre salir corriendo o regresar al trabajo. Finalmente suspiró y volvió a su puesto. Miró a la mujer del otro lado del mostrador. Era guapa, decidió, pero los ojos parecían a punto de salírsele de las órbitas mientras los miraba alternativamente.

—Sí, yo soy Barbara.

—¡Ah, bien! —Al oírlo, la mujer se mostró aliviada y se dejó caer en la silla—. Temía que ya no trabajara aquí.

—Eso quisiera ella —murmuró Melissa entre dientes, y Barbara le dio un codazo en la barriga.

—¿Qué desea?

—Oh, espero que pueda ayudarme —dijo la señora un tanto histérica mientras revolvía en su bolso. Barbara arqueó las cejas y miró a Melissa. Ambas se esforzaron por aguantarse la risa.

—Verá —dijo la clienta cuando por fin sacó un sobre arrugado del bolso—, hoy he recibido esto de parte de mi marido y me preguntaba si usted podría explicármelo.

Barbara frunció el entrecejo al mirar el trozo de papel arrugado que la señora dejó encima del mostrador. Alguien había arrancado una página de un folleto de vacaciones y había escrito las palabras: «Swords Travel Agents. Attn: Barbara.»

Barbara volvió a poner ceño y observó la página con mayor detenimiento.

—Una amiga mía estuvo ahí de vacaciones hace dos años pero aparte de eso no sé qué decirle. ¿No tiene más información?

La señora negó enérgicamente con la cabeza.

—Bueno, ¿y no puede pedirle a su marido que se lo aclare? —inquirió Barbara un tanto confusa.

—No, ya no está aquí —dijo la mujer con tristeza, y los ojos se le llenaron de lágrimas. A Barbara le entró el pánico; si su jefe veía que estaba haciendo llorar a una clienta, no dudaría en despedirla. Ya le había advertido que estaba hasta la coronilla de ella.

—Bien, pues tenga la bondad de darme su nombre a ver si aparece algo en el ordenador.

—Me llamo Holly Kennedy —dijo con voz temblorosa.

—Holly Kennedy, Holly Kennedy —repitió Melissa, que estaba pendiente de la conversación—. Este nombre me suena. Ah, espere un momento. ¡Iba a llamarla esta semana! ¡Qué curioso! No sé por qué, pero Barbara me dio instrucciones estrictas de no llamarla hasta julio...

—¡Claro! —interrumpió Barbara, cayendo por fin en la cuenta de lo que estaba pasando—. ¿Es la esposa de Gerry? —preguntó esperanzada.

—¡Sí! —Impresionada, Holly se llevó las manos al rostro—. ¿Estuvo aquí?

—Sí, en efecto. —Barbara sonrió alentadoramente—. Era un hombre encantador —añadió, estrechando la mano que Holly apoyó encima del mostrador.

Melissa las miró perpleja, sin entender qué estaba ocurriendo. El corazón de Barbara latió con fuerza. Aquella mujer tan joven parecía estar pasándolo mal... Por otra parte, ella se alegraba de ser portadora de buenas noticias.

—Melissa, ¿puedes darle unos pañuelos a Holly, por favor, mientras le explico a qué vino exactamente su marido? —Miró a Holly con una sonrisa radiante, le soltó la mano y se puso a teclear en el ordenador mientras su compañera buscaba una caja de pañuelos—. Muy bien, Holly —susurró—. Gerry encargó unas vacaciones de una semana en Lanzarote para usted, Sharon McCarthy y Denise Hennessey; salida el 28 de julio y regreso el 3 de agosto.

Holly se tapó la boca con las manos, incapaz de contener el llanto.

—Estaba empeñado en encontrar el lugar perfecto para usted —prosiguió Barbara, encantada con su nuevo papel. Se sentía como una de esas presentadoras de televisión que dan sorpresas a sus invitados—. Aquí es adonde van a ir —dijo dando golpecitos a la página arrugada que Holly había traído—. Lo pasarán en grande, créame. Como ya le he dicho, una amiga mía estuvo allí hace dos años y volvió encantada. Hay un montón de bares y restaurantes en la zona y... —Se interrumpió al advertir que quizás a Holly le importaba un bledo si iba a pasarlo bien o no.

—¿Cuándo vino? —preguntó Holly, todavía aturdida.

Barbara, dispuesta a seguir colaborando, pulsó unas cuantas teclas en el ordenador.

—La reserva fue hecha el 28 de noviembre.

—¿Noviembre? —musitó Holly—. ¡Pero si entonces no podía ni levantarse de la cama! ¿Vino solo?

—Sí, aunque había un taxi esperándolo fuera todo el tiempo.

—¿Qué hora era? —preguntó Holly de súbito.

—Lo siento, pero la verdad es que no me acuerdo. Ha pasado bastante tiempo y...

—Sí, claro, perdone —la interrumpió Holly.

Barbara la comprendió perfectamente. Si se tratara de su marido (si algún día conocía a alguien digno de casarse con ella, claro), también querría saber todos los pormenores. Así pues, le contó todo cuanto recordaba, hasta que a Holly ya no se le ocurrieron más preguntas que hacer.

—Oh, Barbara, gracias, muchas gracias.

Holly se acercó al mostrador y le dio un fuerte abrazo.

—No hay de qué —contestó Barbara, satisfecha de su buena obra del día—. Vuelva algún día a contarnos cómo le va —propuso con una sonrisa—. Aquí tiene su documentación.

Le entregó un sobre grueso y la siguió con la mirada hasta que salió de la agencia. Suspiró diciéndose que, después todo, aquel trabajo de mierda quizá no fuera tan desagradable.

—¿De qué diablos iba todo esto? —preguntó Melissa, intrigada.

Barbara comenzó a referirle la historia.

—Bien, chicas, salgo a almorzar. Barbara, nada de fumar en el cuarto del personal. —Su jefe cerró con llave la puerta del despacho y se volvió hacia ellas—. Dios bendito, ¿por qué estáis llorando?

24

Cuando finalmente Holly llegó a su casa, saludó con la mano a Sharon y Denise, que estaban sentadas en el muro del jardín tomando el sol. En cuanto la vieron, se pusieron en pie de un salto y corrieron a su encuentro.

—Veo que os habéis dado prisa en venir —dijo Holly, procurando imprimir energía a su voz. Se sentía exhausta y no estaba de humor para explicárselo todo a las chicas en aquel momento aunque sabía que tendría que hacerlo.

—Sharon salió del trabajo poco después de que la llamaras y pasó por el centro a recogerme —explicó Denise, estudiando el rostro de Holly e intentando formarse un juicio sobre la gravedad de la situación.

—Tampoco había para tanto —replicó Holly, mientras metía la llave en la cerradura.

—Oye, ¿has estado trabajando en el jardín? —preguntó Sharon, mirando alrededor e intentando suavizar la tensión.

—No. Creo que ha sido mi vecino.

Holly sacó la llave de la cerradura y buscó la correcta entre el resto del manojo.

—¿Crees? —preguntó Denise para que no decayera la conversación mientras Holly forcejeaba con otra llave.

—Bueno, si no es mi vecino, será el duende que vive en el fondo del jardín —espetó Holly, frustrada con las llaves. Denise y Sharon se miraron, preguntándose qué hacer. Se hicieron señas para no decir nada, ya que era evidente que Holly estaba nerviosa e incluso le costaba trabajo recordar cuál era la llave que abría la puerta de su casa—. ¡Joder! —gritó Holly, y tiró las llaves al suelo. Denise dio un salto hacia atrás, evitando justo a tiempo que el pesado manojo le diera en el tobillo. Sharon recogió las llaves.

—Vamos, cielo, no te pongas así —dijo con desenfado—. A mí me pasa continuamente. Te juro que las malditas llaves cambian de sitio adrede en el llavero sólo para fastidiar.

Holly se obligó a sonreír, agradecida de que alguien cogiera las riendas por un rato. Sharon fue probando las llaves sin prisa, hablándole con calma y voz alegre como si estuviese dirigiéndose a una niña. Por fin la puerta se abrió y Holly entró corriendo para desconectar la alarma. Afortunadamente se acordaba del número: el año en que conoció a Gerry y el año en que se casaron.

—Bien, ¿por qué no os ponéis cómodas en la sala? Yo vuelvo dentro de un momento.

Sharon y Denise obedecieron sin rechistar mientras Holly iba al cuarto de baño a refrescarse la cara. Necesitaba librarse de aquel sopor, recuperar el control de su cuerpo y entusiasmarse con las vacaciones, tal como Gerry hubiese esperado. Cuando se sintió un poco más viva, se reunió con ellas en la sala de estar.

Acercó el escabel al sofá y se sentó delante de sus amigas.

—Venga, esta vez no me haré la remolona. Hoy he abierto el sobre de julio y esto es lo que ponía.

Hurgó en el bolso en busca de la tarjeta que había estado pegada al folleto y se la pasó a las chicas. Rezaba así:

> ¡Felices vacaciones!
> Posdata: te amo...

—¿Ya está? —Denise arrugó la nariz, un tanto decepcionada. Sharon le dio un codazo en las costillas—. ¡Au!

—Bueno, Holly, a mí me parece una nota encantadora —mintió Sharon—. Es todo un detalle.

Holly no pudo reprimir una risita. Sabía que Sharon estaba mintiendo porque siempre arrugaba la nariz cuando no decía la verdad.

—¡No, tonta! —exclamó Holly, arrojándole un cojín a la cabeza.

Sharon se echó a reír.

—Menos mal, porque por un momento estaba empezando a preocuparme.

—Ay, Sharon, ¡siempre eres tan positiva que a veces me sacas de quicio! —bromeó Holly—. Esto también estaba dentro del sobre.

Les pasó la página arrancada del folleto.

Holly observó con aire divertido mientras sus amigas intentaban descifrar la caligrafía de Gerry. Finalmente Denise se tapó la boca con una mano.

—¡Oh, Dios mío! —musitó, sentándose en el borde del sofá.

—¿Qué, qué, qué? —inquirió Sharon, inclinándose hacia delante con expresión expectante—. ¿Es que Gerry te reservó unas vacaciones?

—No. —Holly negó muy seria con la cabeza.

—¡Oh!

Decepcionadas, Sharon y Denise se apoyaron contra el respaldo del sofá. Holly dejó que se produjera un silencio incómodo entre ellas antes de volver a hablar.

—Chicas —dijo mientras una sonrisa le iluminaba el rostro—, ¡Gerry nos reservó unas vacaciones!

Abrieron una botella de vino.

—¡Esto es increíble! —exclamó Denise cuando hubo asimilado la noticia—. Gerry es un encanto.

Holly asintió con la cabeza, sintiéndose orgullosa de su marido, quien se las había ingeniado para sorprenderlas a todas.

—¿Y has conocido a esta tal Barbara en persona? —preguntó Sharon.

—Sí, y ha sido amabilísima conmigo. —Sonrió y agregó—: Se ha pasado siglos sentada conmigo contándome la conversación que tuvieron ella y Gerry el día que fue a la agencia.

—Qué gentil. —Denise bebió un sorbo de vino—. ¿Y cuándo fue, por cierto?

—A finales de noviembre.

—¿Noviembre? —repitió Sharon con aire pensativo—. Entonces fue después de la segunda operación.

Holly asintió con la cabeza.

—Barbara me ha dicho que lo vio muy débil cuando estuvo allí.

—¿No es curioso que ninguno de nosotros tuviera la más remota idea? —dijo Sharon sin salir de su asombro.

Las tres asintieron en silencio.

—¡Bueno, pues parece que nos vamos a Lanzarote! —exclamó Denise, y levantó la copa—. ¡Por Gerry!

—¡Por Gerry! —la secundaron Holly y Sharon.

—¿Seguro que a Tom y John no les importará? —preguntó Holly al recordar que sus amigas tenían parejas en quienes pensar.

—¡A John desde luego no! —Sharon rió y luego exclamó—: ¡Lo más probable es que esté encantado de librarse de mí durante una semana!

—Sí, y Tom y yo podemos ir donde sea otra semana, lo cual me viene de perlas —convino Denise—. ¡Así tengo excusa para no pasar dos semanas seguidas con él en nuestras primeras vacaciones juntos! —Se echó a reír.

—¡Pero si casi estáis viviendo juntos! —dijo Sharon, dándole un ligero codazo.

Denise sonrió pero no contestó y ambas aparcaron el tema, lo cual molestó a Holly, porque siempre hacían lo mismo. Quería saber cómo les iba a sus amigas en sus relaciones, pero nunca le contaban ningún cotilleo jugoso por miedo a herir sus sentimientos. Todos parecían temer contarle lo felices que eran, así como las buenas noticias que les alegraban la vida. Asimismo, también se negaban a quejarse de las cosas desagradables. De modo que en lugar de estar informada de lo que realmente ocurría en las vidas de sus amigos, tenía que conformarse con aquella charla mediocre acerca de... nada, y estaba empezando a hartarse. No podía mantenerse al margen de la felicidad ajena para siempre. ¿Qué bien iba a hacerle?

—Debo decir que el duende está haciendo un gran trabajo en tu jardín, Holly —bromeó Denise, interrumpiendo sus pensamientos al mirar por la ventana.

Holly se ruborizó.

—Es verdad. Perdona que antes me haya puesto tan borde, Denise —se disculpó Holly—. Supongo que en realidad debería ir a su casa y darle las gracias como es debido.

Cuando Denise y Sharon se hubieron marchado, Holly cogió una botella de vino de la despensa y se dirigió a la casa del vecino. Llamó al timbre y aguardó.

—Hola, Holly —dijo Derek al abrir la puerta—. Pasa, por favor.

Holly miró detrás de él y vio a toda la familia sentada a la mesa de la cocina. Habían decidido cenar temprano. Instintivamente se apartó un poco de la puerta.

—No, no quiero molestar, sólo he venido para darte esto. —Le tendió la botella de vino—. Una muestra de mi agradecimiento.

—Vaya, Holly, todo un detalle de tu parte —dijo Derek, leyendo la etiqueta. Luego levantó la vista con aire vacilante—. Aunque ¿gracias por qué, si no te importa que lo pregunte?

—Oh, por arreglar mi jardín —contestó Holly, sonrojándose—. Seguro que la urbanización entera me estaba maldiciendo por afear el aspecto de la calle —agregó sonriendo.

—Holly, nadie ha hecho ningún reproche a propósito de tu jardín. Todos lo comprendemos, pero lamento decir que yo no lo he arreglado.

—Oh. —Holly carraspeó, avergonzada—. Creía que habías sido tú.

—Pues no —confirmó Derek, negando con la cabeza.

—¿Y no sabes quién ha sido, por casualidad? —preguntó Holly, sintiéndose estúpida.

—No, no tengo idea —contestó Derek, igualmente confuso—. Francamente, creía que estabas arreglándolo tú. Qué raro.

Holly no supo muy bien qué decir.

—Así que quizá quieras llevarte esto otra vez —dijo Derek, tendiéndole la botella.

—No, no, está bien. —Holly rió de nuevo—. Quédatela como agradecimiento por... por no ser un vecino pesado. En fin, me voy, que estáis cenando.

Se marchó a toda prisa por el camino de entrada, muerta de vergüenza. ¿Qué clase de loca no sabía quién le estaba arreglando el jardín?

Llamó a unas cuantas puertas más del vecindario y para mayor bochorno de Holly, nadie dio muestras de saber de qué les hablaba. Al parecer todos tenían trabajo y una vida propia y, cosa sorprendente, no se pasaban el día controlando su jardín. Volvió a casa aún más confundida. Al abrir la puerta, oyó que el teléfono sonaba y corrió a contestar.

—¿Diga?

—¿Qué estabas haciendo, correr una maratón?

—No, estaba cazando duendes —explicó Holly.

—¡Qué guay!

Lo más extraño fue que Ciara ni siquiera lo puso en duda.

—Dentro de dos semanas es mi cumpleaños.

Holly lo había olvidado por completo.

—Ya lo sé —dijo con naturalidad.

—Verás, papá y mamá quieren que vayamos a cenar fuera la familia al completo...

Holly soltó un bufido.

—Exacto —convino Ciara, y gritó apartando el auricular—: ¡Papá, Holly dice lo mismo que yo!

Holly rió por lo bajo al oír a su padre maldecir a lo lejos.

Ciara añadió en voz muy alta para que su padre la oyera:

—Bien, mi idea es que sigamos adelante con la cena familiar, pero que también invitemos a unos cuantos amigos para que realmente sea una velada agradable. ¿Qué opinas?

—Suena bien —convino Holly.

Ciara volvió a gritar:

—¡Papá, Holly está de acuerdo con mi plan!

—Me parece muy bien —oyó Holly que vociferaba su padre—, pero no pienso pagar la cena de toda esa gente.

—Tiene razón —agregó Holly—. Escucha, ¿por qué no organizamos una barbacoa? Así papá estará en su salsa y no resultará tan caro.

—¡Es una idea genial! —Ciara despegó el auricular una vez más—. Papá, ¿y si montamos una barbacoa?

Silencio.

—Le encanta la idea. —Ciara se echó a reír—. Don Superchef volverá a cocinar para las masas.

Holly también rió al pensarlo. Su padre se entusiasmaba como un crío cuando hacían barbacoas, se lo tomaba muy en serio y permanecía continuamente al lado de la barbacoa sin quitar ojo a sus maravillosas creaciones. Gerry se comportaba igual. ¿Qué les ocurría a los hombres con las barbacoas? Probablemente era lo único que ambos sabían cocinar en realidad, o eso o eran pirómanos frustrados.

—Estupendo. Entonces ¿avisas tú a Sharon y John, y a Denise y su novio locutor? ¿Puedes pedirle a ese tío, Daniel, que también venga? ¡Está para comérselo! —Ciara soltó una risa histérica.

—Ciara, apenas lo conozco. Dile a Declan que lo invite, se ven muy a menudo.

—No, prefiero que le digas sutilmente que lo amo y que quiero ser la madre de sus hijos. No sé por qué, pero tengo la impresión de que Declan se vería en un aprieto haciendo eso.

Holly chasqueó la lengua.

—¡Basta! —soltó Ciara—. ¡Es mi capricho de cumpleaños!

—De acuerdo —dijo Holly, dándose por vencida—. Pero dime una cosa. ¿Por qué quieres que vayan mis amigos, qué pasa con los tuyos?

—Holly, he perdido contacto con todo el mundo, he pasado mucho tiempo fuera. Mis demás amigos están en Australia y los muy cabrones no se han molestado en llamar ni una sola vez —concluyó enfurruñada.

Holly sabía muy bien a quién se refería.

—Pero ¿no crees que ésta sería una gran oportunidad para ponerte al día con tus viejas amistades? Ya sabes, los invitas a una barbacoa, es un ambiente distendido y agradable.

—Sí, claro, ¿y qué les digo cuando empiecen a hacerme preguntas? ¿Tienes trabajo? Mmm... no. ¿Tienes novio? Mmm... no. ¿Dónde vives? Bueno... en realidad todavía vivo con mis padres. ¿No resultaría patética?

Holly se dio por vencida.

—Como quieras... Aunque llamaré a los demás y...

Ciara ya había colgado.

Holly decidió quitarse de en medio la llamada más incómoda cuanto antes y marcó el número de Hogan's.

—Hogan's, buenas noches.

—Hola, ¿podría hablar con Daniel Connelly, por favor?

—Sí, no cuelgue. —La dejaron en espera y de pronto comenzó a sonar música de los Greensleeves.

—¿Diga?

—Hola. ¿Daniel?

—Sí. ¿Con quién hablo?

—Soy Holly Kennedy. —Deambuló nerviosa por la habitación, esperando que reconociera su nombre.

—¿Quién? —gritó Daniel, pues el ruido que se escuchaba de fondo aumentó de volumen.

Holly se dejó caer en la cama, un tanto violenta.

—Soy Holly Kennedy. La hermana de Declan.

—Ah, Holly, qué tal. Espera un momento, que voy a un sitio más tranquilo.

Holly se quedó escuchando a los Greensleeves otra vez, se puso de pie y comenzó a cantar en voz alta.

—Perdona, Holly —dijo Daniel, sonriendo al coger de nuevo el auricular—. ¿Te gustan los Greensleeves?

Holly se ruborizó y se dio un golpe en la cabeza.

—Bueno... no, no mucho. —No supo qué más decir y de

pronto se acordó del motivo de su llamada—. Sólo te llamaba para invitarte a una barbacoa.

—Vaya, qué bien. Sí, me encantará ir.

—Dentro de dos viernes es el cumpleaños de Ciara. ¿Te acuerdas de mi hermana Ciara?

—Eh... sí, la del pelo rosa.

—Exacto. Ha sido una pregunta estúpida. Todo el mundo conoce a Ciara. En fin, me ha pedido que te invitara a la barbacoa y que te dijera sutilmente que quiere casarse contigo y ser la madre de tus hijos.

Daniel se echó a reír.

—Sí, desde luego has sido muy sutil.

Holly se preguntó si estaría interesado en su hermana, si sería su tipo.

—Cumple veinticinco —dijo sin saber muy bien por qué.

—Ah... muy bien.

—Bueno, Denise y tu amigo Tom también irán, y Declan estará allí con su grupo, por supuesto, así que conocerás a un montón de gente.

—¿Tú irás?

—¡Claro!

—Estupendo. Así aún conoceré a más gente, ¿no? —bromeó Daniel.

—Qué bien. Ciara estará encantada de que vayas.

—Sería muy grosero por mi parte no aceptar la invitación de una princesa.

Al principio Holly pensó que estaba flirteando con ella, pero entonces cayó en la cuenta de que se refería al documental, de modo que farfulló una respuesta ininteligible. Justo cuando Daniel se disponía a colgar el auricular a Holly la asaltó una idea.

—Ah, una cosa más.

—Dime.

—¿Sigue vacante ese puesto detrás de la barra?

25

Menos mal que era un día precioso, pensó Holly mientras cerraba el coche y se dirigía al jardín trasero de casa de sus padres. El tiempo había cambiado drásticamente aquella semana y había llovido sin cesar. Ciara estaba histérica por lo que iba a pasar con su barbacoa y había estado de un humor insoportable toda la semana. Afortunadamente para el bienestar de todos, el tiempo había recuperado su anterior esplendor. Holly estaba bastante morena, ya que llevaba un mes tomando mucho el sol (una de las ventajas de no tener trabajo) y le apetecía lucir su bronceado. Por eso se había puesto una falda tejana muy corta que había comprado en las rebajas de verano y una camiseta blanca muy simple pero ceñida, que resaltaba aún más el moreno.

Estaba orgullosa del regalo que le había comprado a Ciara, pues sabía que le encantaría. Era un aro para el ombligo con forma de mariposa que tenía un cristal rosa en cada ala. Lo había elegido para que combinara con la mariposa que su hermana se había tatuado hacía poco, y con el rosa de su pelo, por descontado. Siguió el sonido de las risas y se alegró al ver el jardín lleno de familiares y amigos. Denise ya había llegado con Tom y Daniel y los tres se habían tumbado en el césped. Sharon había llegado sola y estaba sentada junto a la madre de Holly enfrascada en una conversación, sin duda comentando los progresos de ésta en la vida. Bueno, había salido de casa, ¿no? Aquello era un milagro en sí mismo.

Holly puso ceño al advertir que, una vez más, Jack no

estaba presente. Desde que la había ayudado a vaciar y limpiar el armario ropero de Gerry, se había mostrado inusualmente distante. Incluso de niños, Jack siempre había comprendido mejor que nadie las necesidades y los sentimientos de Holly sin que ésta tuviera que manifestarlos, pero cuando le dijo que necesitaba un poco de espacio después de la muerte de Gerry no se refería a que deseara verse completamente ignorada y aislada. Era impropio del carácter de Jack que llevara tanto tiempo sin ponerse en contacto con ella. Los nervios le provocaron un retortijón de tripas y rezó para que su hermano preferido estuviera bien.

Ciara se hallaba en mitad del jardín gritando a diestro y siniestro, encantada de ser el centro de atención. Lucía un biquini rosa a juego con el pelo y unos pantalones cortos vaqueros.

Holly se acercó a ella con su regalo, que le fue arrebatado de inmediato y abierto sin miramientos. No debería haberse molestado en envolverlo tan cuidadosamente.

—¡Oh, Holly, me encanta! —exclamó Ciara, y abrazó su hermana.

—Pensé que te gustaría —dijo Holly, feliz de haber acertado en la elección, ya que de lo contrario su querida hermana sin duda se lo habría hecho saber.

—Voy a ponérmelo ahora mismo —dijo Ciara, arrancándose el aro que llevaba en el ombligo y clavando la mariposa en su piel.

—¡Oh...! —Holly se estremeció—. No me hacía ninguna falta ver esto, muchas gracias.

Flotaba un delicioso aroma a carne asada en el aire y a Holly se le hizo la boca agua. No se sorprendió al ver a los hombres apiñados alrededor de la barbacoa, su padre ocupando el sitio de honor. Los cazadores tenían que proporcionar alimento a sus mujeres.

Holly divisó a Richard y se dirigió resueltamente hacia él. Haciendo caso omiso de la charla sobre temas triviales arremetió directamente.

—Richard, ¿has arreglado tú mi jardín?

Richard levantó la vista de la barbacoa con expresión de desconcierto.

—Perdona, ¿que si he hecho qué?

Los demás hombres dejaron de hablar para escuchar, expectantes.

—¿Has arreglado mi jardín? —repitió Holly, los brazos en jarras. No sabía por qué se comportaba como si estuviera enojada con él. Quizás era la fuerza de la costumbre, pues si Richard lo había arreglado, le había hecho un inmenso favor. Sólo que resultaba molesto ver otra parte del jardín limpia y despejada cada vez que llegaba a casa y no saber quién estaba haciéndolo.

—¿Cuándo? —Richard echó un vistazo a los demás, agobiado como si lo hubiesen acusado de asesinato.

—Yo qué sé —le espetó Holly—. Durante estas últimas semanas.

—No, Holly —replicó Richard—. Algunos de nosotros trabajamos, ¿sabes?

Holly lo fulminó con la mirada y su padre decidió intervenir.

—¿Qué ocurre cariño? ¿Alguien está trabajando en tu jardín?

—Sí, pero no sé quién —murmuró Holly, frotándose la frente y tratando de ordenar sus pensamientos con calma—. ¿Eres tú, papá?

Frank negó rotundamente con la cabeza esperando que su hija no hubiese perdido el juicio.

—¿Has sido tú, Declan?

—¿Tú qué crees, Holly?

—¿Has sido tú? —preguntó a un desconocido que estaba al lado de su padre.

—Yo... no. Acabo de llegar a Dublín... para pasar... el fin de semana —farfulló con acento inglés.

Ciara se echó a reír.

—Deja que te ayude, Holly. ¿Alguno de los presentes está trabajando en el jardín de Holly? —gritó a los demás. Todos interrumpieron lo que estaban haciendo y negaron con la cabeza perplejos—. ¿No ha sido mucho más fácil? —Ciara rió socarronamente.

Holly miró a su hermana con expresión de asombro y se reunió con Denise, Tom y Daniel en el otro extremo del jardín.

—Hola, Daniel.

Holly se agachó para saludar a Daniel con un beso en la mejilla.

—Hola, Holly, cuánto tiempo sin verte.

Le tendió una lata de las que tenía a su lado.

—¿Todavía no has encontrado a ese duende? —preguntó Denise, sonriendo.

—No —dijo Holly estirando las piernas delante de ella y apoyándose en los codos—. ¡Y resulta tan extraño!

Explicó lo ocurrido a Tom y Daniel.

—¿No es posible que lo organizara tu marido? —soltó Tom, y Daniel lanzó una mirada a su amigo.

—No —repuso Holly apartando la vista, enojada de que un desconocido conociera sus asuntos privados—. No forma parte de eso.

Puso mala cara a Denise por entender que se lo había contado a Tom.

Denise hizo un ademán de impotencia con las manos y se encogió de hombros. Holly se volvió hacia Daniel, ignorando a los otros dos.

—Gracias por venir, Daniel.

—No hay de qué, me alegro de estar aquí.

Era raro verlo vestido sin ropa de invierno. Llevaba una camiseta azul marino y un pantalón corto de explorador, del mismo color, que le llegaba por debajo de las rodillas con un par de zapatillas de deporte también azul marino. Holly le sorprendió que estuviera tan en forma.

—Estás muy moreno —comentó Holly, improvisando una excusa tras haber sido sorprendida admirando sus bíceps.

—Y tú también —dijo Daniel, mirándole intencionadamente las piernas.

Holly rió y dobló la piernas.

—Es gracias al paro. ¿Cuál es tu excusa?

—Estuve en Miami el mes pasado.

—¡Uau, qué suerte! ¿Lo pasaste bien?

—Disfruté mucho —respondió Daniel sin dejar de sonreír—. ¿Has estado allí alguna vez?

Holly negó con la cabeza.

—Al menos las chicas nos vamos a España la semana que viene. Me muero de ganas. —Se frotó las manos con entusiasmo.

Daniel volvió a sonreír entornando un poco los ojos.

—Sí, ya me he enterado. Menuda sorpresa os habréis llevado.

—Y que lo digas. —Holly meneó la cabeza, como si no acabara de creérselo.

Siguieron charlando un rato sobre las vacaciones de Daniel y sus vidas en general. Holly renunció a comer su hamburguesa delante de él, ya que aún no había descubierto la manera de hacerlo sin derramar ketchup y mayonesa por la boca cada vez que la abría para hablar.

—Confío en que no fueras a Miami con una mujer, o la pobre Ciara no lo superará —bromeó, y de inmediato lamentó haber sido tan entrometida.

—Qué va —contestó Daniel con seriedad—. Rompimos hace unos meses.

—Vaya, lo siento —dijo Holly sinceramente—. ¿Llevabais juntos mucho tiempo?

—Siete años.

—Eso es mucho tiempo.

—Sí.

Daniel desvió la mirada y Holly comprendió que no se sentía cómodo hablando del asunto, por lo que se apresuró a cambiar de tema.

—Por cierto, Daniel —prosiguió Holly casi en un susurro haciendo que él inclinara la cabeza—, quería darte las gracias por cuidar de mí como lo hiciste después de la emisión del documental. Casi todos los hombres salen despavoridos cuando ven llorar a una chica. Tú no lo hiciste, y te lo agradezco. —Holly le sonrió.

—No hay nada que agradecer, Holly. No me gusta verte disgustada.

Daniel le devolvió la sonrisa.

—Eres un buen amigo —dijo Holly pensando en voz alta.

—¿Por qué no salimos todos de copas o a cenar antes de que os marchéis? —sugirió Daniel.

—Hombre, quizás así consiga saber tanto acerca de ti como tú sabes de mí. —bromeó—. Creo que a estas alturas estás al corriente de la historia de mi vida.

—Sí, eso estaría bien —dijo Daniel, y acordaron la fecha.

—Oye, por cierto, ¿ya le has dado a Ciara tu regalo de cumpleaños? —preguntó Holly, nerviosa.

—No. Ha estado muy... ocupada.

Holly se volvió y vio a su hermana flirtear con uno de los amigos de Declan, para mayor disgusto de éste. No pudo evitar reírse de su hermana. Sobre todo por querer tener hijos con Daniel...

—Voy a llamarla, ¿te parece?

—Por mí, adelante —dijo Daniel.

—¡Ciara! —gritó Holly—. ¡Tengo otro regalo para ti!

—¡Uau! —exclamó Ciara, y de inmediato abandonó al decepcionado muchacho—. ¿Qué es? —Se arrodilló en la hierba junto a ellos.

Holly señaló a Daniel con el mentón.

—Es su regalo.

—Me preguntaba si te gustaría trabajar detrás de la barra en el Club Diva.

Ciara se tapó la boca con las manos.

—¡Oh, Daniel, eso sería genial!

—¿Alguna vez has trabajado en un bar?

—Claro, montones de veces —aseguró quitándole importancia con un ademán.

Daniel arqueó las cejas, buscaba una información un poco más concreta.

—He trabajado en bares en casi todos los países que he visitado. ¡De verdad! —dijo excitada.

Daniel sonrió e inquirió:

—¿Entonces crees que serás capaz de hacerlo bien?

—¡Faltaría más! —vociferó Ciara, y lo rodeó con los brazos.

«Cualquier excusa le sirve», pensó Holly al ver cómo su hermana casi estrangulaba a Daniel, cuyo rostro enrojeció e hizo muecas de «sálvame» a Holly.

—Venga, venga, ya está bien, Ciara —dijo Holly apartándola un poco de Daniel—. No querrás matar a tu nuevo jefe, ¿verdad?

—Lo siento —dijo Ciara retirándose—. ¡Esto es tan guay! ¡Tengo trabajo, Holly!

—Sí, ya lo he oído —dijo Holly.

De repente el jardín quedó sumido en un silencio casi absoluto y Holly echó un vistazo para ver qué estaba ocurriendo. Todo el mundo miraba hacia el invernadero y los padres de Holly aparecieron en la puerta sosteniendo un gran pastel de cumpleaños y cantando *Cumpleaños feliz*. Los invitados se pusieron a cantar con ellos y Ciara se levantó de un salto, disfrutando con su protagonismo. Cuando sus padres salieron al jardín, Holly se fijó en que alguien los seguía con un enorme ramo de flores. Caminaron hasta Ciara y dejaron el pastel encima de la mesa delante de ella. Entonces el desconocido apartó lentamente el ramo que le tapaba la cara.

—¡Mathew! —exclamó Ciara.

Holly estrechó la mano de Ciara al ver que ésta palidecía.

—Perdona que haya sido tan estúpido, Ciara. —El acento australiano de Mathew resonó por todo el jardín. Algunos de los amigos de Declan sonrieron, obviamente incómodos ante aquella exhibición de sentimientos. Mathew parecía una escena de un serial australiano, pero lo cierto es que el dramatismo solía dar resultado con Ciara—. ¡Te quiero! ¡Por favor, acéptame otra vez! —suplicó Mathew, y todos los presentes se volvieron hacia Ciara para ver qué contestaba.

Su labio inferior comenzó a temblar. De pronto corrió hasta Mathew y saltó encima de él, agarrándolo con las piernas por la cintura y con los brazos por el cuello.

Abrumada por la emoción, los ojos de Holly se llenaron de lágrimas al ver a su hermana reconciliada con el hombre que amaba. Declan cogió su cámara y se puso a filmar.

Daniel rodeó con el brazo los hombros de Holly y la estrechó alentadoramente.

—Lo siento, Daniel —susurró Holly, enjugándose las lágrimas—, pero me parece que acaban de plantarte.

—Descuida —dijo Daniel—. De todos modos nunca es bueno mezclar el placer con el trabajo —añadió como si se sintiera aliviado.

Holly siguió observando mientras Mathew hacía girar a Ciara sosteniéndola en brazos.

—¡Ya vale, largaos a una habitación! —exclamó Declan indignado, y todo el mundo se echó a reír.

Holly sonrió al conjunto de jazz al pasar y buscó a Denise por el bar. Se habían citado en el bar favorito de las chicas, Juicy, conocido por su extensa carta de cócteles y su música relajada. Holly no tenía intención de emborracharse aquella noche, ya que quería estar en condiciones de disfrutar de las vacaciones tanto como pudiera a partir del día siguiente. Se había propuesto estar llena de vida y energía durante la semana de relax que le había brindado Gerry. Vio a Denise acurrucada junto a Tom en un confortable sofá de piel negra situado en la zona acristalada que daba al río Liffey. Dublín estaba iluminada y todos sus colores se reflejaban en el agua. Daniel estaba sentado delante de Denise y Tom, sorbiendo ávidamente un daiquiri de fresa mientras vigilaba el local. Para variar, Tom y Denise hacían el vacío a todo el mundo.

—Siento llegar tarde —se disculpó Holly, acercándose a sus amigos—. Quería terminar de preparar la maleta antes de salir.

—No estás perdonada —le susurró Daniel al oído, dándole la bienvenida con un abrazo y un beso.

Denise miró a Holly y sonrió, Tom la saludó con la mano y ambos volvieron a quedar embelesados.

—No entiendo por qué se molestan en invitar a otras personas a salir. Se pasan todo el rato sentados ahí, mirándose a los ojos e ignorando a los demás. ¡Ni siquiera hablan entre sí! Y si intentas entablar conversación, te hacen sentir como si los hubieses interrumpido. Ahí donde los ves, parece que se comunican telepáticamente —dijo Daniel, sentándose de nuevo. Bebió otro sorbo de su copa e hizo una mueca de asco—. Y además necesito una cerveza.

—O sea que estás pasando una velada fantástica —se mofó Holly.

—Perdona —se disculpó Daniel—. Es que hace tanto tiempo que no hablo con otro ser humano que he olvidado mis modales.

Holly rió tontamente. Luego dijo:

—Bueno, he venido a rescatarte. —Cogió la carta y estudió la lista de combinados. Eligió el que contenía menos alcohol y se arrellanó en el asiento—. Podría quedarme dormida en este sillón —comentó, retrepándose más.

Daniel arqueó las cejas.

—Entonces sí que realmente me lo tomaría como algo personal.

—No te preocupes que no lo haré —le aseguró Holly—. Veamos, señor Connelly, tú lo sabes absolutamente todo acerca de mí. Esta noche tengo la misión de averiguar cuanto pueda sobre ti, así que prepárate para mi interrogatorio.

Daniel sonrió.

—Muy bien, estoy listo.

Holly meditó la primera pregunta.

—¿De dónde eres?

—Nací y me crié en Dublín. —Tomó un sorbo de su cóctel rojo y volvió a hacer una mueca—. Y si alguna de las personas con las que crecí me vieran bebiendo este jarabe y escuchando jazz tendría serios problemas.

Holly volvió a reír.

—Cuando acabé el instituto, me alisté en el ejército —prosiguió.

Holly levantó la vista, impresionada.

—¿Por qué lo hiciste?

Daniel no tuvo que pensar la respuesta.

—Porque no tenía idea de lo que quería hacer con mi vida y la paga era buena.

—Y después hablan de salvar vidas inocentes —ironizó Holly.

—Sólo estuve unos años en el ejército.

—¿Por qué lo dejaste?

Holly bebió un trago de su cóctel de lima favorito.

—Porque me di cuenta de que tenía ganas de tomar cócteles y escuchar jazz, y eso no iban a permitirlo en los barracones del ejército —explicó Daniel.

Holly soltó una risita.

—Di la verdad, Daniel.

Daniel sonrió.

—Perdona, simplemente no iba conmigo. Mis padres se habían mudado a Galway para llevar un pub y la idea me atrajo. Así que me mudé a Galway para trabajar allí. Con el tiempo, mis padres se jubilaron y yo me hice cargo del pub. Hace unos años decidí que quería ser dueño de mi propio local, trabajé duro, ahorré dinero, me embarqué en la mayor hipoteca de todos los tiempos, me mudé de nuevo a Dublín y compré el Hogan's. Y aquí estoy, hablando contigo.

Holly sonrió.

—Vaya, tu biografía es maravillosa, Daniel.

—Nada del otro mundo, pero una vida al fin y al cabo.

Daniel le devolvió la sonrisa.

—¿Y dónde encaja tu ex en todo este asunto? —preguntó Holly.

—Justo entre mis tiempos de encargado del pub de Galway y mi mudanza a Dublín.

—Oh, entiendo. —Holly asintió con aire pensativo.

Apuró su copa y cogió la carta otra vez—. Creo que quiero «Sexo en la playa».*

—¿Cuándo? ¿Durante las vacaciones? —bromeó Daniel.

Holly le golpeó el brazo juguetonamente. Ni en un millón de años.

---

* *Sex on the Beach*, nombre de un cóctel famoso en los centros de vacaciones frecuentados por anglosajones. (*N. del T.*)

26

—¡Nos vamos de vacaciones de verano! —cantaban las chicas en el coche camino del aeropuerto. John se había ofrecido a acompañarlas al aeropuerto, pero ya se estaba arrepintiendo. Se estaban comportando como si nunca antes hubiesen salido del país. Holly no recordaba la última vez que había estado tan excitada. Se sentía como si estuviera otra vez en la escuela y hubiesen salido de excursión. Llevaba el bolso lleno de paquetes de caramelos, chocolatinas y revistas, y las tres amigas no podían parar de cantar canciones horteras en el asiento trasero del coche. El vuelo no salía hasta las nueve de la noche, de modo que no llegarían a su alojamiento hasta bien entrada la madrugada.

Llegaron al aeropuerto y saltaron del coche mientras John sacaba sus maletas del maletero. Denise atravesó la calle y entró corriendo en el vestíbulo de salidas, como si así pudiera llegar antes. En cambio, Holly se apartó un poco del coche y esperó a Sharon, que se estaba despidiendo de su marido.

—Tendréis cuidado, ¿verdad? —preguntó John, preocupado—. No hagáis ninguna tontería mientras estéis allí.

—John, claro que tendremos cuidado.

Él no la escuchaba.

—Porque una cosa es hacer el indio aquí, pero uno no puede portarse de este modo cuando está en otro país.

—John —dijo Sharon, rodeándole el cuello con los brazos—, sólo voy a pasar una semana de relax, no tienes que preocuparte por mí.

John le susurró algo al oído y ella asintió.

—Lo sé, lo sé.

Se dieron un interminable beso de despedida y Holly contempló el abrazo de sus amigos de toda la vida. Palpó el bolsillo delantero del bolso para asegurarse de que llevaba la carta de Gerry correspondiente al mes de agosto. Dentro de unos días podría abrirla tumbada en la playa. Menudo lujo. El sol, la arena, el mar y Gerry, todo el mismo día.

—Holly, ¿querrás vigilar a mi querida esposa por mí? —preguntó John, interrumpiendo los pensamientos de Holly.

—Así lo haré, John. Aunque sólo estaremos fuera una semana.

Holly rió y le dio un abrazo.

—Ya lo sé, pero después de ver las locuras que hacéis cuando salís de noche, es normal que me preocupe un poco. —Sonrió—. Disfruta mucho, Holly, te mereces un buen descanso.

John las siguió con la mirada mientras cruzaban la calzada arrastrando las maletas y entraban en el vestíbulo de salidas.

Holly se detuvo un momento al cruzar la puerta y respiró hondo. Le encantaban los aeropuertos. Le encantaba el olor, el ruido y la atmósfera en general, con todo aquel gentío que iba de un lado a otro portando equipajes, deseosos de comenzar las vacaciones o regresando a casa. Le encantaba presenciar el entusiasmo con que eran recibidos los recién llegados por sus familiares y observar la emoción con que se abrazaban. Era un lugar perfecto para ver gente. El aeropuerto le provocaba siempre una sensación de expectativa en la boca del estómago, como si se dispusiera a hacer algo especial y asombroso. Haciendo cola en la puerta de embarque, se sentía la emoción infantil de estar aguardando para subir a la montaña rusa de un parque de atracciones.

Holly siguió a Sharon y ambas se reunieron con Denise hacia la mitad de la larguísima cola de facturación.

—Os dije que teníamos que venir antes —se quejó Denise.

—Ya, pero entonces tendríamos que esperar el mismo rato en la puerta de embarque —razonó Holly.

—Sí, pero al menos allí hay un bar —explicó Denise—, y es el único sitio en todo este estúpido edificio donde los monstruos fumadores como yo podemos fumar —murmuró.

—Eso es verdad —convino Holly.

—Bueno, me gustaría dejaros bien claro a las dos una cosa antes de salir: no pienso dedicarme a beber como una loca ni a salir todas las noches hasta las tantas. Lo único que quiero es descansar al borde de la piscina o en la playa con mis libros, disfrutar de la comida y acostarme temprano —dijo Sharon, muy seria.

Denise miró a Holly con cara de pasmo.

—¿Es demasiado tarde para invitar a otra persona, Hol? ¿Qué opinas? Las maletas de Sharon aún no se han facturado y John no puede andar lejos.

—No, esta vez estoy de acuerdo con Sharon —dijo Holly—. Sólo quiero descansar y no hacer nada demasiado estresante.

Denise hizo pucheros como una chiquilla.

—No te preocupes, cielo —susurró Sharon con dulzura—. Seguro que habrá otros niños de tu edad con quienes podrás jugar.

Denise la amenazó con el dedo índice.

—Oye, si al llegar allí me preguntan si tengo algo que declarar, diré a todo el mundo que mis dos amigas son unas viejas cascarrabias.

Sharon y Holly rieron con disimulo.

Tras media hora de cola, por fin facturaron el equipaje y Denise salió despavorida hacia la tienda, donde compró un cargamento de cigarrillos para toda una vida.

—¿Por qué me mira tanto esa chica? —preguntó Denise entre dientes, observando a una muchacha que había en el otro extremo del bar.

—Probablemente porque no le quitas el ojo de encima —respondió Sharon, y comprobó la hora en su reloj—. Sólo faltan quince minutos.

—No, en serio, chicas. —Denise se volvió hacia ellas—. No son paranoias, os aseguro que no para de mirarnos.

—¿Y por qué no vas y le preguntas qué quiere? —bromeó Holly con picardía, y Sharon soltó una risita.

—¡Viene hacia aquí! —susurró Denise, alarmada, dando la espalda a la desconocida.

Holly alzó la mirada y vio a una chica rubia muy delgada, de grandes tetas postizas, que se dirigía hacia ellas.

—Más vale que te pongas las nudilleras de metal, Denise, parece bastante peligrosa —se mofó Holly, y Sharon, que estaba bebiendo, se atragantó.

—¡Hola, qué tal! —saludó la muchacha.

—Hola —dijo Sharon, procurando no reír.

—Perdona si he sido grosera mirando de esta manera, pero es que tenía que acercarme para ver si realmente eras tú.

—Desde luego que soy yo —dijo Sharon con sarcasmo—, en carne y hueso.

—¡Ay, lo sabía! —exclamó la muchacha, y se puso a saltar de emoción. Como era de prever, los pechos apenas se movieron—. ¡Mis amigas no paraban de decirme que me equivocaba, pero sabía que eras tú! Son aquellas de allí. —Se volvió y señaló hacia el final de la barra, donde otras cuatro *spice girls* saludaron con la mano—. Me llamo Cindy...

Sharon volvió a atragantarse con el agua.

—¡Y soy vuestra fan número uno! —gritó excitada—. Adoro ese programa en el que trabajáis. ¡Lo he visto más de mil veces! Tú haces de princesa Holly, ¿verdad? —dijo apuntando a la cara de Holly con una uña impecable.

Holly abrió la boca para contestar pero Cindy siguió hablando.

—¡Y tú interpretas a la dama de honor! —exclamó señalando a Denise—. ¡Y tú! —agregó todavía más fuerte, señalando a Sharon—. ¡Tú eras la amiga de la estrella de rock australiana!

Las chicas intercambiaron miradas de inquietud al ver que su admiradora acercaba una silla y se sentaba a su mesa.

—Veréis, yo también soy actriz...

Denise puso los ojos en blanco.

—... y me encantaría trabajar en un programa como el vuestro. ¿Cuándo grabáis el próximo?

Holly abrió la boca para explicarle que en realidad no eran actrices, pero Denise se le adelantó.

—Bueno, aún estamos en la fase de negociaciones de nuestro próximo proyecto —mintió.

—¡Eso es fantástico! —vociferó Cindy dando una palmada—. ¿Sobre qué será?

—De momento no podemos decir nada. Tendremos que ir a Hollywood a grabar.

Cindy parecía a punto de sufrir un ataque cardíaco.

—¡Oh, Dios mío! ¿Quién es vuestro agente?

—Frankie —intervino Sharon—. Así que Frankie se vendrá con nosotras a Hollywood.

Holly no pudo reprimir por más tiempo la risa.

—No le hagas caso, Cindy. Está muy nerviosa —explicó Denise.

—¡No me extraña! —Cindy se fijó en la tarjeta de embarque de Denise, que estaba encima de la mesa, y le dio un vuelco el corazón—. ¡Uau, chicas! ¿Vosotras también vais a Lanzarote?

Denise cogió la tarjeta de embarque y la metió en el bolso, como si eso fuera a servir de algo.

—Yo voy con mis amigas. Están allí. —Se volvió y las saludó levantando la mano otra vez, y ellas le devolvieron el saludo—. Nos alojamos en un hotel llamado Costa Palma Palace. ¿Y vosotras?

A Holly se le cayó el alma a los pies.

—Ahora no me acuerdo —mintió Holly—. ¿Vosotras os acordáis, chicas? —Miró a Sharon y Denise abriendo los ojos desorbitadamente.

Ambas se apresuraron a negar con la cabeza.

—Bah, no importa. —Cindy se encogió de hombros alegremente—. ¡Os veré cuando aterricemos de todos modos! ¡Más vale que vaya a embarcar, no me gustaría que el avión despegara sin mí!

Hablaba tan fuerte que los ocupantes de las mesas vecinas se volvieron para mirarla. Dio un fuerte abrazo a cada
una de las chicas y fue a reunirse de nuevo con sus amigas.

—Creo que sí necesitábamos esas nudilleras de metal
—comentó Holly, abatida.

—No tiene importancia —aseguró Sharon, tan optimista
como siempre—. Basta con que no le hagamos caso.

Se levantaron para dirigirse a la puerta de embarque.
Mientras se abrían paso hacia sus asientos, a Holly volvió
a caerle el alma a los pies y de inmediato ocupó el asiento más
alejado del pasillo. Sharon se sentó a su lado y el rostro de
Denise palideció cuando se dio cuenta de quién le tocaba
a su vera.

—¡Oh, fabuloso! ¡Vas a sentarte a mi lado! —exclamó
Cindy.

Denise lanzó una mirada asesina a sus amigas y se desplomó al lado de Cindy.

—¿Lo ves? Ya te dije que encontrarías amiguitos con los
que jugar —susurró Sharon a Denise.

Sharon y Holly sufrieron un ataque de risa.

27

Cuatro horas después el avión se deslizó por encima del mar y aterrizó en el aeropuerto de Lanzarote, haciendo que todo el pasaje gritara vítores y aplaudiera. Dentro del avión no había nadie tan aliviado como Denise.

—Tengo un dolor de cabeza espantoso —se lamentó mientras se dirigían a recoger el equipaje—. Esa maldita cría no ha dejado de hablar ni un instante en todo el trayecto.

Se masajeó las sienes y cerró los ojos para relajarse.

Al ver que Cindy y sus secuaces se dirigían hacia ellas, Sharon y Holly se escabulleron entre el gentío, dejando sola a Denise con los ojos cerrados.

Buscaron un lugar entre la multitud que les permitiera ver bien los equipajes. El grueso de los pasajeros pensó que sería una gran idea esperar pegados a la cinta transportadora inclinados hacia delante, de modo que sus vecinos no pudieran ver las maletas que se aproximaban. Tuvieron que esperar casi media hora antes de que la cinta comenzara a moverse, y otra media hora más tarde aún esperaban sus maletas mientras la mayoría de los pasajeros ya había salido hacia sus respectivos autobuses.

—Sois unas brujas —les espetó Denise, acercándose a ellas tirando de su maleta—. ¿Aún estáis esperando?

—No, simplemente me encanta estar aquí de pie viendo pasar las mismas bolsas abandonadas una y otra vez. Si quieres ir hacia el autobús, me quedaré un rato más a disfrutar del espectáculo —dijo Sharon con sarcasmo.

—Espero que hayan perdido tu maleta —replicó Denise—. O aún mejor, espero que se te abra y que todas tus bragas y sostenes queden desparramados por la cinta a la vista de los curiosos.

Holly miró a Denise con aire divertido.

—¿Ya te encuentras mejor?

—No hasta que fume un cigarrillo —contestó Denise, que aun así se las arregló para sonreír.

—¡Vaya, ahí llega mi maleta! —dijo Sharon, contenta. La cogió de la cinta transportadora de un tirón, golpeando a Holly en la espinilla.

—¡Au!

—Perdona, pero tenía que salvar mi ropa.

—Como me hayan perdido la maleta los demando —dijo Holly, enojada. A aquellas alturas los demás pasajeros ya se habían marchado y eran las únicas que seguían esperando—. ¿Por qué me toca siempre ser la última en la recogida de equipajes? —preguntó a sus amigas.

—Es la ley de Murphy —explicó Sharon—. Ah, ahí está.

Cogió la maleta y volvió a golpear la maltrecha espinilla de Holly.

—¡Ay, ay, ay! —gritó Holly—. Al menos podrías cogerla hacia el otro lado.

—Perdona —dijo Sharon, contrita—, sólo sé hacerlo hacia un lado.

Las tres fueron en busca de la responsable de su grupo.

—¡Suelta, Gary! ¡Déjame en paz! —oyeron gritar a una voz al doblar una esquina.

Siguieron el sonido y localizaron a una mujer vestida con un uniforme rojo de responsable de grupo de turistas, que estaba siendo acosada por un muchacho que llevaba el mismo uniforme. Al aproximarse, la mujer se puso erguida.

—¿Kennedy, McCarthy y Hennessey? —preguntó con marcado acento londinense.

Las chicas asintieron con la cabeza.

—Hola, me llamo Victoria y seré la responsable de su estancia en Lanzarote durante la próxima semana. —Esbozó una sonrisa forzada—. Síganme, las acompañaré a su autobús.

Le guiñó el ojo con descaro a Gary y condujo a las chicas al exterior.

Eran las dos de la madrugada y, sin embargo, una cálida brisa les dio la bienvenida en cuanto salieron al aire libre. Holly sonrió a sus amigas, que también habían notado el cambio de clima. Ahora sí que estaban de vacaciones. Al subir al autobús todo el mundo gritó con entusiasmo y Holly los maldijo en silencio, esperando que aquello no fuese el principio de unas espantosas vacaciones del tipo «seamos amigos».

—¡Eo, eo! —coreó Cindy, dirigiéndose a ellas. Estaba de pie haciéndoles señas desde el fondo del autobús—. ¡Os he guardado sitio aquí detrás!

Denise suspiró, pegada a la espalda de Holly, y las tres caminaron con dificultad hasta la última fila de asientos del autobús. Holly tuvo la suerte de sentarse junto a la ventanilla, donde podría ignorar a los demás. Esperó que Cindy comprendiera que deseaba que la dejaran en paz, ya que le había dado una pista bien clara al no hacerle caso desde el principio, cuando se aproximó a ellas en el bar.

Tres cuartos de hora después llegaron a Costa Palma Palace y Holly se reanimó. Una larga avenida con altas palmeras alineadas en el centro se internaba en el recinto. Frente a la entrada principal había una gran fuente iluminada con focos azules y, para su enojo, los pasajeros del autobús volvieron a vitorearlas cuando ellas se apearon las últimas. Las chicas ocuparon un apartamento de dimensiones razonables compuesto por un dormitorio con dos camas, una cocina pequeña, una zona de estar con un sofá cama, un cuarto de baño, por supuesto, y una terraza. Holly salió a la terraza y miró hacia el mar. Aunque estaba demasiado oscuro para ver nada, oyó el susurro del agua lamiendo suavemente la arena. Cerró los ojos y escuchó.

—Un cigarrillo, un cigarrillo, tengo que fumarme un cigarrillo. —Denise se reunió con ella y abrió un paquete de cigarrillos, encendió uno y dio una honda calada—. ¡Ah, esto está mucho mejor! Ya no tengo ganas de matar a nadie.

Holly sonrió; le apetecía mucho pasar tanto tiempo seguido con sus amigas.

—Hol, ¿te importa que duerma en el sofá cama? Así podré fumar...

—¡Sólo si dejas la puerta abierta, Denise! —soltó Sharon desde el interior—. No quiero levantarme cada mañana apestando a tabaco.

—Gracias —dijo Denise, encantada.

A las nueve de la mañana Holly se despertó al oír los movimientos de Sharon. Ésta le susurró que bajaba a la piscina para reservar unas tumbonas. Un cuarto de hora después, Sharon regresó al apartamento.

—Los alemanes han ocupado todas las tumbonas —dijo contrariada—. Estaré en la playa si me buscáis.

Holly murmuró una respuesta con voz soñolienta y volvió a dormirse. A las diez Denise saltó de la cama y ambas decidieron reunirse en la playa con Sharon.

La arena estaba muy caliente y tenían que moverse sin cesar para no quemarse la planta de los pies. Pese a lo orgullosa que había estado Holly de su bronceado en Irlanda, saltaba a la vista que acababan de llegar a la isla, pues eran las personas más blancas que había en la playa. Localizaron a Sharon sentada debajo de una sombrilla, leyendo un libro.

—Esto es precioso, ¿verdad? —dijo Denise, sonriendo mientras contemplaba el panorama.

Sharon levantó la vista de su libro y sonrió.

—Es el paraíso.

Holly miró alrededor para ver si Gerry estaba allí. No, no había rastro de él. La playa estaba llena de parejas: parejas poniéndose mutuamente crema solar, parejas paseando cogidas de la mano por la orilla, parejas jugando a palas y, justo delante de su tumbona, una pareja tomaba el sol acurrucada. Holly no tuvo tiempo de deprimirse, ya que Denise se había quitado el vestido de tirantes y daba brincos por la arena caliente, luciendo un brevísimo tanga de piel de leopardo.

—¿Alguna de vosotras me pondría bronceador solar?

Sharon dejó el libro a un lado y la miró por encima de la montura de sus gafas de leer.

—Yo misma, pero el trasero y las tetas te los embadurnas tú solita.

—Maldita sea —bromeó Denise—. No te preocupes, ya encontraré a alguien para eso. —Se sentó en la punta de la tumbona de Sharon y ésta comenzó a aplicarle la crema—. ¿Sabes qué, Sharon?

—¿Qué?

—Te quedará una marca espantosa si no te quitas ese pareo.

Sharon se miró el cuerpo y se bajó un poco más la faldita.

—¿Qué marca? Nunca me pongo morena. Tengo una piel irlandesa de primera calidad, Denise. ¿No te has enterado de que el color azul es lo último en bronceado?

Holly y Denise rieron. Por más que Sharon había intentado broncearse año tras año, siempre terminaba quemándose y pelándose. Finalmente había renunciado a ponerse morena, aceptando la inevitable palidez de su piel.

—Además, últimamente estoy hecha una foca y no me gustaría espantar al personal.

Holly miró a su amiga con fastidio por lo que acababa de decir. Había ganado un poco de peso, pero en absoluto estaba gorda.

—¿Pues entonces por qué no vas a la piscina y espantas a todos esos alemanes? —bromeó Denise.

—Ay, sí. Mañana tenemos que levantarnos más temprano para coger sitio en la piscina. La playa resulta aburrida al cabo de un rato —sugirió Holly.

—No te preocupes. Venceremos a los alemanes —aseguró Sharon, imitando el acento alemán.

Pasaron el resto del día descansando en la playa, zambulléndose de vez en cuando en el mar para refrescarse. Almorzaron en el bar de la playa y, tal como habían planeado, se dedicaron a holgazanear. Poco a poco Holly notó cómo el estrés y la tensión iban abandonando sus músculos y durante unas horas se sintió libre.

Aquella noche se las ingeniaron para evitar a la Brigada Barbie y disfrutaron de la cena en uno de los numerosos restaurantes que jalonaban una concurrida calle cercana al complejo residencial.

—No puedo creer que sean las diez y que estemos regresando al apartamento —dijo Denise, mirando con avidez la gran variedad de bares que las rodeaba.

Los locales y las terrazas estaban atestados de gente y la música vibraba en todos los establecimientos, mezclándose hasta formar un inusual sonido ecléctico. Holly casi sentía el suelo latir bajo sus pies. Paseaban en silencio, absortas en las visiones, los sonidos y los olores que les llegaban de todas partes. Las luces de neón parpadeaban y zumbaban reclamando la atención de posibles clientes. En la calle los dueños de los bares competían entre sí para convencer a los transeúntes ofreciendo folletos, copas gratis y descuentos.

Cuerpos jóvenes y bronceados se agrupaban en las mesas exteriores, paseando con seguridad por la calle e impregnando el aire de olor a crema solar de coco. Al ver el promedio de edad de la concurrencia, Holly se sintió vieja.

—Bueno, podemos ir a un bar a tomar una copa, si quieres —dijo Holly con escaso entusiasmo, observando a unos jovencitos que bailaban en la calle.

Denise se detuvo y recorrió los bares con la mirada para elegir uno.

—Hola, preciosa. —Un hombre muy atractivo se paró ante Denise y sonrió para mostrar sus impecables dientes blancos. Hablaba con acento inglés—. ¿Te vienes a tomar algo conmigo? —propuso indicando un bar.

Denise contempló al hombre un momento, sumida en sus pensamientos. Sharon y Holly sonrieron con complicidad al constatar que, después de todo, Denise no se acostaría temprano. De hecho, conociéndola, quizá no se acostaría en toda la noche.

Finalmente Denise salió de su trance.

—No, gracias, ¡tengo novio y le quiero! —anunció orgullosa—. ¡Vámonos, chicas! —dijo a Holly y Sharon, dirigiéndose hacia el hotel.

Las dos permanecieron inmóviles en medio de la calle, atónitas. Tuvieron que correr para alcanzarla.

—¿Qué hacíais ahí boquiabiertas? —inquirió Denise con picardía.

—¿Quién eres tú y qué has hecho con mi amiga devoradora de hombres? —preguntó Sharon a su vez, muy impresionada.

—Vale. —Denise levantó las manos y sonrió—. Puede que quedarse soltera no sea tan bueno como lo pintan.

«Desde luego que no», se dijo Holly. Bajó la mirada y fue dando patadas a una piedra por el camino mientras volvían al apartamento.

—Te felicito, Denise —dijo Sharon, cogiendo a su amiga por la cintura.

Se produjo un silencio un tanto incómodo y Holly oyó la música que iba alejándose lentamente, dejando sólo el ritmo sordo del bajo en la distancia.

—Esa calle me ha hecho sentir vieja —dijo Sharon de pronto.

—¡A mí también! —convino Denise con expresión de asombro—. ¿Desde cuándo sale de copas la gente tan joven?

Sharon se echó a reír.

—Denise, no es que la gente sea más joven, somos nosotras las que nos hacemos mayores.

Denise meditó un instante y luego dijo:

—Bueno, tampoco es que seamos viejas, por el amor de Dios. Aún no nos ha llegado el momento de colgar las zapatillas de baile y coger el bastón. Podríamos pasar toda la noche de parranda si nos apeteciera, es sólo que... estamos cansadas. Hemos tenido un día muy largo... Oh, Dios, parezco una anciana.

Denise se quedó sola divagando, puesto que Sharon estaba pendiente de Holly que, cabizbaja, seguía dando patadas a la misma piedra por el camino.

—Holly, ¿estás bien? Hace rato que no abres la boca.

Sharon estaba preocupada.

—Sí, sólo estaba pensando —susurró Holly sin levantar la cabeza.

—¿Pensando en qué? —preguntó Sharon en voz baja.

Holly levantó la cabeza de golpe y respondió:

—En Gerry. Estaba pensando en Gerry.

—Bajemos a la playa —propuso Denise, y se quitaron los zapatos para hundir los pies en la arena fría.

El cielo estaba despejado y se veía negro azabache. Un millón de estrellas titilaba en el firmamento como si alguien hubiese arrojado purpurina sobre un inmenso telón negro. La luna llena descansaba apoyada en el horizonte, reflejando su luz en el agua y mostrando la frontera entre el cielo y el mar. Las tres se sentaron en la orilla. El agua chapaleaba a sus pies, serenándolas, relajándolas. El aire tibio mezclado con una brisa fresca pasó rozando a Holly poniéndole el vello de punta. Cerró los ojos y respiró hondo para llenar los pulmones de aire fresco.

—Por eso te hizo venir aquí, ¿sabes? —dijo Sharon, observando cómo se relajaba su amiga.

Holly mantuvo los ojos cerrados y sonrió.

—Hablas muy poco de él, Holly —añadió Denise con voz serena mientras con el dedo hacía dibujos en la arena.

Holly abrió los ojos lentamente. Su voz sonó baja pero afectuosa y aterciopelada.

—Ya lo sé.

Denise levantó la vista de los círculos dibujados en la arena.

—¿Por qué?

La mirada de Holly se perdió en la negrura del mar.

—No sé cómo hacerlo. —Vaciló un momento—. Nunca sé si decir «Gerry era» o «Gerry es». No sé si estar triste o contenta cuando hablo de él con otras personas. Creo que si estoy contenta, ciertas personas me juzgan y esperan que me eche a llorar. Y si me pongo triste al hablar de él la gente se incomoda. —Siguió contemplando el mar oscuro que brillaba a lo lejos bajo la Luna y, cuando volvió a hablar, lo hizo en voz aún más baja—. En una conversación no puedo reírme de él como hacía antes porque resulta feo. No puedo hablar sobre las cosas que me contó en confianza porque no quiero revelar sus secretos, ya que por algo eran sus secretos. La verdad es que no sé cómo referirme a su recuerdo cuando charlamos. Y eso no significa que no me acuerde de él aquí —dijo dándose unos golpecitos en la sien.

Las tres amigas estaban sentadas en la arena con las piernas cruzadas.

—John y yo hablamos de Gerry continuamente. —Sharon miró a Holly con los ojos brillantes—. Comentamos las ocasiones en que nos hizo reír, que fueron muchas. —Las tres rieron al recordarlo—. Incluso hablamos de las veces en que nos peleamos. Cosas que nos gustaban de él y cosas que realmente nos fastidiaban —prosiguió Sharon—. Porque para nosotros Gerry era así. No todo era bueno. Lo recordamos todo de él, y no hay absolutamente nada de malo en ello.

Tras unos segundos de silencio, Denise dijo con voz temblorosa:

—Ojalá mi Tom hubiese conocido a Gerry.

Holly la miró sorprendida.

—Gerry también era mi amigo —dijo Denise con los ojos llenos de lágrimas—. Y Tom ni siquiera lo conoció. Así que a menudo le cuento cosas sobre Gerry para que sepa que, no hace mucho, uno de los hombres más buenos de este planeta era mi amigo, y que pienso que todo el mundo debería haberle conocido. —El labio le tembló y se lo mordió con fuerza—. Me cuesta creer que alguien a quien quiero tanto y que lo sabe todo sobre mí no conozca a un amigo a quien quise durante más de diez años.

Una lágrima rodó por la mejilla de Holly, que se acercó a Denise y la abrazó.

—Pues entonces, Denise, tendremos que seguir contándole cosas de Gerry a Tom, ¿verdad?

A la mañana siguiente no se molestaron en acudir a la

reunión con la responsable de las vacaciones, puesto que no tenían intención de apuntarse a ninguna excursión ni de participar en ninguna estúpida competición deportiva. En su lugar, se levantaron temprano y participaron en el baile de la tumbona, corriendo alrededor de la piscina para arrojar las toallas con la intención de asegurarse un sitio para la jornada. Por desgracia, no consiguieron madrugar lo suficiente. («¿Es que nunca duermen estos malditos alemanes?», soltó Sharon.) Finalmente, después de que Sharon apartara a hurtadillas unas cuantas toallas de tumbonas que nadie vigilaba, consiguieron tres tumbonas contiguas.

Justo cuando Holly se estaba quedando dormida oyó unos gritos ensordecedores y vio que la multitud corría junto a ella. Por alguna inexplicable razón, a Gary, uno de los empleados del operador turístico, se le había ocurrido que sería muy divertido vestirse de *drag queen* y que Victoria lo persiguiera alrededor de la piscina. Toda la gente de la piscina los alentaba a gritos mientras las chicas ponían los ojos en blanco. Al final Victoria alcanzó a Gary y ambos se las ingeniaron para caer juntos al agua con gran estrépito.

Todo el mundo aplaudió.

Poco después, mientras Holly nadaba tranquilamente, una mujer anunció a través de un micrófono inalámbrico que llevaba colgado de la cabeza que dentro de cinco minutos iba a dar comienzo la sesión de aeróbic acuático. Victoria y Gary, con la inestimable cooperación de la Brigada Barbie, fueron de tumbona en tumbona obligando a todo el mundo a levantarse para participar.

—¡A ver cuándo dejáis de incordiar! —oyó Holly que Sharon gritaba a un miembro de la Brigada Barbie que pretendía tirarla a la piscina. Holly no tardó en verse obligada a salir del agua ante la llegada de un rebaño de hipopótamos que se disponía a zambullirse para su sesión de aeróbic acuático. Las tres amigas permanecieron sentadas durante una interminable sesión de media hora de aeróbic acuático, mientras la instructora dirigía los movimientos a voz en grito por megafonía. Cuando por fin terminó, anunciaron que estaba a punto de comenzar el torneo de waterpolo. Así pues las chicas se pusieron de pie de inmediato y se dirigieron a la playa en busca de paz y tranquilidad.

—¿Has vuelto a tener noticias de los padres de Gerry, Holly? —preguntó Sharon. Ambas estaban tumbadas en sendas colchonetas hinchables, flotando a la deriva cerca de la orilla.

—Sí, me mandan una postal cada tantas semanas para decirme dónde están y cómo les va.

—¿Todavía están en ese crucero?

—Sí.

—¿Los echas de menos?

—Si quieres que te diga la verdad, me parece que ya no me consideran parte de su vida. Su hijo se ha ido y no tienen nietos, así que no creo que sientan que seguimos siendo familia.

—No digas tonterías, Holly. Estabas casada con su hijo y eso te convierte en su nuera. Es un vínculo muy fuerte.

—Qué quieres que te diga —musitó Holly—. Me parece que con eso no les basta.

—Son un poco reticentes, ¿verdad?

—Sí, mucho. No soportaban que Gerry y yo viviéramos «en pecado», como solían decir. Se morían de ganas de que nos casáramos. ¡Y luego todavía fue peor! Nunca comprendieron que no quisiera cambiarme el apellido.

—Es verdad. Ya me acuerdo —dijo Sharon—. Su madre me estuvo dando la lata con eso el día de la boda. Decía que la mujer tenía el deber de cambiarse el apellido como señal de respeto al marido. ¿Te imaginas? ¡Qué cara!

Holly se echó a reír.

—En fin, estás mucho mejor sin ellos —aseguró Sharon.

—Hola, chicas —saludó Denise, acercándose en su colchoneta.

—¡Oye! ¿Dónde te habías metido? —preguntó Holly.

—Ah, estaba charlando con un tipo de Miami. Muy majo, por cierto.

—¿Miami? Ahí es donde fue Daniel de vacaciones —dijo Holly, sumergiendo los dedos en el agua azul claro.

—Hummm... —terció Sharon—. Daniel sí que es majo, ¿verdad?

—Sí, es muy agradable —convino Holly—. Da gusto hablar con él.

—Tom me contó que lo pasó muy mal no hace mucho —dijo Denise, volviéndose para ponerse panza arriba.

Sharon aguzó el oído al detectar un posible cotilleo.

—¿Y eso?

—Creo que iba a casarse con su novia y resultó que la muy zorra se acostaba con otro. Por eso se mudó a Dublín y compró el pub, para alejarse de ella.

—Ya lo sabía, es espantoso, ¿no? —dijo Holly, apenada.

—¿Por qué, dónde vivía antes? —preguntó Sharon.

—En Galway. Era encargado de un pub de allí —explicó Holly.

—Vaya —dijo Sharon, sorprendida—. No tiene acento de Galway.

—Bueno, se crió en Dublín y se alistó en el ejército, luego lo dejó y se mudó a Galway, donde su familia tenía un pub; después conoció a Laura, estuvieron juntos siete años y se prometieron en matrimonio, pero ella le ponía los cuernos, así que rompieron y él regresó a Dublín y compró el Hogan's... —Holly se quedó sin aliento.

—Ya veo que apenas sabes nada sobre su vida —se burló Denise.

—Mira, si tú y Tom nos hubieseis prestado un poquito más de atención la otra noche en el pub ahora tal vez no sabría tantas cosas sobre él —replicó Holly con buen humor.

Denise exhaló un hondo suspiro.

—Jesús, cuánto echo de menos a Tom —susurró apenada.

—¿Ya se lo has dicho a ese tipo de Miami? —Sharon sonrió.

—No, sólo estábamos charlando —aseguró Denise a la defensiva—. A decir verdad, no me interesa nadie más.

Es muy extraño, es como si ni siquiera pudiera ver a los demás hombres. Me refiero a que ni siquiera me fijo en ellos. Y dado que estamos rodeadas por cientos de tíos medio desnudos, creo que eso es decir mucho.

—He oído que a eso lo llaman amor, Denise —contestó Sharon, esbozando una sonrisa.

—Bueno, sea lo que sea, nunca había sentido nada parecido.

—Es una sensación estupenda —agregó Holly.

Guardaron silencio un rato, sumidas en sus pensamientos, dejándose acunar por el suave balanceo de las olas.

—¡Joder! —exclamó Denise de repente, asustando a las otras dos—. ¡Mirad qué lejos estamos!

Holly se incorporó de inmediato y miró alrededor. Estaban tan alejadas de la orilla que la gente de la playa parecía hormiguitas.

—¡Mierda! —exclamó Sharon asustada, y Holly comprendió que tenían un problema.

—¡Todas a nadar, deprisa! —gritó Denise, y las tres se tumbaron boca abajo y comenzaron a remar con todas sus fuerzas. Al cabo de unos minutos, se dieron por vencidas. Estaban agotadas. Para su horror, constataron que estaban aún más lejos que antes.

De nada servía remar, la corriente era demasiado intensa y las olas demasiado altas.

28

—¡Socorro! —gritaba Denise a pleno pulmón, agitando los brazos desesperadamente.

—No creo que puedan oírnos —dijo Holly, los ojos llenos de lágrimas.

—¿Cómo hemos podido ser tan estúpidas? —soltó Sharon, y siguió divagando sobre los peligros de las colchonetas en el mar.

—Oh, déjalo ya, Sharon —le espetó Denise—. Ahora estamos aquí, así que vamos a gritar a la vez a ver si así nos oyen.

Las tres se aclararon la garganta y se incorporaron todo lo que pudieron sin hundir las colchonetas más de la cuenta.

—Muy bien, uno, dos, tres... ¡Socorro! —gritaron al unísono, y agitaron los brazos frenéticamente.

Finalmente dejaron de gritar y contemplaron en silencio los puntitos de la playa para ver si habían conseguido algo. No percibieron ningún movimiento alentador.

—Por favor, decidme que no hay ningún tiburón por aquí —gimoteó Denise.

—Oh, venga, Denise —le espetó Sharon con enojo—. Justo lo que necesitábamos que nos recordaras.

Holly tragó saliva y miró el agua, la misma que ahora se había oscurecido. Saltó de la colchoneta para ver lo profunda que era y, cuando se sumergió, el corazón comenzó a latirle con fuerza. La situación era delicada. Sharon y Holly intentaron nadar arrastrando las colchonetas, mientras Denise seguía soltando alaridos espeluznantes.

—Por Dios, Denise —rogó Sharon—, lo único que va a contestar a eso será un delfín.

—No es por nada, guapa, pero será mejor que dejéis de nadar de una vez. Lleváis no sé cuánto rato dándole y no os habéis movido de mi lado.

Holly paró de nadar y levantó la vista. Denise estaba mirándola.

—¡Oh! —Holly procuró contener el llanto—. Sharon, más vale que paremos y conservemos las fuerzas.

Sharon obedeció, las tres se acurrucaron en sus respectivas colchonetas y lloraron. Lo cierto era que poco más podían hacer, pensó Holly, sintiendo auténtico pánico. Habían intentado pedir ayuda, pero el viento se llevaba sus voces en la dirección opuesta; habían intentado nadar, lo que también había resultado del todo inútil, ya que la corriente era demasiado fuerte. Empezaba a hacer frío y el mar se veía cada vez más oscuro y amenazador. En menuda situación estúpida se habían metido. Pese al miedo y la preocupación, Holly se sorprendió al sentirse completamente humillada.

No sabía si reír o llorar, y una inusual combinación de ambas cosas comenzó a salir de su boca, haciendo que Sharon y Denise dejaran de llorar y la miraran como si tuviera diez cabezas.

—Al menos sacaremos algo bueno de esto —aseguró Holly, medio riendo medio llorando.

—¿Hay algo bueno? —preguntó Sharon enjugándose las lágrimas.

—Las tres siempre hemos hablado de ir a África. —Rió como una loca y luego agregó—: Por el cariz que están tomando las cosas, diría que ya estamos a medio camino.

Las chicas otearon el horizonte en dirección a su nuevo destino.

—Desde luego es un medio de transporte barato —secundó Sharon.

Denise las miraba como si hubiesen perdido el juicio, y a ellas les bastó verla tendida en mitad del océano, desnuda salvo por el minúsculo tanga de piel de leopardo y con los labios morados, para que les entrara un ataque de risa.

—¿Qué pasa? —inquirió Denise, abriendo mucho los ojos.

—Diría que tenemos un problema muy muy profundo ahora mismo —farfulló Sharon entre risas.

—Y que lo digas —convino Holly—. Nos sobrepasa de largo.

Siguieron riendo y llorando durante un rato, hasta que el ruido de una lancha que se acercaba hizo que Denise se incorporase y volviera a hacer señas frenéticamente. Sharon y Holly rieron aún más al ver el pecho de Denise agitándose arriba y abajo mientras saludaba a los socorristas.

—Es como cualquiera de nuestras noches de parranda —se mofó Sharon, sin dejar de mirar a su amiga medio desnuda en brazos de un socorrista musculoso que la subía a la lancha.

—Me parece que sufren un shock —dijo un socorrista al otro mientras subían a las otras dos chicas histéricas a la lancha.

—¡Rápido, salvemos las colchonetas! —consiguió gritar Holly en pleno ataque de risa.

—¡Colchoneta al agua! —vociferó Sharon.

Los socorristas cruzaron una mirada de preocupación mientras las envolvían con mantas y regresaban a toda prisa a la orilla.

Al aproximarse a la playa, vieron que se congregaba una multitud. Las chicas se miraron entre sí y rieron aún con más ganas. Cuando las bajaron de la lancha, hubo una gran salva de aplausos. Denise se volvió e hizo una reverencia.

—Ahora aplauden, pero ¿dónde estaban cuando los necesitábamos? —les espetó Sharon.

—Traidores. —Holly se echó a reír.

—¡Están allí! —Oyeron el conocido alarido de Cindy, que se abría paso entre el gentío al frente de la Brigada Barbie—. ¡Oh, Dios mío! —gritó—. Lo he visto todo con mis prismáticos y he avisado a los socorristas. ¿Estáis bien? —preguntó mirándolas con inquietud.

—Muy bien, gracias —dijo Sharon con suma seriedad—. Hemos tenido mucha suerte. Las pobres colchonetas no pueden decir lo mismo.

Al oír esto, Holly y Denise rompieron a reír y tuvieron que llevárselas medio en volandas a que las viera un médico.

Cuando por la noche se dieron cuenta de la gravedad de lo que les había ocurrido, su humor cambió radicalmente. Guardaron silencio durante casi toda la cena, pensando en la suerte que habían tenido al ser rescatadas y odiándose por ser tan descuidadas. Denise se retorcía incómoda en la silla y Holly se fijó en que apenas había probado la comida.

—¿Qué te pasa? —preguntó Sharon tras sorber un espagueti que le manchó de salsa toda la cara.

—Nada —contestó Denise, llenando tranquilamente el vaso de agua.

Volvieron a guardar silencio.

—Perdonad, tengo que ir al baño.

Denise se levantó y fue hacia los lavabos caminando con torpeza.

Sharon y Holly se miraron y fruncieron el entrecejo.

—¿Qué crees que le pasa? —preguntó Holly.

Sharon se encogió de hombros.

—Bueno, se ha bebido unos diez litros de agua durante la cena, así que no es de extrañar que no pare de ir al lavabo —exageró.

—Quizás está enfadada con nosotras por haber perdido un poco el control esta mañana.

Sharon volvió a encogerse de hombros y siguieron comiendo en silencio. Holly había reaccionado de forma un tanto extraña en el mar y le fastidiaba pensar por qué lo había hecho. Tras el pánico inicial al pensar que iba a morir, le había entrado un vértigo febril al darse cuenta de que, si en efecto moría, creía sinceramente que se reuniría con Gerry. La irritaba pensar que no le había importado morir. Era una idea egoísta. Necesitaba cambiar la perspectiva que tenía de la vida.

Denise hizo una mueca al sentarse.

—¿Se puede saber qué te pasa, Denise? —preguntó Holly.

—No pienso decíroslo porque os reiréis de mí —contestó Denise de manera un tanto pueril.

—Vamos, mujer, somos tus amigas, no nos reiremos —aseguró Holly, intentando reprimir una sonrisa.

—He dicho que no —replicó Denise, llenando el vaso de agua otra vez.

—Venga, Denise, sabes que puedes contarnos lo que sea. Prometemos no reír.

Sharon habló con tal seriedad que Holly se sintió mal por sonreír.

Denise observó sus rostros, tratando de decidir si eran de fiar.

—Está bien —dijo al fin, y murmuró algo en voz muy baja.

—¿Qué? —inquirió Holly, acercándose.

—No te hemos oído, cariño. Lo has dicho muy bajo —dijo Sharon, arrimando más su silla.

Denise inspeccionó el restaurante para asegurarse de que no había nadie escuchando e inclinó la cabeza hacia delante.

—He dicho que se me ha quemado el trasero de estar tanto rato tendida en el mar.

—Oh —musitó Sharon, apoyándose bruscamente contra el respaldo de la silla.

Holly apartó la vista para no cruzar una mirada con Sharon y se puso a contar los panecillos de la panera, procurando no pensar en lo que acababa de decir Denise.

Se produjo un prolongado silencio.

—¿Lo veis? Ya os he dicho que os reiríais —dijo Denise, enojada.

—Oye, no nos estamos riendo —replicó Sharon con voz temblorosa.

Hubo otro silencio.

Holly no pudo contenerse.

—Asegúrate de ponerte mucha crema para que no se te pele.

Fue la gota que colmó el vaso. Sharon y Holly rompieron a reír.

Denise se limitó a asentir con la cabeza mientras aguardaba a que terminaran de reír. Tuvo que esperar un buen rato. De hecho, horas más tarde, mientras estaba tendida en el sofá cama intentando conciliar el sueño, seguía aguardando.

Lo último que oyó antes de caer dormida fue un agudo comentario de Holly:

—Asegúrate de dormir boca abajo, Denise.

A lo que siguieron más risas.

—Oye, Holly —susurró Sharon cuando por fin se serenaron—, ¿estás nerviosa por lo de mañana?

—¿Qué quieres decir? —preguntó Holly, bostezando.

—¡La carta! —replicó Sharon, sorprendida de que Holly no lo recordara de inmediato—. No me digas que te habías olvidado.

Holly metió la mano debajo de la almohada y palpó hasta encontrar la carta. Dentro de una hora podría abrir la sexta carta de Gerry. Claro que lo recordaba.

A la mañana siguiente las arcadas de Sharon vomitando en el cuarto de baño despertaron a Holly. Fue a su encuentro y le frotó la espalda y le retiró el pelo de la cara.

—¿Estás bien? —preguntó preocupada cuando Sharon por fin terminó.

—Sí, son los malditos sueños que he tenido toda la noche. He soñado que estaba en una barca, en una colchoneta y en toda clase de objetos flotantes. Me parece que al final me he mareado.

—Yo también he soñado con eso. Menudo susto nos llevamos ayer, ¿eh?

Sharon asintió con la cabeza.

—No pienso bañarme nunca más con una colchoneta —dijo sonriendo débilmente.

Denise se presentó en la puerta del lavabo con el biquini ya puesto. Había tomado prestado uno de los pareos de Sharon para taparse el trasero quemado y Holly tuvo que morderse la lengua para no tomarle el pelo otra vez, puesto que estaba muy claro que le molestaba mucho.

Cuando bajaron a la piscina, Sharon y Denise se reunieron con la Brigada Barbie. Era lo menos que podían hacer, ya que habían sido ellas quienes habían avisado a los socorristas. Holly no comprendía cómo había sido capaz de dormirse antes de medianoche. Había planeado levantarse sin hacer ruido para no despertar a las otras y salir a la terraza a leer la carta. Aún no se explicaba cómo era posible que se hubiese dormido a pesar de la expectativa, pero en cualquier caso no se veía con fuerzas para charlar con la Brigada Barbie. Antes de verse atrapada en una conversación Holly avisó con señas a Sharon de que se marchaba y ésta le guiñó el ojo alentadoramente, ya que sabía por qué se escabullía su amiga. Holly se anudó el pareo a la cintura y se llevó consigo el bolso que contenía la importantísima carta.

Buscó un sitio alejado de los gritos entusiastas de los niños y adultos que jugaban en la playa y los altavoces que vomitaban los últimos éxitos de las listas. Encontró un rincón bastante tranquilo y se acomodó encima de la toalla para no tocar más la arena ardiente. Las olas rompían y se desplomaban. Las gaviotas intercambiaban chillidos en el cielo azul, volaban en picado y se zambullían para capturar su desayuno. Aunque era temprano, el sol ya calentaba.

Holly sacó cuidadosamente la carta del bolso, como si fuera el objeto más delicado del mundo. Acarició con la punta de los dedos la palabra «Agosto» escrita con muy buena letra. Absorbiendo los sonidos y olores que la rodeaban, rasgó con delicadeza el sobre y leyó el sexto mensaje de Gerry.

Hola, Holly:

Espero que estés pasando unas vacaciones maravillosas. ¡Estás muy guapa con ese biquini, por cierto! Espero haber acertado al elegir el sitio, es el mismo al que casi fuimos tú y yo de luna de miel, ¿recuerdas? Bueno, me alegro de que finalmente tú lo hayas visto...

Según parece, si vas hasta las rocas que hay al final de

la playa hacia la izquierda desde tu hotel y miras al otro lado, verás un faro. Me han dicho que allí es donde se reúnen los delfines... y que muy poca gente lo sabe. Como sé que adoras a los delfines... salúdalos de mi parte...

Posdata: te amo, Holly...

Con manos temblorosas, Holly metió la carta en el sobre y lo guardó en un bolsillo con cremallera de su bolso. Sentía la mirada de Gerry sobre ella mientras se levantaba y doblaba la toalla. Sentía su presencia. Se encaminó hasta el final de la playa, que quedaba interrumpida por un acantilado. Se calzó las zapatillas de deporte y comenzó a trepar por las rocas para ver qué había al otro lado.

Y allí estaba.

Exactamente donde Gerry lo había descrito, el faro se erguía como si fuese una especie de linterna apuntando hacia el cielo. Descendió con cuidado entre las rocas y se adentró en la pequeña cala. Ahora estaba a solas. Era como estar en una playa privada. Y entonces los oyó. Chillidos de delfines jugando cerca de la orilla, ajenos a la presencia de los turistas que había en las playas vecinas. Holly se dejó caer en la arena para ver cómo jugaban y hablaban entre sí.

Gerry se sentó a su lado.

Puede que incluso le estrechara la mano.

Holly estaba bastante contenta de regresar a Dublín, relajada y morena. Justo lo que el médico había prescrito. Aunque eso no impidió que chasqueara la lengua cuando el avión aterrizó en el aeropuerto de Dublín bajo una intensa lluvia. Esta vez los pasajeros no aplaudieron ni soltaron vítores y el aeropuerto parecía un lugar muy distinto del que habían visto una semana antes. Una vez más, Holly fue el último pasajero en recibir su equipaje y una hora después salieron, apenadas y melancólicas, en busca de John, que las esperaba en el coche.

—Vaya, al parecer el duende no ha trabajado más en tu

jardín mientras estabas fuera —dijo Denise, mirando el jardín cuando John detuvo el coche delante de casa de Holly.

Holly se despidió de sus amigas con un abrazo y un beso y se dirigió a la casa, grande y silenciosa. Dentro reinaba un espantoso olor a humedad y fue hasta la puerta de la cocina que daba el patio para abrirla y que circulara el aire.

Mientras giraba la llave en la cerradura miró hacia fuera y se quedó atónita.

El jardín trasero estaba impecable.

El césped cortado. Ni una mala hierba. Los muebles pulidos y barnizados. Una mano reciente de pintura relucía en las tapias. Había flores nuevas plantadas y en el rincón, bajo la sombra del roble, un banco de madera. Holly no salía de su asombro. ¿Quién demonios estaba detrás de aquello?

29

Los días siguientes a su regreso de Lanzarote, Holly trató de no llamar la atención. Tanto a ella como a Denise y Sharon les apetecía pasar una temporadita sin verse. No era algo que hubiesen acordado, pero después de pasar juntas una semana entera Holly estaba convencida de que sus amigas coincidirían en que sería saludable desconectar un poco. Era imposible dar con Ciara, pues cuando no estaba trabajando duro en el club de Daniel estaba por ahí con Mathew. Jack estaba pasando sus últimas semanas de asueto veraniego en Cork, instalado en casa de los padres de Abbey antes de regresar al colegio, y Declan estaba... Bueno, ¿quién sabía dónde estaba Declan?

Ahora que volvía a estar en casa no se sentía exactamente aburrida de la vida pero tampoco rebosante de alegría. Su vida le parecía... vacía y sin sentido. Las vacaciones le habían servido de meta, pero ahora no acababa de ver ningún motivo de peso para levantarse de la cama por la mañana. Y puesto que estaba tomándose un descanso de las amigas, lo cierto era que no tenía con quién hablar. Sólo le quedaba la conversación que pudiera mantener con sus padres. Comparado con el calor sofocante de Lanzarote, el tiempo en Dublín era húmedo y feo, lo que significaba que ni siquiera podía dedicarse a mantener su hermoso bronceado ni a disfrutar de su nuevo jardín trasero.

Algunos días ni siquiera se levantaba de la cama, conformándose con ver la televisión y aguardar... Aguardaba el próximo sobre de Gerry, preguntándose en qué viaje la embarcaría esta vez. Sabía que sus amigas no aprobarían aquella actitud después de haberse mostrado tan positiva durante las vacaciones, pero cuando Gerry estaba vivo ella vivía para él y ahora que se había ido vivía para sus mensajes. Todo giraba en torno a él. Creía sinceramente que su sino había sido conocer a Gerry y disfrutar del privilegio de estar juntos hasta el fin de sus días. ¿Cuál era su destino ahora? Sin duda tendría alguno, a no ser que en las alturas hubiesen cometido un error administrativo.

Lo único que se le ocurrió que sí podía hacer era atrapar al duende. Después de interrogar de nuevo a los vecinos seguía sin saber nada sobre su misterioso jardinero, e incluso comenzaba a pensar que el asunto obedecía a un lamentable error. Finalmente se convenció de que un jardinero se había confundido y había trabajado en el jardín equivocado, de modo que cada día abría el buzón esperando encontrar una factura que se negaría a pagar. Pero no llegó ninguna factura, al menos no de esa clase. De hecho, recibía montones de ellas por otros conceptos, y el dinero se había convertido en un problema. Estaba de créditos hasta las cejas, facturas de luz, facturas de teléfono, facturas de seguros... todo lo que llegaba a través de la puerta eran malditas facturas y no tenía idea de cómo iba a seguir pagándolas. Aunque tampoco le importaba demasiado: se había vuelto impermeable a los problemas irrelevantes de la vida. Sólo soñaba con imposibles.

Un buen día, Holly advirtió que el duende no había vuelto a las andadas. Sólo cuidaba del jardín cuando ella no estaba en casa. De modo que se levantó temprano y fue en coche hasta la vuelta de la esquina. Regresó a pie y se instaló en la cama, dispuesta a presenciar la aparición del jardinero misterioso.

Al cabo de tres días de repetir esta estrategia, por fin dejó de llover y el sol comenzó a brillar de nuevo. Holly estaba a punto de perder la esperanza de resolver el misterio cuando de súbito oyó que alguien se aproximaba por el jardín. Saltó de la cama, asustada, sin saber qué debía hacer, a pesar de haber pasado varios días planeándolo. Espió por el alféizar de la ventana y vio a un niño de unos doce años que avanzaba por el sendero tirando de un cortacésped. Se puso el batín de Gerry aunque le iba muy holgado y corrió escaleras abajo sin importarle el aspecto que tenía.

Abrió la puerta de golpe y el niño se llevó un buen susto. Se quedó boquiabierto con el brazo paralizado, el dedo a punto de pulsar el timbre.

—¡Ajá! —exclamó Holly, encantada—. ¡Creo que he atrapado a mi duendecillo!

El niño boqueaba como un pez en un acuario. Era evidente que no sabía qué decir. Finalmente hizo una mueca como si fuese a romper a llorar y gritó:

—¡Papá!

Holly recorrió la calle con la mirada en busca del padre y decidió sonsacar al niño toda la información que pudiera antes de que llegara el adulto.

—Así pues, eres tú quien ha estado trabajando en mi jardín.

Holly cruzó los brazos sobre el pecho. El niño negó enérgicamente con la cabeza y tragó saliva.

—No tienes por qué negarlo —agregó Holly con más amabilidad—, ya te he pillado. —Señaló el cortacésped con el mentón.

El niño se volvió para mirar la máquina y gritó nuevamente:

—¡Papá!

El padre cerró con un portazo su furgoneta y se encaminó a la casa.

—¿Qué te pasa, hijo?

Apoyó el brazo en los hombros del niño y miró a Holly como pidiendo una explicación.

Holly no iba a caer en aquella trampa.

—Le estaba preguntando a su hijo sobre el asunto que usted se trae entre manos.

—¿Qué asunto? —inquirió el hombre, enojado.

—El de trabajar en mi jardín sin permiso, confiando en que luego le pagaré. Estoy al corriente de esta clase de cosas.

Holly puso los brazos en jarras, dispuesta a dejar claro que no iban a tomarle el pelo tan fácilmente.

El hombre se mostró confuso.

—Perdone, pero no sé de qué me está hablando, señora. Nosotros nunca hemos trabajado en su jardín.

Echó un vistazo al descuidado jardín delantero pensando que aquella mujer debía de estar loca.

—No me refiero a este jardín, sino a los arreglos de mi jardín trasero. —Sonrió y arqueó las cejas, pensando que lo había atrapado.

El hombre rió y luego dijo:

—¿Arreglos? ¿Está loca, señora? Nosotros sólo cortamos césped. ¿Ve esto? Es una máquina cortacésped, nada más. Y lo único que hace es cortar el puñetero césped.

Holly bajó las manos de las caderas y poco a poco las metió en los bolsillos del batín. Quizás estuvieran diciendo la verdad.

—¿Seguro que nunca ha estado antes en mi jardín? —preguntó entornando los ojos.

—Señora, ni siquiera he trabajado en esta calle hasta ahora, y mucho menos en su jardín, y le aseguro que no pienso hacerlo en el futuro.

—Pero yo pensaba... —musitó Holly.

—Me importa un bledo lo que pensara —la interrumpió el hombre—. En adelante, procure tener las cosas más claras antes de aterrorizar a mi hijo.

Holly miró al niño y vio que tenía los ojos llenos de lágrimas. Se tapó la boca con las manos, avergonzada.

—Lo siento muchísimo —se disculpó—. Espere un momento.

Corrió al interior de la casa para coger el bolso y metió su último billete de cinco en la mano rolliza del niño, a quien se le iluminó el semblante.

—Muy bien, vámonos —dijo su padre, cogiendo a su hijo por los hombros antes de marcharse por el sendero.

—Papá, no quiero volver a hacer este trabajo —se quejó el niño mientras se dirigían a la casa de al lado.

—Bah, no te preocupes, hijo. No te encontrarás con muchas locas como ésta.

Holly cerró la puerta y observó la imagen que le devolvía el espejo. Aquel hombre tenía razón, parecía una loca. Ahora sólo le faltaba tener la casa llena de gatos. El timbre del teléfono hizo que Holly apartara la vista del espejo.

—¿Diga?

—¡Hola! ¿Cómo estás? —preguntó Denise con voz alegre.

—Oh, más contenta que unas pascuas —contestó Holly con sarcasmo.

—¡Yo también!

—¿De verdad? ¿Y por qué estás tan contenta?

—Nada especial, sólo la vida en general.

Por supuesto, sólo la vida. La hermosa y maravillosa vida. Vaya pregunta más tonta.

—¿Y qué hay de nuevo? —preguntó Holly.

—Llamaba para invitarte a cenar fuera mañana. Ya sé que es un poco precipitado, así que si estás ocupada... ¡cancela los planes que tengas!

—Espera un momento que consulto la agenda —dijo Holly sarcásticamente.

—De acuerdo —dijo Denise en serio, y guardó silencio mientras esperaba.

Holly puso los ojos en blanco.

—¡Vaya, mira por dónde! Creo que estoy libre mañana por la noche.

—¡Qué bien! —exclamó Denise, encantada—. Hemos quedado todos en Chang's a las ocho.

—¿Quiénes son todos?

—Irán Sharon y John y también algunos amigos de Tom. Hace siglos que no salimos juntos. ¡Será divertido!

—De acuerdo, pues hasta mañana entonces.

Holly colgó muy enojada. ¿Acaso Denise había olvidado por completo que ella seguía siendo una viuda en pleno luto y que la vida ya no le parecía nada divertida? Subió al dormitorio hecha una furia y abrió el armario ropero. ¿Qué trapo viejo y asqueroso se pondría la noche siguiente y cómo demonios se las arreglaría para pagar una cena cara? Apenas podía permitirse mantener el coche en la calle. Fue lanzando toda la ropa al otro extremo de la habitación gritando como una posesa, hasta que recobró la cordura. Quizás al día siguiente compraría esos gatos.

30

Holly llegó al restaurante a las ocho y veinte, ya que había pasado horas probándose distintos conjuntos. Finalmente escogió lo que Gerry le había indicado que se pusiera el día del karaoke, para así sentirse más próxima a él. Las últimas semanas no habían sido fáciles, los momentos malos habían prevalecido sobre los buenos y le estaba costando trabajo recobrar la entereza.

Mientras se dirigía a la mesa del restaurante el corazón le dio un brinco.

Vivan las parejas.

Se detuvo a medio camino y se hizo a un lado, ocultándose tras la pared. No estaba segura de poder enfrentarse con aquello. Le faltaban fuerzas para mantener a raya sus sentimientos. Echó un vistazo alrededor en busca de la mejor vía de escape; desde luego no podía marcharse por donde había entrado, ya que sin duda la verían. Vio una salida de emergencia al lado de la puerta de la cocina, la habían dejado abierta para mejorar la ventilación del local. En cuanto respiró aire fresco, se sintió libre otra vez. Atravesó el aparcamiento pensando qué excusa daría a Sharon y Denise.

—Hola, Holly.

Se quedó de una pieza y se volvió lentamente al comprender que la habían sorprendido in fraganti. Vio a Daniel apoyado contra un coche, fumando un cigarrillo.

—Qué tal, Daniel. —Fue a su encuentro—. No sabía que fumaras.

—Sólo cuando estoy nervioso.

—¿Estás nervioso? —Se dieron un abrazo.

—Me estaba armando de valor para reunirme ahí dentro con el Sindicato de Parejas Felices.

Daniel señaló hacia el restaurante con el mentón.

Holly sonrió.

—¿Tú también?

Daniel se echó a reír.

—Bueno, si quieres no les diré que te he visto.

—¿Vas a entrar?

—De vez en cuando hay que apechugar —dijo Daniel, aplastando la colilla del cigarrillo con el pie.

—Supongo que tienes razón —convino Holly con aire reflexivo.

—No tienes que entrar si no te apetece. No quiero ser el causante de que pases una mala velada.

—Al contrario, será agradable contar con la compañía de otro corazón solitario. Somos muy pocos los que quedamos de nuestra especie.

Daniel rió y le ofreció el brazo.

—¿Vamos?

Holly se apoyó en su brazo y entraron lentamente en el restaurante. Resultaba reconfortante saber que no era la única que se sentía sola.

—Por cierto, tengo intención de largarme en cuanto terminemos el segundo plato —aclaró Daniel.

—Traidor —contestó Holly, dándole un codazo en broma—. En fin, yo también tengo que marcharme pronto si no quiero perder el último autobús. —Hacía unos días que no tenía dinero suficiente para llenar el depósito del coche.

—Pues entonces tenemos la excusa perfecta. Diré que tengo que irme pronto porque te acompaño a casa y que tienes que estar de vuelta a... ¿qué hora?

—¿Las once y media? —A las doce tenía previsto abrir el sobre de septiembre.

—Perfecto.

Daniel sonrió y se adentraron en el comedor, sintiéndose más valientes gracias a su complicidad.

—¡Aquí llegan! —anunció Denise cuando se aproximaron a la mesa.

Holly se sentó al lado de Daniel, pegándose como una lapa a su coartada.

—Perdonad el retraso —se disculpó.

—Holly, éstos son Catherine y Thomas, Meter y Sue, Joanne y Paul, Tracey y Bryan, a John y Sharon ya los conoces, Geoffrey y Samantha y, por último pero no por ello menos importantes, éstos son Des y Simon.

Holly sonrió y saludó con la cabeza a todos.

—Hola, somos Daniel y Holly —parodió Daniel con agudeza, y Holly tuvo que aguantarse la risa.

—Ya hemos pedido, espero que no os importe —explicó Denise—. Pero traerán un montón de platos distintos que podemos compartir. ¿Os parece bien?

Holly y Daniel asintieron con la cabeza.

La mujer de al lado de Holly, cuyo nombre no recordaba, se volvió hacia ella y le habló en voz muy alta.

—Dime, Holly, ¿tú qué haces?

Daniel arqueó las cejas mirando a Holly.

—Perdona, ¿qué hago cuándo? —contestó Holly con seriedad. Detestaba a la gente entrometida. Detestaba las conversaciones que giraban en torno a lo que la gente hacía para ganarse la vida, sobre todo cuando se trataba de perfectos desconocidos que acababan de presentarle. Advirtió que Daniel temblaba de risa a su lado.

—¿Qué haces para ganarte la vida? —preguntó la mujer otra vez.

Holly se había propuesto darle una respuesta ingeniosa y un tanto grosera, pero de pronto cambió de idea al ver que las demás conversaciones se apagaban y todos se fijaban en ella. Miró alrededor un tanto incómoda y carraspeó con nerviosismo.

—Yo... bueno... ahora mismo estoy sin trabajo —confesó con voz temblorosa.

La mujer torció la boca y se quitó una miga de entre los dientes con un gesto de lo más vulgar.

—¿Y tú qué haces? —preguntó Daniel, levantando la voz para romper el silencio.

—Oh, Geoffrey dirige su propio negocio —contestó la mujer, volviéndose con orgullo hacia su marido.

—Estupendo, pero ¿qué haces tú? —insistió Daniel.

La señora se mostró desconcertada al ver que Daniel no se daba por satisfecho con su respuesta.

—Bueno, ando todo el día ocupada haciendo un montón de cosas distintas. Cariño, ¿por qué no les cuentas lo que hacéis en la empresa?

Se volvió otra vez hacia su marido para apartar la atención de ella.

El marido se inclinó hacia delante.

—No es más que un pequeño negocio.

Dio un mordisco a su panecillo, masticó lentamente y todos aguardaron hasta que se lo tragó para poder proseguir.

—Pequeño pero exitoso —agregó su esposa por él.

Geoffrey finalmente acabó de comerse el bocado de pan.

—Hacemos parabrisas de coche y los vendemos a los mayoristas.

—Uau, qué interesante —dijo Daniel secamente.

—¿Y tú a qué te dedicas, Dermot? —preguntó la mujer, dirigiéndose a Daniel.

—Perdona, pero me llamo Daniel. Tengo un pub.

—Ya. —Asintió con la cabeza y miró hacia otra parte—. Qué tiempo tan malo estamos teniendo estos días, ¿verdad? —preguntó a la mesa.

Todos reanudaron sus conversaciones y Daniel se volvió hacia Holly.

—¿Qué tal las vacaciones?

—Oh, lo pasé de maravilla —contestó Holly—. Nos lo tomamos con calma y no hicimos más que descansar, nada de desenfrenos ni locuras.

—Justo lo que necesitabas —convino Daniel, sonriendo—. Me enteré de vuestra aventura marina.

Holly puso los ojos en blanco.

—Apuesto a que te lo contó Denise.

Daniel asintió riendo.

—Bueno, estoy segura de que te dio una versión exagerada.

—No tanto, la verdad, sólo me contó que estabais rodeadas de tiburones y que tuvieron que sacaros del mar con un helicóptero.

—¡No puede ser!

—Claro que no —dijo Daniel, y soltó una carcajada—. Aun así, ¡debíais de estar enfrascadas en una conversación muy jugosa para no daros cuenta de que ibais mar adentro a la deriva!

Holly se ruborizó un poco al recordar que habían estado hablando de él.

—Atención todos —llamó Denise—. Probablemente os estaréis preguntando por qué Tom y yo os hemos invitado aquí esta noche.

—El eufemismo del año —murmuró Daniel, haciendo reír a Holly.

—Bien, tenemos que anunciaros una cosa.

Miró a los presentes y sonrió.

—¡Una servidora y Tom vamos a casarnos! —chilló Denise. Perpleja, Holly se tapó la boca con las manos. Aquello la había cogido desprevenida.

—¡Oh, Denise! —exclamó con un grito ahogado, y rodeó la mesa para abrazarlos—. ¡Qué maravillosa noticia! ¡Felicidades!

Holly miró el rostro de Daniel. Estaba blanco como la nieve.

Descorcharon una botella de champán y todos levantaron la copa mientras Jemina y Jim o Samantha y Sam, o como quiera que se llamaran, proponían un brindis.

—¡Un momento! ¡Un momento! —Denise los detuvo justo antes de que empezaran—. Sharon, ¿no tienes copa?

Todos miraron a Sharon, que sostenía un vaso de zumo de naranja en la mano.

—Aquí tienes —dijo Tom, llenándole una copa.

—¡No, no, no! No beberé, gracias —dijo Sharon.

—¿Por qué no? —vociferó Denise, disgustada porque su amiga no quería celebrar su compromiso.

John y Sharon se miraron a los ojos y sonrieron.

—Bueno, no queríamos decir nada porque ésta es la noche de Tom y Denise...

Todos la instaron a desembuchar.

—Bien... ¡Estoy embarazada! ¡John y yo vamos a tener un hijo!

A John se le humedecieron los ojos y Holly permaneció inmóvil en su silla. Aquello tampoco lo había previsto. Con los ojos llenos de lágrimas, fue a felicitar a Sharon y John. Luego volvió a sentarse y respiró hondo. Todo aquello era excesivo.

—¡Pues brindemos por el compromiso de Tom y Denise y por el bebé de Sharon y John!

Brindaron y Holly pasó el resto de la cena en silencio, sin apenas probar bocado.

—¿Quieres que adelantemos la retirada a las once? —propuso Daniel en un susurro. Holly asintió en silencio.

Después de la cena Holly y Daniel se excusaron por marcharse tan pronto, aunque en realidad nadie intentó convencerlos de que se quedaran un rato más.

—¿Cuánto dejo para la cuenta? —preguntó Holly a Denise.

—Nada, no te preocupes —contestó Denise, restándole importancia con un ademán.

—No seas tonta, no voy a dejar que pagues mi parte. ¿Cuánto es?

La mujer que tenía al lado cogió la carta y se puso a sumar los precios de los platos que habían pedido. Eran un montón y Holly apenas había comido.

—Bien, sale a unos cincuenta por cabeza, contando el vino y las botellas de champán.

Holly tragó saliva y miró los treinta euros que llevaba en la mano.

En aquel momento, Daniel le cogió la mano y tiró de ella para que se pusiera de pie.

—Venga, vámonos, Holly.

Holly fue a disculparse por no llevar consigo tanto dinero como creía, pero al abrir la palma de la mano vio que había un nuevo billete de veinte.

Sonrió muy agradecida a Daniel y ambos se dirigieron al coche.

Circularon en silencio, cada uno sumido en sus pensamientos sobre lo ocurrido durante la cena. Holly quería alegrarse por sus amigas, lo deseaba de veras, pero no podía evitar sentir que estaban dejándola atrás. Las vidas de todos progresaban y la suya no.

Daniel detuvo el coche delante de la casa de Holly.

—¿Te apetece entrar a tomar un té o lo que sea?

Holly estaba segura de que diría que no, por lo que se sorprendió al ver que Daniel se desabrochaba el cinturón de seguridad y aceptaba su ofrecimiento. Daniel le caía muy bien, era muy atento y siempre se divertía con él, pero en aquel momento deseaba estar a solas.

—Menuda nochecita, ¿eh? —dijo Daniel tras beber un sorbo de café.

Holly meneó la cabeza con escepticismo.

—Daniel, conozco a esas chicas prácticamente de toda la vida y te aseguro que no esperaba nada de esto.

—Bueno, si te sirve de consuelo, yo hace años que conozco a Tom y no me había dicho ni pío.

—Aunque ahora que lo pienso, Sharon no bebió nada mientras estuvimos fuera. —No había escuchado ni una palabra de lo que le acababa de decir Daniel—. Y vomitó algunas mañanas, aunque dijo que se debía al mareo... —Se interrumpió mientras iba encajando las piezas mentalmente.

—¿El mareo? —preguntó Daniel, confuso.

—Sí, después de nuestra aventura en el mar —explicó Holly.

—Ah, claro.

Esta vez ninguno de los dos rió.

—Qué curioso —dijo Daniel, acomodándose en el sofá. «Oh, no», pensó Holly, aquello significaba que no tenía intención de marcharse enseguida—. Mis colegas siempre decían que Laura y yo seríamos los primeros en casarnos —pro-siguió Daniel—. Nunca se me ocurrió que Laura lo haría antes que yo.

—¿Va a casarse? —preguntó Holly con delicadeza.

Daniel asintió con la cabeza y desvió la mirada.

—Él también había sido amigo mío en otros tiempos. —Sonrió con cierta amargura.

—Obviamente ya no lo es.

—No. —Daniel negó con la cabeza—. Obviamente no.

—Lo siento.

—En fin, a todos nos toca nuestra justa ración de mala suerte. Tú lo sabes mejor que nadie, Holly.

—Sí, nuestra justa ración.

—Ya lo sé, no tiene nada de justa, pero no te preocupes. También nos llegará la buena suerte —aseguró Daniel.

—¿Tú crees?

—Eso espero.

Guardaron silencio un rato y Holly miró la hora en su reloj. Eran las doce y cinco. Necesitaba que Daniel se mar-chara para poder abrir el sobre.

Daniel le leyó el pensamiento.

—¿Cómo te va con los mensajes de las alturas?

Holly se sentó en el borde del sillón y dejó el tazón en la mesa.

—Bueno, la verdad es que tengo otro para abrir esta noche. Así que...

—De acuerdo —dijo Daniel, incorporándose. Se puso de pie sin más dilación y dejó la taza en la mesa—. Mejor no te hago esperar más.

Holly se mordió el labio sintiéndose culpable por haber sido tan brusca, aunque también aliviada de que por fin se marchara.

—Muchas gracias por acompañarme, Daniel —dijo conduciéndole a la entrada.

—No hay de qué.

Cogió la chaqueta y se dirigió a la puerta. Se despidieron con un breve abrazo.

—Hasta pronto —dijo Holly, sintiéndose como una auténtica bruja, y observó cómo iba hasta el coche bajo la lluvia. Se despidió con la mano y la culpabilidad se esfumó en cuanto cerró la puerta—. Muy bien, Gerry —dijo encaminándose a la cocina donde cogió el sobre de encima de la mesa—. ¿Qué me tienes reservado para este mes?

31

Holly sostuvo con fuerza el pequeño sobre con ambas manos y echó un vistazo al reloj de la pared de la cocina. Eran las doce y cuarto. Normalmente Sharon y Denise ya la habrían llamado para entonces, expectantes por enterarse del contenido del sobre. Pero de momento ninguna de las dos había dado señales de vida. Al parecer la noticia de un compromiso y un embarazo había vencido a la de un mensaje de Gerry. Holly se despreció por estar tan amargada. Deseaba alegrarse por sus amigas, estar de nuevo en el restaurante celebrando las buenas noticias con ellas, tal como hubiese hecho la Holly de antes. Pero no tenía fuerzas ni para sonreír.

De hecho, estaba celosa de su buena suerte y se sentía enojada con las dos por seguir adelante sin ella. Incluso en compañía de amigos, en una habitación con mil personas, se sentiría sola. Sin embargo, nada parecido a la soledad que sentía cuando vagaba por las habitaciones de su casa silenciosa.

No recordaba la última vez que había sido verdaderamente feliz, la última vez que alguien o algo la había hecho reír hasta que le dolieran la barriga y la mandíbula. Echaba de menos acostarse por la noche sin tener nada en la cabeza, echaba de menos disfrutar de la comida en lugar de ingerirla para mantenerse con vida, odiaba los retortijones de estómago cada vez que se acordaba de Gerry. Anhelaba disfrutar viendo sus programas favoritos de televisión en lugar de mirarlos sin prestar atención sólo para matar el tiempo. Detestaba sentir que no tenía ningún motivo para despertarse por la mañana. Odiaba la sensación de no estar ilusionada ni tener ganas de hacer nada. Añoraba sentirse amada, saber que Gerry la miraba mientras veía la televisión o cenaba. Deseaba sentir de nuevo su mirada al entrar en una habitación; echaba de menos sus caricias, sus abrazos, sus consejos, sus palabras de amor.

Detestaba contar los días que faltaban para leer el siguiente mensaje de Gerry porque éstos eran lo único que él le había dejado y, después de aquél, sólo quedarían otros tres. Odiaba pensar cómo sería su vida cuando ya no hubiera más Gerry. Los recuerdos estaban muy bien, pero no podías tocarlos, olerlos ni abrazarlos. Nunca eran exactamente como había sido el momento recordado y se desvanecían con el tiempo.

Así que maldijo en silencio a Sharon y Denise, que disfrutaran cuanto quisieran de sus vidas felices, pero durante los próximos meses todo cuanto ella tenía era a Gerry. Se enjugó una lágrima del rostro (las lágrimas se habían convertido en un rasgo muy habitual en su rostro durante los últimos meses) y poco a poco abrió el séptimo sobre.

Apunta a la Luna y, si fallas, al menos estarás entre las estrellas.
¡Prométeme que esta vez buscarás un trabajo que te guste!
Posdata: te amo...

Holly leyó y releyó la carta, intentando descubrir qué sentimientos le provocaba. Llevaba mucho tiempo asustada ante la idea de tener que volver a trabajar, mucho tiempo creyendo que no estaba preparada para seguir adelante, que era demasiado pronto. Pero había llegado el momento. Y si Gerry decía que tenía que ser, sería. Holly sonrió.

—Te lo prometo, Gerry —dijo contenta.

En fin, no eran unas vacaciones en Lanzarote, pero sí un paso adelante para volver a encarrilar su vida. Estudió la caligrafía de Gerry un buen rato después de leer el mensaje, como siempre hacía, y cuando estuvo convencida de haber analizado cada palabra, corrió al cajón de la cocina, sacó un bloc y un bolígrafo y comenzó a redactar una lista de posibles empleos.

LISTA DE EMPLEOS POSIBLES

1. Agente del FBI – No soy estadounidense. No quiero vivir en Estados Unidos. No tengo experiencia policial.
2. Abogado – Odié la escuela. Odié estudiar. No quiero ir a la universidad diez millones de años.
3. Médico – Ughh.
4. Enfermera – Uniformes poco favorecedores.
5. Camarera – Me comería toda la comida.
6. Mirona profesional – Buena idea, pero nadie me pagaría.
7. Esteticista – Me muerdo las uñas y me depilo lo menos posible. No quiero ver según qué partes ajenas.
8. Peluquera – No me gustaría tener un jefe como Leo.
9. Dependienta – No me gustaría tener una jefa como Denise.
10. Secretaria – NUNCA MÁS.
11. Periodista – *No se vastante cartografia*. Ja, ja, debería ser cómica.
12. Cómica – Releer el chiste anterior. No tiene gracia.
13. Actriz – No lograría superar mi maravillosa actuación en la aclamada producción «Las chicas y la ciudad».
14. Modelo – Demasiado baja, demasiado gorda, demasiado vieja.
15. Cantante – Revisar la idea de cómica (número 12).
16. Mujer emprendedora dueña de su vida – Hmm... Debo comenzar a buscar mañana...

Holly por fin cayó rendida en la cama a las tres de la madrugada y soñó que era un as de la publicidad realizando una presentación ante una interminable mesa de reuniones en el último piso de un rascacielos que dominaba Grafton Street.

Bueno, Gerry había dicho que apuntara a la Luna... Aquella mañana, despertó temprano entusiasmada con sus sueños de éxito, se duchó deprisa, se arregló y fue caminando hasta la biblioteca del barrio para buscar empleos en Internet.

Sus tacones hacían mucho ruido en el suelo de madera mientras cruzaba la sala hasta el mostrador de la bibliotecaria, lo que provocó que varias personas levantaran la vista de su libro para mirarla. Siguió taconeando a través de la enorme sala, y se sonrojó al darse cuenta de que todo el mundo estaba mirándola. Aminoró el paso de inmediato y comenzó a caminar de puntillas para no llamar tanto la atención. Se sintió como uno de esos personajes de los dibujos animados de la tele que exageraban mucho el gesto de caminar de puntillas y se ruborizó aún más al darse cuenta de que debía de parecer tonta de remate. Dos escolares vestidos de uniforme, que sin duda estaban haciendo novillos, rieron por lo bajo cuando pasó junto a su mesa. Por fin dejó de caminar de aquella forma tan extraña y se detuvo a medio camino entre la puerta y el mostrador de la bibliotecaria, sin saber qué hacer a continuación.

—¡Shhh!

La bibliotecaria miró con acritud a los escolares. Más gente levantó la vista de su libro para observar a la mujer que estaba de pie en medio de la sala. Holly decidió seguir caminando y aligeró el paso. Sus tacones sonaban fuerte en el suelo y la bóveda de la sala devolvía un eco cada vez más frecuente mientras corría hacia el mostrador para poner fin a aquella humillación.

La bibliotecaria alzó la mirada y sonrió fingiendo sorprenderse de ver a alguien delante del mostrador, como si no hubiese oído a Holly cruzar toda la sala.

—Hola —susurró Holly muy bajo—. Quisiera saber si puedo hacer una consulta en Internet.

—¿Perdón?

La bibliotecaria habló normalmente y acercó la cabeza a Holly para oírla mejor.

—Oh. —Holly carraspeó, preguntándose qué había

sido de la vieja costumbre de susurrar en las bibliotecas—. Quisiera saber si puedo hacer una consulta en Internet.

—Por supuesto, los ordenadores están allí —dijo la bibliotecaria con una sonrisa, señalando hacia la hilera de ordenadores del otro extremo de la sala—. Son cinco euros por cada veinte minutos de conexión.

Holly le entregó sus últimos diez euros. Era todo lo que había conseguido sacar de su cuenta aquella mañana. Había formado una larga cola detrás de ella en el cajero automático mientras iba reduciendo la cifra solicitada de cien euros a diez, dado que el cajero rechazaba cada intento con un bochornoso pitido para hacerle saber que no disponía de suficiente saldo. Se había resistido a creer que aquello fuese todo cuanto le quedaba, pero el incidente le dio una razón más para ponerse a buscar trabajo de inmediato.

—No, no —dijo la bibliotecaria, devolviéndole el dinero—, puede pagar cuando termine.

Holly observó la distancia que la separaba de los ordenadores. Tendría que volver a hacer ruido para llegar hasta allí. Respiró hondo y avanzó con aire resuelto, pasando filas y más filas de mesas. Faltó poco para que se echara a reír al ver a tanta gente mirándola, eran como fichas de dominó que iban levantando la cabeza para observarla a medida que avanzaba por el pasillo. Finalmente llegó a los ordenadores y resultó que no había ninguno libre. Se sintió como si acabara de perder en el juego de la silla y todos se estuvieran riendo de ella. Aquello comenzaba a ser ridículo. Levantó las manos hacia los mirones como diciendo «¿Qué diablos miráis?», y acto seguido todos enterraron la cabeza en sus libros otra vez.

Holly aguardó de pie entre las filas de mesas y los ordenadores, tamborileando en su bolso con los dedos y mirando alrededor. Los ojos por poco se le salieron de las órbitas cuando vio a Richard teclear en uno de los ordenadores. Fue de puntillas hasta él y le tocó el hombro. Richard dio un respingo y giró la silla.

—Hola —susurró Holly.

—Ah, hola, Holly. ¿Qué estás haciendo aquí? —preguntó un tanto incómodo, como si lo hubiese sorprendido haciendo algo que no debía.

—Espero que quede libre un ordenador —contestó Holly—. Por fin me he decidido a buscar trabajo —agregó orgullosa. Hasta el mero hecho de decirlo hacía que se sintiera menos como un vegetal.

—Muy bien. —Richard se volvió hacia el ordenador y apagó la pantalla—. Puedes usar éste.

—¡No, no tengas prisa por mí! —se apresuró a decir Holly.

—Es todo tuyo. Sólo estaba haciendo unas consultas para el trabajo.

Se levantó y se hizo a un lado para que Holly se sentara.

—¿Tan lejos? —preguntó sorprendida—. ¿No tienen ordenadores en Blackrock? —bromeó. No sabía con exactitud qué hacía Richard para ganarse la vida y le pareció que sería una grosería preguntárselo ahora, dado que llevaba más de diez años en la misma empresa. Sabía que tenía algo que ver con llevar una bata blanca y deambular por un laboratorio vertiendo sustancias de colores en tubos de ensayo. Ella y Jack siempre habían dicho que estaba preparando una poción secreta para erradicar la felicidad de la faz de la Tierra. Ahora se sintió mal por haber dicho aquello. Si bien no concebía estar verdaderamente unida a Richard, ya que quizá siempre acabaría sacándola de quicio, estaba comenzando a reparar en sus buenas cualidades. Como cederle su sitio en el ordenador de la biblioteca, por ejemplo.

—Mi trabajo me lleva de un lado a otro —bromeó Richard con torpeza.

—¡Shhh! —dijo la bibliotecaria, haciéndose oír.

El público de Holly volvió a levantar la vista de sus libros. Vaya, así que ahora sí que tenía que susurrar, pensó Holly, enojada.

Richard se despidió deprisa, se dirigió al mostrador para pagar y salió sigilosamente de la sala.

Holly se sentó delante del ordenador y el hombre que

tenía al lado le dedicó una extraña sonrisa. Ella le sonrió a su vez y echó un vistazo entrometido a su pantalla. Casi le vino una arcada al ver una imagen porno y apartó la mirada en el acto. El sujeto siguió mirándola fijamente con su horrible sonrisa, pese a que Holly no le hizo ningún caso y se enfrascó en su búsqueda de empleo.

Cuarenta minutos después apagó el ordenador la mar de contenta, fue hasta la bibliotecaria y puso el dinero encima del mostrador. La mujer tecleó en su ordenador sin prestar atención al billete.

—Son quince euros, por favor.

Holly tragó saliva, mirando el billete.

—Creía que había dicho que eran cinco por cada veinte minutos.

—Y así es —contestó la bibliotecaria, sonriendo.

—Pero si sólo he estado conectada cuarenta minutos.

—En realidad ha estado cuarenta y cuatro minutos, con lo cual entra en la siguiente fracción de veinte minutos —replicó la bibliotecaria, consultando el ordenador.

Holly soltó una risita nerviosa.

—Sólo son unos minutos de más. No puede decirse que valgan cinco euros.

La bibliotecaria siguió sonriendo impertérrita.

—¿Espera que los pague? —preguntó Holly, sorprendida.

—Sí, es la tarifa.

Holly bajó la voz y acercó la cabeza a la mujer.

—Mire, esto es muy bochornoso, pero lo cierto es que sólo llevo diez euros encima. ¿Tendría inconveniente en que volviera más tarde con el resto?

La bibliotecaria negó con la cabeza.

—Lo siento, pero no puedo permitirlo. Tiene que pagar la suma entera.

—Pero es que no tengo la suma entera —protestó Holly.

La mujer permaneció impávida.

—Muy bien —vociferó Holly, sacando el móvil de su bolso.

—Lo siento, pero no puede usar eso aquí dentro —dijo la bibliotecaria, y señaló el cartel que prohibía el uso de móviles.

Holly levantó la vista hacia ella y contó mentalmente hasta diez.

—Si no me permite usar el teléfono, está claro que no puedo llamar a nadie para que me ayude. Si no puedo llamar a nadie, es imposible que me traigan el dinero que falta. Si no me traen el dinero que falta, está claro que no puedo pagar. De modo que tenemos un pequeño problema, ¿no le parece? —concluyó alzando la voz.

La bibliotecaria se revolvió nerviosa en el asiento.

—¿Puedo salir fuera a llamar por teléfono?

La mujer meditó aquel dilema.

—Bueno, normalmente no permitimos que nadie salga del recinto sin pagar, pero supongo que puedo hacer una excepción. —Sonrió y se apresuró a añadir—: Siempre y cuando se quede justo delante de la entrada.

—¿Donde usted pueda verme? —inquirió Holly, sarcástica.

La bibliotecaria se puso a revolver papeles debajo del mostrador, fingiendo que seguía trabajando.

Holly se plantó delante de la puerta y pensó a quién llamar. No podía llamar a Denise ni a Sharon. Aunque sin duda saldrían del trabajo en cualquier momento para echarle un cable, no quería que se enteraran de sus fracasos en la vida ahora que ambas eran tan dichosamente felices. Tampoco podía llamar a Ciara porque estaba haciendo el turno de día en Hogan's y, puesto que Holly ya le debía veinte euros a Daniel, no le parecía prudente pedir a su hermana que se ausentara del trabajo por culpa de cinco euros. Jack volvía a dar clases en el colegio, igual que Abbey, Declan estaba en la facultad y Richard ni siquiera era una opción.

Las lágrimas le rodaban por las mejillas mientras hacía avanzar la lista de nombres en la pantalla del móvil. La mayoría de las personas que figuraban en el teléfono no la habían llamado ni una sola vez desde que Gerry había fallecido, lo que significaba que no tenía más amigos a los que llamar. Dio la espalda a la bibliotecaria para que no la viera en aquel estado. ¿Qué podía hacer? Qué situación tan vergonzosa tener que llamar a alguien para pedirle cinco euros. Aunque aún resultaba más humillante no tener a quién llamar. Pero tenía que hacerlo o de lo contrario aquella bibliotecaria altanera probablemente avisaría a la policía. Marcó el primer número que le pasó por la cabeza.

—Hola, soy Gerry. Por favor, deja un mensaje después de la señal y te llamaré en cuanto pueda.

—Gerry —dijo Holly entre sollozos—, te necesito...

Holly estuvo un buen rato esperando frente a la puerta de la biblioteca. La bibliotecaria no le quitaba el ojo de encima por si acaso se escapaba.

—Estúpida bruja —gruñó Holly.

Finalmente el coche de su madre se detuvo un momento delante de ella y Holly procuró aparentar normalidad. Ver el rostro feliz de su madre al volante mientras aparcaba el coche le trajo recuerdos de la infancia. Su madre solía recogerla en el colegio cada día y Holly siempre sentía un inmenso alivio al ver aparecer su coche para rescatarla después de un día infernal en la escuela. Siempre había detestado la escuela, bueno, al menos hasta que conoció a Gerry. A partir de entonces tuvo ganas de ir para poder sentarse a su lado y flirtear en la última fila de la clase.

Los ojos de Holly volvieron a humedecerse y Elizabeth corrió a su encuentro y abrazó a su niña.

—Oh, mi pobre Holly, ¿qué ha sucedido? —dijo tocándole el pelo, y lanzó miradas asesinas a la bibliotecaria mientras su hija le contaba lo ocurrido.

—Muy bien, cariño. ¿Por qué no esperas en el coche mientras yo entro a resolver esto?

Holly obedeció y subió al coche, donde estuvo cambiando de emisora de radio mientras su madre se enfrentaba con la matona del colegio.

—Menuda idiota —refunfuñó Elizabeth al subir al coche. Miró a su hija y la vio ensimismada—. ¿Qué tal si nos vamos a casa y nos relajamos un poco?

Holly sonrió agradecida y una lágrima rodó por su mejilla. A casa. Le gustaba cómo sonaba.

Holly se acurrucó en el sofá con su madre en la casa familiar de Portmarnock. Se sentía como si volviera a ser una adolescente. En aquellos tiempos su madre y ella solían abrazarse en el sofá para contarse todos los chismes. Ojalá ahora pudiera tener las mismas conversaciones con ella que entonces. De pronto Elizabeth irrumpió en sus pensamientos.

—Anoche te llamé a casa. ¿Dónde estabas?

Tomó un sorbo de té.

Ah, las maravillas del mágico té. La respuesta a todos los pequeños problemas de la vida. Tenías un cotilleo y preparabas una taza de té, te despedían del trabajo y tomabas una taza de té, tu marido te decía que tenía un tumor cerebral y tomabas una taza de té...

—Salí a cenar con las chicas y unas cien personas más que no conocía de nada. —Holly se frotó los ojos. Estaba cansada.

—¿Cómo están las chicas? —preguntó Elizabeth con sincero interés. Siempre se había llevado bien con las amigas de Holly, a diferencia de las de Ciara, que le daban miedo.

Holly tomó otro sorbo de té.

—Sharon está embarazada y Denise se ha comprometido —contestó con la mirada perdida.

—Oh —musitó Elizabeth sin saber cómo reaccionar ante su afligida hija—. ¿Cómo te lo has tomado? —preguntó en voz baja apartando un cabello del rostro de Holly.

Holly se miró las manos y trató de recobrar la compostura. No lo consiguió y los hombros comenzaron a temblarle mientras intentaba ocultar la cara detrás del pelo.

—Oh, Holly —dijo Elizabeth apenada, dejando la taza en la mesa y acercándose a su hija—. Es normal que te sientas así.

Holly ni siquiera era capaz de articular palabra.

La puerta principal se cerró de un portazo y Ciara anunció a la casa que había llegado:

—¡Estamos en caaaaaasa!

—Fantástico —sollozó Holly, apoyando la cabeza en el pecho de su madre.

—¿Dónde está todo el mundo? —gritó Ciara, abriendo y cerrando puertas por toda la casa.

—Espera un momento, cielo —dijo Elizabeth, molesta porque le echaran a perder aquel momento de intimidad con Holly.

—¡Traigo noticias! —La voz de Ciara sonaba más fuerte a medida que se acercaba. Mathew abrió la puerta de golpe, sosteniendo a Ciara en brazos—. ¡Mathew y yo nos vamos a Australia! —gritó radiante de felicidad. Se quedó atónita al ver a su hermana llorando abrazada a su madre. Saltó de los brazos de Mathew, lo sacó de la habitación y cerró la puerta sin hacer ruido.

—Y ahora Ciara también se va, mamá —musitó Holly desesperada, y Elizabeth lloró en silencio por su hija.

Holly siguió hablando con su madre hasta bien entrada la noche acerca de todo lo que le había pasado a lo largo de los últimos meses. Y pese a que Elizabeth le ofreció toda clase de argumentos para tranquilizarla, siguió sintiéndose tan atrapada como antes. Aquella noche, durmió en el cuarto de los huéspedes y a la mañana siguiente despertó en una casa llena de ruidos. Holly sonrió ante la familiaridad del alboroto que armaban sus hermanos vociferando que llegaban tarde a clase y al trabajo, seguido por los gruñidos de su padre metiéndoles prisa, y las amables súplicas de su madre para que no hicieran tanto ruido, ya que iban a despertar a Holly. El mundo seguía girando, era tan simple como eso, y no había ninguna burbuja lo bastante grande como para protegerla.

Antes de almorzar, su padre la acompañó a casa y le entregó un cheque por valor de cinco mil euros.

—Oh, papá, no puedo aceptarlo —dijo Holly, abrumada por la emoción.

—Cógelo —insistió apartándole la mano suavemente—. Deja que te ayudemos, cielo.

—Os devolveré hasta el último céntimo —dijo Holly, abrazándolo con fuerza.

Holly se detuvo en la puerta, despidió a su padre con la mano y se quedó mirando cómo se alejaba calle abajo. Bajó la vista al cheque y fue como si le quitaran un gran peso de encima. Se le ocurrieron más de veinte cosas que hacer con aquel dinero y, por una vez, ninguna de ellas fue ir a comprar ropa. Al dirigirse a la cocina, advirtió que la luz roja del contestador parpadeaba en la mesa de la entrada. Se sentó al pie de la escalera y pulsó el botón.

Tenía cinco mensajes.

Uno era de Sharon, que llamaba para ver si estaba bien puesto que no había sabido de ella en todo el día. El segundo era de Denise, que llamaba para ver si estaba bien puesto que no había sabido de ella en todo el día. Era evidente que habían hablado entre sí. El tercero era de Sharon, el cuarto de Denise y el quinto de alguien que había colgado. Holly pulsó el botón de borrar y subió al dormitorio para cambiarse de ropa. Todavía no estaba preparada para hablar con Sharon y Denise; antes tenía que poner su vida en orden si quería servirles de apoyo.

Se sentó delante del ordenador en el cuarto habilitado como estudio y comenzó a redactar un currículo. Se había convertido en toda una profesional de aquella tarea, ya que cambiaba de empleo con mucha frecuencia. No obstante, hacía tiempo que no había tenido que preocuparse por hacer entrevistas. Y si conseguía una entrevista, ¿quién querría contratar a una persona que llevaba un año entero sin trabajar?

Tardó dos horas en lograr imprimir algo que considerase medianamente aceptable. En realidad estaba muy satisfecha, pues se las había ingeniado para parecer inteligente y con experiencia. Soltó una carcajada con la esperanza de enredar a sus futuros patronos para que creyeran que era una trabajadora capacitada. Al releer el currículo decidió que hasta ella se contrataría a sí misma. Se puso ropa formal y fue al centro del barrio en el coche cuyo depósito por fin había llenado. Aparcó delante de la oficina de empleo y se pintó los labios mirándose en el retrovisor. No había más tiempo que perder. Si Gerry decía que buscara trabajo, ella iba a encontrar uno.

32

Un par de días después Holly estaba sentada en su nuevo jardín trasero, tomando una copa de vino y escuchando la música de las campanillas mecidas por la brisa. Contempló los trabajos efectuados en el jardín y decidió que quienquiera que fuese el que estaba trabajando en él tenía que ser un profesional. Inspiró el aire y se dejó embriagar por la fragancia de las flores. Eran las ocho y ya comenzaba a oscurecer. Los luminosos atardeceres tocaban a su fin y todo el mundo se preparaba una vez más para hibernar durante los meses de invierno.

Pensó en el mensaje que había encontrado en el contestador automático. Era de la oficina de empleo y se quedó impresionada al tener noticias tan pronto. La mujer del teléfono decía que su currículo había tenido muy buena acogida y ya le habían concertado dos entrevistas de trabajo. Esta vez se sentía distinta; le entusiasmaba la idea de volver a trabajar y probar algo nuevo. Su primera entrevista era para vender espacio publicitario para una revista que circulaba por todo Dublín. Carecía de experiencia en aquel campo, pero estaba dispuesta a aprender porque la idea le resultaba mucho más interesante que cualquiera de sus empleos anteriores, los cuales consistían mayormente en contestar el teléfono, tomar nota de recados y archivar documentos. Cualquier cosa que no tuviera nada que ver con aquellas tareas era un paso adelante.

La segunda entrevista era para una agencia de publicidad irlandesa de renombre y sabía que no tenía la más remota posibilidad de conseguir el empleo. Pero Gerry le había dicho que apuntara a la Luna...

Holly también meditó sobre la llamada telefónica que acababa de recibir de Denise. Ésta estaba tan nerviosa que no parecía molesta por el hecho de que Holly no se hubiese puesto en contacto con ella desde que habían salido a cenar. Holly pensó que ni siquiera se había dado cuenta de que no le había devuelto la llamada. Denise había hablado sin parar sobre la boda, divagando durante más de una hora sobre qué clase de vestido debería llevar, qué flores debía elegir y dónde sería mejor celebrar el banquete. Comenzaba una frase y luego se olvidaba de terminarla porque cambiaba de tema sin cesar. Lo único que Holly tenía que hacer era emitir algún sonido de vez en cuando para que Denise supiera que la escuchaba... aunque no fuese así. Lo único que había sacado en claro era que Denise tenía intención de celebrar la boda la víspera de Año Nuevo y, a juzgar por cómo lo contaba, Tom no iba a tener voz ni voto sobre los planes que ella estaba haciendo. Holly se sorprendió al enterarse de que habían fijado una fecha tan cercana, había dado por sentado que el suyo sería uno de esos noviazgos que se prolongaban durante años, sobre todo teniendo en cuenta que Tom y Denise sólo hacía unos meses que formaban pareja. Pero la Holly actual no se preocupó tanto como lo hubiese hecho la Holly de antes. Ahora estaba suscrita a la revista del «encuentra a tu amor y aférrate a él para siempre». Denise y Tom hacían bien en no perder tiempo preocupándose por lo que pensara la gente si en el fondo de sus corazones tenían claro que se trataba de la decisión correcta.

Por su parte, Sharon no la había llamado desde el día después de anunciar su embarazo y a Holly le constaba que pronto tendría que telefonear a su amiga, pues de lo contrario los días irían pasando y al final quizá sería demasiado tarde. Sharon estaba viviendo una etapa importante de su vida y Holly sabía que debía prestarle su apoyo, pero simplemente no podía hacerlo. Estaba portándose como una amiga celosa, amargada e increíblemente egoísta, pero lo cierto es que necesitaba ser egoísta en aquellos momentos para sobrevivir. Todavía debía quitarse de la cabeza la idea de que Sharon y John estaban en vías de conseguir algo que todo el mundo siempre había supuesto que Holly y Gerry harían los primeros. Sharon siempre decía que detestaba a los niños, pensó Holly enojada. En fin, llamaría a su amiga cuando se le hubiese pasado el berrinche.

Comenzó a hacer frío y Holly se llevó la copa de vino al interior caldeado de la casa, donde volvió a llenarla. Lo único que podía hacer durante los dos próximos días era aguardar las entrevistas de trabajo y rezar para tener suerte. Fue a la sala de estar, puso el CD de canciones de amor favorito de ella y Gerry y se acurrucó en el sofá con la copa de vino. Cerró los ojos e imaginó que bailaban juntos por la habitación.

Al día siguiente la despertó el ruido de un coche al entrar por el sendero del jardín. Saltó de la cama y se puso el batín de Gerry suponiendo que le devolvían el coche que había llevado al taller. Asomó la nariz entre las cortinas e instintivamente se echó hacia atrás al ver a Richard bajar de su coche. Esperó que no la hubiese visto, ya que desde luego no estaba de humor para una de sus visitas. Anduvo de un lado a otro de la habitación sintiéndose culpable, mientras hacía caso omiso del timbre por segunda vez. Sabía que su actitud era intolerable, pero no soportaba la idea de sentarse con él y mantener una de aquellas conversaciones tan estrafalarias. Lo cierto era que no tenía nada que contar, nada había cambiado en su vida, no tenía noticias excitantes, ni siquiera noticias normales y corrientes que comentar con nadie, y mucho menos con Richard.

Suspiró aliviada al oír que sus pasos se alejaban y se cerraba la portezuela del coche. Se metió en la ducha, dejó que el agua caliente le corriera por el rostro y volvió a abstraerse en su mundo particular. Veinte minutos más tarde bajó sin hacer ruido con sus zapatillas de Disco Diva. Oyó como si alguien rascara algo fuera y se quedó inmóvil a media escalera. Aguzó el oído y escuchó con más atención, tratando de identificar el ruido. Ahí estaba otra vez. Un ruido de rascar y un susurro, como si hubiera alguien en el jardín... Abrió los ojos desorbitadamente al caer en la cuenta de que el duende estaba trabajando en su jardín. Se quedó quieta, sin saber qué hacer a continuación.

Entró sigilosamente en la sala de estar, pensando como una tonta que quien estaba fuera la oiría deambular por la casa. Así pues, se arrodilló, se asomó al alféizar de la ventana y soltó un grito ahogado al ver que el coche de Richard seguía aparcado en el sendero de entrada. Pero aún le sorprendió más ver al propio Richard a gatas con una herramienta de jardinería en la mano, cavando la tierra y plantando flores. Se apartó de la ventana sin levantarse y se sentó en la alfombra, absolutamente pasmada. El ruido de su coche aparcando frente a la casa volvió a ponerla en alerta y la mente se le disparó para decidir si abrir al mecánico o no. Por alguna extraña razón, Richard no quería que ella supiera que estaba trabajando en su jardín y decidió que iba a respetar ese deseo... por el momento.

Se escondió detrás del sofá al ver que el mecánico se acercaba a la puerta, y no pudo evitar echarse a reír ante lo ridículo de la situación. Soltó una risita nerviosa cuando sonó el timbre y se arrastró hasta la punta del sofá al ver que el mecánico se dirigía a la ventana para ver si había alguien dentro. El corazón le latía con fuerza y se sintió como si estuviera haciendo algo ilegal. Se tapó la boca para sofocar la risa. Aquello era como volver a ser niña. Siempre había sido un desastre jugando al escondite. Cada vez que pensaba que iban a descubrirla le entraba un ataque de risa y, en efecto, la descubrían. Luego le tocaba parar el resto del día. Entonces ya no reía, pues todo el mundo sabía que aquélla era la parte aburrida del juego, que por lo general le tocaba al más pequeño del grupo. Pero por fin estaba compensando los fracasos de entonces, ya que tras lograr burlar a Richard y a su mecánico, rodó por la alfombra riéndose de sí misma al oír que éste arrojaba las llaves al suelo por el buzón y se alejaba de la puerta.

Al cabo de unos minutos, sacó la cabeza de detrás del sofá y comprobó si era seguro salir. Se puso de pie y se sacudió el polvo, diciéndose que ya era demasiado mayor para jugar a hacer tonterías. Volvió a mirar apartando un poco la cortina y vio que Richard estaba recogiendo las herramientas.

Pensándolo bien, aquellas tonterías eran divertidas y no tenía otra cosa que hacer. Holly se quitó las zapatillas de andar por casa y se puso las de deporte. En cuanto vio que Richard enfilaba la calle, salió afuera y subió al coche. Iba a dar caza al duende.

Como en las películas, consiguió mantenerse a tres coches de distancia de Richard todo el camino y aminoró la marcha al ver que se detenía. Richard aparcó, fue al quiosco y regresó con un periódico en la mano. Holly se puso las gafas de sol, bajó la visera de su gorra de béisbol y espió a su hermano, tapándose la cara con su ejemplar atrasado del *Arab Leader*. Se rió de sí misma cuando vio su reflejo en el retrovisor. Parecía la persona más sospechosa del mundo. Richard cruzó la calle y entró en la Greasy Spoon. Holly se sintió un poco decepcionada, había esperado una aventura más jugosa.

Se quedó un rato sentada en el coche intentando trazar un nuevo plan y, asustada, dio un brinco cuando un agente de tráfico golpeó la ventanilla.

—No puede parar aquí —dijo señalando hacia el aparcamiento.

Holly le sonrió y puso los ojos en blanco mientras retrocedía para aparcar. Seguro que Cagney y Lacey nunca tuvieron aquel problema.

Finalmente la niña que llevaba dentro se fue a dormir una siesta y la Holly adulta se quitó la gorra y las gafas y las lanzó al asiento del pasajero, sintiéndose estúpida. Basta de tonterías. La vida real volvía a empezar.

Cruzó la calle y buscó a su hermano dentro de la cafetería. Estaba sentado de espaldas a ella, encorvado sobre el periódico tomando una taza de té. Fue a su encuentro sonriendo alegremente.

—Richard, ¿alguna vez vas a trabajar? —bromeó alzando la voz y haciendo que Richard se llevara un buen sobresalto. Iba a añadir algo más, pero su hermano levantó la vista hacia ella con lágrimas en los ojos y sus hombros comenzaron a temblar.

33

Holly miró alrededor para ver si algún otro cliente de la cafetería los estaba observando. Luego cogió una silla y se sentó al lado de Richard. ¿Acaso había dicho algo inconveniente? Miró asombrada el rostro de su hermano sin saber qué hacer ni decir. Lo único que tenía claro era que nunca antes se había visto en una situación semejante. Las lágrimas rodaban por el rostro de Richard, por más que éste se esforzara en contener el llanto.

—¿Qué sucede, Richard? —preguntó Holly, sorprendida. Posó la mano en el brazo de su hermano y le dio unas palmaditas, un tanto incómoda.

Richard seguía llorando en silencio.

La camarera rolliza, que esta vez llevaba un delantal amarillo canario, salió de detrás de la barra y dejó una caja de pañuelos en la mesa al lado de Holly.

—Toma —dijo Holly, tendiendo un pañuelo a Richard.

Éste se secó los ojos y se sonó la nariz ruidosamente, con un gesto propio de su edad, y Holly tuvo que disimular una sonrisa.

—Perdona que llore —dijo Richard, avergonzado y evitando mirarla a los ojos.

—Eh —susurró Holly, apoyando la mano en su brazo—, no tiene nada de malo llorar. De un tiempo a esta parte se ha convertido en mi hobby, así que no lo critiques.

Richard sonrió débilmente.

—Es como si todo se estuviera yendo a pique, Holly —dijo con tristeza, enjugando una lágrima con el pañuelo antes de que le cayera de la mejilla.

—¿Y eso? —preguntó Holly, preocupada ante la transformación de su hermano en alguien a quien no conocía. Pensándolo bien, en realidad nunca había conocido al auténtico Richard. Durante los últimos meses había descubierto algunas facetas de él que la tenían un tanto desconcertada.

Richard suspiró y se terminó el té. Holly miró a la mujer de detrás de la barra y encargó otra tetera.

—Richard, últimamente he aprendido que hablar ayuda a aclarar las ideas —dijo Holly con delicadeza—. Y, tratándose de mí, es toda una revelación, ya que solía mantener la boca cerrada pensando que era una supermujer, capaz de guardarme todos los sentimientos. —Sonrió alentadoramente—. ¿Por qué no me cuentas qué ocurre?

Richard titubeó.

—No me reiré, no diré nada si eso es lo que quieres. No le contaré a nadie lo que me cuentes, sólo te escucharé —le aseguró Holly.

Richard apartó la vista de su hermana, se concentró en el salero y el pimentero que había en medio de la mesa y susurró:

—No tengo trabajo.

Holly guardó silencio y esperó a que añadiera algo más. Al cabo de un rato, viendo que ella no decía nada, Richard la miró.

—Eso no es tan grave, Richard —dijo Holly al fin, sonriéndole—. Sé que te encantaba tu trabajo, pero ya encontrarás otro. Y si te sirve de consuelo, durante un tiempo perdí un empleo tras otro...

—Me quedé sin trabajo en abril, Holly —la interrumpió Richard, y agregó enojado—: Estamos en septiembre. No hay nada para mí... Nada relacionado con mi profesión... —Bajó la mirada.

—Vaya. —Holly no supo qué decir. Tras un tenso silencio, prosiguió—: Pero al menos Meredith sigue trabajando, de modo que contáis con unos ingresos fijos. Tómate el tiempo que necesites para encontrar el empleo adecuado... Ya sé que ahora mismo no te parecerá una opción razonable, pero...

—Meredith me dejó el mes pasado —volvió a interrumpir Richard, esta vez con voz más débil.

Holly se tapó la boca con las manos. Pobre Richard. A ella nunca le había caído bien la bruja de su cuñada, pero él la adoraba.

—¿Y los niños? —preguntó Holly.

—Viven con ella —contestó Richard, y se le quebró la voz.

—Oh, Richard, lo siento mucho —dijo Holly, toqueteándose las manos sin saber qué hacer con ellas. ¿Debía abrazarlo o era mejor dejarlo en paz?

—Yo también lo siento —dijo Richard con voz lastimera, la mirada fija en el salero y el pimentero.

—No ha sido culpa tuya, Richard, así que no te atormentes demasiado diciéndote que lo es —protestó Holly enérgicamente.

—¿No lo es? —cuestionó Richard con voz un tanto temblorosa—. Me dijo que soy un hombre patético que ni siquiera es capaz de cuidar de su propia familia. —Se vino abajo otra vez.

—Bah, no hagas caso a esa bruja loca —repuso Holly, enojada—. Eres un padre excelente y un marido leal —agregó con firmeza, advirtiendo que lo decía en serio—. Timmy y Emily te quieren porque eres fantástico con ellos, así que no hagas caso a lo que diga esa demente.

Abrazó a Richard y dejó que se desahogara llorando. Estaba tan enojada que le entraron ganas de ir en busca de Meredith y darle un puñetazo en la cara. De hecho, siempre había deseado hacerlo, sólo que ahora tenía una excusa.

Richard por fin dejó de llorar, se apartó de Holly y cogió otro pañuelo. Holly tenía el corazón partido. Su hermano mayor siempre se había esforzado por ser perfecto y formar una familia perfecta, pero las cosas no habían salido según sus planes. Parecía estar realmente abatido.

—¿Dónde te alojas? —le preguntó al caer en la cuenta de que hacía semanas que Richard no tenía casa.

—En una pensión cerca de aquí. Es un sitio agradable. Son buena gente —contestó sirviéndose otra taza de té. «Tu esposa te abandona y te tomas una taza de té...»

—Richard, no puedes quedarte ahí —objetó Holly—. ¿Por qué no nos lo has contado a ninguno de nosotros?

—Porque creía que las cosas se arreglarían, pero está visto que no será así... Ella no dará su brazo a torcer.

Por más que Holly deseara invitarlo a que se instalara en su casa no podía hacerlo. Tenía mucho que resolver en su propia vida y estaba segura de que Richard lo entendería.

—¿Por qué no hablas con papá y mamá? —preguntó—. Estarán encantados de echarte una mano.

Richard negó con la cabeza.

—No, ahora tienen a Ciara y Declan en casa. No quisiera que tuvieran que cargar conmigo también. Ya soy un hombre hecho y derecho.

—Vamos, Richard, no digas tonterías. —Holly hizo una mueca—. Está la habitación de los invitados, que antes era la tuya. Seguro que te recibirán con los brazos abiertos. —Trataba de ser convincente—. Yo misma dormí allí hace unas noches.

Richard levantó la vista de la mesa.

—No tiene absolutamente nada de malo que de vez en cuando regreses a la casa donde te criaste. Es bueno para el alma —agregó con una sonrisa.

—No me parece que... sea muy buena idea, Holly —dijo Richard, vacilante.

—Si lo que te preocupa es Ciara, olvídalo. Se marcha otra vez a Australia dentro de unas semanas, así que la casa estará... menos ajetreada.

El rostro de Richard se relajó un poco.

Holly sonrió.

—¿Qué te parece? Venga, es una gran idea y además así no tirarás el dinero en un agujero apestoso, por más que digas que los dueños son buena gente.

Richard esbozó una débil sonrisa.

—Me veo incapaz de pedir algo así a papá y mamá. Holly... no sabría por dónde empezar.

—Te acompañaré —prometió Holly—. Ya hablaré yo con ellos. De verdad, Richard, estarán encantados de ayudarte. Eres su hijo y te quieren. Todos te queremos —agregó, apoyando una mano en la de él.

—De acuerdo —convino por fin, y salieron a la calle cogidos del brazo.

—Por cierto, Richard, gracias por el jardín. —Le sonrió y luego le dio un beso en la mejilla.

—¿Lo sabías? —preguntó Richard, sorprendido.

Ella asintió con la cabeza.

—Tienes mucho talento y voy a pagarte hasta el último penique que vale lo que has hecho en cuanto consiga trabajo.

El rostro de su hermano se relajó y sonrió con timidez.

Subieron a sus respectivos coches y se dirigieron a la casa de Portmarnock en la que habían crecido juntos.

Dos días después, Holly se miraba al espejo del lavabo en el edificio de oficinas donde iba a desarrollarse su primera entrevista de trabajo. Había perdido tanto peso desde la última vez que se había puesto uno de sus trajes que se había visto obligada a comprar uno nuevo que realzaba su esbelta figura. La chaqueta, larga hasta las rodillas, abrochaba con un solo botón a la altura de la cintura. Los pantalones le quedaban muy bien y caían perfectamente hasta los botines. El traje era negro con finas rayas rosas y lo había combinado con una blusa también rosa. Se sentía como una emprendedora ejecutiva publicitaria dueña de su vida, y ahora lo único que tenía que hacer era expresarse como tal. Se aplicó una capa más de pintalabios rosa y se mesó el pelo ensortijado que había decidido dejar suelto para que le cayese sobre los hombros. Suspiró y salió de nuevo a la sala de espera.

Volvió a sentarse en su sitio y echó un vistazo a los demás aspirantes al empleo. Aparentaban ser bastante más jóvenes que ella y, por lo visto, todos llevaban una gruesa carpeta apoyada en el regazo. Miró alrededor y comenzó a entrarle el pánico... sí, desde luego todos tenían una de aquellas carpetas. Volvió a levantarse y se dirigió a la mesa de la secretaria.

—Disculpe —dijo procurando atraer su atención.

La mujer levantó la vista y sonrió.

—¿Qué desea?

—Verá, acabo de ir al lavabo y me parece que he estado ausente mientras repartían las carpetas. —Sonrió educadamente.

La secretaria puso ceño, mostrándose confusa.

—Perdone, ¿a qué carpetas se refiere?

Holly se volvió, señaló las carpetas apoyadas en los regazos de los demás aspirantes y miró de nuevo a la secretaria.

Ésta sonrió y moviendo el dedo le indicó que se aproximara.

Holly se remetió el pelo detrás de las orejas y se acercó.

—¿Sí?

—Lo siento, cariño, pero en realidad son carpetas de trabajos que han traído consigo —susurró para que Holly no se violentara.

El rostro de Holly palideció.

—Oh. ¿Debería haber traído una?

—Bueno, ¿la tienes? —preguntó la secretaria con una sonrisa.

Holly negó con la cabeza.

—Pues entonces no te preocupes. No es ningún requisito, la gente las trae para presumir —le susurró, y Holly soltó una risita nerviosa.

Holly regresó a su asiento sin dejar de estar preocupada. Nadie le había dicho nada acerca de esas estúpidas carpetas. ¿Por qué era siempre la última en enterarse de todo? Se puso a dar golpecitos con los pies mientras paseaba la vista por la oficina. Aquel lugar le causaba una sensación agradable, los colores eran cálidos y acogedores, la luz entraba a raudales por los grandes ventanales georgianos. Los techos altos daban una encantadora sensación de espacio. De hecho, podría pasarse todo el día sentada allí pensando. De pronto estaba tan relajada que no se sobresaltó lo más mínimo cuando la llamaron. Caminó segura de sí misma hacia el despacho donde se celebraban las entrevistas y la secretaria le guiñó el ojo para desearle buena suerte. Holly respondió con una sonrisa. Por alguna inexplicable razón ya se sentía parte del equipo. Se detuvo un instante ante la puerta del despacho y exhaló un hondo suspiro.

«Apunta a la Luna —se recordó—. Apunta a la Luna.»

34

Holly llamó suavemente a la puerta y una voz grave y áspera le ordenó que entrara. El corazón le dio un brinco al oír aquella voz que le trajo recuerdos de cuando la mandaban al despacho del director de la escuela. Se secó las manos sudorosas con el traje y entró en el despacho.

—Hola —dijo con más confianza de la que sentía.

Cruzó la pequeña habitación y estrechó la mano del hombre que se había levantado de su sillón y le estaba tendiendo la suya. Éste la recibió con una gran sonrisa y un caluroso apretón. Su rostro no se correspondía con su vozarrón, gracias a Dios. Holly se serenó un poco al verlo ya que le recordó a su padre. Daba la impresión de que pronto cumpliría los sesenta, presentaba un físico como de oso de peluche, y Holly tuvo que contenerse para no saltar por encima del escritorio y darle un fuerte abrazo. Llevaba el pelo muy bien cortado, de un tono plateado casi brillante, y Holly supuso que había sido un hombre extremadamente atractivo en su juventud.

—Holly Kennedy, ¿cierto? —dijo tomando asiento y echando un vistazo al currículo que tenía delante de él.

Holly se sentó en la silla de enfrente y se obligó a relajarse. Había leído cuantos manuales de técnicas para entrevistas habían caído en sus manos durante los últimos días e intentaba poner todos sus conocimientos en práctica, desde el modo de entrar en el despacho hasta la forma de dar la mano, pasando por la manera de sentarse en la silla. Quería mostrarse como una mujer con experiencia, inteligente y muy segura de sí misma. Aunque iba a necesitar algo más que un firme apretón de manos para conseguir demostrarlo.

—En efecto —contestó dejando el bolso en el suelo y apoyando las manos sudorosas en el regazo.

Él se ajustó las gafas en la punta de la nariz y leyó por encima el currículo en silencio. Holly tenía la mirada fija en él e intentaba descifrar su expresión. No le resultó fácil, ya que era una de esas personas que fruncían el entrecejo al leer. Bueno, o eso o quizá no se sentía impresionado por lo que estaba viendo. Holly echó un vistazo al escritorio mientras aguardaba que el entrevistador volviera a dirigirle la palabra. Entonces reparó en una fotografía enmarcada de tres chicas muy guapas de su edad que sonreían a la cámara y, cuando levantó la vista, se dio cuenta de que él había dejado el currículo encima del escritorio y estaba observándola. Holly sonrió y procuró adoptar una expresión más formal.

—Antes de que comencemos a hablar sobre usted, voy a explicarle exactamente quién soy y en qué consiste el trabajo —anunció el entrevistador.

Holly asintió con la cabeza, dispuesta a demostrar interés.

—Me llamo Chris Feeney y soy el fundador y editor de la revista, o el jefe, como gustan de llamarme todos los que trabajan aquí. —Rió entre dientes y Holly quedó prendada de sus brillantes ojos azules—. Verá, fundamentalmente estamos buscando una persona que se encargue de todo lo relacionado con la publicidad de la revista. Como bien sabrá, la buena marcha de una revista o de cualquier otro medio de comunicación depende en buena medida de las inserciones publicitarias. Necesitamos ese dinero para publicar la revista, de modo que se trata de un trabajo de suma importancia. Por desgracia, el hombre que ocupaba ese puesto tuvo que dejarnos de improviso y por eso busco a alguien que pueda ponerse manos a la obra casi de inmediato. ¿Qué puede decirme a ese respecto?

Holly asintió con la cabeza.

—Eso no constituye ningún problema. De hecho, estoy impaciente por comenzar a trabajar cuanto antes.

El señor Feeney asintió con la cabeza y volvió a mirar el currículo.

—Veo que lleva cosa de un año sin trabajar. ¿Estoy en lo cierto? —preguntó mirándola por encima de la montura de las gafas.

—Sí, así es —contestó Holly, asintiendo con la cabeza—. Y puedo garantizarle que ha sido así por decisión propia. Mi marido enfermó de gravedad y tuve que renunciar a mi empleo para dedicarme a él.

Holly tragó saliva, consciente de que aquel asunto llamaría la atención de cualquier posible patrono. Nadie deseaba contratar a una persona que había estado ociosa durante el último año.

—Entiendo —dijo el señor Feeney, levantando la vista hacia Holly—. Bueno, espero que haya recobrado la salud —agregó sonriendo con afecto.

Holly dudó de si aquello era una pregunta o no, y tampoco tuvo muy claro si debía seguir hablando sobre ello. ¿Acaso quería saber más sobre su vida privada? Él seguía mirándola y Holly comprendió que esperaba una respuesta. Carraspeó.

—Pues en realidad no, señor Feeney. Desgraciadamente falleció el pasado mes de febrero... Tenía un tumor cerebral. Por eso me pareció importante dejar de trabajar.

—Vaya. —El señor Feeney dejó el currículo en el escritorio y se quitó las gafas—. Lo comprendo perfectamente. Lamento mucho lo que le ha sucedido —dijo con sinceridad—. Debe de haber sido muy duro para usted siendo tan joven... —Bajó la vista al escritorio un momento y luego volvió a mirarla a los ojos—. Mi esposa murió de un cáncer de mama hace ahora un año, así que puedo entender lo que siente —dijo amablemente.

—Lo siento mucho —respondió Holly con tristeza, mirando al hombre que estaba al otro lado de la mesa.

—Dicen que con el tiempo se hace más llevadero —añadió él, sonriendo.

—Eso dicen —convino Holly con gravedad—. Al parecer el truco está en beber litros y litros de té.

El señor Feeney se echó a reír soltando una sonora carcajada.

—¡Sí! Eso también me lo han dicho, y mis hijas insisten en que el aire fresco todo lo cura.

Holly rió.

—Uy, sí, el mágico aire fresco... Obra milagros con el corazón. ¿Son sus hijas? —preguntó Holly, mirando sonriente la fotografía.

—En efecto —contestó el señor Feeney, sonriendo a su vez—. Son las tres médicas que intentan mantenerme con vida —volvió a reír—. Aunque es una pena que el jardín ya no tenga ese aspecto —agregó, refiriéndose a la fotografía.

—¡Uau! ¿Es su jardín? —dijo Holly, asombrada—. Es precioso. Creí que era el jardín botánico o algún lugar por el estilo.

—Ésa era la especialidad de Maureen. Yo soy incapaz de salir de la oficina el tiempo suficiente para arreglar ese desorden.

—No me hable de jardines —dijo Holly, poniendo los ojos en blanco—. Las plantas no son mi fuerte precisamente, y mi jardín está empezando a parecer una jungla. —Definitivamente era una jungla, pensó.

Siguieron mirándose y sonriendo, y a Holly la confortó escuchar una historia semejante a la suya. Tanto si conseguía el empleo como si no, al menos tendría el consuelo de saber que no estaba totalmente sola.

—En fin, volvamos a la entrevista —dijo el señor Feeney—. ¿Tiene alguna experiencia en trabajos relacionados con medios de comunicación?

A Holly no le gustó la manera en que dijo «alguna», significaba que había leído el currículo sin ver ningún indicio de experiencia que la hiciera digna del empleo.

—Pues en realidad sí. —Retomó una actitud formal y

se esforzó por impresionarlo—. Una vez trabajé en una agencia inmobiliaria donde era la responsable de tratar con los medios para anunciar las nuevas propiedades que teníamos en venta. Puede decirse que estaba al otro lado de lo que este empleo conlleva, de modo que sé cómo tratar con las empresas que desean contratar espacio para publicidad.

El señor Feeney fue asintiendo con la cabeza.

—Pero en realidad nunca ha trabajado en una revista o periódico o algo por el estilo...

Holly también asintió, devanándose los sesos en busca de algo que decir.

—Durante un tiempo me encargué de publicar un boletín informativo para la empresa en la que trabajaba... —Siguió divagando un buen rato, aferrándose a cualquier cosa más o menos relacionada con aquel ámbito de trabajo, y se dio cuenta de que estaba resultando bastante patética.

El señor Feeney fue demasiado cortés como para interrumpirla mientras le refería todos los trabajos que había tenido y exageraba cualquier detalle que pudiera guardar alguna relación con la publicidad o los medios de comunicación. Finalmente dejó de hablar, harta de oír su propia voz, y entrecruzó los dedos nerviosamente en el regazo. No estaba cualificada para el empleo y lo sabía, pero también sabía que sería capaz de hacerlo bien si él le daba la oportunidad.

El señor Feeney se quitó las gafas.

—Entendido. Bien, Holly, veo que cuenta con una dilatada experiencia en muy diversos campos, pero también he advertido que nunca ha permanecido en un mismo puesto durante más de nueve meses...

—Estaba buscando el empleo adecuado para mí —interrumpió Holly con su seguridad hecha añicos.

—¿Y cómo sé que no va a abandonarme dentro de unos meses? —preguntó sonriente, aunque Holly tuvo claro que hablaba en serio.

—Porque este empleo es adecuado para mí —dijo muy seria. Holly suspiró al percibir que sus probabilidades de éxito se le estaban escapando entre los dedos, aunque no estaba dispuesta a darse por vencida tan fácilmente—. Señor Feeney —dijo adelantándose hasta el borde de la silla—, soy una trabajadora aplicada. Cuando algo me gusta, me entrego al cien por cien y me comprometo sin reservas. Soy una persona capaz y estoy más que dispuesta a aprender lo que no sé, de modo que pueda dar lo mejor de mí misma en beneficio mío, suyo y de la empresa. Si deposita su confianza en mí, le prometo que no le defraudaré. —Se detuvo justo antes de ponerse de rodillas y suplicar por el maldito empleo. Se ruborizó al darse cuenta de lo que había estado a punto de hacer.

—Muy bien, creo que es un buen comentario con el que dar por concluida la entrevista —dijo el señor Feeney, sonriéndole. Se puso de pie y le tendió la mano—. Le agradezco mucho que haya venido. No tardará en tener noticias nuestras.

Holly le estrechó la mano y le dio las gracias en voz baja, recogió el bolso del suelo y notó que el señor Feeney la miraba mientras se dirigía a la puerta. Justo antes de cruzar el umbral se volvió hacia él y dijo:

—Señor Feeney, me aseguraré de que su secretaria le traiga una buena taza de té recién hecho. Le hará mucho bien.

Sonrió y cerró la puerta, amortiguando las carcajadas del señor Feeney. La secretaria simpática enarcó las cejas cuando Holly pasó por delante de ella y los demás aspirantes se preguntaron qué habría dicho aquella señora para que el entrevistador se riera de aquel modo. Holly sonrió al oír que el señor Feeney seguía riendo y salió al aire fresco de la calle.

Holly decidió pasar a ver a Ciara en el trabajo, donde podría almorzar algo. Dobló la esquina, entró en el pub Hogan's y buscó una mesa libre. El pub estaba atestado de gente elegantemente vestida que había acudido a almorzar desde el trabajo e incluso había quien se tomaba unas cervezas a hurtadillas antes de regresar a la oficina. Holly encontró una mesa pequeña en un rincón y se sentó.

—¡Perdone! —llamó levantando la voz y chasqueando los dedos en alto—. ¿Es posible que alguien me atienda, por favor?

Los ocupantes de las mesas vecinas la miraron con desdén por ser tan grosera con el servicio, pero Holly siguió chasqueando los dedos.

—¡Eh, aquí! —gritó.

Ciara se volvió con cara de pocos amigos y sonrió al ver a su hermana.

—Jesús, he estado a punto de darte un bofetón. —Se acercó a la mesa, sonriendo.

—Espero que no les digas esas cosas a todos tus clientes —bromeó Holly.

—A todos no —contestó Ciara muy seria—. ¿Vas a almorzar aquí hoy?

Holly asintió con la cabeza.

—Mamá me contó que trabajabas a la hora del almuerzo. Pensaba que estarías en el club de arriba.

Ciara puso los ojos en blanco.

—Ese hombre me hace trabajar de sol a sol, me trata como a una esclava —protestó Ciara.

—¿He oído mencionar mi nombre? —Daniel apareció riendo detrás de ella.

El rostro de Ciara palideció al darse cuenta de que la había oído.

—No, qué va... Estaba hablando de Mathew —balbuceó—. Me tiene despierta toda la noche, soy como su esclava sexual... —Se interrumpió y se dirigió a la barra en busca de un bloc y un bolígrafo.

—Siento haber preguntado —dijo Daniel, mirando a Ciara un tanto apabullado—. ¿Te importa que me siente? —preguntó a Holly.

—Sí —bromeó Holly, y le ofreció un taburete—. Veamos, ¿qué se puede comer aquí? —preguntó echando un vistazo a la carta mientras Ciara regresaba con el bolígrafo.

Ésta movió los labios articulando la palabra «nada» detrás de Daniel, y Holly soltó una risita.

—Tostado especial es mi sándwich favorito —sugirió Daniel, y Ciara negó enérgicamente con la cabeza. Saltaba a la vista que a Ciara no le gustaba mucho el tostado especial—. ¿Qué pretendes, Ciara? —le preguntó Daniel, sorprendiéndola de nuevo *in fraganti*.

—Oh, es que... Holly es alérgica a la cebolla —farfulló Ciara. Aquello fue una novedad para la propia Holly.

—Sí... hace que la cabeza... se me hinche —improvisó Holly, e hinchó los carrillos—. Las cebollas son algo terrible. Fatal, de hecho. Cualquier día me matarán.

Ciara puso los ojos en blanco y fulminó a su hermana con la mirada porque, como siempre, sacaba las cosas de quicio.

—Muy bien, pues entonces tómalo sin cebolla —sugirió Daniel, y Holly aceptó.

Ciara se metió los dedos en la boca y fingió que vomitaba mientras se alejaba.

—Vas muy elegante —comentó Daniel, fijándose en su atuendo.

—Sí, bueno, ésa es la impresión que quería dar. Acabo de tener una entrevista de trabajo —dijo Holly, y torció el gesto al recordarlo.

—Ah, claro. —Daniel sonrió e hizo una mueca—. ¿Acaso no ha ido bien?

Holly negó con la cabeza.

—Bueno, digamos que tengo que comprarme un traje más elegante. No cuento con que me llamen pronto.

—No te preocupes, mujer —dijo Daniel, sonriendo—. Tendrás un montón de oportunidades. Aún tengo libre el puesto de arriba si te interesa.

—Creía que le habías dado ese trabajo a Ciara. ¿Por qué está trabajando aquí abajo ahora? —preguntó Holly.

Daniel hizo una mueca.

—Holly, ya conoces a tu hermana. Tuvimos un problemilla.

—¡Dios mío! —dijo Holly—. ¿Qué ha hecho esta vez?

—Un tipo le dijo algo en la barra que no le gustó, así que le sirvió la jarra de cerveza y acto seguido se la vació en la cabeza.

—¡Oh, no! —exclamó Holly con un grito ahogado—. ¡Me sorprende que no la despidieras!

—No podía hacerle algo así a un miembro de la familia Kennedy, ¿no crees? —Sonrió—. Además, ¿cómo iba yo a ser capaz de mirarte otra vez a la cara?

—Exacto —dijo Holly, sonriendo—. Puede que seas mi amigo pero «tienes que respetar a la familia».

Ciara puso ceño a su hermana al llegar con el plato de comida.

—Es la peor imitación del Padrino que he oído en mi vida. *Bon appétit* —agregó con sarcasmo, dejando el plato en la mesa bruscamente antes de girar en redondo.

—¡Oye! —la llamó Daniel, y apartó el plato de Holly para examinar el sándwich.

—¿Qué pasa? —inquirió Holly.

—Lleva cebolla —contestó Daniel, enojado—. Seguro que Ciara ha vuelto a equivocarse de pedido.

—No, no, está bien. —Holly salió en defensa de su hermana y le cogió el plato de las manos—. Sólo soy alérgica a la cebolla roja —improvisó.

Daniel torció el gesto.

—Qué raro. No sabía que fuesen tan distintas.

—Oh, ya lo creo. —Holly asintió con la cabeza y fingió ser una experta—. Aunque sean de la misma familia, la cebolla roja contiene... unas toxinas específicas...

—¿Toxinas? —repitió Daniel incrédulo.

—Bueno, al menos para mí son tóxicas, ¿no? —farfulló Holly, e hincó el diente en el sándwich para callarse. Le costó trabajo comerse el sándwich bajo la mirada hostil de Daniel sin sentirse como una cerda, de modo que finalmente desistió y dejó el resto en el plato.

—¿No te gusta? —preguntó Daniel, preocupado.

—No, no es eso. Me encanta, pero es que he desayunado mucho —mintió Holly dándose unas palmaditas en el estómago vacío.

—Dime, ¿ha habido suerte en la caza del duende? —le bromeó Daniel.

—¡Bueno, lo cierto es que lo descubrí! —Holly rió secándose las manos grasientas con la servilleta.

—¿De veras? ¿Quién era?

—¿Puedes creer que era mi hermano Richard? —Holly volvió a reír.

—¡Anda ya! ¿Y por qué no te lo dijo? ¿Quería darte una sorpresa o algo por el estilo?

—Algo por el estilo, supongo.

—Richard es un buen tipo —aseguró Daniel con aire meditabundo.

—¿Tú crees? —preguntó Holly, sorprendida.

—Sí, es un hombre inofensivo. Buena gente.

Holly asintió con la cabeza, mientras intentaba digerir toda aquella información. Daniel interrumpió sus pensamientos.

—¿Has hablado con Denise o Sharon últimamente?

—Sólo con Denise —contestó Holly, apartando la vista—. ¿Y tú?

—Tom me tiene hasta la coronilla con tanta cháchara sobre la boda. Quiere que sea su padrino. La verdad es que no esperaba que lo planearan todo para tan pronto.

—Yo tampoco —convino Holly—. ¿Cómo te sientes acerca de eso ahora?

—¡Bah! —Daniel suspiró—. Me alegro por él... de una manera un tanto egoísta y amarga.

—Sé lo que sientes —dijo Holly, asintiendo con la cabeza—. ¿No has hablado con tu ex últimamente?

—¿Con quién, con Laura? —dijo Daniel, que no esperaba aquella pregunta—. No quiero volver a ver a esa mujer.

—¿Es amiga de Tom?

—No tanto como antes, gracias a Dios.

—¿Entonces no estará invitada a la boda?

—¿Sabes que ni siquiera se me había ocurrido? —aseguró abriendo los ojos desorbitadamente—. Dios, espero que no. Tom sabe lo que le espera si se atreve a invitarla.

Guardaron silencio mientras Daniel contemplaba aquella posibilidad.

—Si te apetece salir, creo que voy a verme con Tom y Denise mañana para comentar los planes de boda —dijo Daniel.

Holly puso los ojos en blanco.

—Muchas gracias, hombre, eso suena de lo más divertido.

Daniel se echó a reír. Luego dijo:

—Lo sé, por eso no quiero ir solo. De todas formas llámame si te animas.

Holly asintió.

—Bien, aquí tienes la cuenta —dijo Ciara. Dejó un trozo de papel en la mesa y volvió a marcharse como si tal cosa. Daniel la siguió con la mirada y negó con la cabeza.

—No te preocupes, Daniel. No tendrás que aguantarla por mucho más tiempo —aseguró Holly.

—¿Por qué no? —preguntó sorprendido.

Holly comprendió que Ciara no le había dicho que se mudaba.

—Por nada —murmuró, revolviendo el bolso en busca del monedero.

—No, en serio, ¿qué quieres decir? —insistió Daniel.

—Quiero decir que su turno debe de estar a punto de terminar —dijo Holly, sacando el monedero del bolso y mirando la hora.

—Oye... no te preocupes por la cuenta, ¿vale?

—No, no pienso permitirlo —dijo Holly, rebuscando entre los recibos y demás papeles del bolso—. Lo cual me recuerda que te debo veinte. —Dejó el dinero encima de la mesa.

—Olvídalo. —Daniel hizo un ademán como para restarle importancia.

—¿Vas a permitir que pague algo? —bromeó Holly—. Pienso dejarlo en la mesa de todos modos, así que tendrás que cogerlo.

Ciara regresó a la mesa y tendió la mano para cobrar.

—Cárgalo a mi cuenta, Ciara —ordenó Daniel.

Ciara miró a su hermana arqueando las cejas y le guiñó el ojo. Luego echó un vistazo a la mesa y vio el billete de veinte euros.

—¡Uau, gracias, hermanita! No sabía que fueras tan generosa con las propinas.

Se metió el dinero en el bolsillo y fue a servir otra mesa.

—No te preocupes. —Daniel sonrió al ver que Holly se quedaba pasmada—. Se lo descontaré del salario.

El corazón de Holly comenzó a latir con fuerza cuando vio el coche de Sharon aparcado delante de su casa. Hacía mucho tiempo que no hablaba con ella y en el fondo estaba avergonzada. Contempló la posibilidad de dar media vuelta y largarse por donde había venido, pero se contuvo. Tarde o temprano tendría que enfrentarse a la situación si no quería perder a su mejor amiga. Eso si ya no era demasiado tarde.

35

Holly detuvo el coche en el sendero del jardín y suspiró antes de apearse. Sabía que debería haber sido ella quien fuera a visitar a Sharon y ahora la situación sería aún más incómoda. Se encaminó hacia el coche de su amiga y se sorprendió al ver que quien bajaba era John. Ella no estaba. El corazón le dio un brinco, confió en que Sharon estuviera bien.

—Hola, Holly —saludó John, muy serio, cerrando el coche con un portazo.

—¡John! ¿Dónde está Sharon? —preguntó Holly.

—Acabo de dejarla en el hospital —dijo John, caminando despacio hacia Holly.

Holly se tapó la boca con las manos y los ojos se le llenaron de lágrimas.

—¡Oh, Dios mío! ¿Está bien?

—Sí, sólo se trata de una revisión —contestó John, sorprendido por la pregunta—. Iré a recogerla cuando salga de aquí.

Holly dejó caer las manos a los lados.

—Ah —musitó sintiéndose estúpida.

—Oye, si tan preocupada estás por ella, deberías llamarla.

John mantenía la cabeza alta y sus gélidos ojos azules la miraban de hito en hito. Holly se fijó en cómo apretaba la mandíbula. Le sostuvo la mirada hasta que la intensidad de la de John la venció. Se mordió el labio sintiéndose culpable.

—Sí, ya lo sé. ¿Por qué no entramos y preparo una taza de té?

En cualquier otra ocasión se hubiese reído de sí misma por decir eso, se estaba convirtiendo en uno de ellos.

Pulsó el interruptor de la tetera eléctrica y preparó el servicio de té mientras John se sentaba a la mesa.

—Sharon no sabe que estoy aquí. Te agradecería que no le dijeras nada.

Holly se sintió aún más disgustada. Sharon no lo había enviado en su busca. Ni siquiera quería verla, seguro que ya daba por perdida su amistad.

—Te echa de menos, ¿sabes?

John seguía mirándola fijamente y sin pestañear.

Holly llevó las tazas a la mesa y se sentó.

—Yo también.

—Ha pasado mucho tiempo, Holly, y sabes tan bien como yo que antes hablabais casi a diario.

John cogió la taza que le tendía y la dejó delante de él.

—Las cosas eran muy distintas entonces, John —dijo Holly, enojada. ¿Nadie comprendía lo que sentía? ¿Acaso era la única persona cuerda que quedaba en el mundo?

—Oye, todos sabemos por lo que has pasado... —comenzó John.

—Ya sé que todos sabéis por lo que he pasado, John. Eso está clarísimo. ¡Pero nadie parece comprender que todavía estoy pasando por ello!

Se hizo el silencio.

—Eso no es verdad —repuso John en voz más baja, y fijó la vista en la taza que hacía girar encima de la mesa.

—Sí que lo es. No puedo seguir adelante con mi vida como hacéis vosotros y fingir que no ha pasado nada.

—¿Eso es lo que crees que estamos haciendo?

—Bueno, si quieres, echemos un vistazo a las pruebas —dijo Holly sarcásticamente—. Sharon va a tener un bebé y Denise va a casarse...

—Holly, eso se llama vivir —la interrumpió John, y levantó la vista de la mesa—. Al parecer has olvidado en qué consiste. Mira, sé que esto es difícil para ti porque también sé lo difícil que me resulta a mí. Yo también echo de menos a Gerry. Era mi mejor amigo. Fuimos vecinos toda la vida. Fui al parvulario con él, por Dios bendito. Fuimos juntos a la escuela primaria y a la escuela secundaria, y jugamos en el mismo equipo de fútbol. ¡Fui su padrino de boda y él el mío! Cada vez que tenía un problema acudía a Gerry, cada vez que tenía ganas de divertirme acudía a Gerry. Le conté algunas cosas que jamás le hubiese contado a Sharon y él me contó otras que jamás te hubiese contado a ti. Que no estuviera casado con él no significa que no me sienta tan mal como tú. Pero el hecho de que haya muerto no significa que yo también tenga que dejar de vivir.

Holly se quedó anonadada. John hizo girar su silla para situarse de cara a ella. Las patas de la silla chirriaron rompiendo el silencio. John respiró hondo antes de seguir hablando.

—Sí, es difícil. Sí, es horrible. Sí, es lo peor que ha ocurrido en toda mi vida. Pero no puedo darme por vencido. No puedo dejar de ir al pub sólo porque habrá dos tíos riendo y bromeando en los taburetes que solíamos ocupar Gerry y yo, y no puedo dejar de ir al fútbol sólo porque sea algo que solíamos hacer juntos. Lo recuerdo todo perfectamente y sonrío, pero no puedo dejar de ir.

Los ojos de Holly se humedecieron.

—Sharon sabe que estás dolida y lo comprende, pero tú debes de entender que éste es un momento tremendamente importante de su vida y que necesita que su mejor amiga la ayude a superarlo —añadió John—. Necesita tu ayuda tanto como tú la suya.

—Lo intento, John —musitó Holly, incapaz de contener el llanto.

—Ya sé que lo haces. —Se inclinó hacia delante y le cogió las manos—. Pero Sharon te necesita. Evitar la situación no va a ayudar a nadie ni a nada.

—Hoy he ido a una entrevista de trabajo —dijo Holly, haciendo pucheros como una niña.

John procuró disimular su sonrisa.

—Eso sí que es una buena noticia, Holly. ¿Y cómo a ido?

—Fatal —contestó tratando de serenarse.

John se echó a reír. Guardó unos segundos de silencio antes de volver a hablar.

—Está embarazada de casi cinco meses.

—¿Qué? —Holly levantó la vista, sorprendida—. ¡No me lo había dicho!

—Tenía miedo de hacerlo —dijo John con delicadeza—. Pensó que quizá te enfadarías con ella y no volverías a dirigirle la palabra.

—Menuda estupidez por su parte pensar algo así —replicó Holly, enjugándose las lágrimas con brusquedad.

—¿Ah, sí? —John enarcó las cejas—. ¿Y qué estás haciendo ahora si no?

Holly desvió la mirada.

—Tenía intención de llamarla, de verdad. Cada día descolgaba el teléfono, pero me veía incapaz de hacerlo. Entonces me decía que la llamaría al día siguiente y al día siguiente estaba atareada... Oh, lo siento, John. De verdad que me alegro por vosotros dos.

—Gracias, pero no soy yo quien necesita oír esto.

—¡Ya lo sé, pero me he portado de forma espantosa! ¡Nunca me lo perdonará!

—Venga, no seas tonta, Holly. Estamos hablando de Sharon. Lo olvidará todo de un día para otro.

Holly arqueó las cejas, esperanzada.

—Bueno, quizá no de un día para otro. Tal vez al cabo de un año... Y te lo hará pagar caro, pero con el tiempo te perdonará...

Sus ojos gélidos se suavizaron y brillaron con afecto.

—¡Basta! —exclamó Holly, sonriendo y dándole un golpe en el brazo—. ¿Puedo ir a verla contigo?

Holly se puso muy nerviosa cuando se detuvieron delante del hospital. Vio que Sharon estaba sola fuera, mirando alrededor en espera de que fueran a recogerla. Estaba tan guapa que Holly no pudo por menos de sonreír al ver a su amiga. Sharon iba a ser madre. Le costaba creer que ya estuviera embarazada de cinco meses. ¡Aquello significaba que estaba de tres meses cuando se marcharon de vacaciones y no había dicho una palabra! Y, aún más importante, Holly no podía creer que hubiese sido tan estúpida como para no percatarse de los cambios en su amiga. Por supuesto, no iba a tener barriga a los tres meses de embarazo pero ahora, al verla vestida con un polo y unos tejanos, ya se notaba un pequeño bulto. Y le quedaba bien. Holly se apeó del coche y Sharon se paralizó.

Oh, no, Sharon iba a gritarle. Iba a decirle que la odiaba, que nunca más quería volver a verla y que era una mala amiga y que...

Sharon sonrió y le tendió los brazos.

—Ven aquí y dame un abrazo, tontaina —dijo dulcemente.

Holly corrió a su encuentro. Mientras su amiga la abrazaba con fuerza, se le saltaron las lágrimas de nuevo.

—Oh, Sharon, perdóname, soy detestable. Lo siento mucho mucho mucho, por favor, perdóname. En ningún momento he tenido intención de...

—Cállate, quejica, y abrázame.

Sharon también lloró, la voz en suspense, y ambas permanecieron estrechamente abrazadas mientras John las miraba.

John carraspeó sonoramente.

—Tú, ven aquí —le ordenó Holly sonriendo, y lo incluyó en el abrazo.

—Supongo que esto ha sido idea tuya —dijo Sharon, mirando a su marido.

—Qué va —contestó John, y le guiñó el ojo a Holly—. Me crucé con ella por la calle y me ofrecí a acompañarla...

—Sí, claro —ironizó Sharon, cogiendo del brazo a Holly para dirigirse hacia el coche—. Bueno, desde luego me has traído compañía —agregó sonriendo.

—¿Qué te han dicho? —preguntó Holly, inclinándose

entre los dos asientos desde la parte trasera del coche como una niña excitada—. ¿Qué es?

—Bueno, no vas a creerlo, Holly. —Sharon se volvió en el asiento tan nerviosa como su amiga—. El doctor me ha dicho... y le creo porque según parece es uno de los mejores... En fin, me ha dicho...

—¡Venga! —la apremió Holly, ansiosa por saberlo.

—¡Dice que es un bebé!

Holly puso los ojos en blanco.

—Oh, vamos. Lo que quiero saber es si es niño o niña.

—De momento es ello. Todavía no están seguros.

—Pero querrás saber qué será «ello» cuando puedan decírtelo, ¿no?

Sharon arrugó la nariz.

—No lo sé, la verdad.

Sharon miró a John y ambos sonrieron con complicidad. Holly sintió una previsible punzada de envidia y se retrepó en el asiento sin decir nada para que se le pasara. Los tres fueron a casa de Holly. Ella y Sharon no estaban dispuestas a separarse enseguida después de haberse reconciliado. Tenían mucho que contarse. Sentadas a la mesa de la cocina de Holly, recuperaron el tiempo perdido.

—Sharon, hoy Holly ha ido a una entrevista de trabajo —anunció John cuando por fin le dejaron hablar.

—¿En serio? ¡No sabía que ya estuvieras buscando trabajo!

—Es la nueva misión que me ha encomendado Gerry —explicó Holly, sonriendo.

—Vaya, ¿ése el mensaje de este mes? ¡Me moría de ganas de saberlo! ¿Y cómo te ha ido?

Holly torció el gesto y apoyó la cabeza en las manos.

—Ha sido horrible, Sharon. He hecho un ridículo espantoso.

—¿De verdad? —Sharon sonrió—. ¿En qué consistía el empleo?

—Vender espacio publicitario para la revista *X*.

—¡Uau, es muy buena! En el trabajo todos la leemos.

—A mí no me suena. ¿Qué clase de revista es? —preguntó John.

—Oh, hay un poco de todo: moda, deporte, cultura, comida, críticas... De todo, en realidad.

—Y anuncios —bromeó Holly.

—Bueno, no van a tener anuncios muy buenos si Holly Kennedy no trabaja para ellos —dijo Sharon con gentileza.

—Gracias, pero me temo que no voy a trabajar ahí.

—¿Por qué? ¿En qué te has equivocado durante la entrevista? No puedes haberlo hecho tan mal.

Sharon la miró intrigada mientras cogía la tetera.

—Qué quieres que te diga, me parece lamentable que cuando el entrevistador te pregunta si has trabajado en una revista o un periódico le digas que una vez publicaste un boletín informativo para una empresa de mierda. —Holly apoyó la cabeza en la mesa.

Sharon rompió a reír.

—¿Un boletín informativo? Espero que no te refirieras a aquella porquería de folleto que imprimiste en tu ordenador para anunciar aquel desastre de empresa.

John y Sharon se partían de risa.

—Al fin y al cabo, servía para anunciar la empresa...

Holly se sumó a las risas sintiéndose un tanto avergonzada.

—¿Te acuerdas? ¡Nos hiciste salir a todos a repartirlos por los buzones de las casas cuando llovía a cántaros y hacía un frío de miedo! ¡Tardamos días en distribuirlos!

—Yo sí me acuerdo —dijo John sin parar de reír—. ¿Recuerdas que una noche nos mandaste a Gerry y a mí a repartir cientos de folletos?

—Sí... —contestó Holly, temerosa de lo que iba a añadir John.

—Bueno, pues terminaron en el contenedor que hay detrás del pub de Bob y entramos a tomar unas cervezas. —Volvió a reír al recordarlo y Holly se quedó atónita.

—¡Vaya par de cabrones! —exclamó—. ¡Por vuestra culpa la empresa quebró y me quedé sin trabajo!

—Yo más bien diría que quebró en cuanto la gente vio aquellos folletos, Holly —terció Sharon, tomándole el pelo—. De todos modos, aquel sitio era un antro. Te quejabas todos los días.

—Como si fuese el único empleo del que se ha quejado Holly —bromeó John, no sin falta de razón.

—Sí, ya, pero no me habría quejado de éste —dijo Holly con tristeza.

—Hay un montón de empleos ahí fuera —le aseguró Sharon—, sólo te falta coger un poco de soltura en las entrevistas.

—Y que lo digas.

Holly clavó la cucharilla en el azucarero. Se quedaron callados un rato.

—Publicaste un boletín informativo —repitió John al cabo de unos minutos, echándose a reír otra vez.

—Cierra el pico —replicó Holly, avergonzada—. Oye, ¿qué otras cosas hicisteis tú y Gerry sin que yo me enterara? —inquirió.

—Ah, un verdadero amigo nunca revela secretos —bromeó John, y sus ojos brillaron con nostalgia.

Pero ya se había abierto una brecha. Y después de que Holly y Sharon amenazaran con torturarlo hasta sonsacarle alguna anécdota, aquella noche Holly se enteró de más cosas sobre su marido de las que jamás hubiese imaginado. Por primera vez desde que Gerry había fallecido, los tres pasaron la noche juntos riendo y Holly por fin aprendió a hablar sin reparo de su marido. Antaño solían reunirse los cuatro: Holly, Gerry, Sharon y John. En aquella ocasión sólo tres de ellos estaban juntos, recordando a quien habían perdido. Y gracias a su conversación estuvo vivo para ellos toda la noche. Pronto volverían a ser cuatro, cuando llegara el bebé de Sharon y John.

La vida continuaba.

36

Aquel domingo, Richard fue a visitar a Holly con los niños. Ella le había dicho que podía llevarlos a su casa cualquier día que le tocara verlos. Jugaban en el jardín mientras
Richard y Holly terminaban de cenar y los vigilaban por la
puerta del patio.

—Parecen realmente contentos, Richard —dijo Holly,
observándolos jugar.

—Sí, es verdad. —Richard sonrió y miró cómo se per-
seguían—. Quiero que todo sea lo más normal posible para
ellos. No acaban de comprender lo que está pasando y resulta difícil explicárselo.

—¿Qué les has dicho?

—Pues que mamá y papá ya no se quieren y que me he
mudado para que podamos ser más felices. Algo en esta línea.

—¿Y se han conformado?

Su hermano asintió parsimoniosamente.

—Timothy está bien pero a Emily le preocupa que dejemos de quererla porque entonces también tendrá que mu-
darse. —Miró a Holly con ojos tristes.

Pobre Emily, pensó Holly, al verla saltar de un lado a
otro aferrada a su horrible muñeca. No podía creer que
estuviera manteniendo aquella conversación con su hermano. De un tiempo a esta parte parecía una persona completamente distinta. O quizá fuese ella la que había cambiado;
ahora se mostraba más tolerante con él y le resultaba más
fácil pasar por alto sus comentarios desafortunados, que

seguían siendo frecuentes. Pero, por otra parte, ahora tenían algo en común. Ambos sabían de primera mano lo que era sentirse solo e inseguro de uno mismo.

—¿Cómo van las cosas en casa de papá y mamá?

Richard tragó un bocado de patata y asintió con la cabeza.

—Bien. Están siendo muy generosos.

—¿Ciara te molesta más de la cuenta?

Holly se sentía como si estuviera interrogando a su hijo tras regresar a casa después del primer día de colegio, deseosa por saber si los demás niños lo habían intimidado o lo habían tratado bien. Pero lo cierto era que últimamente se sentía la protectora de Richard. Ayudarlo le sentaba bien. La fortalecía.

—Ciara es... Ciara. —Richard sonrió—. Hay un montón de cosas en las que no coincidimos.

—Bueno, yo no me preocuparía por eso —dijo Holly, intentando pinchar un trozo de tocino con el tenedor—. La mayoría de la gente tampoco coincide con ella.

El tenedor por fin pinchó el tocino, que salió despedido del plato y cruzó la cocina hasta aterrizar en el mostrador del otro extremo.

—Para que luego digan que los cerdos no vuelan —comentó Richard mientras Holly iba a recoger el trozo de carne.

Holly rió.

—¡Oye, Richard, has hecho un chiste!

Richard se mostró complacido.

—También tengo mis buenos momentos, supongo —dijo encogiéndose de hombros—. Aunque seguro que crees que no abundan.

Holly volvió a sentarse, tratando de decidir cómo exponer lo que iba a decir.

—Todos somos distintos, Richard. Ciara es un poco excéntrica, Declan es un soñador, Jack es un bromista, yo... Bueno, yo no sé qué soy. Pero tú siempre has sido muy mesurado. Convencional y serio. No es forzosamente algo malo, simplemente somos distintos.

—Eres muy considerada —dijo Richard tras un prolongado silencio.

—¿Qué? —preguntó Holly, un tanto confusa. Para disimular su incomodidad se llenó la boca con otro bocado.

—Siempre he pensado que eras muy considerada —repitió Richard.

—¿Cuándo? —preguntó Holly, incrédula, con la boca llena.

—Bueno, no estaría sentado aquí cenando mientras los niños lo pasan en grande jugando en el jardín si no fueras considerada, pero en realidad me estaba refiriendo a cuando éramos pequeños.

—Me parece que te equivocas, Richard —dijo Holly, negando con la cabeza—. Jack y yo siempre andábamos haciéndote trastadas, éramos malvados —agregó en un susurro.

—Tú no eras siempre malvada, Holly. —Esbozó una sonrisa—. De todos modos, para eso están los hermanos, para hacerse la vida lo más difícil posible unos a otros mientras crecen. Te da una buena base para la vida, te hace más fuerte. Sea como fuere, yo era el hermano mayor mandón.

—¿Y eso me hace considerada? —preguntó Holly con la impresión de haber perdido el hilo.

—Tú idolatrabas a Jack. Ibas tras él todo el rato y hacías exactamente lo que te ordenaba. —Se echó a reír—. Yo solía oír cómo te decía lo que tenías que decirme y tú corrías a mi habitación aterrorizada, lo soltabas y salías pitando otra vez.

Holly miraba su plato, muerta de vergüenza. Ella y Jack siempre lo mortificaban.

—Pero luego siempre regresabas —prosiguió Richard—. Siempre volvías a colarte en mi cuarto en silencio y me observabas mientras trabajaba en mi escritorio, y yo sabía que ésa era tu manera de disculparte. —Volvió a sonreír—. Y eso te convierte en una persona considerada. Ninguno de nuestros hermanos tenía conciencia en aquella casa de locos. Ni siquiera yo. Tú eras la única que demostraba tener un poco de sensibilidad.

Richard siguió comiendo y Holly guardó silencio, tratando de asimilar la información que su hermano acababa de darle. No recordaba haber idolatrado a Jack, pero al pensar en ello supuso que Richard tenía razón. Jack era el hermano mayor divertido, enrollado y guapo, que tenía montones de amigos, y Holly solía suplicarle que la dejara jugar con ellos. Se dijo que quizá todavía sentía lo mismo por él (si la llamara en aquel momento para invitarla a salir, seguro que lo dejaría todo e iría, y no se había dado cuenta de ello hasta ahora). Sin embargo, últimamente pasaba mucho más tiempo con Richard que con Jack, que siempre había sido su hermano favorito. Gerry se había llevado mejor con él que con los demás. Era a Jack, y no a Richard, a quien Gerry llamaba para salir a tomar algo durante la semana, e insistía en sentarse a su lado en las reuniones familiares. No obstante, Gerry se había ido y aunque Jack la llamaba de vez en cuando, no lo veía con tanta frecuencia como antes. ¿Acaso Holly había puesto a Jack en un pedestal? De pronto cayó en la cuenta de que había estado disculpándolo cada vez que no iba a visitarla o no la llamaba tras haber dicho que lo haría. En realidad, había estado excusándolo desde la muerte de Gerry.

Sin embargo, Richard se las había ingeniado para proporcionarle dosis regulares de temas de reflexión. Lo observó quitarse la servilleta del cuello y no perdió detalle mientras la doblaba, formando un pequeño cuadrado con ángulos rectos perfectos. Richard solía ordenar obsesivamente cuanto hubiera en la mesa, de modo que todo quedara dispuesto según dictaban los cánones. Pese a todas sus buenas cualidades, que ahora había descubierto, sabía que sería incapaz de vivir con un hombre como él.

Ambos se sobresaltaron al oír un golpe sordo fuera y ver a la pequeña Emily tendida en el suelo hecha un mar de lágrimas ante la mirada asustada de Timmy. Richard se levantó de inmediato y salió corriendo.

—¡Se ha caído sola, papá, yo no he hecho nada! —oyó Holly que decía Timmy. Pobre Timmy. Holly puso los ojos en blanco cuando vio que Richard lo arrastraba cogido del brazo y le ordenaba que se quedara en un rincón y que reflexionara sobre lo que había hecho. Algunas personas nunca cambiarían de verdad, pensó con ironía.

Al día siguiente Holly saltaba de alegría por la casa, presa de un arrebato de éxtasis, mientras ponía por tercera vez el mensaje grabado en el contestador automático.

«Hola, Holly —decía un vozarrón grave—. Soy Chris Feeney de la revista *X*. Sólo llamaba para decirte que quedé muy impresionado con tu entrevista. Em... —Hizo una pausa—. En fin, normalmente no le diría esto a un contestador automático, pero sin duda te alegrará saber que he decidido darte la bienvenida como nuevo miembro del equipo. Me encantaría que comenzaras cuanto antes, así que llámame al número de siempre cuando tengas un momento y lo comentamos con más calma. Em... Adiós.»

Holly rodó por la cama, radiante de felicidad, y pulsó otra vez el botón de PLAY. Había apuntado a la Luna... ¡y había aterrizado en ella!

37

Holly contempló el alto edificio de estilo georgiano y se estremeció de emoción. Era su primer día de trabajo y presentía que se avecinaban buenos tiempos en aquel edificio. Estaba situado en el centro de la ciudad y las ajetreadas oficinas de la revista *X* se encontraban en la segunda planta, encima de un pequeño café. Holly había dormido muy poco la noche anterior debido a una mezcla de nervios y excitación; sin embargo, no sentía el mismo horror que antaño se apoderaba de ella antes de comenzar un nuevo trabajo. Había devuelto la llamada del señor Feeney de inmediato (después de escuchar su mensaje grabado otras tres veces) y luego había comunicado la noticia a sus familiares y amigos. Todos se alegraron muchísimo al enterarse y, justo antes de salir de casa aquella mañana, había recibido un hermoso ramo de flores de parte de sus padres felicitándola y deseándole suerte en su primer día.

Se sentía como si fuese el primer día de colegio y hubiese ido a comprar bolígrafos nuevos, una libreta nueva, una carpeta y una cartera nueva que le dieran aspecto de ser superinteligente. Pero si bien había rebosado entusiasmo cuando se sentó a desayunar también se había sentido triste. Triste porque Gerry no estuviera allí para compartir aquel comienzo. Solían realizar un pequeño ritual cada vez que Holly estrenaba empleo, cosa que sucedía con notable frecuencia. Gerry la despertaba llevándole el desayuno a la cama y luego preparaba su bolso con bocadillos de jamón y queso, una manzana, una bolsa de patatas fritas y una tableta de chocolate. Después la llevaba en coche al trabajo, le telefoneaba a la hora del almuerzo para ver si los demás niños de la oficina la trataban bien y pasaba a recogerla al final de la jornada para acompañarla a casa. Entonces se sentaban a cenar y Gerry escuchaba y reía mientras ella describía a los personajes de la nueva oficina y volvía a refunfuñar sobre lo mucho que detestaba tener que ir a trabajar. Ahora bien, solo hacían eso el primer día de trabajo, los demás días saltaban de la cama tarde como de costumbre, hacían carreras para ver quién se duchaba antes y luego vagaban por la cocina medio dormidos, mientras tomaban presurosamente una taza de café que les ayudara a espabilarse. Se despedían con un beso y cada cual se iba por su lado a cumplir con sus obligaciones. Y al día siguiente tres cuartos de lo mismo. Si Holly hubiese sabido que les quedaba tan poco tiempo, no se habría molestado en seguir aquella tediosa rutina día tras día...

Aquella mañana, sin embargo, el panorama había sido bien distinto. Despertó en una cama vacía, dentro de una casa vacía sin que nadie le preparara el desayuno. No tuvo que competir para ser la primera en utilizar la ducha y la cocina estaba en silencio, sin el ruido de los ataques de estornudos matutinos de Gerry. Holly se había permitido imaginar que, cuando despertara, Gerry estaría allí por obra de un milagro para acompañarla tal como mandaba la tradición, puesto que un día tan especial no sería completo sin él. Pero con la muerte no había excepciones que valieran. Ido significaba ido.

Antes de entrar en la oficina, Holly se miró para comprobar que no llevaba la bragueta abierta, que la chaqueta no se le hubiese remetido en los pantalones y que los botones de la blusa estuvieran bien abrochados. Satisfecha al ver que iba presentable, subió por la escalera de madera hasta su nueva oficina. Entró a la sala de espera y la secretaria, a quien reconoció del día de la entrevista, se levantó de su escritorio para recibirla.

—Hola, Holly —la saludó alegremente, dándole la mano—. Bienvenida a nuestra humilde morada.

Levantó las manos para mostrarle la sala. A Holly le había caído bien aquella mujer desde el primer momento. Aproximadamente de la misma edad que ella, tenía el pelo rubio y largo y un rostro que al parecer siempre estaba alegre y sonriente.

—Por cierto, me llamo Alice, y trabajo aquí fuera, en recepción, como bien sabes. Bueno, ahora mismo te acompaño a ver al jefe. Te está esperando.

—Dios, no he llegado tarde, ¿verdad? —preguntó Holly, mirando con preocupación la hora. Había salido de casa temprano para evitar los atascos, dándose un buen margen de tiempo para no llegar tarde el primer día.

—No, ni mucho menos —dijo Alice, conduciéndola al despacho del señor Feeney—. No hagas caso de Chris ni del resto de la tropa, son un atajo de adictos al trabajo. Los pobres no tienen vida personal. Te aseguro que a mí no me verás por aquí después de las seis.

Holly rió, pensando que Alice le recordaba a su ser anterior.

—Y no te sientas obligada a entrar temprano y quedarte hasta tarde sólo porque ellos lo hagan. Creo que en realidad Chris vive en su despacho, así que es inútil que intentes competir con él. Este hombre no es normal —agregó en voz alta mientras llamaba a la puerta y la invitaba a pasar.

—¿Quién no es normal? —preguntó el señor Feeney con brusquedad, levantándose del sillón y estirándose.

—Usted.

Alice sonrió y cerró la puerta a sus espaldas.

—¿Has visto cómo me trata mi personal? —El señor Feeney sonrió y se acercó a Holly, tendiéndole la mano para saludarla. Su apretón volvió a ser afectuoso y cordial.

A Holly le gustó la atmósfera que reinaba entre los empleados.

—Gracias por contratarme, señor Feeney —dijo Holly sinceramente.

—Puedes llamarme Chris, y no tienes que agradecerme nada. Bien, si me acompañas, te mostraré el lugar.

Chris pasó delante camino del vestíbulo. Las paredes estaban cubiertas por las portadas enmarcadas de todos los números de *X* que se habían publicado durante los últimos veinte años.

—En realidad no hay gran cosa que mostrar. Aquí tenemos la oficina de nuestras hormiguitas. —Abrió la puerta y Holly echó un vistazo a la enorme oficina. Había unos diez escritorios y la habitación estaba llena de personas sentadas delante de sus ordenadores hablando por teléfono. Levantaron la vista y saludaron cortésmente con la mano. Holly les sonrió, recordando lo importantes que eran las primeras impresiones—. Éstos son los maravillosos periodistas que me ayudan a pagar las facturas —explicó Chris—. Éste es John Paul, el redactor jefe de moda; Mary, nuestra experta en gastronomía, y Brian, Steven, Gordon, Aishling y Tracey. No es preciso que sepas lo que hacen, son unos vagos.

Rió y uno de los hombres le hizo un gesto obsceno con el dedo sin dejar de hablar por teléfono. Holly supuso que era uno de los hombres acusados de ser un vago.

—¡Atención todos, ésta es Holly! —gritó Chris, y todos sonrieron, volvieron a saludar con la mano y siguieron hablando por teléfono—. Los demás periodistas trabajan por cuenta propia, de modo que los verás poco por esta oficina —explicó Chris mientras la conducía a la habitación siguiente—. Aquí es donde se esconden los gansos de la informática. Te presento a Dermot y Wayne, que están a cargo de la maquetación y el diseño, de modo que trabajarás codo con codo con ellos y los mantendrás informados sobre dónde va cada anuncio. Chicos, ésta es Holly.

—Hola, Holly.

Ambos se levantaron, le estrecharon la mano y siguieron trabajando con los ordenadores.

—Los tengo bien entrenados —bromeó Chris, y volvió a dirigirse al vestíbulo—. Allí al fondo está la sala de juntas. Nos reunimos cada mañana a las nueve menos cuarto.

Holly iba asintiendo a todo lo que le decía y procuró recordar los nombres de las personas que le presentaba.

—Bajando esta escalera están los lavabos, y tu despacho.

Regresaron por donde habían venido y Holly le siguió, mirando entusiasmada las paredes. Aquello no se parecía a nada que hubiese vivido antes.

—Aquí tienes tu despacho —dijo Chris, abriendo la puerta y dejándola entrar primero.

Holly no pudo evitar sonreír al ver la pequeña habitación. Era la primera vez que tenía despacho propio. Había el espacio justo para que cupieran un escritorio y un archivador. Encima del escritorio había un ordenador y montones de carpetas y, frente al mismo, una librería abarrotada con más libros, carpetas y pilas de números atrasados. La enorme ventana georgiana cubría prácticamente toda la pared de detrás del escritorio y, pese a que fuera hacía frío y viento, la habitación se veía espaciosa y aireada.

—Es perfecto —le dijo a Chris, dejando el maletín encima del escritorio y mirando alrededor.

—Bien —dijo Chris—. El último tipo que trabajó aquí era extremadamente organizado y en todas esas carpetas encontrarás exactamente lo que tienes que hacer. Si tienes algún problema o alguna pregunta sobre lo que sea, no dudes en preguntarme. Estoy en la puerta de al lado. —Golpeó con los nudillos el tabique que separaba sus respectivos despachos—. No espero ningún milagro de ti, ya sé que eres nueva en esto, por eso cuento con que me hagas montones de preguntas. Nuestro próximo número sale la semana que viene, ya que lo sacamos el primer día de cada mes.

Holly abrió los ojos desorbitadamente. Tenía una semana para llenar una revista entera.

—No te preocupes. —Chris sonrió otra vez—. Quiero que te concentres en el número de noviembre. Familiarízate con la maqueta de la revista, seguimos la misma pauta todos los meses, de este modo sabrás qué tipo de anuncios van en cada clase de páginas. Es un montón de trabajo, pero si eres organizada y trabajas bien con el resto del equipo todo irá como una seda. Insisto, te pido que hables con Dermot y Wayne, ellos te pondrán al corriente de cómo es la maqueta estándar, y si necesitas que te hagan algo, pídeselo a Alice. Está ahí para ayudar a todo el mundo. —Hizo una pausa y miró alrededor—. Esto es lo que hay. ¿Alguna pregunta?

Holly negó con la cabeza.

—De momento no, creo que me lo ha contado todo.

—Muy bien, pues te dejo con lo tuyo.

Cerró la puerta al salir y Holly se sentó a su nuevo escritorio en su nuevo despacho. Se sentía un tanto intimidada ante su nueva vida. Aquél era el empleo más importante que jamás había tenido y a juzgar por lo que había visto tendría mucho que hacer, pero eso la alegraba. Necesitaba mantener la mente ocupada. Sin embargo, le había resultado imposible memorizar los nombres de todo el mundo, de modo que sacó su libreta y el bolígrafo y anotó los que recordaba. Abrió la primera carpeta y se puso manos a la obra.

Se enfrascó tanto en la lectura que al cabo de un buen rato se dio cuenta de que había olvidado por completo la pausa para almorzar. Al parecer nadie en la oficina había abandonado su puesto. En otros empleos, Holly solía dejar de trabajar al menos media hora antes del almuerzo para pensar qué iba a comer. Luego se marchaba con un cuarto de hora de antelación y regresaba con quince minutos de retraso debido al «tráfico», aunque en realidad fuese a almorzar a la vuelta de la esquina. Pasaba la mayor parte de la jornada soñando despierta, haciendo llamadas personales, sobre todo al extranjero, ya que no tenía que pagarlas, y siempre era la primera en la cola para recoger el cheque del salario mensual, que por lo general gastaba en cuestión de dos semanas.

Sí, aquél era muy distinto de sus empleos anteriores, pero lo cierto era que lo disfrutaba minuto a minuto.

—Vamos a ver, Ciara, ¿seguro que llevas el pasaporte? —preguntó la madre de Holly a su hija menor por tercera vez desde que habían salido de casa.

—Sí, mamá —respondió Ciara—. Te lo he dicho un millón de veces, lo llevo aquí.

—Enséñamelo —ordenó Elizabeth, volviéndose en el asiento del pasajero.

—¡No! No pienso enseñártelo. Tendrías que aceptar mi palabra, ya no soy una niña, ¿sabes?

Declan soltó un bufido y Ciara le arreó un codazo en las costillas.

—Tú cállate.

—Ciara, enséñale el pasaporte a mamá para que se quede tranquila —dijo Holly cansinamente.

—¡Muy bien! —vociferó Ciara, poniéndose el bolso en el regazo—. Aquí está. Mira, mamá... No, espera, en realidad no está aquí... No, en realidad puede que lo metiera aquí... ¡Oh, mierda!

—Cielo santo, Ciara —gruñó el padre de Holly, frenando en seco para dar media vuelta.

—¿Qué pasa? —replicó Ciara a la defensiva—. Lo metí aquí, papá, alguien tiene que haberlo cogido —refunfuñó vaciando el contenido del bolso.

—Joder, Ciara —se quejó Holly al caerle unas bragas en la cara.

—Bah, cállate de una vez —le espetó Ciara—. No vas a tener que aguantarme durante mucho tiempo.

Todos los ocupantes del coche guardaron silencio al darse cuenta de que era verdad. Sólo Dios sabía cuánto tiempo estaría Ciara en Australia y sin duda iban a echarla de menos, por más escandalosa e irritante que fuera.

Holly iba apretujada contra la ventanilla del asiento trasero junto con Declan y Ciara. Richard llevaba a Mathew y a Jack (haciendo caso omiso de las protestas de éste) y probablemente ya habían llegado al aeropuerto a aquellas alturas. Era la segunda vez que regresaban a casa, dado que Ciara había olvidado el aro de la suerte que se colgaba en la nariz y había exigido a su padre que diera media vuelta.

Finalmente llegaron al aeropuerto una hora después de haber salido cuando el trayecto no solía llevar más de veinte minutos.

—Por Dios, ¿qué os ha retrasado tanto? —se quejó Jack

a Holly cuando por fin entraron en el aeropuerto con cara de pocos amigos—. He pasado todo este rato a solas con Dick.

—Corta el rollo, Jack —dijo Holly—, tampoco hay para tanto.

—Vaya, veo que has cambiado de onda —bromeó Jack, fingiéndose sorprendido.

—En absoluto, es sólo que cantas la canción que no toca —replicó Holly, y fue a reunirse con Richard que estaba solo viendo la vida pasar.

—Cielo, ponte en contacto más a menudo esta vez, ¿de acuerdo? —pidió Elizabeth a su hija, abrazándola llorosa.

—Claro que sí, mamá. No llores, por favor, que no quiero llorar yo también.

A Holly se le hizo un nudo en la garganta y tuvo que esforzarse para contener las lágrimas. Ciara le había hecho mucha compañía durante los últimos meses y siempre había conseguido animarla cuando pensaba que su vida no podía ir peor. Añoraría a su hermana, pero comprendía que Ciara tenía que estar con Mathew. Era un buen tipo y se alegraba de que se hubiesen encontrado.

—Cuida de mi hermana —dijo Holly, poniéndose de puntillas para abrazar al imponente Mathew.

—No te preocupes, está en buenas manos —contestó Mathew, sonriendo.

—Te ocuparás de ella, ¿verdad? —Frank le dio una palmada en el hombro y sonrió. Mathew era lo bastante inteligente como para darse cuenta de que aquello era más una advertencia que una pregunta y le contestó de forma muy convincente.

—Adiós, Richard —dijo Ciara, dándole un fuerte abrazo—. Mantente alejado de la bruja de Meredith. Eres demasiado bueno para ella. —Ciara se volvió hacia Declan—. Ven a vernos cuando quieras, Dec. Podrás hacer una película o lo que sea sobre mí —dijo muy seria al benjamín de la familia, y le dio un fuerte abrazo.

—Jack, cuida de mi hermana mayor —dijo sonriendo

a Holly—. Uuuuy, cuánto voy a echarte de menos. —Apenada estrechó a Holly con fuerza.

—Yo también —respondió Holly con voz temblorosa.

—Bueno, me largo antes de que me contagiéis vuestra depresión y me eche a llorar —dijo tratando de parecer contenta.

—No sigas haciendo esos saltos con cuerda, Ciara. Son muy peligrosos —dijo Frank con aire preocupado.

—¡Se llama *puenting*, papá! —Ciara rió y besó a sus padres en la mejilla una vez más—. Descuida, seguro que descubro algo nuevo para probar —bromeó.

Holly guardó silencio junto a su familia, observando a Ciara y Mathew mientras éstos se alejaban cogidos de la mano. Incluso Declan tenía los ojos llorosos, aunque fingió que se debía a un estornudo.

—Levanta la vista a las luces, Declan. —Jack cogió a su hermano por los hombros—. Dicen que eso ayuda a estornudar.

Declan levantó la vista al techo y así evitó ver cómo se marchaba su hermana. Frank cogió a su mujer por la cintura mientras ésta se despedía con la mano sin cesar, las mejillas bañadas en lágrimas.

Todos rompieron a reír al dispararse la alarma cuando Ciara pasó el control de seguridad y le ordenaron que vaciara los bolsillos antes de cachearla.

—Cada puñetera vez —bromeó Jack—. Es asombroso que le permitieran entrar en el país.

Volvieron a despedirse con la mano mientras Ciara y Mathew se alejaban hasta que el pelo rosa se perdió de vista entre la multitud.

—Muy bien —dijo Elizabeth, enjugándose las lágrimas—. ¿Por qué el resto de mis hijos no se viene a casa y almorzamos todos juntos?

Todos aceptaron al ver lo alterada que estaba su madre.

—Esta vez te dejo ir con Richard —dijo Jack con picardía a Holly y se marchó con el resto de la familia, dejándolos allí, un tanto desconcertados.

—¿Qué tal tu primera semana en el trabajo, cariño? —preguntó Elizabeth a Holly mientras todos almorzaban en la casa familiar.

—Me encanta, mamá —dijo Holly y sus ojos se iluminaron—. Es mucho más interesante y motivador que cualquiera de los otros empleos que he tenido, y todo el personal es muy simpático. Hay muy buen ambiente —agregó llena de felicidad.

—A la larga eso es lo más importante, ¿verdad? —dijo Frank, complacido—. ¿Cómo es tu jefe?

—Un encanto. Me recuerda mucho a ti, papá. Cada vez que lo veo me vienen ganas de darle un abrazo y un beso.

—Eso suena a acoso sexual en el trabajo —bromeó Declan, y Jack se rió por lo bajo.

Holly puso los ojos en blanco.

—¿Vas a hacer otro documental este año, Declan? —preguntó Jack.

—Sí, sobre la falta de vivienda —contestó él con la boca llena.

—Declan —reconvino Elizabeth, arrugando la nariz—, no hables con la boca llena.

—Perdón —dijo Declan y escupió la comida al plato.

Jack rompió a reír y por poco se atraganta con la comida mientras el resto de la familia apartó la vista de Declan con asco.

—¿Qué has dicho que estabas haciendo, hijo? —preguntó Frank para evitar una discusión familiar.

—Estoy haciendo un documental sobre las personas sin techo para la facultad.

—Ah, muy bien —respondió antes de retirarse a su universo particular.

—¿A qué miembro de la familia vas a usar como sujeto esta vez? ¿A Richard? —inquirió Jack maliciosamente.

Holly golpeó el plato con los cubiertos.

—Eso no tiene gracia, tío —dijo Declan con tono muy serio, sorprendiendo a Holly.

—¿Por qué estáis todos tan susceptibles últimamente?

—preguntó Jack, mirando alrededor—. Sólo ha sido una broma.

—Muy poco graciosa, Jack —dijo Elizabeth severamente.

—¿Qué ha dicho? —preguntó Frank a su esposa tras salir de su trance.

Elizabeth negó con la cabeza y Frank comprendió que más valía no volver a preguntar.

Holly observó a Richard, que estaba sentado a la cabecera de la mesa comiendo en silencio. Se le partió el corazón. No se merecía aquello, y o bien Jack estaba siendo más cruel que de costumbre o, por el contrario, aquello era la norma y ella había sido una estúpida por encontrarlo divertido hasta entonces.

—Perdona, Richard. Sólo era una broma —se excusó Jack.

—No pasa nada, Jack.

—¿Ya has encontrado trabajo?

—No, todavía no.

—Es una lástima —dijo Jack secamente y Holly lo fulminó con la mirada. ¿Qué demonios le pasaba?

Elizabeth recogió con calma sus cubiertos y el plato y se fue en silencio a la sala de estar, donde encendió el televisor y terminó de comer en paz.

Sus «dos geniecillos» ya no conseguían hacerla reír.

38

Holly tamborileaba con los dedos sobre el escritorio y miraba por la ventana. La semana le estaba pasando volando en el trabajo. No sabía que fuese posible disfrutar tanto trabajando. Había permanecido en el despacho a la hora de almorzar e incluso se había quedado hasta tarde algunos días, y por el momento aún no tenía ganas de dar un puñetazo en los morros a ninguno de sus compañeros. Aunque sólo llevaba tres semanas allí, había que darle tiempo. Lo mejor de todo era que se encontraba muy a gusto con sus colegas. Las únicas personas con quienes tenía verdadero contacto eran Dermot y Wayne, los tipos de maquetación y diseño. En la oficina reinaba un ambiente desenfadado y a menudo oía a unos y otros gritarse bromas de un despacho a otro. Siempre lo hacían de buen humor y Holly estaba encantada.

También le encantaba sentirse parte del equipo, como si verdaderamente estuviera haciendo algo que tuviera un impacto real en el producto acabado. Pensaba en Gerry a diario. Cada vez que cerraba un trato le daba las gracias, le agradecía que la hubiese empujado hasta la cima. Aun así, todavía tenía días horribles en los que no se sentía merecedora de levantarse de la cama. Pero el entusiasmo que le suscitaba el trabajo la estimulaba para seguir adelante.

Oyó que Chris conectaba la radio en el despacho contiguo y sonrió. A cada hora en punto sintonizaba las noticias. Y todas ellas se filtraban en el cerebro de Holly, que no se había sentido tan inteligente en toda su vida.

—¡Eh! —gritó Holly, golpeando la pared—. ¡Apaga eso! ¡Algunos de nosotros estamos intentando trabajar!

Le oyó reír y sonrió. Volvió a concentrarse en su trabajo; un colaborador había escrito un artículo sobre el viaje que había realizado por toda Irlanda en busca de la jarra de cerveza más barata del país y lo cierto era que tenía gracia. Quedaba un hueco muy grande a pie de página y era tarea de Holly llenarlo. Comenzó a hojear la libreta de contactos y de repente tuvo una idea. Cogió el teléfono y marcó un número.

—Hogan's.

—Hola, con Daniel Connelly, por favor.

—Un momento.

Los malditos Greensleeves otra vez. Bailó por la habitación al ritmo de la música mientras aguardaba. Chris entró, le echó un vistazo y volvió a cerrar la puerta. Holly sonrió.

—¿Diga?

—¿Daniel?

—Sí.

—Hola, soy Holly.

—¿Cómo estás, Holly?

—Estupendamente, gracias. ¿Y tú?

—No podría estar mejor.

—Eso es una bonita queja.

Daniel rió e inquirió:

—¿Cómo te va en tu flamante empleo?

—Bueno, en realidad por eso te llamo —confesó Holly con tono de culpa.

—¡Oh, no! —exclamó Daniel—. La nueva política de la casa comprende el no contratar a ningún Kennedy más.

Holly rió tontamente.

—Joder, con las ganas que tenía de arrojar bebidas a los clientes.

Daniel rió y luego dijo:

—En fin, ¿qué te cuentas?

—¿Es posible que una vez te oyera decir que tenías que anunciar más el Club Diva?

Bueno, en realidad él creía que se lo estaba diciendo a Sharon, pero Holly supuso que no recordaría ese detalle.

—Recuerdo haberlo dicho, sí.

—¿Y no te gustaría anunciarlo en la revista *X* ?

—¿Es la revista para la que trabajas?

—No, simplemente se me ha ocurrido que sería una pregunta interesante, eso es todo —bromeó Holly—. ¡Claro que es donde trabajo!

—¡Ah, por supuesto, lo había olvidado, es esa revista que tiene las oficinas justo a la vuelta de la esquina! —dijo Daniel con sarcasmo—. La que hace que pases por delante de mi puerta cada día sin que aún te hayas dignado entrar. ¿Por qué nunca te veo a la hora del almuerzo? —agregó irónicamente—. ¿Acaso mi pub no es lo bastante bueno para ti?

—Es que aquí todos almuerzan en sus despachos —explicó Holly—. ¿Qué te parece?

—Me parece que sois una panda de aburridos.

—No, me refiero a lo del anuncio.

—Sí, claro, es una buena idea.

—Perfecto. Lo pondré en el número de noviembre. ¿Te gustaría publicarlo mensualmente?

—¿Te importaría decirme cuánto me costaría? —inquirió Daniel.

Holly hizo sus cálculos y le dijo una cantidad.

—Hmmm... —musitó Daniel, meditando—. Tendré que pensarlo pero para el número de noviembre seguro.

—¡Es fantástico! Te harás millonario cuando lo imprimamos.

—Eso espero. —Daniel rió—. Por cierto, la semana que viene montamos una fiesta para el lanzamiento de una nueva bebida. ¿Puedo apuntarte en la lista de invitados?

—Sí, te lo agradezco. ¿Qué bebida es ésa?

—Se llama Blue Rock. Es un nuevo refresco de la casa Alco que al parecer será un bombazo. Tiene un sabor asqueroso, pero será gratis toda la noche, así que yo invito a las rondas.

—Vaya, a eso lo llamo hacer buena propaganda —dijo

Holly—. ¿Cuándo será? —Sacó la agenda para anotarlo—. Perfecto, puedo ir directamente cuando salga del trabajo.

—Pues en ese caso llévate el biquini a la oficina.

—¿Que me lleve qué?

—El biquini —repitió Daniel—. Será una fiesta playera.

—Estás chiflado. ¡Si es pleno invierno!

—Oye, que la idea no es mía. El eslogan dice «Blue Rock, la nueva bebida rompehielos».

—Joder, menuda horterada —rezongó Holly.

—Y menudo follón. Vamos a cubrir todo el suelo con arena. Será una pesadilla limpiarlo después. En fin, ahora tengo que volver al trabajo, esto está de bote en bote hoy.

—De acuerdo. Muchas gracias, Daniel. Piensa lo que quieres que diga el anuncio y llámame.

—Así lo haré.

Holly colgó y se quedó reflexionando un momento. Finalmente se levantó y fue al despacho de Chris con una idea en mente.

—¿Ya has terminado de bailar? —preguntó Chris, riendo entre dientes.

—Sí, me he inventado unos pasos. He venido a enseñártelos —bromeó Holly.

—¿Cuál es el problema? —dijo Chris mientras terminaba lo que estaba escribiendo y se quitaba las gafas.

—No es un problema, sino una idea.

—Siéntate.

Indicó la silla con el mentón. Hacía sólo tres semanas que se había sentado para la entrevista y ahora allí estaba proponiendo ideas a su nuevo jefe. Resultaba curioso que la vida cambiara tan rápido, aunque por otra parte eso ya lo había aprendido...

—¿De qué se trata?

—Veamos, ¿conoces el pub Hogan's que está a la vuelta de la esquina?

Chris asintió con la cabeza.

—Bien, acabo de hablar con el propietario y va a poner un anuncio en la revista.

—Eso está muy bien, pero espero que no vengas a informarme cada vez que llenes un hueco... Podríamos pasarnos un año aquí dentro.

Holly hizo una mueca.

—No es eso, Chris. El caso es que me ha contado que van a celebrar una fiesta para lanzar una nueva bebida llamada Blue Rock. Un refresco de la casa Alco. Será una fiesta playera, todo el personal irá en biquini y cosas por el estilo.

—¿En pleno invierno? —Chris arqueó las cejas.

—Al parecer es la nueva bebida rompehielos.

Chris puso los ojos en blanco.

—Hortera.

Holly sonrió.

—Es lo mismo que yo he dicho. Pero aun así se me ha ocurrido que quizá valdría la pena informarse y cubrir el evento. Ya sé que las ideas hay que proponerlas en las reuniones, pero esto va a ser muy pronto.

—Comprendo. Es una gran idea, Holly. Pondré a uno de los muchachos a trabajar en ello.

Holly esbozó una sonrisa y se levantó de la silla.

—Por cierto, ¿ya te han arreglado el jardín?

Chris frunció el entrecejo.

—Han ido a verlo unas diez personas distintas. Dicen que me costará unos seis mil.

—¡Uau, seis mil! Eso es mucho dinero.

—Bueno, es un jardín muy grande, así que supongo que no se equivocan.

—¿A cuánto sube el presupuesto más bajo?

—Cinco quinientos. ¿Por qué?

—Porque mi hermano te lo haría por cinco —dijo de sopetón.

—¿Cinco? —Los ojos casi se le salieron de las órbitas—. Es lo más barato que he oído hasta ahora. ¿Es bueno?

—¿Recuerdas que te dije que mi jardín era una jungla?

Chris asintió con la cabeza.

—Bien, pues ya no lo es. Ha hecho un trabajo excelente. La única pega es que trabaja solo y, por consiguiente, le lleva más tiempo.

—Por ese precio me da igual lo que tarde. ¿Tienes su tarjeta por casualidad?

—Eh... sí. Enseguida te la traigo.

Cogió una cartulina de la mejor calidad del despacho de Alice, escribió el nombre y el número de móvil de Richard con una tipografía elegante y la imprimió. La cortó con forma de rectángulo para que pareciera una tarjeta.

—Estupendo —dijo Chris, leyéndola—. Creo que voy a llamarlo ahora mismo.

—No, no —se apresuró a decir Holly—. Te será más fácil encontrarlo mañana. Hoy está hasta las cejas.

—Como tú digas. Gracias, Holly. —Holly se dirigió hacia la puerta y se detuvo al oír que Chris le decía—: Por cierto, ¿qué tal escribes?

—Es una de las cosas que aprendí en el colegio.

Chris se echó a reír.

—¿Aún estás a ese nivel?

—Bueno, siempre podría comprar un diccionario de ideas afines.

—Bien, porque necesito que cubras esa fiesta de lanzamiento del martes.

—¿Qué?

—No puedo mandar a ninguno de los chicos con tan poca antelación y yo tampoco puedo hacerlo, así que tengo que confiar en ti. —Revolvió unos papeles de encima del escritorio—. Enviaré a uno de los fotógrafos contigo, que saque unas cuantas fotos de la arena y los biquinis.

—Oh... muy bien. —El corazón de Holly latió con mucha fuerza.

—¿Qué te parecen ochocientas palabras?

Imposible, pensó. Que ella supiera, su vocabulario constaba de unas cincuenta palabras.

—Perfecto —contestó con seguridad, y salió del despacho. Mierda, mierda, mierda, mierda, se dijo. ¿Cómo diablos iba a lograrlo? Si ni siquiera dominaba la ortografía.

Cogió el teléfono y pulsó el botón de rellamada.

—Hogan's.

—Con Daniel Connelly, por favor.

—Un momento.

—No me ponga... —Comenzaron a sonar los Greensleeves—. En espera.

—¿Diga?

—Daniel, soy yo —dijo con premura.

—¿Alguna vez me dejarás en paz? —inquirió Daniel, tomándole el pelo.

—No. Necesito ayuda.

—Ya lo sé, pero no estoy cualificado para eso.

—Hablo en serio. He comentado lo de ese lanzamiento con mi editor y quiere que lo cubra yo.

—Fabuloso. ¡Entonces ya puedes olvidarte del anuncio! —bromeó Daniel.

—No, de fabuloso nada. Quiere que lo escriba yo.

—Me alegro por ti, Holly.

—¿No lo entiendes, Daniel? ¡No sé escribir!

—¿De veras? Era una de las asignaturas más importantes en mi colegio.

—Daniel, por favor, que esto va en serio...

—De acuerdo. ¿Qué quieres que haga?

—Necesito que me cuentes absolutamente todo lo que sepas sobre esa bebida y el lanzamiento, para que pueda comenzar a escribir enseguida y así tener unos días de margen para preparar el artículo.

—¡Sí, un momento, señor! —gritó Daniel, apartándose del teléfono—. Oye, Holly, ahora no puedo entretenerme.

—Por favor —lloriqueó Holly.

—Escucha, ¿a qué hora sales de trabajar?

—A las seis. —Cruzó los dedos y rezó para que la ayudara.

—De acuerdo, ¿por qué no te pasas por aquí a las seis y te llevo a cenar a alguna parte?

—Oh, muchísimas gracias, Daniel. —Se puso a dar brincos de alegría por el despacho—. ¡Eres un cielo!

Colgó el teléfono y suspiró aliviada. Después de todo quizás aún tuviera una oportunidad de redactar el artículo y de paso conservar el empleo.

De repente se quedó inmóvil al repasar mentalmente la conversación.

¿Acababa de aceptar una cita con Daniel?

39

Holly no logró concentrarse durante la última hora de trabajo. Miraba el reloj continuamente, deseosa de que el tiempo pasara más despacio. Por una vez ocurría exactamente lo contrario. ¿Por qué no iba así de rápido cuando aguardaba para abrir uno de los mensajes de Gerry? Por enésima vez aquel día, abrió el bolso para comprobar de nuevo que el mensaje siguiera bien guardado en el bolsillo interior. Como era el último día del mes había decidido llevarse el sobre de octubre a la oficina. No sabía muy bien por qué, pues no tenía intención de trabajar hasta medianoche, y lo normal hubiese sido esperar a volver a casa para abrirlo. Sin embargo, cuando por la mañana se fue a trabajar estaba tan nerviosa que no se vio con ánimos de dejarlo en la mesa de la cocina. Aquel sobre la intrigaba aún más que los anteriores porque era un poco más abultado. Además, de este modo sentía a Gerry más cerca de ella. Sólo faltaban unas horas para volver a reunirse con él y, si bien deseaba que el reloj avanzara más deprisa para poder leerlo, también le daba pavor la cena con Daniel.

A las seis en punto oyó que Alice desconectaba su ordenador y bajaba taconeando por la escalera de madera hacia la libertad. Holly sonrió al recordar que aquello era exactamente lo que ella solía hacer antaño. Aunque las cosas eran muy distintas cuando tenías un marido guapo esperando en casa. Si ella aún tuviera a Gerry, estaría corriendo con Alice hacia la puerta.

Oyó a algunos otros recoger sus cosas y rezó para que Chris entrara a dejar un montón de trabajo sobre su escritorio que la obligara a trabajar hasta tarde y cancelar la cena con Daniel. Ella y Daniel habían salido juntos millones de veces, así que ¿por qué estaba tan preocupada ahora? Sin embargo, había algo que la inquietaba en el fondo de su mente, sentía algo extraño en el estómago cuando oía la voz de Daniel por teléfono, lo que hacía que la incomodara la idea de verlo. Se sentía tan culpable y avergonzada por salir con él que trató de convencerse de que sólo se trataba de una cena de trabajo. En realidad, cuanto más lo pensaba más se concienciaba de que no era más que eso. Pensó en cómo se había convertido en una de esas personas que comentan asuntos de trabajo durante una cena. Usualmente, los únicos asuntos que comentaba durante una cena eran los hombres y la vida en general con Sharon y Denise, o sea asuntos de chicas.

Apagó sin prisas el ordenador y guardó lo preciso en su maletín con suma meticulosidad. Todo lo hacía con parsimonia, como si así pudiera evitar cenar con Daniel. Se golpeó la cabeza... era una cena de trabajo.

—Eh, sea lo que sea, seguro que no hay para tanto —dijo Alice, asomándose a su puerta. Holly se sobresaltó.

—Jesús, Alice, no te había visto.

—¿Va todo bien?

—Sí —contestó Holly con tono vacilante—. Es sólo que tengo que hacer algo que en realidad no quiero hacer. Aunque en cierto modo sí quiero, lo que no hace más que reafirmarme que no quiero hacerlo porque parece que esté mal aunque en realidad está bien. ¿Entiendes?

Miró a Alice, que lógicamente estaba perpleja.

—Y yo que creía que me pasaba de la raya al analizar las cosas.

—No me hagas caso. —Holly se reanimó—. Estoy perdiendo el juicio.

—Pasa en las mejores familias —apuntó Alice, sonriendo.

—¿Qué haces otra vez aquí? —preguntó Holly al recordar que la había oído marcharse un rato antes—. ¿Es que no te atrae la libertad?

—Olvidé que tenemos una reunión a las seis —dijo Alice, poniendo los ojos en blanco.

—Vaya. —Holly se sintió un tanto decepcionada. Nadie la había avisado de aquella reunión, aunque tampoco era tan extraño, puesto que no asistía a todas. Sin embargo, sí era raro que Alice asistiera a una sin que la invitaran a ella.

—¿Es sobre algo interesante? —Fisgoneó procurando fingir desinterés mientras acababa de ordenar el escritorio.

—Es la reunión de astrología.

—¿Reunión de astrología?

—Sí, la celebramos cada mes.

—Ah, ¿y se supone que debo asistir o no estoy invitada?

Intentó no parecer frustrada pero fracasó estrepitosamente, lo que no hizo sino aumentar su vergüenza.

Alice rió.

—Claro que estás invitada, Holly. Iba a pedirte que vinieras, por eso estoy en la puerta de tu despacho.

Holly soltó el maletín sintiéndose estúpida y siguió a Alice hasta la sala de juntas, donde el resto del personal aguardaba sentado.

—Atención todos, ésta es la primera reunión de astrología a la que acude Holly, así que démosle la bienvenida —anunció Alice.

Holly tomó asiento mientras los demás aplaudían en broma la incorporación de un nuevo miembro a la mesa. Chris se dirigió a Holly:

—Holly, sólo quiero que sepas que no tengo absolutamente nada que ver con esta tontería y me disculpo de antemano porque te veas envuelta en ella.

—Corta el rollo, Chris.

Tracey hizo un ademán a su jefe y, provista de un bloc de notas y un bolígrafo, se sentó a la cabecera de la mesa.

—Muy bien, ¿quién quiere empezar este mes?

—Empecemos por Holly —dijo Alice con generosidad.

Holly miró alrededor, desconcertada.

—Pero Holly no tiene idea de lo que estamos haciendo.

—Veamos, ¿cuál es tu signo del zodiaco?

—Tauro —contestó Holly.

Todos se deshicieron en exclamaciones y Chris apoyó la cabeza en las manos fingiendo que no se divertía.

—Fantástico —dijo Tracey muy contenta—. Nunca habíamos tenido un Tauro hasta ahora. Bien, ¿estás casada o sales con alguien o vives sola?

Holly se sonrojó al ver que Brian le guiñaba el ojo y que Chris le sonreía alentadoramente. Su jefe era el único de la mesa que sabía lo de Gerry. De pronto reparó en que era la primera vez que tenía que responder a aquella pregunta desde que Gerry había muerto y se sintió un tanto insegura.

—Bueno... no, en realidad no salgo con nadie, pero...

—Perfecto —dijo Tracey, comenzando a escribir—. Este mes Tauro deberá buscar a alguien alto, moreno y guapo y... —Se encogió de hombros y levantó la vista—. ¿Alguna idea?

—Porque tendrá un gran impacto sobre su futuro —terció Alice.

Brian volvió a guiñarle el ojo. Obviamente le divertía que él también fuese alto y moreno, y obviamente estaba ciego si creía que era guapo. Holly se estremeció y desvió la mirada.

—Bien, la cuestión profesional es fácil —prosiguió Tracey—. Tauro estará ocupada y satisfecha con la cantidad de trabajo que se le avecina. El día de la suerte será... —Lo pensó un momento—. Un martes, y el color de la suerte... el azul —decidió tras fijarse en el color de la blusa de Holly—. ¿Quién es el siguiente?

—Espera un momento —interrumpió Holly—. ¿Esto es mi horóscopo para el próximo mes? —preguntó impresionada.

Todos los presentes se echaron a reír.

—¿Hemos despedazado tus sueños? —bromeó Gordon.

—Por completo —admitió Holly, decepcionada—. Me encanta leer los horóscopos. Decidme que todas las revistas no lo hacen así, por favor —suplicó.

Chris negó con la cabeza.

—No, no todas las revistas lo hacen así, Holly. Algunas se limitan a contratar personas con el talento preciso para inventárselo por su cuenta sin implicar al resto de la oficina. —Fulminó con la mirada a Tracey.

—Ja, ja, Chris —dijo Tracey secamente.

—¿Entonces no eres vidente, Tracey? —preguntó Holly, apenada.

Tracey negó con la cabeza.

—No, no soy vidente, pero se me dan bien los consultorios sentimentales y los crucigramas, muchas gracias.

Tracey miró con acritud a Chris, que respondió moviendo los labios para que leyera la palabra «uau».

—Vaya, pues me he quedado sin horóscopos —bromeó Holly, y se retrepó en la silla, un tanto abatida.

—Muy bien, Chris, te toca. Este mes Géminis trabajará más de la cuenta, nunca saldrá de la oficina y se alimentará de comida basura. Es preciso que busque cierto equilibrio en su vida.

Chris miró hacia el techo.

—Escribes lo mismo cada mes, Tracey —le reprochó.

—Bueno, mientras no cambies de estilo de vida no puedo cambiar lo que hará Géminis, ¿no? Además, no he recibido ninguna queja hasta ahora.

—¡Yo me estoy quejando! —exclamó Chris.

—Pero tú no cuentas porque no crees en los signos del zodiaco.

—Y me pregunto por qué. —Chris se echó a reír.

Siguieron con los signos zodiacales de los demás y finalmente Tracey se rindió a las exigencias de Brian de que Leo fuera deseado por el sexo opuesto todo el mes y le tocara la lotería. ¿Cuál sería el signo de Brian? Holly miró la hora y vio que llegaba tarde a su cita de trabajo con Daniel.

—Vaya, perdonadme pero tengo que marcharme —dijo excusándose.

—Tu hombre alto, moreno y guapo te espera —dijo Alice con una risita—. Mándamelo a mí si tú no lo quieres.

Holly salió a la calle y el corazón le dio un brinco al ver

que Daniel venía a su encuentro. Los meses frescos de otoño habían llegado y Daniel volvía a llevar su chaqueta negra de piel y pantalones tejanos. Tenía el pelo negro revuelto y una sombra de barba le cubría el mentón, así que presentaba aquel aspecto tan característico de acabar de levantarse de la cama. Holly tuvo un retortijón de estómago y miró hacia otra parte.

—¡Te lo dije! —exclamó Tracey al salir del edificio a espaldas de Holly, y se dirigió presurosa y feliz calle abajo.

—Lo siento mucho, Daniel —se disculpó Holly—. Estaba en una reunión y no podía llamar —mintió.

—No te preocupes, seguro que era importante. —Daniel le sonrió y Holly se sintió culpable al instante. Aquél era Daniel, su amigo, no un tipo al que tuviera que evitar. ¿Qué demonios le estaba pasando?

—¿Dónde te gustaría ir? —preguntó Daniel.

—¿Qué tal aquí mismo? —dijo Holly, mirando a la cafetería de la planta baja del edificio donde trabajaba. Quería ir al lugar menos íntimo y más informal posible.

Daniel arrugó la nariz.

—Estoy demasiado hambriento para eso, si no te importa. No he probado bocado en todo el día.

Fueron paseando y Holly propuso todas las cafeterías que encontraron a su paso sin que Daniel se decidiera a entrar en ninguna de ellas. Finalmente se conformó con un restaurante italiano al que Holly no pudo negarse. No porque le apeteciera entrar, sino porque no quedaba ningún otro sitio al que ir después de que ella hubiese desestimado todos los demás restaurantes oscuros de ambiente romántico y Daniel se hubiese negado a comer en ninguna de las cafeterías informales y bien iluminadas.

Dentro reinaba un ambiente tranquilo, con sólo unas pocas mesas ocupadas por parejas que se miraban encandiladas a los ojos a la luz de las velas. Cuando Daniel se levantó para quitarse la chaqueta, Holly aprovechó para apagar la vela de su mesa. Daniel llevaba una camisa azul oscuro que hacía que sus ojos parecieran brillar en la penumbra del restaurante.

—Te ponen enferma, ¿verdad? —preguntó Daniel, siguiendo la mirada de Holly hasta una pareja del otro extremo de la sala que se estaba besando por encima de la mesa.

—En realidad no —dijo Holly con aire pensativo—. Me ponen triste.

Daniel no reparó en el comentario, ya que estaba leyendo el menú.

—¿Qué vas a tomar?

—Tomaré una ensalada César.

—Las mujeres y vuestras ensaladas César... —bromeó Daniel—. ¿No tienes hambre?

—No mucha. —Negó con la cabeza y se sonrojó porque su estómago tembló sonoramente.

—Creo que ahí abajo hay alguien que no está de acuerdo contigo. —Daniel rió—. Parece que nunca comas, Holly Kennedy.

«Eso es cuando estoy contigo», pensó Holly, que no obstante dijo:

—Lo único que pasa es que no tengo mucho apetito.

—Ya, bueno, yo he visto conejos que comen más que tú —bromeó Daniel.

Holly procuró encauzar la conversación a terreno seguro y pasaron la velada charlando sobre la fiesta de lanzamiento. No estaba de humor para hablar de sus sentimientos y pensamientos íntimos aquella noche; ni siquiera estaba segura de cuáles eran en aquel momento. Daniel había tenido la amabilidad de llevarle una copia del comunicado de prensa para que ella lo leyera con antelación y pudiera ponerse a trabajar lo antes posible. También le dio una lista de números de teléfono de las personas que trabajaban en Blue Rock, de modo que Holly pudiera incluir algunas declaraciones. Su ayuda fue muy valiosa, ya que le aconsejó cómo enfocar el evento y con quién debía hablar para recabar más información. Holly salió del restaurante mucho más tranquila ante la idea de escribir el artículo. Sin embargo, la asustaba el hecho de sentirse tan incómoda en compañía de un hombre al que consideraba únicamente su amigo. Para colmo, seguía muerta de hambre tras haber comido unas pocas hojas de lechuga.

Salió a la calle a tomar el fresco mientras Daniel pagaba la cuenta con la caballerosidad de costumbre. Sin duda era un hombre muy generoso, y Holly se alegraba de ser su amiga. Lo que ocurría era que no le parecía apropiado cenar en un pequeño restaurante íntimo con alguien que no fuese Gerry. La hacía sentir mal. En aquel instante debería estar en casa sentada a la mesa de la cocina, esperando a que dieran las doce para abrir la carta de Gerry correspondiente al mes de octubre.

Se quedó atónita e intentó ocultar el rostro al descubrir a una pareja a quien no quería ver avanzando hacia ella por la acera. Se agachó para fingir que se ataba el cordón del zapato, pero resultó que llevaba puestas sus botas de cremallera y terminó alisando los bajos del pantalón, sumamente avergonzada.

—¿Holly, eres tú? —oyó preguntar a una voz conocida.

Miró los dos pares de zapatos que tenía delante y levantó poco a poco la vista hasta mirarlos a los ojos.

—¡Hola! —procuró mostrarse sorprendida mientras se incorporaba.

—¿Cómo estás? —preguntó la mujer, dándole un abrazo cortés—. ¿Qué haces aquí fuera con este frío?

Holly rezó para que Daniel se demorara un rato más en el interior.

—Bueno... acabo de comer algo aquí —musitó con una sonrisa vacilante, y señaló el restaurante.

—Vaya, nosotros vamos a entrar ahora —dijo el hombre, sonriendo—. Lástima que no hayamos llegado antes, podríamos haber cenado juntos.

—Sí, es una lástima...

—Bueno, te felicito de todos modos —dijo la mujer, dándole unas palmaditas en la espalda—. Es bueno que salgas y hagas cosas por tu cuenta.

—Verás, en realidad... —Miró otra vez hacia la puerta, rogando que no se abriera—. Sí, es agradable...

—¡Por fin te encuentro! —exclamó Daniel, sonriendo al salir del restaurante—. Ya creía que te habías escapado. —Apoyó el brazo en los hombros de Holly.

Holly trató de sonreír y se volvió hacia la pareja.

—Oh, perdón, no les había visto —se disculpó Daniel.

La pareja lo miró impávida.

—Eh... Daniel, ellos son Judith y Charles. Los padres de Gerry.

40

Holly apretó con fuerza el claxon de su coche y maldijo al conductor que tenía delante. Estaba hecha una furia. La sacaba de quicio que la hubiesen sorprendido en aquella situación supuestamente comprometida. Pero aún estaba más enojada consigo misma por sentir que en el fondo sí lo era, puesto que en realidad había disfrutado mucho en compañía de Daniel durante toda la velada. Y no debía haber disfrutado con algo que no le parecía bien, aunque en aquel momento no fuese consciente de ello.

Se llevó la mano a la cabeza y se dio un masaje en las sienes. Tenía jaqueca y volvía a dar vueltas a las cosas más de la cuenta. Por si fuera poco, el maldito tráfico estaba volviéndola loca mientras conducía de regreso a casa. Pobre Daniel, pensó apenada. Los padres de Gerry habían sido muy groseros con él. Habían dado por zanjada la conversación al instante, entrando en el restaurante con aire resuelto sin mirarla a los ojos. ¿Por qué habían tenido que aparecer cuando por una vez estaba contenta? Podrían haber ido a visitarla a su casa cualquier día de la semana y constatar lo desdichada que se sentía guardando el luto de la viuda perfecta. Así se habrían dado por satisfechos. Pero no lo habían hecho, y ahora probablemente pensarían que se estaba dando la gran vida sin su hijo. «Bueno, que los zurzan», pensó enojada, tocando de nuevo el claxon. ¿Por qué la gente siempre tardaba cinco minutos en arrancar cuando el semáforo se ponía verde?

Tuvo que parar en todos y cada uno de los semáforos que cruzó, y lo único que deseaba era llegar a casa y permitirse un berrinche en la intimidad de su hogar. Sacó el móvil del bolso y llamó a Sharon, segura de que la comprendería.

—¿Diga?

—Hola, John, soy Holly. ¿Puedo hablar con Sharon?

—Lo siento, Holly. Está durmiendo. Si quieres la despierto, pero estaba agotada y...

—No, no te preocupes —interrumpió Holly—. La llamaré mañana.

—¿Es importante? —preguntó John preocupado.

—No —contestó Holly en voz baja—. No tiene ninguna importancia.

Colgó y acto seguido marcó el número de Denise.

—¿Diga? —dijo Denise, muy risueña.

—Hola —dijo Holly.

—¿Estás bien? —Denise soltó otra risita—. ¡Para, Tom! —susurró, y Holly se dio cuenta enseguida de que llamaba en mal momento.

—Sí, estoy bien. Sólo llamaba para charlar, pero ya veo que estás ocupada. —Rió forzadamente.

—Vale. Te llamo mañana, Hol. —Volvió a sofocar la risa.

—Vale, pero...

Holly ni siquiera terminó la frase, puesto que Denise ya había colgado.

Se quedó sentada en el semáforo sumida en sus pensamientos, hasta que las bocinas de los coches que tenía detrás le hicieron recobrar la conciencia y pisó a fondo el acelerador.

Decidió ir a casa de sus padres y hablar con Ciara, quien siempre conseguía animarla. Justo al frenar delante de la casa recordó que Ciara ya no estaba allí y los ojos se le llenaron de lágrimas. Una vez más, no tenía a nadie.

Llamó al timbre y Declan abrió.

—¿Qué te pasa?

—Nada —contestó Holly, sintiendo lástima de sí misma—. ¿Dónde está mamá?

—En la cocina, hablando con papá y Richard. Yo de ti los dejaría a solas un rato.

—Oh... entiendo... —Se sentía perdida—. ¿Qué estás haciendo?

—Estaba viendo lo que he filmado hoy.

—¿Es para el documental sobre los sin hogar?

—Sí. ¿Te apetece verlo?

—Sí.

Holly sonrió agradecida y se sentó en el sofá. Al cabo de unos minutos, estaba hecha un mar de lágrimas, pero por una vez no lloraba por ella. Declan había realizado una entrevista incisiva y desgarradora a un hombre extraordinario que vivía en las calles de Dublín. Holly se dio cuenta de que había gente que lo estaba pasando mucho peor, y el hecho de preocuparse porque los padres de Gerry se hubiesen topado con ella y Daniel en la puerta de un restaurante le pareció una estupidez.

—Declan, es un trabajo excelente —dijo secándose los ojos cuando el vídeo terminó.

—Gracias —contestó Declan en un susurro mientras sacaba la cinta del reproductor y la metía en su mochila.

—¿No estás contento?

Declan se encogió de hombros.

—Cuando pasas el día con personas como él, no es fácil estar contento, ya que lo que tiene que decir es tan malo que puede convertirse en un gran documental. Por consiguiente, cuanto peor le vaya a él mejor me va a mí.

Holly le escuchaba con interés.

—No, no estoy de acuerdo, Declan. Creo que el hecho de que tú filmes eso supondrá una diferencia para él. La gente lo verá y querrá ayudar.

Declan se encogió de hombros otra vez.

—Quizás. En fin, me voy a dormir, estoy hecho polvo.

Cogió la mochila y le dio un beso en la coronilla al pasar junto a ella, lo cual conmovió a Holly. Su hermano se estaba haciendo mayor.

Holly echó un vistazo al reloj de la repisa de la chimenea

y vio que eran casi las doce. Cogió el bolso y sacó el sobre de Gerry correspondiente a octubre. Le daba miedo pensar qué ocurriría cuando no hubiera más sobres. Al fin y al cabo, sólo quedaban dos después de aquél. Como de costumbre, lo acarició con las puntas de los dedos y lo abrió. Luego sacó la tarjeta del sobre y una flor seca le cayó al regazo. Su favorita, un girasol. Junto a la flor, cayó una bolsita. La observó con curiosidad y advirtió que era un paquete de semillas de girasol. Las manos le temblaron al tocar los delicados pétalos, temerosa de que se deshicieran entre sus dedos. El mensaje rezaba:

Un girasol para mi girasol. Para alumbrar los oscuros días de octubre que tanto detestas. Planta unos cuantos y ten la certeza de que el verano cálido y luminoso te aguarda.

Posdata: te amo...

Posdata: ¿puedes pasarle esta tarjeta a John?

Holly cogió la segunda tarjeta que había caído en su regazo y la leyó, riendo y llorando al mismo tiempo:

Para John,

Feliz 32º cumpleaños. Te estás haciendo viejo, amigo mío, pero espero que celebres muchos cumpleaños más. Disfruta de la vida y cuida de Sharon y de mi mujer. ¡Ahora tú eres el hombre!

Te quiere, tu amigo Gerry.

Posdata: te dije que cumpliría mi promesa.

Como siempre, Holly leyó y releyó cada una de las palabras que Gerry había escrito. Se quedó sentada en aquel sofá durante lo que parecieron horas, pensando en lo mucho que se alegraría John al recibir noticias de su amigo. Meditó sobre los importantes cambios que se habían producido en su vida a lo largo de los últimos meses. Su vida laboral había mejorado significativamente y estaba orgullosa de ello (le encantaba la sensación de satisfacción que la llenaba cada día cuando apagaba el ordenador para regresar a casa). Gerry la había instado a ser valiente, la había alentado a desear un empleo que significara algo más que un salario. No obstante, no hubiese tenido necesidad de buscar nada si Gerry todavía estuviera con ella. La vida sin él estaba más vacía, dejaba más sitio a su propio ser. Aun así, lo cambiaría todo sin dudarlo por tener a Gerry de vuelta.

Aquello no era una opción. Necesitaba empezar a pensar en sí misma y en su futuro, pues ya no había nadie más con quien compartir las responsabilidades.

Se enjugó las lágrimas y se levantó del sofá. Se sintió llena de vida y sonrió, muy a su pesar. Llamó suavemente a la puerta de la cocina.

—Adelante —dijo Elizabeth.

Holly entró y miró a sus padres y a Richard sentados a la mesa de la cocina con sus respectivas tazas de té.

—Oh, hola, cariño —saludó su madre, levantándose para darle un abrazo y un beso—. No te he oído llegar.

—Llevo aquí más de una hora. He estado viendo el documental de Declan. —Sonrió a su familia y tuvo ganas de abrazarlos a todos.

—Es genial, ¿verdad? —dijo Frank, y también se levantó para recibir a su hija con un abrazo y un beso.

Holly asintió con la cabeza y se sentó con ellos a la mesa.

—¿Has encontrado trabajo? —preguntó a Richard.

Éste negó tan apenado con la cabeza que parecía a punto de echarse a llorar.

—Pues yo sí.

La miró disgustado de que dijera algo así.

—Bueno, ya sé que tú sí.

—No, Richard —aclaró Holly, sonriendo—. Quiero decir que te he encontrado trabajo.

Levantó la vista, asombrado.

—¿Qué?

—Me has oído perfectamente. —Holly sonrió—. Mi jefe te llamará mañana.

Richard se mostró abatido.

—Holly, sin duda es muy amable de tu parte, pero no me interesa la publicidad. Me interesa la ciencia.

—Y la jardinería.

—Sí, también me gusta la jardinería —convino Richard, confuso.

—Y para eso te llamará mi jefe. Para pedirte que le arregles el jardín. Le he dicho que lo harías por cinco mil. Espero que te parezca bien. —Sonrió al ver a su hermano atónito. Se había quedado sin habla, de modo que Holly añadió—: Y éstas son tus tarjetas. —Le entregó un montón de tarjetas que había preparado en la oficina.

Richard y sus padres cogieron las tarjetas y las leyeron en silencio.

De repente Richard se echó a reír, se puso de pie de un salto y comenzó a bailar con Holly por la cocina, ante la mirada feliz de sus padres.

—Por cierto —dijo Richard cuando se serenó y volvió a leer la tarjeta—, has escrito mal «jardinería». Veo que sigues olvidando los acentos...

Holly dejó de bailar y suspiró frustrada.

41

—¡Venga, éste es el último, chicas, lo prometo! —gritó Denise mientras su sujetador salía volando por encima de la puerta del probador.

Contrariadas, Sharon y Holly volvieron a desplomarse en sus sillas.

—Hace una hora dijiste lo mismo —se lamentó Sharon, quitándose los zapatos y dándose un masaje en los tobillos hinchados.

—Ya, pero esta vez lo digo en serio. Tengo un buen presentimiento con este vestido —dijo Denise, llena de entusiasmo.

—También dijiste eso hace una hora —le recordó Holly apoyando la cabeza en el respaldo y cerrando los ojos.

—Ahora no vayas a quedarte dormida —advirtió Sharon, y Holly abrió de inmediato los ojos.

Denise las había arrastrado a todas las tiendas de vestidos de novia del centro y Sharon y Holly estaban agotadas, irritadas y hartas. Ya no les quedaba nada del entusiasmo que habían sentido por Denise y su boda después de que ésta se probara un vestido tras otro a lo largo de toda la mañana. Y si Holly volvía a oír los irritantes chillidos de Denise una vez más...

—¡Uuy, me encanta! —gritó Denise.

—Tengo un plan —susurró Sharon a Holly—. Si cuando salga de ahí dentro parece un merengue sentado en una mancha de bicicleta, le diremos que está preciosa.

Holly sofocó la risa.

—¡Venga, Sharon, no podemos hacer eso!

—¡Ahora veréis! —vociferó Denise otra vez.

—Aunque pensándolo bien... —Holly miró a Sharon con abatimiento.

—Vale. ¿Estáis listas?

—Sí —contestó Sharon sin entusiasmo.

—¡Sorpresa! —Denise salió del probador y Holly abrió los ojos desorbitadamente.

—¡Oh, le queda de maravilla! —exclamó la dependienta, deshaciéndose en elogios.

—¡Oh, vamos! —protestó Denise—. ¡No me está ayudando nada! Le han gustado todos lo que me he puesto.

Holly miró a Sharon con aire vacilante y procuró no reír al ver su expresión; parecía que estuviera oliendo un tufillo.

Sharon puso los ojos en blanco y susurró:

—¿Acaso Denise nunca ha oído hablar de eso que llaman comisión?

—¿Qué andáis cuchicheando vosotras dos? —preguntó Denise.

—Sólo comentaba lo guapa que estás.

Holly frunció el entrecejo.

—Ah, ¿te gusta? —gritó Denise, y Holly hizo una mueca.

—Sí —dijo Sharon con poco entusiasmo.

—¿Estás segura?

—Sí.

—¿Crees que Tom se pondrá contento cuando mire hacia el pasillo y me vea caminando hacia él? —Denise incluso dio unos pasos para que las chicas pudieran imaginarlo.

—Sí —repitió Sharon.

—Pero ¿estás segura?

—Sí.

—¿Crees que vale lo que cuesta?

—Sí.

—¿En serio?

—Sí.

—Quedará mejor si me bronceo un poco, ¿verdad?

—Sí.

—Oh, ¿no se me ve un culo enorme?

—Sí.

Holly miró a Sharon sobresaltada y comprendió que ni siquiera estaba escuchando las preguntas.

—Vaya, ¿estás segura? —continuó Denise, que obviamente tampoco escuchaba las respuestas.

—Sí.

—Así pues, ¿me lo quedo?

Holly pensó que la dependienta se pondría a saltar de alegría gritando «¡Sí!», pero en cambio logró contenerse.

—¡No! —interrumpió Holly antes de que Sharon volviera a decir que sí.

—¿No? —preguntó Denise.

—No —corroboró Holly.

—¿No te gusta?

—No.

—¿Es porque me hace gorda?

—No.

—¿Crees que a Tom le gustará?

—No.

—Pero ¿crees que vale lo que piden por él?

—No.

—Oh. —Se volvió hacia Sharon—. ¿Estás de acuerdo con Holly?

—Sí.

La dependienta puso los ojos en blanco y fue a atender a otra clienta, confiando tener más suerte con ella.

—Muy bien, me fío de vosotras —dijo Denise, mirándose apenada al espejo una vez más—. La verdad es que a mí tampoco acababa de convencerme.

Sharon suspiró y volvió a ponerse los zapatos.

—Oye, Denise, has dicho que era el último. Vayamos a comer algo o desfalleceré.

—No, me refería a que era el último vestido que me probaría en esta tienda. Aún quedan montones de tiendas por ver.

—¡Ni hablar! —protestó Holly—. Denise, estoy muerta de hambre y a estas alturas todos los vestidos empiezan a parecerme iguales. Necesito un respiro.

—¡Pero se trata de mi boda, Holly!

—Sí, y... —Holly buscó una excusa—. Pero Sharon está embarazada.

—Ah, entonces vale, vayamos a comer algo —aceptó Denise, desilusionada, y se metió en el probador.

Sharon dio un codazo a Holly en las costillas.

—Oye, que no estoy enferma, sólo embarazada.

—Es lo único que se me ha ocurrido —dijo Holly con aire cansino.

Las tres amigas se encaminaron lentamente hasta el Bewley's Café y consiguieron ocupar su mesa preferida junto a la ventana que daba a Grafton Street.

—Odio ir de compras los sábados —se quejó Holly al ver a la gente chocar y apretujarse en la calle.

—Se acabó el ir de compras entre semana, ya has dejado de ser una dama ociosa —bromeó Sharon, y cogió un pedazo de sándwich y comenzó a comer.

—Ya lo sé, y estoy muy cansada, pero esta vez tengo la impresión de haberme ganado el cansancio. No como antes, cuando lo único que hacía era acostarme a las tantas después de ver teleinsomne —dijo Holly con tono alegre.

—Cuéntanos el incidente con los padres de Gerry —dijo Sharon con la boca llena.

Holly puso los ojos en blanco.

—Fueron muy groseros con el pobre Daniel.

—Lástima que estuviera durmiendo cuando llamaste. Seguro que si John hubiese sabido que se trataba de eso me habría despertado —se disculpó Sharon.

—No digas tonterías, tampoco fue para tanto. Aunque en aquel momento me lo pareciera.

—Desde luego. No tienen derecho a decirte con quién puedes salir y con quién no —sentenció Sharon.

—Sharon, no estoy saliendo con él. —Holly intentó dejar las cosas claras—. No tengo intención de salir con nadie por lo menos en los próximos veinte años. Sólo fue una cena de trabajo.

—¡Uuuuu, una cena de trabajo! —exclamaron sus amigas al unísono.

—Sí, ni más ni menos, aunque fue agradable tener un poco de compañía. —Holly sonrió—. Y no os estoy criticando —se apresuró a agregar antes de que tuvieran ocasión de defenderse—. Lo único que digo es que cuando los demás están ocupados resulta agradable tener a alguien con quien charlar. Sobre todo si se trata de compañía masculina, ¿sabéis? Y con él es fácil entenderse y hace que me sienta muy a gusto. Eso es todo.

—Sí, lo entiendo —dijo Sharon, asintiendo con la cabeza—. De todos modos te conviene salir y conocer a gente nueva.

—¿Y averiguaste algo más sobre su vida? —Denise se inclinó con los ojos brillantes, ávida de nuevos cotilleos—. Es un tanto esquivo ese Daniel. Quizás oculta un enorme secreto. Quizá los fantasmas de su pasado en el ejército estén volviendo para atormentarlo —bromeó.

—Eh... no, Denise, no lo creo. —Holly rió y añadió—: A no ser que sacar brillo a las botas en el campamento de reclutas fuera una experiencia traumática. No tuvo tiempo de hacer mucho más —explicó.

—Me encantan los soldados —dijo Denise con aire soñador.

—Y los pinchadiscos —agregó Sharon.

—Oh, y los pinchadiscos, por supuesto —contestó Denise, sonriendo.

—Bueno, sea como fuere le conté mi opinión acerca del ejército —dijo Holly con una sonrisa pícara.

—¡No puede ser! —exclamó Sharon.

—¿De qué va esto? —preguntó Denise.

—¿Y qué te dijo? —Sharon hizo caso omiso de Denise.

—Se rió.

—¿De qué va esto? —volvió a preguntar Denise.

—De la teoría de Holly sobre el ejército —explicó Sharon.

—¿Y cuál es? —preguntó Denise, intrigada.

—Pues que luchar por la paz es como follar por la virginidad.

Las tres rompieron a reír.

—Sí, pero puedes pasarlo bien un montón de horas mientras lo intentas —dijo Denise, haciendo un chiste.

—¿Aún no le habéis cogido el tranquillo? —preguntó Sharon.

—No, pero en cuanto se presenta una ocasión lo intentamos, ¿sabes? —contestó Denise, y las tres volvieron a reír—. En fin, Holly, me alegro de que os llevéis bien porque vas a tener que bailar con él en la boda.

—¿Por qué? —Miró a Denise, confusa.

—Porque es tradición que el padrino baile con la dama de honor en la boda —respondió Denise con los ojos brillantes.

Holly soltó un grito ahogado.

—¿Quieres que sea tu dama de honor?

Denise asintió entusiasmada con la cabeza.

—No te preocupes, ya se lo he preguntado a Sharon y no le importa —le aseguró Denise.

—¡Me encantaría! —exclamó Holly, muy contenta—. Pero, Sharon, ¿seguro que no te importa?

—No te preocupes por mí, me conformo con ser la dama hinchada.

—¡No estarás hinchada! —Holly rió.

—Claro que sí, estaré embarazada de ocho meses. ¡Tendré que pedir prestada a Denise la marquesina de su tienda para ponérmela de vestido!

—Espero que no te pongas de parto durante la boda —dijo Denise abriendo mucho los ojos.

—No te preocupes, Denise, no acapararé la atención del público en tu día. —Sharon sonrió—. No saldré de cuentas hasta finales de enero y eso será semanas después.

Denise se mostró aliviada.

—¡Por cierto, se me olvidaba enseñaros la foto del bebé! —añadió Sharon con nerviosismo, rebuscando en el bolso. Finalmente sacó una pequeña fotografía de la ecografía.

—¿Dónde está? —preguntó Denise con ceño.

—Ahí —dijo Sharon, señalando.

—¡Uau! Es todo un muchachote —exclamó Denise, acercándose la imagen a la cara.

Sharon puso los ojos en blanco.

—Denise, eso es una pierna, tonta. Todavía no sabemos el sexo.

—Oh. —Denise se sonrojó—. Bueno, felicidades, Sharon. Parece que vas a tener un alienígena precioso.

—Ya vale, Denise —intervino Holly—. Es una foto preciosa.

—Me alegro de oírlo. —Sharon sonrió y miró a Denise, que asintió con la cabeza—. Porque quiero pedirte una cosa.

—¿Qué? —dijo Holly con expresión preocupada.

—Verás, a John y a mí nos encantaría que fueras la madrina de nuestro bebé.

Holly volvió a ahogar un grito y los ojos se le llenaron de lágrimas.

—¡Oye, no has llorado cuando te he pedido que fueras mi dama de honor! —vociferó Denise.

—¡Oh, Sharon, será un honor! —dijo Holly, dando un fuerte abrazo a su amiga—. ¡Gracias por pedírmelo!

—¡Gracias por aceptar! ¡John se alegrará mucho!

—Venga, no os echéis a llorar las dos ahora —se quejó Denise, pero Sharon y Holly no le hicieron ningún caso y siguieron abrazadas—. ¡Eh! —exclamó de pronto consiguiendo que dejaran de abrazarse.

—¿Qué?

Denise señaló a través de la ventana.

—¡No puedo creer que nunca me haya fijado en esa tienda de novias de ahí enfrente! Apurad las bebidas que nos vamos ahora mismo —dijo entusiasmada mientras iba recorriendo el escaparate con la mirada.

Sharon suspiró y fingió que se desmayaba.

—No puedo, Denise, estoy embarazada...

42

—Oye, Holly, he estado pensando —dijo Alice mientras se retocaban el maquillaje en los lavabos de la oficina antes de dar por concluida la jornada.

—Oh, no. ¿Te ha dolido? —bromeó Holly.

—Ja, ja —musitó Alice secamente—. No, en serio, he estado pensando sobre el horóscopo del número de este mes y creo que, aunque resulte inquietante, puede que Tracey haya acertado.

—¿Por qué? —inquirió Holly con escepticismo

Alice soltó el pintalabios y se volvió hacia Holly.

—Bien, primero está lo del hombre alto, moreno y guapo con el que has empezado a salir...

—No estoy saliendo con él, sólo somos amigos —puntualizó Holly por enésima vez.

Alice puso los ojos en blanco.

—Lo que tú digas. En fin, luego...

—No salgo con él —repitió Holly.

—Ya, ya —dijo Alice, incrédula—. Da igual, luego...

Holly arrojó su bolsa de pinturas contra el lavabo.

—Alice, no estoy saliendo con Daniel.

—Vale, vale. —Alice levantó las manos a la defensiva—. ¡Ya lo he pillado! ¡No sales con él pero por favor deja de interrumpirme y escucha! —Aguardó a que Holly se serenara. Luego añadió—: Bien, también dijo que tu día de suerte sería un martes y hoy es martes...

—Uau, Alice, me parece que ahí sí que das en el clavo

—dijo Holly con sarcasmo mientras se aplicaba perfilador de labios.

—¡Escúchame! —exclamó Alice con impaciencia y Holly se calló—. Y aseguró que el azul era tu color de la suerte. Y resulta que hoy, martes, te ha invitado un hombre alto, moreno y guapo al lanzamiento de Blue Rock.

Alice se mostró complacida con sus conclusiones.

—¿Y qué? —respondió Holly, nada impresionada.

—Que es una señal.

—Una señal de que la blusa que llevaba aquel día era azul, motivo por el que Tracey eligió este color en concreto, y resulta que la llevaba porque mis otras blusas estaban sucias. Y eligió el día de la semana al azar. No significa nada, Alice.

Alice suspiró.

—Mujer de poca fe.

Holly se echó a reír.

—Bueno, si tengo que creerme tu teoría aunque sea una chorrada, entonces no hay duda de que a Brian va a tocarle la lotería y que además será el objeto de deseo de todas las mujeres del planeta.

Alice se mordió el labio y la miró con aire inocente.

—¿Qué? —preguntó Holly, consciente de que Alice estaba tramando algo.

—Verás, hoy Brian ha ganado cuatro euros en el rasca-rasca.

—¡No me digas! —se mofó Holly—. Bueno, aún nos queda por resolver el grave problema de que al menos un ser humano lo encuentre atractivo.

Alice guardó silencio.

—¿Y ahora qué pasa? —inquirió Holly.

—Nada. —Alice se encogió de hombros y sonrió.

—¡No es posible! —exclamó Holly, estupefacta.

—¿Qué no es posible? —El rostro de Alice se iluminó.

—Te gusta, ¿verdad? ¡No puedo creerlo!

Alice se encogió de hombros.

—Es simpático.

—¡Oh, no! —Holly se tapó la cara con las manos—. Estás llevando esto demasiado lejos sólo para demostrarme que tienes razón.

—No estoy intentando demostrar nada.

—Pues entonces, ¡no puedo creer que te guste!

—¿A quién le gusta quién? —preguntó Tracey al entrar en el lavabo.

Alice negó enérgicamente con la cabeza a Holly, rogándole que no se lo dijera.

—A nadie —murmuró Holly, mirando a Alice con cara de pasmo. ¿Cómo era posible que a Alice le gustara el más canalla de los canallas?

—Eh, ¿os habéis enterado de que Brian ha ganado dinero en el rasca-rasca? —preguntó Tracey desde el retrete.

—Es lo que estábamos comentando —dijo Alice, sonriendo.

—A ver si al final resultará que tengo poderes paranormales, Holly.

Tracey rió y tiró de la cadena. Alice le guiñó el ojo a Holly en el espejo y ésta se dirigió a la salida.

—Venga, Alice, más vale que vayamos tirando no vaya a ser que el fotógrafo se enoje si tiene que esperarnos.

—Está aquí —explicó Alice, aplicándose rímel.

—No lo he visto.

—En todo caso no la has visto. Es una chica.

—Muy bien, pero ¿dónde está?

—¡Sorpresa! —anunció Alice, sacando una cámara del bolso.

—¿Tú eres la fotógrafa? —Holly rió—. En fin, al menos perderemos juntas el empleo cuando se publique el artículo —dijo por encima del hombro mientras se dirigía hacia su despacho.

Holly y Alice se abrieron paso a empujones entre el gentío que abarrotaba el pub Hogan's y subieron al Club Diva. Holly soltó un grito ahogado al acercarse a la puerta. Un grupo de muchachos musculosos en traje de baño tocaban unos tambores hawaianos para dar la bienvenida a los invitados. Junto a ellos, unas modelos muy delgadas que lucían biquinis minúsculos recibieron a las chicas en la entrada colgándoles collares de flores multicolores.

—Esto es como estar en Hawai —dijo Alice mientras sacaba instantáneas con su cámara—. ¡Oh, Dios mío! —exclamó al entrar en el club.

Holly apenas reconoció el local, lo habían transformado por completo. Una fuente enorme presidía la entrada. El agua de color azul discurría entre unas rocas, creando la ilusión de una cascada en miniatura.

—¡Mira, esto es Blue Rock! —exclamó Alice, y se echó a reír—. Muy ingenioso.

Holly sonrió, menudas dotes de observación periodística las suyas. No había caído en que el agua era en realidad la bebida. Entonces le entró el pánico. Daniel no le había contado nada de todo aquello, lo que significaba que tendría que adaptar el artículo para poder entregárselo a Chris al día siguiente. Echó un vistazo por el club en busca de Denise y Tom y localizó a su amiga posando con su novio para un fotógrafo, mostrando orgullosa su anillo de compromiso a la cámara. Holly no pudo evitar reír al ver que actuaban como una pareja de famosos.

El personal del bar también lucía bañadores y biquinis y formaba una fila en la entrada sosteniendo bandejas con bebidas azules. Holly cogió una copa de una bandeja y bebió un sorbo. Procuró no torcer el gesto al notar el sabor dulzón, ya que un fotógrafo estaba inmortalizando el momento de probar la nueva bebida rompehielos. Tal como había dicho Daniel, el suelo estaba cubierto de arena para recrear el ambiente de una fiesta en la playa. En cada mesa habían plantado una enorme sombrilla de bambú, los taburetes de la barra eran timbales altos y por todas partes flotaba un delicioso aroma a barbacoa. A Holly se le hizo la boca agua en cuanto vio a los camareros que distribuían carne asada por las mesas. De inmediato se dirigió hacia la mesa más cercana, se sirvió un pincho y le hincó el diente con gusto.

—Así pues, era verdad que comes.

Holly se encontró delante de Daniel. Masticó valientemente y tragó lo que tenía en la boca.

—Hola. No he probado bocado en todo el día, de modo que estoy desfallecida. Oye, esto es genial —dijo mirando alrededor para desviar la atención de Daniel.

—Sí, la verdad es que ha quedado bien.

Daniel estaba complacido. No iba vestido como los miembros de su personal, llevaba tejanos descoloridos y una camisa hawaiana azul con grandes flores amarillas y rosas. Aún no se había afeitado y Holly se preguntó cuán doloroso sería besarlo con aquella barba de tres días. Por supuesto, no es que ella deseara hacerlo. Alguna otra quizá, pero ella... De pronto se sintió molesta al plantearse aquella cuestión.

—¡Eh, Holly, deja que os haga una foto a ti y al hombre alto, moreno y guapo! —gritó Alice, corriendo hacia ella con la cámara.

Al oírlo, Holly creyó morir de vergüenza. Daniel se echó a reír y luego comentó:

—Deberías traer a tus amigas por aquí más a menudo.

—No es mi amiga —repuso Holly entre dientes, y posó al lado de Daniel para la foto.

—Un momento —dijo Daniel, tapando el objetivo de la cámara con la mano. Cogió una servilleta de la mesa y limpió la grasa y la salsa barbacoa de la cara de Holly, que sintió un hormigueo en la piel mientras una oleada de calor le recorría el cuerpo. Se convenció de que se debía al hecho de haberse ruborizado.

—Listos —dijo Daniel, sonriéndole. Le rodeó los hombros con el brazo y miró a la cámara.

Luego Alice se esfumó sacando fotos a diestro y siniestro. Holly se volvió hacia Daniel.

—Daniel, quería pedirte perdón otra vez por lo que ocurrió la otra noche. Los padres de Gerry fueron muy groseros contigo y siento mucho que te incomodaran.

—No tienes por qué disculparte otra vez, Holly. De hecho, no hay nada que perdonar. Si me incomodé, fue sólo por ti. No deberían atreverse a decirte con quién debes o no debes salir. En cualquier caso, si estabas preocupada por mí, olvídalo.

Sonrió y apoyó las manos en los hombros de Holly como si fuese a añadir algo más, pero alguien lo llamó desde el bar y se marchó a resolver el problema.

—Pero no estoy saliendo contigo —masculló Holly.

Si también debía convencer a Daniel de aquello, entonces realmente tenían un problema. Confiaba en que él no diera a la cena más importancia de la que tenía. La había llamado casi a diario desde entonces y ella advirtió que esperaba el momento con ilusión. Volvía a tener aquella inquietud en un recoveco de la mente. Se encaminó con aire distraído hacia Denise y se sentó a su lado en la tumbona donde ésta bebía sorbos del brebaje azul.

—Mira, Holly, he reservado esto para ti. —Señaló hacia la colchoneta hinchable que había en el rincón y ambas se echaron a reír al recordar la gran aventura vivida en el mar cuando fueron de vacaciones.

—¿Qué opinas de la nueva bebida? —preguntó Holly, indicando la botella.

—Hortera —contestó con indiferencia—. Sólo he tomado unas pocas y la cabeza ya me da vueltas.

Alice llegó corriendo hasta ellas arrastrando a un hombre muy musculoso cubierto con un minúsculo bañador. Uno de sus bíceps era del tamaño de la cintura de Alice. Ésta le pasó la cámara a Holly.

—Sácanos una foto, ¿quieres?

Holly pensó que aquélla no era la clase de fotos que Chris esperaría para el artículo, pero no dudó en complacer a Alice.

—Es para el salvapantallas del ordenador de la oficina —explicó Alice a Denise.

Holly disfrutó de la velada charlando y riendo con Denise y Tom, mientras Alice corría de aquí para allá sacando fotos a todos los modelos semidesnudos. Holly aún se sentía culpable por haberse molestado con Tom durante el concurso de karaoke de hacía ya unos cuantos meses. Era un hombre muy tierno y él y Denise formaban una pareja encantadora. Por otro lado, apenas tuvo ocasión de hablar con Daniel, pues estaba demasiado ocupado atendiendo sus obligaciones. Observó que cuando daba órdenes a sus empleados éstos se ponían manos a la obra de inmediato. Saltaba a la vista que inspiraba un gran respeto al personal. Conseguía que todo funcionara. Cada vez que lo veía dirigirse hacia ellos alguien lo detenía para entrevistarlo o simplemente para charlar. La mayoría de las veces lo interceptaban muchachas delgadas en biquini. Eso molestaba a Holly, que miraba hacia otra parte.

—No sé cómo me las arreglaré para escribir este artículo —dijo Holly a Alice al salir del local.

—No te preocupes, Holly, lo harás bien. Sólo son ochocientas palabras, ¿no?

—Sí, sólo —replicó Holly sarcásticamente—. El caso es que hace unos días escribí un borrador del artículo gracias a la información que me dio Daniel. Pero después de ver todo esto, tendré que cambiarlo de cabo a rabo. Y sudé tinta para escribir la primera versión.

—Te tiene muy preocupada, ¿verdad?

Holly suspiró.

—No sé escribir, Alice. Nunca se me ha dado bien poner las cosas por escrito ni describir cómo son exactamente.

—¿Tienes el artículo en la oficina? —inquirió Alice con aire reflexivo.

Holly asintió con la cabeza.

—¿Por qué no vamos ahora? Le echaré un vistazo y si es necesario le haré un par de retoques.

—¡Oh, Alice, muchas gracias! —dijo Holly, abrazándola aliviada.

A la mañana siguiente Holly se sentó delante de Chris y lo observó, nerviosa, mientras él leía el artículo con cara de pocos amigos. Alice no había efectuado sólo unos pocos cambios en el artículo, lo había rescrito de arriba abajo y, en opinión de Holly, el resultado era increíble. Ameno al tiempo que informativo, también explicaba la velada tal como había sido, cosa que Holly hubiese sido incapaz de hacer. Alice era una escritora de mucho talento y Holly no comprendía por qué trabajaba en la recepción de una revista en lugar de escribir para la publicación.

Finalmente Chris terminó de leer, se quitó las gafas lentamente y miró a Holly. Ésta se retorcía las manos en el regazo, sintiéndose como si hubiese copiado en un examen del colegio.

—Holly, no sé qué estás haciendo vendiendo publicidad —dijo Chris—. Eres una escritora fantástica, ¡me encanta! Es pícaro y divertido, y sin embargo expone lo esencial. Es fabuloso.

Holly esbozó una débil sonrisa.

—Eh... gracias.

—Tienes un talento maravilloso. Me cuesta creer que quisieras ocultármelo.

Holly mantuvo la misma sonrisa impostada.

—¿Qué te parecería escribir para nosotros de vez en cuando?

El rostro de Holly palideció.

—Verás, Chris, en realidad me interesa mucho más la publicidad.

—Sí, por supuesto, y también te pagaré más por eso. Pero si alguna vez volvemos a quedar colapsados, al menos sé que cuento con otro escritor de talento en el equipo. Buen trabajo, Holly. —Sonrió y le tendió la mano.

—Gracias —repitió Holly, estrechándola con escaso aplomo—. Será mejor que vuelva al trabajo.

Se levantó de la silla y salió del despacho.

—¿Qué? ¿Le ha gustado? —preguntó Alice, levantando la voz al cruzarse con ella en el pasillo.

—Eh... sí, le ha encantado. Quiere que escriba más.

Holly se mordió el labio, sintiéndose culpable por acaparar todo el mérito.

—Oh. —Alice apartó la vista—. Vaya, para que luego digas que no tienes suerte. —Y siguió caminando hacia su escritorio.

43

Denise cerró el cajón de la caja registradora con un golpe de cadera y entregó el recibo a la clienta que aguardaba al otro lado del mostrador.

—Gracias —dijo, y su sonrisa se desvaneció en cuanto la clienta se volvió. Suspiró sonoramente mirando la larga fila que se estaba formando delante de la caja. Tendría que quedarse clavada allí toda la jornada y se moría de ganas de hacer una pausa para fumar un cigarrillo. Pero iba a serle imposible escabullirse, de modo que cogió con gesto malhumorado la prenda de la siguiente clienta, le quitó la etiqueta, la pasó por el escáner y la envolvió.

—Disculpe, ¿es usted Denise Hennessey? —oyó que preguntaba una voz grave, y alzó la mirada para ver de dónde procedía aquel sonido tan sexy. Puso ceño al encontrarse con un agente de policía delante de ella.

Titubeó mientras pensaba si había hecho algo ilegal durante los últimos días y cuando se convenció de no haber cometido ningún crimen sonrió.

—Sí, la misma.

—Soy el agente Ryan y me preguntaba si tendría la bondad de acompañarme a comisaría, por favor.

Fue más una orden que una pregunta y Denise apenas pudo reaccionar de la impresión. Aquel hombre dejó de ser un agente sexy para convertirse en uno del tipo «te encerraré por mala en una celda diminuta con un mono naranja fosforito y chancletas ruidosas sin agua caliente ni maquillaje».

Denise tragó saliva y tuvo una visión de sí misma siendo apaleada en el patio de la prisión por una banda de rudas mujeres enojadas que no sabían qué era el rímel, mientras los carceleros contemplaban el espectáculo y cruzaban apuestas. Volvió a tragar saliva.

—¿Para qué?

—Si hace lo que le digo, recibirá las explicaciones en comisaría.

El agente comenzó a rodear el mostrador y Denise retrocedió despacio, mirando impotente a la fila de clientas. Todas observaban con aire divertido el espectáculo que se desarrollaba ante sus ojos.

—¡Dile que se identifique, guapa! —gritó una de las clientas desde el final de la cola.

La voz le tembló al pedirle que se identificara, lo que sin duda iba a ser del todo inútil puesto que no había visto una placa de identificación en su vida y, por consiguiente, no tenía idea del aspecto que debía de presentar una auténtica. Sostuvo la placa con mano temblorosa y la observó de cerca, aunque sin leer nada. Estaba demasiado intimidada por la multitud de clientas y empleadas que se habían congregado para mirarla con indignación. Todas pensaban lo mismo: era una criminal.

Aun así, Denise se afianzó en su decisión de presentar batalla.

—Me niego a acompañarlo si no me dice de qué se trata.

El agente se aproximó más.

—Señorita Hennessey, si colabora conmigo no habrá necesidad de utilizar esto. —Se sacó unas esposas del pantalón—. No montemos una escena.

—¡Pero yo no he hecho nada! —protestó Denise, empezando a asustarse de veras.

—Bueno, eso ya lo discutiremos en comisaría —respondió el policía, que comenzaba a perder la paciencia.

Denise retrocedió, dispuesta a dejar claro ante sus clientas y empleadas que no había hecho nada malo. No iba a acompañar a aquel hombre a la comisaría hasta que le explicara qué delito se suponía que había cometido. Se detuvo y se cruzó de brazos para demostrar que era dura de pelar.

—He dicho que no iré a ninguna parte con usted hasta que me diga de qué se trata.

—Como quiera —dijo el agente encogiéndose de hombros y avanzando hacia ella—. Si insiste...

Denise abrió la boca para replicar pero soltó un chillido al notar el frío metal de las esposas inmovilizándole las muñecas. No era precisamente la primera vez que le ponían unas esposas, de modo que no le sorprendió el tacto, pero la impresión la dejó sin habla. Se limitó a mirar las expresiones de asombro de todo el mundo mientras el policía la sacaba de la tienda arrastrándola del brazo.

—Buena suerte, guapa —vociferó la misma clienta de antes mientras recorría la cola—. Si te mandan a Mount Jolly, saluda a Orla de mi parte y dile que iré a verla por Navidad.

Denise abrió los ojos desorbitadamente y la asaltaron imágenes de ella misma dando vueltas por la celda que compartía con una psicópata asesina. Quizás encontraría un pajarillo con un ala rota y lo curaría, le enseñaría a volar para matar el rato durante los años que estaría encerrada...

Se ruborizó al salir a Grafton Street. El gentío se dispersaba al instante en cuanto veía a un agente acompañado de una criminal esposada. Denise mantuvo la vista fija en el suelo y rezó para que ningún conocido viera cómo la arrestaban. El corazón le latía con fuerza y por un instante pensó en escapar. Echó un vistazo alrededor tratando de hallar una vía de escape, pero no era buena corredora. No tardaron en llegar a una furgoneta un tanto destartalada del habitual color azul de la policía con los cristales ahumados. Denise se sentó en la primera fila de asientos de la parte trasera y, aunque notó la presencia de otras personas detrás de ella, permaneció inmóvil en el asiento, demasiado aterrada como para volverse a mirar a los demás reos. Apoyó la cabeza contra la ventanilla y se despidió de la libertad.

—¿Adónde nos llevan? —preguntó cuando vio que pasaban por delante de la comisaría. La mujer policía que conducía la furgoneta y el agente Ryan no le hicieron caso y mantuvieron la vista al frente—. ¡Eh! —exclamó—. ¡Creía que había dicho que me llevaba a la comisaría!

Siguieron sin prestarle atención.

—¡Oiga! ¿Adónde vamos?

No respondieron.

—¡Yo no he hecho nada malo!

Siguieron sin responder.

—¡Soy inocente, maldita sea! ¡Inocente!

Denise comenzó a dar patadas al asiento delantero tratando de atraer su atención. La sangre le hirvió en las venas al ver que la mujer policía metía una cinta en el radiocasete y lo encendía. Denise abrió los ojos con asombro al oír la canción.

El agente Ryan se volvió, esbozando una amplia sonrisa.

—Denise, has sido una niña muy mala.

Se levantó y se plantó delante de ella. Denise tragó saliva al ver que el agente Ryan comenzaba a mover las caderas al ritmo de *Hot Stuff*.

Estaba a punto de propinarle una patada en la entrepierna cuando oyó risas y gritos ahogados en la parte trasera de la furgoneta. Se volvió y vio que sus hermanas, Holly, Sharon y otras cinco amigas se estaban levantando del suelo. Se había asustado tanto que no había reparado en ellas al subir al vehículo. Por fin comprendió lo que en realidad estaba ocurriendo cuando una de sus hermanas le encasquetó un velo al grito de «¡Feliz despedida de soltera!». Ésa fue la pista definitiva.

—¡Sois unas brujas! —les espetó Denise, que procedió a soltar improperios y maldecir hasta agotar todos los insultos y tacos inventados, llegando incluso a acuñar unos cuantos de cosecha propia.

Las chicas se sujetaban la barriga, muertas de risa.

—¡Y tú tienes mucha suerte de que no te haya arreado en las pelotas! —gritó Denise al agente bailarín.

—Denise, te presento a Paul —dijo su hermana Fiona entre risas—, y es tu *stripper* particular.

Denise entornó los ojos y siguió insultándolas.

—¡Por poco me da un infarto! Creía que me llevaban a la cárcel. ¡Oh, Dios mío! ¿Qué van a pensar mis clientas? ¡Y las empleadas! Oh, Dios mío, creerán que soy una criminal. —Cerró los ojos con expresión de dolor.

—Las avisamos la semana pasada —dijo Sharon, sonriendo—. No han hecho más que seguir el juego.

—¡Serán brujas! —repitió Denise—. En cuanto vuelva al trabajo pienso despedirlas a todas. Pero ¿qué pasará con las clientas? —preguntó de nuevo presa de pánico.

—No te preocupes —dijo su hermana—. El personal tenía instrucciones de informar a las clientas de que era tu despedida de soltera en cuanto salieras de la tienda.

Denise puso los ojos en blanco.

—Conociéndolas como las conozco, apuesto a que no lo habrán hecho y, en ese caso, lloverán quejas y si hay quejas, yo también estaré despedida.

—¡Denise, deja de preocuparte! No pensarás que habríamos hecho algo así sin consultarlo previamente con tus jefes, ¿verdad? ¡Todo está en orden! —explicó Fiona—. Les pareció la mar de divertido, así que ahora relájate y disfruta del fin de semana.

—¿Fin de semana? ¿Qué demonios tenéis intención de hacerme? ¿Dónde pasaremos el fin de semana? —Miró asustada a sus amigas.

—Nos vamos a Galway y eso es cuanto necesitas saber —dijo Sharon con aire misterioso.

—Si no llevara estas malditas esposas, os daría un bofetón a cada una —las amenazó Denise.

Las chicas gritaron de entusiasmo al ver que Paul se quitaba el uniforme y se echaba loción para bebés por el cuerpo para que Denise le masajeara la piel. Sharon abrió las esposas de una perpleja Denise.

—Los hombres uniformados están mucho mejor sin uniforme... —farfulló Denise, frotándose las muñecas mientras observaba a Paul exhibir su musculatura.

—Tienes suerte de que esté comprometida, Paul. ¡De lo

contrario estarías metido en un buen lío! —bromearon las chicas.

—Ya lo veo —masculló Denise, contemplando atónita cómo Paul se desprendía del resto de la ropa—. ¡Oh, chicas! ¡Muchísimas gracias! —exclamó entre risitas con un tono de voz muy distinto al de antes.

—¿Estás bien, Holly? Apenas has abierto la boca desde que nos montamos en esta furgoneta —dijo Sharon, tendiéndole una copa de champán tras llenar un vaso de zumo de naranja para ella. Holly se volvió para mirar por la ventanilla los campos verdes que iban dejando atrás. Las colinas estaban salpicadas de manchas blancas que no eran sino ovejas que subían por ellas ajenas a las maravillosas vistas. Prolijos muros de piedra separaban un campo de otro y las líneas grises que dibujaban parecían los contornos de las piezas de un rompecabezas que se extendía hasta el infinito, conectando un fragmento de tierra con el siguiente. A Holly aún le faltaban piezas para completar el rompecabezas de su propia mente.

—Sí —musitó—. Estoy bien.

—¡Tengo que llamar a Tom, de verdad! —susurró Denise, desplomándose en la cama de matrimonio que compartía con Holly en la habitación del hotel. Sharon dormía como un tronco en la cama supletoria tras negarse a escuchar la divertidísima idea de Denise de que ella debía ocupar la cama doble debido al tamaño de su barriga. Se había acostado mucho más temprano que las demás, después de acabar por aburrirse con su comportamiento en estado de embriaguez.

—Tengo órdenes estrictas de no dejarte llamar a Tom —dijo Holly, bostezando—. Este fin de semana es sólo para chicas.

—Por favor —suplicó Denise.

—No. Y voy a confiscarte el teléfono.

Le arrebató el móvil de la mano y lo escondió en el armario ropero.

Denise parecía a punto de echarse a llorar. Al ver que Holly se tumbaba en la cama y cerraba los ojos, se dispuso a urdir un plan. Esperaría hasta que Holly se durmiera y entonces llamaría a Tom. Holly había estado tan callada todo el día que Denise se sentía un poco molesta. Cada vez que le hacía una pregunta, Holly le contestaba con monosílabos y todos los intentos por trabar conversación habían sido en balde. Resultaba obvio que Holly no estaba divirtiéndose mucho pero lo que realmente irritaba a Denise era que ni siquiera lo intentara o que al menos fingiera pasarlo bien. Entendía que Holly estuviera triste y que tenía que hacer frente a un montón de cosas en su vida, pero se trataba de su despedida de soltera y no podía evitar sentir que Holly estaba aguando un poco la fiesta.

La habitación seguía dándole vueltas. Pese a tener los ojos cerrados, Holly no podía dormir. Eran las cinco de la madrugada, lo que significaba que había estado bebiendo durante casi doce horas seguidas. Le dolía la cabeza. Sharon se había rendido mucho antes y había tenido la sensatez de acostarse relativamente temprano. Las paredes giraban sin parar y a Holly se le revolvía el estómago. Se sentó en la cama e intentó mantener los ojos abiertos para evitar la sensación de mareo.

Se volvió hacia Denise para hablar con ella, pero los ronquidos de su amiga abortaron cualquier intento de comunicación entre ambas. Holly suspiró y echó un vistazo a la habitación. Habría dado cualquier cosa con tal de estar en su casa y dormir en su propia cama rodeada de olores y ruidos conocidos. Buscó a tientas el mando a distancia por el cubrecama y conectó el televisor. La pantalla se iluminó con anuncios publicitarios. Observó atentamente la demostración de un nuevo cuchillo para cortar naranjas sin salpicarte el rostro de jugo. Vio los asombrosos calcetines que nunca se perdían durante la colada y que siempre permanecían emparejados.

Denise soltó un ronquido muy fuerte y dio una patada a Holly en la espinilla al cambiar de postura. Holly hizo una mueca y se frotó la pierna mientras observaba con simpatía los vanos esfuerzos de Sharon por tumbarse boca abajo. Finalmente ésta logró acomodarse de costado y Holly fue corriendo al cuarto de baño y asomó la cara al retrete, preparada para lo que pudiera venir. Deseó no haber bebido tanto, pero con tanta cháchara sobre bodas, maridos y matrimonios felices había necesitado todo el vino del bar para no gritar a las chicas que cerraran el pico. Le daba miedo pensar cómo serían los dos días que tenía por delante. Las amigas de Denise eran el doble de malas que la propia Denise. Escandalosas y extremadas, se comportaban exactamente como debían comportarse las chicas en una despedida de soltera, pero a Holly le faltaban energías para seguirles el ritmo. Al menos Sharon tenía la excusa de estar embarazada. Podía fingir que no se encontraba bien o que estaba cansada. En cambio, ella no tenía ninguna excusa, aparte del hecho de haberse convertido en una verdadera pelmaza, y estaba reservando esa excusa para cuando realmente la necesitara.

Parecía que fuese ayer cuando Holly celebró su despedida de soltera, pero en realidad habían transcurrido más de siete años. Se había ido a Londres con un grupo de diez chicas a pasar un fin de semana de juerga sin tregua, pero terminó añorando tanto a Gerry que tenía que hablar con él por teléfono a cada hora. Por aquel entonces la dominaba un gran entusiasmo por lo que le aguardaba, y el futuro parecía de lo más prometedor.

Iba a casarse con el hombre de sus sueños y a vivir y envejecer con él hasta el fin de sus días. Durante todo el fin de semana que estuvo fuera contó las horas que faltaban para regresar a casa y el vuelo a Dublín la llenó de entusiasmo. Aunque sólo se había ausentado unos días, a Holly le parecieron una eternidad. Gerry la esperaba en el vestíbulo de llegadas sosteniendo un gran cartel que rezaba: MI FUTURA ESPOSA. Al verlo soltó las maletas, corrió a su encuentro y lo abrazó con todas sus fuerzas. De haber sido por ella, aún seguiría abrazada a él. La gente no sabía el lujo que era poder abrazar a su ser querido cuando le venía en gana. La escena del aeropuerto ahora parecía sacada de una película, pero había sido real: sentimientos reales, emociones reales y amor real porque se trataba de la vida real. La misma vida que se había convertido en una pesadilla para ella.

Sí, finalmente se las había arreglado para levantarse de la cama todas las mañanas. Sí, incluso había conseguido vestirse casi todos los días. Sí, había logrado encontrar un empleo en el que había conocido a gente nueva y sí, por fin, había vuelto a comprar comida y a alimentarse como era debido. Sin embargo, ninguna de aquellas cosas la llenaba de euforia. Eran meras formalidades, algo más que borrar de la lista de «cosas que hace la gente normal». Ninguna de aquellas cosas colmaba el vacío de su corazón; era como si su cuerpo se hubiese convertido en un inmenso rompecabezas, igual que los campos verdes con sus hermosos muros de piedra gris que conectaban toda Irlanda. Había comenzado a trabajar por las esquinas y los bordes de su rompecabezas porque eran las partes fáciles y ahora que ya tenía el marco completo le quedaba pendiente la parte más complicada, llenar el interior. Pero nada de lo que había hecho hasta entonces lograba llenar el vacío de su corazón, aún no había encontrado aquella pieza del rompecabezas.

Holly carraspeó ruidosamente y fingió un acceso de tos para ver si alguna de las chicas despertaba y hablaba con ella. Necesitaba hablar, necesitaba llorar y airear todas las frustraciones y desilusiones de su vida. Ahora bien, ¿qué más podía contar a Sharon y Denise que no les hubiese contado antes? ¿Qué otro consejo podían darle que no le hubiesen dado ya? Holly les repetía las mismas preocupaciones una y otra vez. A veces sus amigas conseguían hacerse entender y ella adoptaba una actitud más positiva y confiada que apenas le duraba unos días, transcurridos los cuales volvía a sumirse en la desesperación.

Al cabo de un rato, cansada de mirar las cuatro paredes, Holly se puso el chándal y bajó al bar del hotel.

Charlie soltó un bufido de frustración al oír que los ocupantes de la mesa del fondo del bar reían a carcajadas una vez más. Siguió fregando la barra y echó un vistazo a su reloj. Las cinco y media y allí estaba él, trabajando sin poder marcharse a casa. Había pensado que era un hombre con suerte al ver que las chicas de la despedida de soltera decidían acostarse antes de lo que esperaba, pero justo cuando estaba acabando de recoger llegó al hotel otro grupo procedente de un club nocturno del centro de Galway que ya había cerrado. Y allí seguían. En realidad hubiese preferido atender a las chicas en lugar de a aquella pandilla de arrogantes que se había instalado al fondo del bar. Aunque ni siquiera eran huéspedes del hotel no tenía más remedio que servirlos puesto que una de sus integrantes era la hija del dueño del hotel, que había tenido la brillante idea de llevar a todos sus amigos al bar. Ella y su arrogante novio, a quienes no podía ver ni en pintura.

—¡No me digas que vuelves a por otra! —bromeó el camarero cuando una de las mujeres de la despedida de soltera entró en el bar. La vio chocar contra la pared varias veces camino de los taburetes de la barra. Charlie se aguantó la risa.

—Sólo quiero un vaso de agua —dijo Holly, hipando—. Oh, Dios mío —se lamentó al ver su imagen en el espejo que había detrás de la barra.

Charlie tuvo que admitir que presentaba un aspecto un tanto chocante, le recordó un poco al espantapájaros de la granja de su padre. El pelo parecía de paja y lo llevaba revuelto, el contorno de los ojos estaba tiznado de rímel corrido y tenía los dientes manchados de vino tinto.

—Aquí tienes —dijo Charlie, sirviéndole un vaso de agua.

—Gracias. —Mojó el dedo en el agua y se limpió el rímel de la cara y el vino de los dientes.

Charlie comenzó a reír y Holly entornó los ojos para leer el nombre de su etiqueta de identificación.

—¿De qué te ríes, Charlie?

—Pensaba que estabas sedienta. Podría haberte dado una toallita si me la hubieses pedido —dijo riendo entre dientes.

La mujer también rió y suavizó su expresión.

—Creo que el hielo y el limón le van bien a mi cutis.

—Vaya, eso sí que es una novedad. —Charlie volvió a reír y siguió limpiando la barra—. ¿Os habéis divertido esta noche?

Holly suspiró.

—Supongo.

«Divertirse» no era una palabra que usara a menudo de un tiempo a esta parte. Se había reído de las bromas toda la noche y se había entusiasmado por Denise, pero era consciente de no estar del todo presente. Se sentía como la típica niña tímida del colegio que siempre está ahí pero nunca dice nada ni nadie se dirige a ella. No reconocía a la persona en la que se había convertido; ansiaba ser capaz de dejar de mirar el reloj cada vez que salía, esperando que la velada terminara pronto para poder regresar a casa y meterse en su cama. Quería dejar de desear que el tiempo pasara deprisa y volver a disfrutar del momento. Sí, le costaba trabajo disfrutar de los momentos.

—¿Estás bien?

Charlie dejó de limpiar la barra y la observó. Tuvo la horrible sensación de que iba a echarse a llorar, aunque estaba acostumbrado a tales situaciones. Mucha gente se ponía melancólica cuando bebía.

—Echo de menos a mi marido —susurró Holly, y los hombros le temblaron.

Charlie esbozó una sonrisa.

—¿Qué tiene de gracioso? —preguntó Holly mirándolo enojada.

—¿Cuánto tiempo estaréis aquí?

—El fin de semana —contestó Holly, enrollando un pañuelo usado en el dedo.

Charlie rió y luego preguntó:

—¿Nunca has pasado un fin de semana sin él?

Vio que la mujer fruncía el entrecejo.

—Sólo una vez —contestó finalmente—. Y fue en mi propia despedida de soltera.

—¿Cuánto hace de eso?

—Siete años. —Una lágrima rodó por su mejilla. Charlie negó con la cabeza.

—Eso es mucho tiempo. Aunque si lo hiciste una vez, podrás hacerlo otra —dijo sonriendo—. El siete es el número de la suerte, como suele decirse.

Holly soltó un bufido. ¿De qué hablaba aquel tipo?

—No te preocupes —añadió Charlie con tono amable—. Seguro que tu marido estará muy deprimido sin ti.

—Por Dios, espero que no —contestó Holly, abriendo mucho los ojos.

—¿Lo ves? Apuesto a que también espera que no estés deprimida sin él. Deberías disfrutar de la vida.

—Tienes razón —dijo Holly, tratando de animarse—. No le gustaría verme infeliz.

—Ése es el espíritu que hay que tener.

Charlie sonrió y dio un brinco al ver que la hija del dueño se dirigía hacia la barra fulminándolo con la mirada.

—¡Oye, Charlie, hace siglos que intento avisarte! —exclamó—. Quizá si dejaras de hablar con los clientes de la barra y estuvieras más por la labor, mis amigos y yo no estaríamos tan sedientos —dijo maliciosamente.

Holly se quedó perpleja. Aquella mujer tenía que ser una descarada para dirigirse a Charlie así, y además su perfume era tan intenso que Holly empezó a toser.

—Perdona ¿te pasa algo? —preguntó la mujer mirando a Holly de arriba abajo.

—Pues sí, ya que lo preguntas —dijo Holly arrastrando las palabras, y bebió un sorbo de agua—. Tu perfume es repugnante y me está provocando náuseas.

Charlie se puso en cuclillas detrás de la barra fingiendo que buscaba un limón y se echó a reír. Tratando de recobrar la compostura, procuró apartar de su mente las voces de ambas mujeres discutiendo.

—¿A qué viene tanto retraso? —preguntó una voz grave. Charlie se puso de pie de un salto al identificar la voz del novio, que era aún peor—. ¿Por qué no te sientas, cariño? Ya llevaré yo las copas —dijo.

—De acuerdo, al menos queda una persona educada en este lugar —soltó airada, repasando de nuevo a Holly con la mirada antes de alejarse echa una furia hacia la mesa.

Holly se fijó en el exagerado bamboleo de sus caderas. Debía de ser modelo o algo por el estilo, decidió. Eso explicaría sus malos modales.

—¿Cómo estás? —preguntó a Holly el hombre que tenía al lado, mirándole el busto.

Charlie tuvo que morderse la lengua para no decir nada mientras servía una jarra de Guinness de presión y luego la dejaba reposar en la barra. De todos modos, algo le decía que la mujer de la barra no sucumbiría a los encantos de Stevie, sobre todo teniendo en cuenta lo loca que estaba por su marido. Charlie tenía ganas de ver cómo plantaban ceremoniosamente a Stevie.

—Estoy bien —contestó Holly de manera cortante, evitando mirarlo a los ojos.

—Me llamo Stevie —dijo tendiéndole la mano.

—Yo Holly —masculló ella, y le estrechó la mano ya que no quería pasarse de grosera.

—Holly, qué nombre tan bonito.

Stevie retuvo su mano más tiempo del debido y Holly se vio obligada a mirarlo a los ojos. Tenía unos ojazos azules muy brillantes.

—Eh... gracias —musitó incómoda por el cumplido, y se ruborizó.

Charlie suspiró, resignado. Hasta ella había caído en sus garras. Su única esperanza de satisfacción para aquella noche se había ido al traste.

—¿Me permites invitarte a una copa, Holly? —preguntó Stevie con voz melosa.

—No, gracias, ya estoy servida. —Y dio un sorbo de agua.

—Muy bien, ahora voy a llevar estas copas a mi mesa y luego volveré para invitar a la encantadora Holly a una copa.

Le dedicó una sonrisa repulsiva antes de marcharse. Charlie puso los ojos en blanco en cuanto le dio la espalda.

—¿Quién es ese gilipollas? —preguntó Holly, perpleja, y Charlie rió, encantado de que no se hubiese tragado el anzuelo. Era una dama sensata pese a que estuviera llorando por su marido tras un solo día de separación.

Charlie bajó la voz.

—Es Stevie, sale con esa bruja rubia que ha venido hace un momento. Su padre es el dueño del hotel, así que no puedo decirle a las claras adónde me gustaría mandarla, aunque me muero de ganas. Pero no merece la pena perder el empleo por culpa de ella.

—En mi opinión sí merecería la pena —dijo Holly, observando a la chica y pensando cosas desagradables—. En fin, buenas noches, Charlie.

—¿Te vas a dormir?

Holly asintió con la cabeza.

—Ya va siendo hora; son más de las seis —dijo dando unos toques a su reloj—. Espero que puedas marcharte pronto a casa —agregó sonriendo.

—Yo no apostaría por ello —contestó Charlie, y la siguió con la mirada mientras salía del bar.

Stevie fue tras ella y Charlie, a quien tal maniobra le resultó sospechosa, se aproximó a la puerta para asegurarse de que todo iba bien. La rubia, al percatarse de la súbita partida de su novio, se levantó de la mesa y llegó a la puerta al mismo tiempo que Charlie. Ambos se asomaron al pasillo y vieron a Holly y Stevie.

La rubia soltó un grito ahogado y se tapó la boca con las manos.

—¡Eh! —exclamó Charlie, enojado al observar cómo Holly apartaba a empujones al borracho de Stevie. Holly se limpió la boca, asqueada por el beso que había intentado darle—. Me parece que te has equivocado, Stevie. Vuelve al bar con tu novia.

Stevie trastabilló y poco a poco se volvió hacia su novia y un airado Charlie.

—¡Stevie! —gritó la rubia—. ¿Cómo has podido?

Salió corriendo del hotel hecha un mar de lágrimas. Stevie la seguía de cerca protestando.

—¡Qué asco! —dijo Holly con repugnancia a Charlie—. Es lo último que quería.

—No te preocupes, te creo —aseguró Charlie, apoyando una mano en su hombro para reconfortarla—. He visto lo que ha pasado desde la puerta.

—Vaya, hombre, ¡muchas gracias por venir a rescatarme! —se lamentó Holly.

—He llegado demasiado tarde, lo siento. Aunque debo admitir que he disfrutado presenciando la escena. —Rió pensando en la rubia y se mordió el labio, sintiéndose culpable.

Holly sonrió al mirar al fondo del pasillo y ver a Stevie y a su frenética novia discutir a gritos en la calle.

—Vaya —murmuró con complicidad a Charlie.

Holly chocó con todo cuanto había en la habitación al intentar llegar hasta la cama en la oscuridad.

—¡Au! —protestó al golpearse el meñique contra la pata de la cama.

—¡Shhh! —dijo Sharon adormilada, y Holly refunfuñó hasta que llegó a la cama. Se puso a dar golpecitos en el hombro a Denise hasta que la despertó.

—¿Qué? ¿Qué? —musitó Denise, medio dormida.

—Toma. —Holly apretó el móvil contra la cara de Denise—. Llama a tu futuro marido, dile que le quieres y que no se enteren las chicas.

Al día siguiente Holly y Sharon fueron a dar un largo paseo por la playa justo en las afueras de Galway. Aunque era octubre, soplaba una brisa cálida y Holly no necesitó el abrigo. De pie en la arena, con una blusa de manga larga, escuchaba el chápoteo del agua en la orilla. El resto de las chicas habían optado por un almuerzo líquido, pero el estómago de Holly no estaba preparado para eso.

—¿Estás bien, Holly?

Sharon se le acercó por detrás y le rodeó los hombros con el brazo. Holly suspiró.

—Cada vez que alguien me hace esa pregunta digo lo mismo, Sharon, «estoy bien, gracias», pero si quieres que te sea sincera, no lo estoy. ¿Acaso la gente realmente quiere saber cómo te sientes cuando te pregunta cómo estás? ¿O sólo intenta ser educada? —Holly sonrió—. La próxima vez que mi vecina me pregunte «¿cómo estás?» le diré: «Bueno, la verdad es que no estoy nada bien, gracias. Me siento un poco deprimida y sola. Estoy cabreada con el mundo. Envidiosa de ti y de tu familia perfecta aunque no especialmente envidiosa de tu marido, ya que tiene que vivir contigo.» Y luego le contaré que he comenzado a trabajar en un sitio nuevo, que he conocido a un montón de gente nueva y que me esfuerzo mucho por recobrar el ánimo, pero que en el fondo sigo perdida porque no sé qué más hacer. También le contaré cuánto me molesta que me digan continuamente que el tiempo lo cura todo aunque la ausencia hace que aumente el cariño, lo cual me confunde, porque significa que cuanto más tiempo pase desde que se fue más voy a quererle. Le contaré que no hay nada que cure esa pena y que cuando me despierto por las mañanas en la cama vacía es como si me echaran sal a una herida abierta. —Holly exhaló un hondo suspiro—. Y luego le contaré cuánto añoro a mi marido y lo fútil que me parece la vida; lo poco que me interesa hacer cosas y la sensación que tengo de estar aguardando a que mi vida se acabe para poder reunirme con él. Y ella probablemente dirá: «Ah, muy bien», como hace siempre, dará un beso de despedida a su marido, subirá al coche y acompañará a los niños al colegio, irá a trabajar, preparará la cena y cenará en familia, se acostará con su marido y asunto resuelto, mientras que yo seguiré intentando decidir el color de la blusa que voy a ponerme para ir a trabajar. ¿Qué te parece? —Holly se volvió hacia Sharon.

—¡Uuuuuu! —Sharon dio un brinco y retiró el brazo de los hombros de Holly.

—¿Uuuuuu? —repitió Holly, ceñuda—. ¿Te digo todo esto y sólo se te ocurre decir «Uuuuuu»?

Sharon se llevó la mano al vientre y rió.

—No, tonta, ¡el bebé me ha dado una patada!

Holly abrió la boca, perpleja.

—¡Tócalo! —instó Sharon, sonriendo.

Holly puso su mano en la barriga hinchada de Sharon y notó la patadita. Los ojos se le llenaron de lágrimas.

—Oh, Sharon, si cada minuto de mi vida estuviera lleno de momentos perfectos como éste, nunca más volvería a quejarme.

—Pero, Holly, nadie tiene la vida llena de momentos perfectos. Y si fuera así, dejarían de ser perfectos. Serían normales. ¿Cómo conocerías la felicidad si nunca experimentaras bajones?

—¡Uuuu! —exclamaron al unísono cuando el bebé dio otra patada.

—¡Creo que este niño va a ser futbolista como su padre! —Sharon rió.

—¿Niño? —Holly soltó un grito ahogado—. ¿Vas a tener un niño?

Sharon asintió y los ojos le brillaron de emoción.

—Holly, te presento al pequeño Gerry. Gerry, ésta es tu madrina, Holly.

44

—Hola, Alice —dijo Holly, inclinándose hacia ella. Llevaba un rato de pie frente a su escritorio y Alice no había abierto la boca.

—Hola —se limitó a contestar Alice, evitando mirarla.

Holly suspiró e inquirió:

—¿Estás enfadada conmigo?

—No —replicó con la misma brusquedad—. Chris te espera en su despacho. Quiere que escribas otro artículo.

—¿Otro artículo? —Holly dio un respingo.

—Eso es lo que ha dicho.

—Alice, ¿por qué no lo escribes tú? —preguntó Holly en un susurro—. Eres una escritora fantástica. Seguro que si Chris supiera lo bien que lo haces no dudaría...

—Lo sabe —la interrumpió Alice.

—¿Qué? —Holly se mostró confusa—. ¿Sabe que escribes?

—Hace cinco años pedí trabajo como redactora, pero éste era el único puesto vacante. Chris me dijo que si esperaba un poco quizá saldría algo.

Holly no estaba acostumbrada a ver a la siempre alegre Alice tan... la palabra molesta no bastaba para describirla. Estaba claramente enojada.

Holly respiró hondo y se dirigió al despacho de Chris. Algo le decía que tendría que escribir el próximo ella sola.

Holly sonreía al pasar las páginas del número de noviembre en el que había trabajado. Estaría en las tiendas al día siguiente y se sentía entusiasmada. Su primera revista estaría en los estantes y también podría abrir la carta de noviembre de Gerry. Sería un gran día.

Aunque ella sólo había vendido los espacios para publicidad, se sentía muy orgullosa de formar parte de un equipo que conseguía producir algo con una apariencia tan profesional. Estaba a años luz de aquel patético folleto que había impreso años atrás, y rió al recordar haberlo mencionado en la entrevista. Como si eso pudiera impresionar a Chris. Pero pese a todo sentía que realmente había demostrado su valía. Había cogido las riendas de su trabajo y lo había conducido hasta el éxito.

—Da gusto verte tan contenta —le espetó Alice con aspereza, entrando en el despacho de Holly y tirando dos trocitos de papel al escritorio—. Has tenido dos llamadas mientras estabas fuera. Una de Sharon y otra de Denise. Por favor, di a tus amigas que te llamen a la hora del almuerzo, que yo no estoy para que me hagan perder el tiempo.

—Muy bien, gracias —dijo Holly, echando un vistazo a los mensajes. Alice había garabateado algo completamente ilegible, casi seguro a propósito—. ¡Oye, Alice! —la llamó en cuanto Alice salió dando un portazo.

—¿Qué? —replicó tras abrir la puerta de nuevo.

—¿Has leído el artículo de la fiesta? ¡Las fotos han quedado fantásticas! Estoy muy orgullosa. —Esbozó una amplia sonrisa.

—¡No, no lo he leído! —dijo Alice, y volvió a dar un portazo.

Holly se echó a reír y salió del despacho tras ella con la revista aún en la mano.

—¡Pero échale un vistazo, Alice! ¡Es muy bueno! ¡Daniel se pondrá muy contento!

—Pues me alegro por ti y por Daniel —soltó Alice, revolviendo los papeles de su escritorio como si estuviera muy ocupada.

Holly puso los ojos en blanco.

—¡Oye, deja de portarte como una cría y lee el puñetero artículo!

—¡No! —replicó Alice.

—Muy bien, pues te vas a perder la foto donde sales con ese pedazo de hombre semidesnudo...

Holly se volvió y comenzó a alejarse lentamente.

—¡Dame eso!

Alice le arrebató la revista de la mano y hojeó las páginas. Al llegar a la del lanzamiento de Blue Rock se quedó atónita.

En lo alto de la página ponía «Alice en el país de las maravillas» junto a la foto que Holly le había sacado con el modelo musculoso.

—Lee en voz alta —ordenó Holly.

La voz de Alice temblaba cuando comenzó a leer:

—«Una nueva bebida de Alco ha salido al mercado y nuestra corresponsal de fiestas, Alice Goodyear, fue a averiguar si el nuevo refresco era tal como...» —Se quedó sin habla y se tapó la boca, impresionada—. ¿Corresponsal de fiestas?

Holly fue a buscar a Chris y éste salió muy sonriente del despacho.

—Buen trabajo, Alice; escribiste un artículo fantástico. Es muy ameno —le dijo dándole una palmada en el hombro—. De modo que he creado una nueva página llamada «Alice en el país de las maravillas», para que cada mes escribas sobre alguno de esos eventos raros y maravillosos a los que tanto te gusta asistir.

Alice soltó un grito ahogado y balbuceó:

—Pero Holly...

—Holly no sabe escribir. —Chris rió—. Tú, en cambio, eres una gran escritora. Debería haber aprovechado tu talento hace tiempo. Lo siento mucho, Alice.

—¡Oh, Dios mío! —exclamó haciéndole caso omiso—. ¡Muchas gracias, Holly!

Le echó los brazos al cuello y la estrechó con tanta fuerza que Holly apenas podía respirar. Cuando por fin se zafó del abrazo, jadeó para recobrar el aliento y dijo:

—¡Alice, ha sido el secreto más difícil de guardar del mundo!

—¡Lo supongo! ¿Cómo diablos no me habré dado cuenta? —Alice miró a Holly, perpleja, y luego se volvió hacia Chris—. Cinco años, Chris —dijo acusadoramente.

Chris hizo una mueca y asintió con la cabeza.

—He esperado cinco años para esto —añadió Alice.

—Lo sé, lo sé —admitió Chris, rascándose el hombro como un colegial al que estuvieran reprendiendo—. ¿Por qué no te pasas por mi despacho y lo hablamos tranquilamente?

—Supongo que podría hacerlo —replicó Alice, muy seria aunque incapaz de disimular el brillo de alegría de sus ojos.

Chris se encaminó a su despacho y Alice se volvió hacia Holly y le guiñó el ojo antes de seguirlo.

Holly se dirigió a su despacho. Debía ponerse a trabajar en el número de diciembre.

—¿Qué demonios...? —exclamó al tropezar con un montón de bolsos que había ante su puerta—. ¿Qué es todo esto?

Chris hizo una mueca al salir de su despacho para preparar una taza de té para Alice.

—Oh, son los bolsos de John Paul.

—¿Los bolsos de John Paul? —repitió Holly con una risita.

—Para el artículo que está preparando sobre los bolsos de esta temporada o alguna otra tontería por el estilo —explicó Chris, fingiendo no tener el menor interés.

—Vaya, pues son fantásticos —dijo Holly, agachándose para coger uno.

—Bonitos, ¿verdad? —dijo John Paul, apoyándose en el marco de la puerta de su despacho.

—Sí, éste me encanta —dijo y se lo colgó del hombro—. ¿Me queda bien?

Chris hizo otra mueca.

—¿Cómo quieres que un bolso no le quede bien a alguien? ¡Es un bolso, por el amor de Dios!

—Tendrás que leer el artículo que estoy escribiendo para el mes que viene —le advirtió John Paul, señalando a su jefe con el dedo—. No todos los bolsos le sientan bien a todo el mundo, ¿sabes? —Se volvió hacia Holly—. Puedes quedártelo si quieres.

—¿Para siempre? —dijo ahogando un grito—. Debe de costar cientos.

—Sí, pero tengo un montón, tendrías que ver la cantidad de cosas que me dio el diseñador. ¡Quería comprarme con sus regalos, el muy descarado! —John Paul fingió estar ofendido.

—Apuesto a que le dio resultado —dijo Holly.

—Por supuesto, la primera frase del artículo será: «¡Que todo el mundo salga a comprar uno, son fabulosos!» —John Paul rió.

—¿Qué más tienes? —preguntó Holly, tratando de mirar al interior del despacho.

—Estoy preparando un artículo sobre qué hay que llevar en las fiestas navideñas que están al caer. Hoy me han llegado unos cuantos vestidos. De hecho —miró a Holly de arriba abajo y ella escondió la barriga—, hay uno que te quedaría de fábula. Ven y te lo pruebas.

—¡Qué bien! —exclamó Holly riendo—. Aunque sólo echaré un vistazo, John Paul, porque la verdad es que este año no voy a necesitar ningún vestido de fiesta.

Chris, que estaba escuchando la conversación, negó con la cabeza y vociferó desde su despacho:

—¿Es que nadie trabaja nunca en esta puñetera oficina?

—¡Sí! —replicó Tracey, gritando a su vez—. Así que cállate y no nos distraigas más.

Todo el personal de la revista rió y Holly hubiese jurado que vio a Chris sonreír antes de dar un portazo para conseguir un efecto dramático.

Después de inspeccionar la colección de John Paul, Holly reanudó el trabajo y al cabo de un rato devolvió la llamada a Denise.

—¿Diga? Aquí la tienda de ropa anticuada, fea y ridículamente cara. Encargada de mala uva al habla. ¿Qué desea?

—¡Denise! —exclamó Holly—. ¡No puedes contestar al teléfono así!

Denise rió.

—Bah, no te preocupes, tengo identificador de llamadas. Ya sabía que eras tú.

—Hmmm... —Holly desconfiaba; le extrañaba que Denise tuviera identificador de llamadas en el teléfono del trabajo—. Me han pasado un recado de que me habías llamado.

—Ah, sí, sólo llamaba para confirmar que asistirías al baile. Tom va a reservar mesa para el de este año.

—¿Qué baile?

—El baile de Navidad al que vamos todos los años, tonta.

—Ah, sí, el baile de Navidad... —Holly rió—. Lo siento, pero este año no puedo ir.

—¿Cómo que no puedes ir?

—Estaremos de cierre... —mintió. Bueno, desde luego tenía una fecha de cierre pero la revista ya estaba terminada, lo que significaba que en realidad no tenía ninguna necesidad de trabajar ese día hasta tan tarde.

—Pero si no tenemos que estar allí hasta después de las ocho —dijo Denise, tratando de convencerla—. Podrías presentarte a las nueve si así te va mejor, sólo te perderías las copas del aperitivo. Es un viernes por la noche, Holly, no pueden esperar que trabajes un viernes por la noche...

—Oye, Denise, lo siento —dijo Holly con firmeza—. Estoy demasiado ocupada.

—Eso es toda una novedad —musitó Denise.

—¿Qué has dicho? —preguntó Holly, un tanto enojada.

—Nada —replicó Denise.

—Te he oído. Has dicho que eso era toda una novedad, ¿me equivoco? Pues verás, resulta que me tomo el trabajo muy en serio, Denise, y no tengo intención de perder mi empleo por culpa de un baile estúpido.

—Muy bien —rezongó Denise—. Pues no vayas.

—¡No iré!

—¡Estupendo!

—Bueno, pues me alegro de que te parezca bien, Denise. —Holly no pudo evitar sonreír ante el diálogo tan estúpido que mantenían.

—Me alegro de que te alegre —agregó Denise, enojada.

—Oh, no seas tan infantil, Denise. —Holly puso los ojos en blanco—. Tengo que trabajar, es tan simple como eso.

—Bueno, no me sorprende, es lo único que haces últimamente —replicó—. Nunca quieres salir. Cada vez que te llamo resulta que estás ocupada haciendo algo al parecer mucho más importante, como trabajar. Durante mi despedida de soltera parecía que estuvieras pasando el peor fin de semana de tu vida y ni siquiera te dignaste salir la segunda noche. En realidad, no sé por qué te molestaste en ir. Si tienes algún problema conmigo, Holly, ¡preferiría que me lo dijeras a la cara en lugar de portarte como una pelmaza!

Holly se quedó perpleja y miró el teléfono. No podía creer que Denise dijera aquellas cosas. Le parecía mentira que Denise fuese tan estúpida y egoísta como para pensar que todo aquello tenía que ver con ella y no con las preocupaciones íntimas de Holly. No obstante, no era de extrañar que creyera estar perdiendo el juicio cuando una de sus mejores amigas era incapaz de comprenderla.

—Nunca había oído un comentario más egoísta que ése. —Holly procuró controlar la voz, pero notó que el enojo salpicaba sus palabras.

—¿Que soy egoísta? —chilló Denise—. ¡Fuiste tú quien se escondió en la habitación durante mi despedida de soltera! ¡Y era mi despedida de soltera! ¡Se supone que eres mi dama de honor!

—Estaba en la habitación con Sharon, ¡lo sabes de sobra! —se defendió Holly.

—¡Tonterías! Sharon no necesitaba que nadie le hiciera compañía. Está embarazada, no agonizante. ¡No es preciso que estés a su lado veinticuatro horas al día!

Hizo una pausa al darse cuenta de lo que acababa de decir.

Furiosa, Holly dijo con voz cada vez más temblorosa a medida que hablaba:

—Y aún te extraña que no quiera salir contigo. Pues es por esta clase de comentarios estúpidos e insensibles. ¿Alguna vez te has parado a pensar lo duro que resulta para mí? Os pasáis el día hablando de vuestros malditos preparativos de boda, de lo felices que sois y lo entusiasmadas que estáis y de las ganas que tienes de pasar el resto de tu vida compartiendo con Tom la dicha conyugal. Por si no te has dado cuenta, Denise, yo no tuve esa oportunidad porque mi marido murió. Aunque me alegro mucho por ti, de verdad. Me encanta que seas feliz y no pido ningún trato especial, lo único que pido es un poco de paciencia para comprender que ¡no lo habré superado hasta dentro de unos meses! En cuanto al baile, no tengo la menor intención de ir a un sitio que frecuenté con Gerry durante los diez años que estuvimos juntos. Puede que no lo comprendas, Denise, pero por curioso que parezca me resultaría un poco difícil, para decirlo suavemente. ¡Así que no me reservéis un cubierto, estaré muy bien quedándome en casa! —gritó y colgó el auricular de golpe. Rompió a llorar y apoyó la cabeza en el escritorio sin dejar de sollozar. Se sentía perdida. Ni siquiera su mejor amiga la comprendía. Quizás estuviera volviéndose loca. Quizá ya debería haber superado la pérdida de Gerry. Quizás aquello era lo que hacía la gente normal cuando fallecían sus seres queridos. Una vez más pensó que tendría que haber comprado el manual para viudas para ver el tiempo recomendado de luto, dejando así de ser una lata para sus familiares y amigos.

Finalmente el llanto dio paso a unos débiles sollozos y advirtió el silencio que reinaba en la oficina. Comprendió que todo el mundo la habría oído y sintió tanta vergüenza que no se atrevió a salir al cuarto de baño en busca de un pañuelo de papel. Le ardía la cabeza y tenía los ojos hinchados de tanto llorar. Se secó las lágrimas con la manga de la blusa.

—¡Mierda! —farfulló tirando unos papeles de encima del escritorio al darse cuenta de que había manchado de base de maquillaje, rímel y pintalabios la manga de su blusa blanca. Se incorporó en el asiento al oír que llamaban a su puerta.

—Adelante —dijo con un hilo de voz.

Chris entró en el despacho con dos tazas de té.

—¿Té? —propuso arqueando las cejas, y Holly le sonrió débilmente al recordar la broma del día de la entrevista. Chris dejó una taza delante de ella y se sentó en la silla de enfrente—. ¿Estás pasando un mal día? —preguntó con toda la amabilidad de la que era capaz su imponente voz.

Holly asintió con la cabeza y de nuevo se le saltaron las lágrimas.

—Perdona, Chris. —Hizo un gesto con la mano mientras intentaba recobrar la compostura—. No afectará a mi trabajo —dijo entrecortadamente.

—Holly, eso no me preocupa lo más mínimo, eres una gran trabajadora —dijo Chris, restándole importancia.

Holly sonrió, agradecida por el cumplido. Al menos estaba haciendo una cosa bien.

—¿Quieres marcharte a casa más temprano?

—No, gracias, el trabajo me mantiene la mente ocupada.

Apenado, Chris negó con la cabeza.

—Ésa no es forma de solucionarlo, Holly. Nadie lo sabe tan bien como yo. Me he encerrado entre estas cuatro paredes y de poco me ha servido. Al menos a la larga.

—Pero tú pareces feliz —musitó Holly con voz temblorosa.

—Ser y parecer algo no es lo mismo. Me consta que lo sabes.

Holly asintió, desolada.

—No tienes que hacerte la valiente todo el tiempo, ¿sabes? —Le tendió un pañuelo de papel.

—De valiente no tengo nada —replicó Holly, y se sonó.

—¿Alguna vez has oído eso de que hay que tener miedo para ser valiente?

Holly meditó un instante.

—Pero no me siento valiente, sólo tengo miedo.

—Bah, todos tenemos miedo en algún momento. No hay nada de malo en ello y llegará un día en que dejarás de tener miedo. ¡Mira todo lo que has hecho! —Chris levantó las manos como abarcando el despacho—. ¡Y mira esto! —Pasó las páginas de una revista—. Éste es el trabajo de una persona muy valiente.

Holly sonrió.

—Me encanta el trabajo.

—¡Y eso está muy bien! Pero debes aprender a disfrutar de otras cosas que no sean el trabajo.

Holly frunció el entrecejo. Esperó que aquello no fuera a convertirse en una charla entre perdedores desdichados.

—Me refiero a aprender a quererte a ti misma, a disfrutar de tu nueva vida. No permitas que toda tu vida gire en torno a tu empleo. Tú eres más que eso.

Holly levantó las cejas. «Dijo la sartén al cazo: retírate que me manchas», pensó.

—Ya sé que no puedo ponerme como ejemplo. —Chris hizo un gesto de asentimiento con la cabeza—. Pero también voy aprendiendo... —Apoyó una mano en la mesa y comenzó a apartar migas imaginarias mientras pensaba en lo que iba a decir a continuación—. Me he enterado de que no quieres asistir a ese baile.

Holly creyó morir de vergüenza al comprender que había oído la conversación.

Chris prosiguió:

—Había un millón de sitios a los que me negaba a ir cuando Maureen murió —dijo con voz triste—. Los domingos solíamos ir a pasear al jardín botánico y simplemente me sentía incapaz de regresar allí después de perderla. Había un sinfín de recuerdos contenidos en cada flor y cada árbol que crecía allí. El banco donde solíamos sentarnos, su árbol predilecto, su rosa favorita, cualquier detalle del parque me recordaba a ella.

—¿Volviste a ir? —preguntó Holly. Tomó un sorbo de té y notó su reconfortante calor.

—Hace unos meses —dijo Chris—. Me costó mucho pero lo hice, y ahora voy cada domingo. Tienes que hacer frente a las cosas, Holly, y pensar en ellas positivamente. A menudo me repito: en este lugar solíamos reír, llorar o discutir, y cuando vas al sitio y recuerdas todos esos momentos que atesoras en la memoria, te sientes más cerca de la persona amada. Puedes celebrar el amor que compartiste en lugar de esconderte de él. —Se echó hacia delante y la miró de hito en hito—. Hay personas que pasan por la vida buscando y nunca encuentran a su alma gemela. Nunca. Tú y yo la encontramos, sólo que las tuvimos por un período más corto del habitual. Es triste, pero así es la vida. Así que ve a ese baile, Holly, y acepta el hecho de que tuviste a alguien a quien amaste y que te correspondió.

Las lágrimas bañaron el rostro de Holly al comprender que Chris tenía razón. Necesitaba recordar a Gerry y alegrarse por el amor que habían compartido y el que todavía seguía sintiendo, pero no para llorar por ellos, no para anhelar los años vividos juntos que ya no estaban a su alcance. Pensó en la frase que había escrito en su última carta para ella: «Recuerda nuestros momentos felices, pero por favor no tengas miedo de crear nuevos recuerdos.» Necesitaba alejar al fantasma de Gerry para mantener vivo su recuerdo.

Después de su muerte, aún había vida para ella.

45

—Lo siento, Denise —se disculpó Holly. Estaban sentadas en el cuarto de los empleados de la tienda de Denise, rodeadas de cajas llenas de perchas, ropa, bolsos y accesorios que estaban esparcidos sin orden ni concierto por toda la habitación. En el ambiente se percibía un fuerte olor a moho procedente del polvo que se había acumulado en las prendas colgadas en rieles desde Dios sabía cuándo. Una cámara de seguridad atornillada a la pared las observaba y grababa su conversación.

Holly observaba el rostro de Denise a la espera de una reacción y vio que su amiga apretaba los labios y asentía enérgicamente con la cabeza, como para dar a entender que todo iba bien.

—No, no está bien. —Holly se sentó en el borde de la silla, tratando de mantener una conversación seria—. Perdí los estribos sin querer mientras hablábamos por teléfono. Que tenga los nervios a flor de piel no me da derecho a tomarla contigo.

Denise se armó de valor antes de hablar.

—No, tenías razón, Holly...

Holly negó con la cabeza e intentó manifestar su disconformidad, pero Denise siguió hablando.

—He estado tan nerviosa con lo de la boda que no he pensado en lo que debías de sentir tú.

Miró con afecto a su amiga, cuyo rostro se veía muy pálido sobre la chaqueta oscura. Holly lo estaba haciendo tan bien que resultaba fácil olvidar que aún tenía que librarse de algunos fantasmas.

—Pero es normal que estés nerviosa —insistió Holly.

—Y también lo es que tú estés disgustada —repuso Denise con firmeza—. No lo pensé, simplemente no lo pensé. —Se llevó las manos a las mejillas mientras negaba con la cabeza—. No vayas al baile si no vas a estar a gusto. Todos lo comprenderemos. —Cogió la mano de Holly.

Ésta se sintió confusa. Chris había conseguido convencerla de que fuera al baile y ahora su mejor amiga le estaba diciendo que le parecía correcto que no fuera. Le dolía la cabeza y los dolores de cabeza la asustaban. Se despidió de Denise con un abrazo y le prometió que llamaría más tarde para comunicarle su decisión.

Emprendió el regreso a la oficina sintiéndose aún más insegura que antes. Quizá Denise tuviera razón, no era más que un baile estúpido y no tenía por qué ir si no le apetecía. Sin embargo, aquel estúpido baile también era sumamente representativo del tiempo que habían pasado juntos ella y Gerry. Era una velada que ambos habían disfrutado, una velada que compartían con sus amigos y una oportunidad para bailar al son de sus canciones favoritas. Si acudía sin él, rompería la tradición y sustituiría sus recuerdos felices por otros completamente distintos. No quería hacerlo. Quería aferrarse a cada retazo de recuerdo de Gerry y ella juntos. La asustaba constatar que empezaba a olvidar su rostro. Cuando soñaba con él, siempre se le aparecía como otra persona; alguien que había inventado con un rostro y una voz distintos.

De vez en cuando llamaba a su teléfono móvil sólo para oír su voz en el contestador. Había pagado la factura del teléfono cada mes para mantener activa la línea. Su olor se había desvanecido de la casa, su ropa había desaparecido tiempo atrás por voluntad expresa de él. Su imagen iba desdibujándose en su mente y ella se aferraba a cualquier cosa que mantuviera vivo su recuerdo. Cada noche dedicaba un rato a pensar en Gerry antes de acostarse para ver si así soñaba con él. Hasta compraba su loción para después del afeitado favorita y rociaba la casa con ella para no sentirse tan sola. A veces estaba por ahí y un olor familiar o una canción la transportaban hasta otro tiempo y lugar. Un tiempo más feliz.

En ocasiones lo entreveía caminando por la calle o conduciendo un coche y entonces lo perseguía durante kilómetros hasta constatar que no era él, sino sólo alguien parecido. Le costaba desprenderse. Le costaba porque en el fondo no quería hacerlo, ya que era lo único que tenía. Pero en realidad no le tenía, de modo que se sentía perdida y confusa.

Justo antes de llegar a la oficina se asomó al Hogan's. Últimamente estaba muy a gusto con Daniel. Desde aquella cena en la que se había sentido tan incómoda en su compañía se había dado cuenta de que su comportamiento era ridículo. Ahora comprendía el motivo. Antes, la única amistad que había tenido con un hombre era la de Gerry, y ésa era una relación romántica. La idea de intimar tanto con Daniel le resultaba extraña e inusual. Desde entonces Holly se había convencido de que no era necesario que hubiera un vínculo romántico para ser amiga de un hombre soltero y sin compromiso, aunque éste fuera apuesto.

Y la grata compañía pronto se había convertido en un sentimiento de camaradería. De hecho, había sentido aquello desde el momento en que lo conoció. Podían hablar durante horas sobre sus sentimientos y sus vidas, y Holly tenía claro que tenían un enemigo común: la soledad. Sabía que él padecía una clase de dolor distinta y se ayudaban mutuamente en los momentos difíciles, cuando uno u otra necesitaban que alguien los escuchara o les hiciera reír. Y esos días eran muy frecuentes.

—¿Y bien? —dijo Daniel, saliendo de detrás de la barra—. ¿Irá al baile Cenicienta?

Holly sonrió y arrugó la nariz. Iba a decirle que no asistiría, pero se contuvo.

—¿Vas a ir tú?

Daniel sonrió y también arrugó la nariz. Holly rió.

—Bueno, será otro caso de «vivan las parejas». Creo que

no seré capaz de aguantar otra velada con Sam y Samantha y Robert y Roberta.

Acercó un taburete a Holly y ésta se sentó.

—Hombre, siempre podemos ser groseros y no hacerles el menor caso.

—¿Y entonces qué sentido tiene ir? —Daniel se sentó a su lado y apoyó una de sus botas de piel en el travesaño del taburete de Holly—. No esperarás que te dé conversación toda la noche, ¿verdad? Ya nos lo hemos contado todo a estas alturas, quizá me estoy cansando de ti.

—¡Pues muy bien! —Holly fingió ofenderse—. De todos modos tenía planeado ignorarte.

—¡Buf! —Daniel se pasó la mano por la frente haciendo un gesto de alivio—. En ese caso seguro que voy.

Holly se puso seria y dijo:

—Me parece que realmente tengo que ir.

Daniel dejó de reír.

—Pues entonces vayamos.

Holly le sonrió.

—Creo que a ti también te sentará bien, Daniel —susurró.

Daniel dejó caer el pie que apoyaba en el taburete de Holly y volvió la cabeza, fingiendo que echaba un vistazo al local.

—Holly, estoy bien —dijo de modo poco convincente.

Holly se puso de pie de un salto, lo cogió por las mejillas y le dio un beso en la frente.

—Daniel Connelly, deja de intentar hacerte el macho y el duro. A mí no me engañas.

Se despidieron con un abrazo y Holly se dirigió a la oficina, dispuesta a no volver a cambiar de opinión. Subió taconeando por la escalera de madera y pasó sin detenerse por delante del escritorio de Alice, que seguía contemplando embelesada su artículo.

—¡John Paul! —exclamó Holly—. ¡Necesito un vestido enseguida!

46

Holly se estaba retrasando mientras iba de un lado a otro de su dormitorio, intentando vestirse para el baile. Había pasado las dos últimas horas maquillándose, llorando hasta estropear el maquillaje y empezando de nuevo. Se aplicó rímel en las pestañas por cuarta vez consecutiva, rezando para que el lagrimal se le hubiera secado al menos por lo que quedaba de noche. Una perspectiva de lo más improbable, pero una chica nunca debía perder la esperanza.

—¡Cenicienta, tu príncipe ha llegado! —gritó Sharon desde el pie de la escalera.

El corazón de Holly se aceleró, necesitaba más tiempo. Necesitaba sentarse y replantearse la idea de asistir al baile una vez más, ya que había olvidado por completo las razones que tenía para ir. Ahora sólo le acudían a la mente los motivos para no hacerlo.

Razones para no ir: no le apetecía, se pasaría la noche llorando, estaría sentada a una mesa llena de supuestos amigos que no habían hablado con ella desde que Gerry murió, se sentía fatal, se veía fatal y Gerry no estaría allí.

Razones para ir: tenía la abrumadora sensación de que debía asistir.

Respiró lentamente, procurando evitar que volvieran a saltársele las lágrimas.

—Holly, sé fuerte, puedes hacerlo —susurró a su reflejo en el espejo—. Tienes que hacerlo, será por tu bien, te hará más fuerte.

Fue repitiendo el mismo conjuro hasta que el gozne de la puerta chirrió y la sobresaltó.

—Perdona —se disculpó Sharon, apareciendo detrás de la puerta—. ¡Oh, Holly, estás preciosa! —exclamó.

—Doy pena —masculló Holly.

—Bah, deja de decir tonterías —le espetó Sharon, enojada—. Yo parezco un globo y ¿acaso oyes que me queje? ¡Tienes que admitir que estás hecha un bombón! —Le sonrió en el espejo—. Todo irá bien.

—Quiero quedarme en casa esta noche, Sharon. Tengo que abrir el último mensaje de Gerry.

Holly no podía creer que hubiese llegado aquel momento. Pasado mañana ya no habría más palabras afectuosas de Gerry y ella seguía necesitándolas. Desde el mes de abril anterior había aguardado con impaciencia que pasaran las semanas para poder abrir los sobres y leer aquella caligrafía perfecta, pero el tiempo había pasado volando y ahora tocaba a su fin. Quería quedarse en casa para saborear aquel último momento especial.

—Lo sé —dijo Sharon, comprensiva—. Pero eso puede esperar unas horas, ¿no crees?

Holly se disponía a replicar cuando John gritó desde la escalera:

—¡Vamos, chicas! ¡El taxi espera! ¡Aún tenemos que recoger a Tom y Denise!

Antes de seguir a Sharon, Holly abrió el cajón de su tocador y sacó la carta de Gerry del mes de noviembre que había abierto unas semanas atrás. Necesitaba sus palabras de aliento para recobrar el ánimo. Acarició la tinta con la punta de los dedos y se lo imaginó escribiendo. Imaginó la cara que hacía al escribir y que ella siempre aprovechaba para tomarle el pelo. Era una cara de pura concentración, hasta sacaba la lengua entre los labios al escribir. Holly adoraba aquella cara. Añoraba aquella cara. Sacó la tarjeta del sobre. Necesitaba que la carta le diera fuerzas y sabría que sería así. Leyó una vez más:

Cenicienta tiene que ir al baile este mes. Y estará fascinante y preciosa y se lo pasará en grande como siempre... Aunque nada de vestidos blancos este año...

Posdata: te amo...

Holly suspiró y siguió a Sharon escaleras abajo.

—¡Uau! —exclamó Daniel, atónito—. Estás fabulosa, Holly.

—Estoy que doy pena —masculló Holly, y Sharon la fulminó con la mirada—. Pero gracias de todos modos —agregó enseguida. John Paul la había ayudado a elegir un vestido negro sin espalda con una abertura hasta el muslo justo en medio. Nada de vestidos blancos este año.

Montaron todos en el taxi furgoneta y al acercarse al primer semáforo, Holly rezó para que se pusiera rojo. No hubo suerte. Por una vez apenas había tráfico en las calles de Dublín y después de recoger a Tom y Denise llegaron al hotel en tiempo récord. A pesar de sus oraciones, no hubo ningún corrimiento de tierras en los Montes Dublín ni ningún volcán entró en erupción. El infierno también se negó a congelarse.

Se acercaron al mostrador que había junto a la entrada del salón donde se celebraba la recepción y Holly miró al suelo al notar que todas las mujeres los miraban, ansiosas por ver cómo iban vestidos los recién llegados. Cuando hubieron comprobado que seguían siendo las personas más guapas de la fiesta, se volvieron y reanudaron sus conversaciones. La mujer que estaba detrás del mostrador los recibió con una sonrisa.

—Hola, Sharon. Hola, John. Hola, Denise... ¡Vaya! —Su rostro quizá podría haber palidecido más bajo el bronceado postizo que lucía, aunque Holly no estuvo muy segura—. Hola, Holly, me alegro de que hayas venido teniendo en cuenta... —Se interrumpió enseguida y repasó la lista de invitados para tachar sus nombres.

—Vayamos al bar —sugirió Denise, cogiendo a Holly del brazo y arrastrándola lejos de aquella mujer.

Mientras cruzaban la sala en dirección al bar, una mujer con quien Holly no había hablado desde hacía algunos meses la abordó.

—Holly, sentí mucho enterarme de lo de Gerry. Era un hombre encantador.

—Gracias.

Holly sonrió y Denise volvió a tirar de ella. Finalmente llegaron al bar.

—Hola, Holly —dijo una voz conocida a sus espaldas.

—Oh, hola, Paul —dijo Holly, volviéndose hacia el corpulento hombre de negocios que patrocinaba aquella obra benéfica. Era alto, estaba muy gordo y tenía el semblante muy rojo probablemente debido al estrés de dirigir una de las empresas más rentables de Irlanda. A eso y al hecho de beber más de la cuenta. Daba la impresión de que la pajarita le estaba asfixiando y tiró de ella con expresión de incomodidad. Los botones del esmoquin parecían a punto de salir disparados en cualquier momento. Holly no lo conocía mucho, era una de tantas personas con las que coincidía en el baile año tras año.

—Estás tan encantadora como siempre. —Le dio un beso en la mejilla—. ¿Puedo invitarte a una copa? —preguntó levantando la mano para llamar la atención del camarero.

—Oh, no, gracias —contestó Holly sonriendo.

—Vamos, no me la rehúses —dijo él, sacándose una abultada cartera del bolsillo—. ¿Qué vas a tomar?

Holly se dio por vencida.

—Ya que insistes, una copa de vino blanco, por favor.

—Quizá también debería invitar a ese miserable que tienes por marido. —Rió—. ¿Qué está tomando? —preguntó buscándolo por la sala.

—No está aquí, Paul —dijo Holly, incómoda.

—¿Y por qué no? Será canalla. ¿Dónde se ha escondido? —preguntó Paul, levantando la voz.

—Falleció a principios de año, Paul —dijo Holly con delicadeza esperando no violentarlo.

—Oh. —Paul se sonrojó aún más y carraspeó con nerviosismo. Bajó la vista a la barra—. Lo lamento mucho —balbuceó, y miró hacia otra parte. Volvió a tirarse de la pajarita.

—Gracias —dijo Holly, y se puso a contar mentalmente los segundos que tardaría en darle una excusa para poner fin a la conversación. Se marchó al cabo de tres segundos, tras asegurar que tenía que llevar una copa a su esposa. Holly se quedó sola en la barra, ya que Denise había regresado junto a su grupo con las bebidas. Cogió la copa de vino blanco y se dirigió hacia ellos.

—Hola, Holly.

Se volvió para ver quién la había llamado.

—Ah, hola, Jennifer.

Se encontró delante de otra mujer a quien sólo conocía de asistir a aquel baile. Llevaba un vestido de baile increíble, iba cubierta de joyas caras y sostenía una copa de champán entre el pulgar y el índice de su mano enguantada. Tenía el cabello rubio casi blanco; la piel, oscura y áspera por el exceso de sol.

—¿Cómo estás? ¡Te ves de fábula, y el vestido también! —Bebió un sorbo de champán y miró a Holly de arriba abajo.

—Estoy bien, gracias. ¿Y tú?

—Simplemente de fábula, gracias. ¿No has venido con Gerry esta noche? —Echó un vistazo al salón.

—No, falleció en febrero —repitió Holly amablemente.

—Oh, cielo, lo siento mucho. —Dejó la copa de champán en la mesa que tenían al lado y se llevó las manos al rostro, poniendo ceño con aire de preocupación—. No tenía idea. ¿Cómo lo estás llevando, pobrecita mía? —Apoyó una mano en el brazo de Holly.

—Muy bien, gracias —repitió Holly, sonriendo para no ensombrecer el ambiente.

—Oh, pobrecita mía. —Jennifer bajó la voz y la miró con compasión—. Debes de estar destrozada.

—Bueno, sí, es duro, pero lo voy superando. Intento ser positiva, ¿sabes?

—No sé cómo puedes, es una noticia espantosa. —No

apartaba los ojos de Holly, y ahora parecían mirarla de otra manera. Holly asintió y deseó que aquella mujer dejara de decirle lo que ya sabía de sobra.

—¿Y estuvo enfermo? —indagó Jennifer.

—Sí, tuvo un tumor cerebral —explicó Holly.

—Oh, cariño, eso es espantoso. Y siendo tan joven... —Cada palabra que pronunciaba se convertía en un agudo chirrido.

—Sí que lo era... pero juntos tuvimos una vida muy feliz, Jennifer.

Una vez más procuró no enrarecer el ambiente mostrándose positiva, aunque dudaba mucho de que aquella mujer fuera capaz de entender aquel concepto.

—Claro que sí, qué lástima que no fuera una vida en común más larga. Tiene que ser devastador para ti, absolutamente espantoso e injusto. Debes de sentirte fatal. ¿Y por qué diablos has venido esta noche? ¡Esto está lleno de parejas! —Echó un vistazo a las parejas que tenían alrededor como si de repente hubiese percibido un mal olor.

—Bueno, hay que aprender a continuar adelante —dijo Holly, sonriendo.

—Por supuesto. Pero tiene que ser muy difícil. Oh, qué horror. —Volvió a taparse la cara con las manos, mostrándose consternada.

Holly sonrió y masculló:

—Sí, es difícil, pero, como ya te he dicho, tengo que ser positiva y seguir adelante. Por cierto, hablando de seguir adelante, más vale que vaya a reunirme con mis amigos —dijo cortésmente y se dirigió hacia ellos.

—¿Estás bien? —le preguntó Daniel cuando se reunió con el grupo.

—Sí, muy bien, gracias —repitió Holly por enésima vez aquella noche. Miró a Jennifer, que se había reunido con sus amigas y hablaba sin quitar ojo a Holly y Daniel.

—¡Ya estoy aquí! —anunció una voz desde la puerta. Holly se volvió y vio a Jamie, el juerguista, plantado en la entrada con los brazos en alto—. ¡He vuelto a ponerme mi traje de pingüino y estoy listo para la fiesta! —Dio unos pasos de baile antes de unirse al grupo, atrayendo las miradas de todo el mundo. Justo lo que deseaba. Hizo su ronda de saludos estrechando la mano de los hombres y dando un beso en la mejilla a las mujeres, aunque se equivocó «cómicamente» de gesto en un par de ocasiones. Al llegar a Holly, hizo una pausa y su mirada vaciló un par de veces entre ella y Daniel. Por fin estrechó con frialdad la mano de Daniel, besó rápidamente a Holly en la mejilla, como si estuviera enferma, y se alejó corriendo. Holly, muy enojada, intentó tragarse el nudo que se le había hecho en la garganta. Había sido muy grosero.

Su esposa, Helen, sonrió tímidamente a Holly desde el otro lado del grupo pero no se aproximó. A Holly no le sorprendió. Era obvio que les había costado demasiado conducir diez minutos calle abajo para visitarla después de la muerte de Gerry, así que tampoco esperaba que Helen diera los diez pasos que la separaban de ella para saludarla. Ignoró a la pareja y se puso a charlar con sus verdaderos amigos, aquellos que la habían apoyado durante el último año.

Holly se estaba riendo con una de las anécdotas de Sharon cuando notó que alguien le daba unos golpecitos en el hombro. Se volvió aún riendo y se encontró con Helen, que parecía apenada.

—Hola, Helen —saludó con tono alegre.

—¿Cómo estás? —preguntó Helen en un susurro tocando a Holly en el brazo.

—Oh, muy bien —le respondió asintiendo con la cabeza—. Deberías escuchar esta historia, es muy divertida. —Sonrió y siguió pendiente de Sharon.

Helen dejó la mano apoyada en el brazo de Holly y al cabo de un rato volvió a darle un golpe en el hombro.

—Quiero decir que cómo estás desde que Gerry...

Holly renunció a escuchar a Sharon.

—¿Desde que Gerry murió?

Comprendía que la gente a veces se incomodara en aquellas situaciones. A Holly también le ocurría de vez en cuando, pero consideraba que si eran ellos quienes sacaban el tema lo menos que podían hacer era ser lo bastante adultos como para mantener una conversación normal.

Helen hizo una mueca ante la pregunta de Holly.

—Bueno, sí, pero no quería decir...

—No pasa nada, Helen. He aceptado que eso es lo que ocurrió.

—¿En serio?

—Por supuesto —dijo Holly, frunciendo el entrecejo.

—Es que como hacía tanto que no te veía estaba comenzando a preocuparme...

Holly rió.

—Helen, sigo viviendo a la vuelta de la esquina de tu casa, mi número de teléfono sigue siendo el mismo y el de mi móvil también. Si tan preocupada estabas, podrías haberme localizado fácilmente.

—Sí, ya, pero no quería entrometerme... —Se interrumpió como si aquello explicara que no hubiese visto a Holly desde el funeral.

—Los amigos no se entrometen, Helen —puntualizó Holly cortésmente, aunque esperando que el mensaje hubiese llegado a su destinataria.

Las mejillas de Helen se ruborizaron levemente y Holly se volvió para contestar a Sharon.

—Guárdame un sitio a tu lado, ¿quieres? Tengo que ir al baño un momento otra vez —dijo Sharon.

—¿Otra vez? —soltó Denise—. ¡Acabas de ir hace cinco minutos!

—Verás, esto suele pasar cuando tienes a un bebé de siete meses apretándote la vejiga —explicó antes de dirigirse al lavabo caminando torpemente.

—En realidad no tiene siete meses, ¿verdad? —dijo Denise, torciendo el gesto—. Técnicamente tiene menos dos meses, porque de lo contrario significaría que el bebé tendría nueve meses al nacer y entonces celebrarían su primer cumpleaños al cabo de tres meses. Y normalmente los bebés ya caminan cuando cumplen el año.

Holly la miró con ceño.

—Denise, ¿por qué te torturas con pensamientos como ése?

Denise se volvió hacia Tom e inquirió:

—Pero tengo razón, ¿verdad?

—Sí, cielo —contestó Tom, sonriendo con dulzura.

—Gallina —dijo Holly en broma a Tom.

Sonó un timbre anunciando que era hora de sentarse en el comedor y la multitud comenzó a dirigirse hacia las mesas. Holly se sentó y puso su bolso nuevo en la silla de al lado para guardarle el sitio a Sharon. En aquel momento Helen se acercó dispuesta a sentarse.

—Perdona, Helen, pero Sharon me ha pedido que le guardara este sitio —explicó Holly educadamente.

—Bah, seguro que a Sharon no le importa —repuso Helen restándole importancia, y al sentarse en la silla aplastó el bolso nuevo de Holly. Sharon se dirigió a la mesa y se mordió el labio, un tanto molesta. Holly se disculpó señalando a Helen. Sharon puso los ojos en blanco, se metió dos dedos en la boca y fingió vomitar. Holly rió.

—Vaya, veo que estás animada —comentó Jamie a Holly, mostrándose muy poco impresionado.

—¿Por qué no iba a estarlo? —replicó Holly con aspereza.

Jamie contestó con una respuesta ingeniosa que algunos comensales le rieron porque era «muy divertida», y Holly les hizo caso omiso. Ya no le parecía nada divertido, pese a que ella y Gerry habían sido de los que le reían todas las gracias. Ahora no hacía más que decir estupideces.

—¿Estás bien? —preguntó Daniel en voz baja desde el otro lado.

—Sí, muy bien, gracias —contestó Holly, y bebió un sorbo de vino.

—Oye, no tienes por qué contestarme de esa manera, Holly. Soy yo. —Daniel rió.

—Todo el mundo está siendo muy atento dándome sus condolencias —se lamentó Holly, y bajó la voz hasta un susurro para que Helen no alcanzara a oírla—, pero me siento como si volviera a estar en su funeral, teniendo que fingir que soy toda fuerza y entereza pese a que algunos de ellos lo único que quieren es verme hecha polvo. Es algo espantoso. —Imitó a Jennifer y puso los ojos en blanco—. Y luego están los que no se han enterado de lo sucedido, y desde luego éste no es el mejor sitio para contárselo.

Daniel la escuchaba pacientemente. Asintió con la cabeza cuando por fin dejó de hablar.

—Entiendo lo que dices. Cuando Laura y yo rompimos, tuve la impresión de que fuera donde fuese siempre tenía que contárselo a la gente. Pero lo bueno es que al final se corre la voz y dejas de tener esas conversaciones tan incómodas.

—¿Has tenido noticias de Laura, por cierto? —preguntó Holly.

Disfrutaba criticando a Laura aunque no la conociera. Le encantaba que Daniel le contara historias de ella y luego pasar la noche hablando de lo mucho que la odiaban. Era un buen pasatiempo, y ahora Holly necesitaba cualquier pretexto que le evitara tener que hablar con la pesada de Helen.

—Pues sí, en realidad tengo un buen cotilleo —contestó Daniel con picardía.

—Fantástico, me encantan los cotilleos —dijo Holly, frotándose las manos con deleite.

—Bien, un amigo mío, que se llama Charlie y que trabaja de camarero en el hotel del padre de Laura, me contó que su novio intentó propasarse con una huésped del hotel y que Laura lo sorprendió, de modo que han roto. —Rió con malicia y los ojos le brillaron. Estaba encantado de que le hubieran partido el corazón.

Holly se quedó atónita porque aquella historia le resultaba familiar.

—Oye, Daniel, ¿cuál es el hotel de su padre?

—El Galway Inn. No es nada del otro mundo, pero está en una buena zona, en el paseo marítimo.

—Oh —musitó Holly, abriendo los ojos desorbitadamente.

—Sí. —Daniel rió—. Genial, ¿eh? Si alguna vez conozco a la mujer que les ha hecho romper, le compraré la botella de champán más cara que exista.

Holly esbozó una sonrisa e inquirió:

—¿No me digas?

Más le valía comenzar a ahorrar. Holly estudió el rostro de Daniel con curiosidad, preguntándose cómo diablos era posible que Daniel alguna vez hubiese estado interesado por Laura. Holly habría apostado todo su dinero contra ellos dos como pareja, pues le parecía que ella no era su tipo, aunque en realidad no tenía idea de cuál era tal «tipo». Daniel era muy simpático y amable, mientras que Laura era... Bueno, Laura era una bruja. No se le ocurría una palabra mejor para describirla.

—Oye, Daniel. —Holly se remetió el pelo detrás de las orejas con ademán nervioso, preparándose para interrogar a Daniel sobre la clase de mujer que le gustaba. Él le sonrió con los ojos aún brillantes por la noticia de la separación de su ex novia y su ex amigo.

—Dime, Holly.

—Verás, me estaba preguntando una cosa. Laura da la impresión de ser un poco... En fin, una bruja, si quieres que te diga la verdad. —Se mordió el labio y observó atentamente la reacción de Daniel para ver si lo había ofendido. Él siguió mirando impertérrito las velas del centro de mesa—. Bueno —prosiguió Holly, consciente de que debía andar con pies de plomo para abordar el tema puesto que sabía de sobra que Laura había partido el corazón de Daniel—, lo que realmente quería preguntarte es qué viste en ella ¿Cómo es posible que alguna vez estuvierais enamorados? Sois muy diferentes. Al menos, por lo que cuentas, parecéis muy diferentes —corrigió enseguida al recordar que se suponía que ella nunca había visto a Laura.

Daniel permaneció en silencio un momento y Holly temió haber pisado terreno resbaladizo. Por fin apartó la vista de las velas y la miró. Sonrió con tristeza y dijo:

—En realidad Laura no es una bruja, Holly. Bueno, lo

fue cuando me dejó por uno de mis mejores amigos... pero como persona, cuando estábamos juntos, nunca se comportó como una bruja. Dramática, sí. Una bruja, no. —Volvió a sonreír y cambió de postura para mirarle a la cara—. Verás, a mí me encantaba el drama de nuestra relación. Me parecía excitante, Laura me cautivaba. —Su rostro se animó al explicar su relación y fue hablando cada vez más deprisa a medida que recordaba el amor perdido—. Me encantaba levantarme por la mañana y preguntarme de qué humor estaría ella ese día, me encantaban nuestras peleas, me encantaba la pasión que había en ellas y la manera en que hacíamos el amor al reconciliarnos. —Los ojos le brillaban—. Hacía muchos aspavientos por casi todo, pero supongo que eso era lo que me resultaba diferente y atractivo de ella. Yo solía decirme que mientras hiciera tantos aspavientos a propósito de nuestra relación no tenía por qué preocuparme. Si hubiese dejado de hacerlos, quizás habría dejado de merecer la pena. Me encantaba el drama —repitió creyendo en sus palabras—. Nuestros temperamentos eran opuestos, pero formábamos un buen equipo. Ya sabes lo que dicen sobre que los opuestos se atraen... —Miró a los ojos de su nueva amiga y la vio preocupada—. No me trataba mal, Holly. No era una bruja en ese sentido... —Sonrió y agregó—: Era sólo...

—Dramática —concluyó Holly por él, comprendiéndolo al fin.

Daniel asintió con la cabeza.

Holly contempló su rostro mientras él se perdía en otro recuerdo. Supuso que era posible que cualquiera amara a cualquiera. Ésa era la mayor grandeza del amor, que se presentaba en todas las formas, tamaños y temperamentos.

—La echas de menos —afirmó Holly con ternura, apoyando una mano en su brazo.

Daniel despertó de su ensoñación y miró a Holly de hito en hito. Un estremecimiento recorrió la columna vertebral de ésta y el vello se le erizó. Daniel soltó una risotada y volvió a sentarse de cara a la mesa.

—Te equivocas de nuevo, Holly Kennedy. —Asintió con

la cabeza y puso ceño, como si Holly hubiese dicho la cosa más rara del mundo—. Estás completamente equivocada.

Cogió los cubiertos y comenzó a comer el entrante de salmón. Holly se bebió media copa de agua fresca y prestó atención al plato que le estaban sirviendo.

Después de la cena y de unas cuantas botellas de vino, Helen encontró a Holly, que había escapado al lado de la mesa donde estaban Sharon y Denise. Le dio un fuerte abrazo y, emocionada, se disculpó por no haber permanecido en contacto.

—No pasa nada, Helen. Sharon, Denise y John me brindaron todo su apoyo, así que no he estado sola.

—Oh, pero es que me siento fatal —dijo Helen, arrastrando las palabras.

—Pues no debes —repuso Holly, ansiosa por seguir hablando con las chicas.

Pero Helen insistió en hablar de los viejos tiempos, cuando Gerry estaba vivo y todo era de color de rosa. Rememoró los momentos que había compartido con él, que eran recuerdos en los que Holly no estaba particularmente interesada. Finalmente Holly se hartó del lloriqueo de Helen y advirtió que todos sus amigos se habían levantado y estaban divirtiéndose en la pista de baile.

—Helen, basta, por favor —la interrumpió por fin—. No comprendo por qué tienes que comentarme todo esto precisamente esta noche, cuando estoy intentando divertirme y distraerme un poco, aunque salta a la vista que te sientes culpable por no haberte mantenido en contacto conmigo. Si quieres que te sea sincera, creo que de no haber asistido a este baile esta noche no habría tenido noticias de ti durante otros diez meses o más. Y ésa no es la clase de amiga que necesito en mi vida. Así que deja de llorarme en el hombro y permite que me divierta.

Holly tuvo la impresión de haberse expresado de forma razonable, pero Helen puso la misma cara que si le acabaran de dar una bofetada. Una pequeña dosis de lo que Holly había sentido durante el último año. Daniel apareció de repente, cogió a Holly de la mano y se la llevó a la pista de baile, donde estaban sus amigos. En cuanto llegaron a la pista, se terminó la canción y comenzó *Wonderful Tonight*, de Eric Clapton. La pista fue vaciándose salvo por unas pocas parejas, y Holly se encontró frente a Daniel. Tragó saliva. Aquello no estaba previsto. Esa canción sólo la había bailado con Gerry.

Daniel apoyó una mano suavemente en su cintura, le tomó la otra con delicadeza y comenzaron a bailar. Holly estaba rígida. Bailar con otro hombre le parecía mal. Sintió un cosquilleo en la columna vertebral y se estremeció. Daniel debió de pensar que tenía frío y la atrajo hacia sí como para darle calor. Holly se dejó llevar por la pista como en trance hasta el final de la canción y entonces se disculpó alegando que tenía que ir al cuarto de baño. Se encerró en un retrete y se apoyó contra la puerta, respirando hondo. Lo había llevado muy bien hasta ahora. Pese a que todo el mundo le preguntaba por Gerry, había conservado la calma. Pero el baile la había trastornado. Quizá sería mejor que regresara a casa antes de que la velada se echara a perder. Se disponía a abrir el pestillo cuando oyó que fuera una voz mencionaba su nombre.

—¿Habéis visto a Holly Kennedy bailando con ese hombre? —preguntó una voz. El inconfundible gañido de Jennifer.

—¡Desde luego! —respondió otra voz con tono indignado—. ¡Y su marido aún no está frío en la tumba!

—Bah, dejadla en paz —terció otra mujer con más desenfado—. Puede que sólo sean amigos.

«Gracias», pensó Holly.

—Aunque lo dudo —agregó la misma mujer, y las tres rieron con picardía.

—¿No os habéis fijado en cómo se abrazaban? Yo no bailo así con mis amigos —dijo Jennifer.

—Es una vergüenza —dijo otra mujer—. Alardear de

tu nuevo hombre en un sitio al que solías ir con tu marido delante de todos sus amigos. Es repugnante.

Las mujeres chasquearon la lengua en señal de desaprobación y se oyó la cisterna del retrete contiguo al de Holly. Ésta permaneció inmóvil, apabullada por lo que estaba oyendo y avergonzada de que otras personas también pudieran oírlo.

La puerta del retrete se abrió y las mujeres se callaron.

—¿Por qué no os metéis en vuestros asuntos, viejas brujas chismosas? —vociferó Sharon—. ¡Lo que mi mejor amiga haga o deje de hacer no es de vuestra incumbencia! Si tu vida es tan cochinamente perfecta, Jennifer, ¿qué coño haces flirteando con el marido de Pauline?

Holly oyó que alguien ahogaba un grito. Probablemente fuese Pauline.

Holly se tapó la boca para contener la risa.

—¡Muy bien, pues meted las narices en vuestros propios asuntos y que os jodan a todas! —concluyó Sharon.

Cuando Holly creyó que ya se habían marchado, abrió la puerta y salió del retrete. Sharon levantó la vista del lavabo, asustada.

—Gracias, Sharon.

—Oh, Holly, lamento que tuvieras que oír eso —dijo Sharon, abrazando a su amiga.

—No te preocupes, me importa un bledo lo que piensen —aseguró Holly con valentía—. ¡Lo que me parece increíble es que Jennifer tenga una aventura con el marido de Pauline! —agregó asombrada.

Sharon se encogió de hombros.

—No la tiene, pero así tendrán con qué entretenerse durante unos meses.

Se echaron a reír.

—De todos modos, creo que me voy a ir a casa —dijo Holly, echando un vistazo al reloj y pensando en el último mensaje de Gerry. Se le partió el corazón.

—Buena idea —convino Sharon—. No era consciente de lo aburridos que son estos bailes cuando estás sobria.

Holly sonrió.

—Además, has estado genial esta noche, Holly. Has venido, has triunfado y ahora te vas a casa y abres el mensaje de Gerry. Llámame para contarme lo que pone. —Volvió a abrazar a su amiga.

—Es el último —dijo Holly, apenada.

—Lo sé, así que disfrútalo —respondió Sharon, sonriendo—. Los recuerdos duran toda la vida, no lo olvides.

Holly regresó a la mesa para despedirse de todos y Daniel se levantó, dispuesto a acompañarla.

—No vas a dejarme aquí solo —bromeó—. Podemos compartir un taxi.

Holly se molestó un poco cuando Daniel bajó del taxi y la siguió hasta su casa, pues tenía muchas ganas de abrir el sobre de Gerry. Eran las doce menos cuarto, así que sólo le quedaban quince minutos. Calculó que para entonces Daniel ya se habría tomado la taza de té de rigor y se habría marchado. Incluso llamó a otro taxi para que fuera a recogerlo al cabo de media hora, sólo para hacerle saber que no podía quedarse mucho rato.

—Vaya, así que éste es el famoso sobre —dijo Daniel, cogiéndolo de encima de la mesa.

Holly abrió mucho los ojos. Sentía una especie de afán protector hacia aquel sobre y no le gustó que Daniel lo tocara, como si eso fuera a borrar el rastro de Gerry.

—Diciembre —musitó Daniel, leyendo y acariciando la caligrafía con la punta de los dedos. Holly tuvo ganas de decirle que lo dejara en la mesa, pero no quería parecer una psicótica. Por fin Daniel dejó el sobre, Holly suspiró aliviada y siguió llenando de agua la tetera—. ¿Cuántos sobres más quedan? —preguntó Daniel, quitándose el abrigo antes de reunirse con Holly junto al mostrador de la cocina.

—Éste es el último —dijo Holly con voz ronca, y carraspeó.

—¿Y qué vas a hacer después?

—¿Qué quieres decir? —preguntó Holly, confusa.

—Bueno, por lo que veo, esa lista contiene tus diez mandamientos. En lo que a tu vida atañe, lo que dice la lista va a misa. Así que ¿qué harás cuando no tengas más mensajes?

Holly lo miró a la cara para ver si estaba tomándole el pelo, pero sus ojos azules brillaron con inocencia.

—Vivir mi vida —contestó y se volvió para conectar la tetera eléctrica.

—¿Serás capaz de hacerlo?

Daniel se acercó a Holly y ella olió su loción para después del afeitado. Aquel aroma era puro Daniel.

—Supongo que sí —contestó incómoda por sus preguntas.

—Lo digo porque entonces tendrás que tomar tus propias decisiones —agregó Daniel en un susurro.

—Ya lo sé —replicó Holly a la defensiva, evitando mirarlo a los ojos.

—¿Y crees que serás capaz de hacerlo?

Holly se frotó la cara con expresión de cansancio.

—Daniel, ¿a qué viene todo esto?

Daniel tragó saliva y se acomodó delante de ella.

—Te lo pregunto porque ahora voy a decirte algo y tú tendrás que tomar una decisión. —La miró a los ojos y el corazón de Holly latió con fuerza—. No habrá ninguna lista, ninguna directriz, tendrás que guiarte por tu propio corazón.

Holly retrocedió un poco. El miedo le atenazó el corazón y confió en que no fuera a decirle lo que pensaba que iba a decirle.

—Daniel. No creo que éste sea... el mejor momento para... ¿No deberíamos hablar de...?

—Es un momento perfecto —dijo Daniel muy serio—. Sabes muy bien lo que voy a decirte, Holly, y me consta que también sabes lo que siento por ti.

Holly se quedó atónita y echó un vistazo al reloj.

Eran las doce en punto.

47

Gerry tocó la nariz de Holly y sonrió al ver cómo la arrugaba, todavía dormida. Le encantaba observarla mientras dormía; parecía una princesa, tan hermosa y tranquila.

Volvió a hacerle cosquillas en la nariz y sonrió cuando empezó a abrir los ojos.

—Buenos días, dormilona.

Holly le sonrió.

—Buenos días, guapo. —Se acurrucó junto a él y apoyó la cabeza en su pecho—. ¿Cómo te encuentras hoy?

—Listo para la maratón de Londres —bromeó Gerry.

—Eso es lo que yo llamo una pronta recuperación —contestó Holly, sonriendo. Levantó la cabeza y le dio un beso en la boca—. ¿Qué quieres para desayunar?

—A ti —dijo Gerry, mordiéndole la nariz.

Holly rió.

—Es una pena, pero no estoy en el menú de hoy. ¿Qué te parece un huevo frito?

—No —repuso Gerry con ceño—. Es demasiado pesado. —Se sintió desfallecer al ver la cara de decepción de Holly—. ¡Pero me encantaría tomar un helado de vainilla gigantesco!

—¡Helado! —exclamó Holly—. ¿Para desayunar?

—Sí. —Gerry esbozó una amplia sonrisa—. De niño siempre quería eso para desayunar y mi querida madre nunca me dejaba tomarlo. Pero ahora no tengo que obedecerla. —Volvió a sonreír.

—Pues tendrás tu helado de vainilla —dijo Holly alegremente, saltando de la cama—. ¿Te importa que me ponga esto? —preguntó cogiendo su batín.

—Cariño, puedes ponerte lo que quieras.

Gerry sonrió viéndola desfilar por la habitación ajustándose aquella prenda que le iba tan holgada.

—Mmmm... huele a ti —dijo Holly—. No volveré a quitármelo. Bueno, enseguida vuelvo.

Gerry la oyó bajar por la escalera a la carrera y taconear por la cocina. De un tiempo a esta parte se había fijado en que siempre tenía prisa cuando se apartaba de él, como si temiera dejarlo demasiado rato a solas y sabía muy bien lo que eso significaba. Malas noticias. Había terminado la radioterapia con la que esperaban eliminar el tumor residual. No había sido así, y ahora lo único que podía hacer era pasar el día tendido, ya que casi nunca tenía fuerzas para levantarse. La situación le parecía absurda, pues ni siquiera podía fingir que esperara recobrarse. El corazón le latía con fuerza al pensarlo. Tenía miedo, miedo de lo que le esperaba, miedo de lo que le estaba ocurriendo y miedo por Holly. Ella era la única persona que sabía qué decirle exactamente para serenarlo y aliviarle el dolor. Holly era muy fuerte; era su roca y no concebía su vida sin ella. Estaba enojado, triste, celoso y asustado por ella. Deseaba quedarse a su lado y realizar todos los deseos y las promesas que se habían hecho mutuamente, y estaba luchando por ese derecho. Pero sabía que era una batalla perdida. Después de dos operaciones, el tumor había reaparecido y estaba creciendo deprisa dentro de él. Quería abrirse la cabeza y arrancar la enfermedad que estaba destruyendo su vida, pero ésa era otra de las cosas sobre las que no ejercía ningún control.

Durante los últimos meses se habían unido incluso más que antes, y aunque sabía que no le haría ningún bien a Holly, no soportaba distanciarse de ella. Disfrutaba de las charlas que se prolongaban hasta las primeras luces del alba y le encantaba cuando se sorprendían riendo como cuando eran adolescentes. Aunque eso sólo sucedía en los días buenos.

También tenían sus días malos.

No iba a pensar en ellos ahora, su terapeuta no paraba de decirle que «proporcionara a su cuerpo un entorno positivo en los ámbitos social, emocional, nutritivo y espiritual».

Y con su nuevo proyecto estaba consiguiéndolo. Lo mantenía ocupado y le hacía sentir que podía hacer algo más que pasar el día tumbado en la cama. Su mente se distraía mientras elaboraba el plan para permanecer junto a Holly incluso cuando se hubiese ido. También le servía para cumplir una promesa que le había hecho años atrás. Al menos había una que podía llevar a cabo por ella. Lástima que fuera precisamente aquélla.

Oyó que Holly subía por la escalera pisando con fuerza y sonrió; su plan estaba dando resultado.

—Cielo, no queda helado —dijo apenada—. ¿Te apetece alguna otra cosa?

—No —negó con la cabeza—. Sólo helado, por favor.

—Pero tendré que ir a buscarlo a la tienda —objetó Holly.

—No te preocupes, cariño, no me importa esperar un ratito —aseguró Gerry.

Holly lo miró con aire vacilante.

—La verdad es que preferiría quedarme, no hay nadie más aquí.

—No seas tonta —dijo Gerry sonriendo, y cogió el móvil de la mesita de noche y se lo puso en el pecho—. Si surge algún problema, cosa que no va a pasar, te llamaré.

—De acuerdo. —Holly se mordió el labio—. Sólo serán cinco minutos. ¿Seguro que estarás bien?

—Seguro.

—Vale, pues.

Se quitó el batín lentamente y se puso el chándal. Gerry vio que el plan no acababa de convencerla.

—Holly, estaré bien —dijo Gerry con firmeza.

—De acuerdo.

Holly le dio un beso antes de dirigirse hacia las escaleras, correr hasta el coche y arrancar a toda pastilla.

En cuanto Gerry consideró que estaba a salvo, apartó las

mantas y se levantó de la cama trabajosamente. Se quedó un rato sentado al borde del colchón esperando a que se le pasara el mareo y luego fue hasta el armario ropero. Sacó una vieja caja de zapatos del estante superior que, entre otras cosas acumuladas a lo largo de los últimos años, contenía los nueve sobres. Cogió el décimo sobre vacío y escribió «Diciembre» con pulcritud en el anverso. Era 1 de diciembre y pensó que dentro de un año él ya no estaría allí. Imaginó a Holly como un genio del karaoke, relajada después de sus vacaciones en España, sin moratones gracias a la lámpara de la mesilla de noche y, con un poco de suerte, contenta con un nuevo empleo que le encantaba.

La imaginó al cabo de un año exacto, posiblemente sentada en la cama justo donde ahora estaba sentado él, leyendo la última entrada de la lista, y pensó detenida y denodadamente en lo que iba a escribir. Los ojos se le llenaron de lágrimas al poner el punto al final de la frase. Luego besó la tarjeta, la metió en el sobre y lo escondió en la caja de zapatos. Enviaría los sobres por correo a casa de los padres de Holly en Portmarnock, donde le constaba que el paquete estaría en buenas manos hasta que ella estuviera preparada para abrirlo. Se enjugó las lágrimas de los ojos y volvió a meterse en la cama, donde el teléfono estaba sonando encima del colchón.

—¿Diga? —contestó procurando dominar la voz, y sonrió al oír la voz más dulce del mundo al otro lado—. Yo también te quiero, Holly...

48

—No, Daniel, esto no está bien —dijo Holly, molesta, zafándose de su abrazo.

—Pero ¿por qué no está bien? —suplicó Daniel mirándola con sus brillantes ojos azules.

—Es demasiado pronto —respondió Holly, pasándose una mano por la cara como si de repente estuviera muy cansada y confusa. Las cosas parecían ir de mal en peor.

—¿Demasiado pronto porque es lo que dice la gente o demasiado pronto porque es lo que te dice el corazón?

—¡No lo sé, Daniel! —contestó Holly, y echó a caminar por la cocina—. Estoy muy confundida. ¡Por favor, deja de hacerme tantas preguntas!

El corazón le latía con fuerza y la cabeza le daba vueltas, todo su cuerpo le indicaba que se encontraba en una situación peliaguda. Su organismo sentía pánico por ella, mostrándole el peligro que tenía delante. Aquello estaba mal, todo estaba mal.

—¡No puedo, Daniel, estoy casada! ¡Amo a Gerry! —dijo presa de pánico.

—¿A Gerry? —preguntó Daniel, que abrió los ojos desorbitadamente mientras se acercaba a la mesa y cogía el sobre sin miramientos—. ¡Esto es Gerry! ¡Esto es con lo que estoy compitiendo! Es un pedazo de papel, Holly. Es una lista. Una lista que has permitido que rija tu vida durante el año pasado sin tener que pensar por ti misma ni vivir tu propia vida. Y ya va siendo hora de que pienses por ti misma. Gerry se ha ido —añadió con ternura, acercándose a ella—. Gerry se ha ido y yo estoy aquí. No me refiero a que pueda ocupar su lugar, pero al menos danos la oportunidad de estar juntos.

Holly le cogió el sobre de la mano y se lo llevó al corazón mientras las lágrimas le rodaban por las mejillas.

—Gerry no se ha ido —musitó—. Está aquí, cada vez que abro uno de estos sobres está aquí.

Se hizo el silencio y Daniel la observó llorar. Parecía tan perdida e impotente que sólo tenía ganas de abrazarla.

—Es un trozo de papel —insistió arrimándose a ella otra vez.

—Gerry no es un trozo de papel —replicó Holly, hecha un mar de lágrimas—. Era un ser humano de carne y hueso a quien yo amaba. Gerry es el hombre que consumió mi vida durante quince años. Es un millón de recuerdos felices, no un trozo de papel —repitió.

—¿Y qué soy yo? —preguntó Daniel en un susurro.

Holly rezó para que no se echara a llorar, ya que no creía que pudiera soportarlo. Exhaló un hondo suspiro y dijo:

—Tú eres un amigo amable, cariñoso e increíblemente considerado a quien respeto y aprecio...

—Pero no soy Gerry —la interrumpió.

—No quiero que seas Gerry —insistió Holly—. Quiero que seas Daniel.

—¿Qué sientes por mí? —preguntó Daniel con voz temblorosa.

—Acabo de decirte lo que siento por ti —contestó Holly, y se sorbió la nariz.

—No. ¿Qué sientes por mí?

Holly miró al suelo.

—Te quiero mucho, Daniel, pero necesito tiempo... —Hizo una pausa—. Mucho tiempo.

—Entonces esperaré.

Daniel sonrió con tristeza y rodeó con sus brazos el frágil cuerpo de Holly. En aquel momento sonó el timbre de la puerta y Holly suspiró aliviada.

—Es tu taxi —dijo con voz temblorosa.

—Te llamaré mañana, Holly —musitó Daniel. Le dio un beso en la coronilla y se encaminó a la puerta principal. Holly se quedó de pie en medio de la cocina, repitiendo mentalmente la escena que acababa de producirse. Estuvo así un buen rato, estrechando con fuerza el sobre arrugado contra el corazón.

Finalmente, aún conmocionada, subió al dormitorio. Se quitó el vestido y se envolvió con el batín de Gerry. Su olor había desaparecido. Trepó despacio a la cama como una chiquilla, se arrebujó bajo las mantas y encendió la lámpara de la mesilla de noche. Miró fijamente el sobre durante un buen rato, pensando en lo que Daniel había dicho.

En efecto, la lista se había convertido en una especie de Biblia para ella. Obedecía las reglas, vivía ateniéndose a ellas y nunca rompía ninguna. Cuando Gerry decía salta, ella saltaba. Pero la lista la había ayudado. La había ayudado a levantarse de la cama por la mañana y a iniciar una nueva vida en un momento en que lo único que deseaba era hacerse un ovillo y morir. Sí, Gerry la había ayudado y ella no lamentaba una sola cosa de las que había hecho durante el último año. No lamentaba su nuevo empleo ni tener nuevos amigos, no se reprochaba ningún pensamiento o sentimiento que hubiese desarrollado a solas sin contar con la opinión de Gerry. Pero aquélla era la última entrada de la lista. Aquél era su décimo mandamiento, tal como había dicho Daniel. No habría más. Daniel tenía razón; tendría que comenzar a tomar decisiones por su cuenta, llevar una vida que la satisficiera sin preguntarse si Gerry estaría o no de acuerdo con ella. Bueno, siempre podría preguntárselo pero no debía permitir que la detuviera.

Cuando Gerry vivía, ella había vivido a través de él y ahora que estaba muerto seguía haciendo lo mismo. Por fin se daba cuenta. Era una forma de sentirse segura, pero ahora estaba sola y tenía que ser valiente.

Descolgó el teléfono y desconectó el móvil. No quería que la molestaran. Tenía que saborear aquel momento final sin interrupciones. Tenía que despedirse del contacto que había mantenido con Gerry. Ahora estaba sola y debía pensar por su cuenta.

Desgarró lentamente el sobre y sacó la tarjeta con cuidado de no romperla.

> No tengas miedo de volver a enamorarte. Abre tu corazón y síguelo adonde te lleve... y recuerda, apunta a la Luna...
>
> Posdata: siempre te amaré...

—Oh, Gerry —musitó al leer la tarjeta, y los hombros le temblaron mientras se echaba a llorar convulsivamente.

Apenas durmió aquella noche, y en los momentos en que lo hizo soñó con oscuras imágenes en las que se mezclaban los rostros y cuerpos de Gerry y Daniel. Despertó empapada en sudor a las seis de la mañana y decidió levantarse y salir a dar un paseo para aclararse la mente. El corazón le pesaba mientras recorría el sendero del parque del barrio. Se había abrigado bien para protegerse del frío cortante que le azotaba las orejas y le entumecía el semblante. Sin embargo, notaba la cabeza caliente. Caliente de tanto llorar, caliente porque le dolía, por el sobreesfuerzo al que sometía a su cerebro.

Los árboles estaban desnudos y parecían esqueletos alineados en los márgenes del sendero. Las hojas bailaban en círculos alrededor de sus pies como duendecillos malvados que amenazaran con hacerla tropezar. El parque estaba desierto, la gente volvía a hibernar, demasiado cobarde para enfrentarse a los elementos invernales. Holly no era valiente ni estaba disfrutando del paseo. Parecía un castigo estar fuera con aquel frío glacial.

¿Cómo diablos se había metido en aquella situación? Justo cuando estaba a punto de terminar de recoger los fragmentos de su vida despedazada, volvía a dejarlos caer y se le desparramaban. Pensaba que había encontrado un amigo, alguien en quien confiar. No pretendía verse envuelta en un absurdo triángulo amoroso. Y era absurdo porque la tercera persona ni siquiera estaba presente. Ni siquiera era un candidato posible. Por supuesto que pensaba mucho en Daniel, pero también en Sharon y Denise, y desde luego no estaba enamorada de ellas. Lo que sentía por Daniel era algo completamente distinto a lo que había sentido por Gerry. Así que tal vez no estuviera enamorada de Daniel. Pero si realmente lo estaba, ¿no sería la primera en darse cuenta en vez de pedir unos días para «pensarlo»? Ahora bien, entonces ¿por qué no podía olvidarse del asunto? Si no lo amaba, debía ser franca y decírselo claramente, pero en cambio allí estaba, pensando... cuando de hecho era una cuestión fácil de responder con un simple sí o un no. Qué rara era la vida.

¿Y por qué Gerry la instaba a encontrar un nuevo amor? ¿En qué pensaba cuando escribió aquel mensaje? ¿Acaso ya había renunciado a ella antes de morir? ¿Tan fácil le había resultado desprenderse de ella y resignarse a que conociera a otra persona? Preguntas, preguntas, preguntas. Y nunca sabría las respuestas.

Tras atormentarse con más incógnitas durante horas, enfiló el camino de regreso a su casa sintiendo el frío en la piel. Mientras caminaba por la urbanización oyó unas risas que le hicieron levantar la mirada del suelo. Sus vecinos estaban decorando el árbol de su jardín con lucecitas de Navidad.

—Hola, Holly —saludó la vecina entre risas, asomándose desde detrás del árbol con las muñecas envueltas en bombillas.

—Estoy decorando a Jessica —bromeó su compañero mientras le enredaba los cables a las piernas—. Creo que quedará muy bien como gnomo de jardín.

Al verlos reír, Holly sonrió con tristeza y dijo con aire pensativo:

—Otra vez Navidad.

—Y que lo digas —respondió Jessica cuando logró dejar de reír—. ¿Verdad que este año ha pasado volando?

—Demasiado deprisa —susurró Holly—. Ha pasado demasiado deprisa.

Holly cruzó la calle y siguió andando hacia su casa. Oyó

un grito y se volvió, para ver a Jessica perder el equilibrio y caer en la hierba envuelta en un montón de bombillas. Sus risas aún resonaban por la calle cuando entró en casa.

—Muy bien, Gerry —anunció Holly en cuanto cruzó el umbral—. He estado dando un paseo, he meditado profundamente sobre tus palabras y he llegado a la conclusión de que perdiste el juicio cuando escribiste ese mensaje. Si realmente lo decías en serio, envíame alguna clase de señal, de lo contrario entenderé que fue sólo una gran equivocación y que has cambiado de parecer —dijo con total naturalidad al aire. Echó un vistazo a la sala de estar para ver si sucedía algo. No sucedió nada—. Pues muy bien —añadió—. Te equivocaste y lo entiendo. Simplemente no haré caso de ese mensaje final. —Volvió a recorrer la habitación con la mirada y se acercó a la ventana—. Venga, Gerry, es tu última oportunidad...

Las luces del árbol del otro lado de la calle se encendieron y Jessica y Tony lo celebraron bailando por el jardín. De pronto las luces parpadearon y volvieron a apagarse. Sus vecinos dejaron de bailar con expresión contrariada.

—Vale, me lo tomaré como un «no lo sé».

Se sentó a la mesa de la cocina delante de una taza de té bien caliente para entrar en calor. «Un amigo te dice que te quiere y tu marido muerto te dice que vuelvas a enamorarte, de modo que preparas una taza de té.»

Le quedaban tres semanas de trabajo hasta las vacaciones de Navidad, lo que significaba que, si era necesario, sólo tendría que evitar a Daniel durante quince días laborables, algo que le pareció posible. Supuso que para cuando llegara la boda de Denise al final de diciembre ya habría tomado una decisión. Pero antes tendría que pasar su primera Navidad a solas, lo cual la llenaba de temor.

49

—Muy bien, ¿dónde quieres que lo ponga? —preguntó Richard, jadeando mientras acarreaba el árbol de Navidad por la sala de estar de Holly. Un rastro de agujas de pino atravesaba el salón, bajaba al vestíbulo, cruzaba la puerta principal y seguía hasta el coche. Holly suspiró, tendría que volver a pasar la aspiradora por la casa para arreglar aquel desaguisado y miró al árbol con desdén. Olían muy bien, pero lo ensuciaban todo—. ¡Holly! —exclamó Richard, sacándola de su marasmo.

—Pareces un árbol parlante, Richard —dijo Holly, sonriendo. Sólo le veía los zapatos asomando por debajo de la maceta, que parecía un pequeño tocón marrón.

—Holly —gruñó a punto de perder el equilibrio por el peso del árbol.

—Perdona —dijo Holly, al darse cuenta de que Richard estaba a punto de desfallecer—. Al lado de la ventana.

Se mordió el labio e hizo una mueca mientras Richard iba tropezando con todo lo que encontraba a su paso hasta llegar junto a la ventana.

—Aquí lo tienes —dijo sacudiéndose las manos mientras retrocedía un poco para contemplar su trabajo.

—Se ve un poco desnudo, ¿no te parece? —inquirió Holly con ceño.

—Bueno, tendrás que decorarlo, por supuesto.

—Eso ya lo sé, Richard, pero me refería a que apenas le quedan unas cinco ramas. Está medio pelado —protestó Holly.

—Te dije que compraras el árbol antes, Holly, que no esperaras hasta la víspera de Navidad. De todos modos, éste es el mejor de un lote malo, los buenos los vendí hace semanas.

—Supongo que tienes razón —convino Holly, frunciendo el entrecejo.

En realidad no quería comprar árbol de Navidad. No estaba de humor para celebrar nada y tampoco tenía hijos a los que complacer llenando la casa de adornos. No obstante, Richard había insistido, y Holly se sintió obligada a contribuir con su modesta adquisición al éxito de su nueva empresa de venta de árboles de Navidad, negocio con el que complementaba su actividad de jardinero paisajista. Pero el árbol era espantoso y seguiría siéndolo por más guirnaldas y oropeles que le colgara. Al verlo en la sala de su casa, deseó haberlo comprado semanas antes. Entonces al menos habría parecido un árbol de verdad en lugar de un poste con unas cuantas agujas colgando.

No podía creer que ya fuese Nochebuena. Había pasado las últimas semanas haciendo horas extra a fin de tener listo el número de enero de la revista antes de las vacaciones de Navidad. Finalmente consiguieron terminar el día anterior y cuando Alice propuso que todos fueran al pub Hogan's a tomar una copa para celebrarlo, rehusó cortésmente la invitación. Todavía no había hablado con Daniel. Había ignorado sus llamadas, evitaba el Hogan's como si fuese un local apestado y había dado instrucciones a Alice de que le dijera que estaba reunida si alguna vez llamaba a la oficina. Daniel había llamado casi a diario.

No quería ser grosera, pero necesitaba más tiempo para reflexionar. De acuerdo, tampoco era que le hubiera propuesto matrimonio, pero casi tenía la sensación de estar meditando sobre una decisión de ese calibre. La mirada insistente de Richard la devolvió a la realidad.

—Perdona, ¿qué has dicho?

—Que si quieres que te ayude a decorarlo.

Se sintió abatida. Aquélla era tarea suya y de Gerry, de

nadie más. Cada año sin falta ponían el CD de Navidad, descorchaban una botella de vino y decoraban el árbol...

—Eh... no, gracias, Richard. Ya lo haré yo. Seguro que tienes cosas mejores que hacer ahora mismo.

—Bueno, la verdad es que me apetece bastante hacerlo —insistió con entusiasmo—. Normalmente lo hacía con Meredith y los niños, pero este año me lo he perdido...

—Oh. —Holly no había reparado en que Richard también estaba pasando una Navidad difícil. Había vuelto a quedar egoístamente atrapada en sus propios recuerdos—. Está bien, ¿por qué no?

Richard sonrió con el deleite propio de un niño.

—Lo que pasa es que no sé muy bien dónde tengo los adornos. Gerry siempre los guardaba en el desván...

—No te preocupes —dijo Richard, sonriendo alentadoramente—. Yo también solía encargarme de eso. Los encontraré.

Se encaminó a las escaleras para subir al desván.

Holly abrió una botella de vino tinto y puso en marcha el reproductor de CD. De fondo comenzó a sonar *White Christmas* interpretada por Bing Crosby. Richard regresó con una bolsa negra colgada del hombro y un gorro de Santa Claus en la cabeza.

—¡Ho-ho-ho!

Holly rió y le ofreció una copa de vino.

—No, no —rehusó con un ademán—. Tengo que conducir.

—Una copa no es nada, Richard —insistió Holly, decepcionada.

—No, no —repitió Richard—. Nunca bebo cuando conduzco.

Holly levantó la mirada hacia el techo y apuró la copa de Richard antes de beberse la suya. Cuando su hermano se marchó, ella ya se había tomado la botella entera. Se disponía a abrir otra cuando reparó en la luz roja intermitente del contestador. Esperando que la llamada no fuese de quien pensaba que sería, pulsó la tecla PLAY.

«Hola, Sharon, soy Daniel Connelly. Perdona que te moleste, pero tenía tu número de cuando llamaste al club hace meses para la inscripción de Holly en el karaoke. Eh... bueno, en realidad esperaba que pudieras darle un mensaje de mi parte. Denise ha estado tan ocupada con los preparativos de la boda que me consta que sería fácil que lo olvidara... —Rió un poco y carraspeó—. En fin, quería pedirte si no tendrías inconveniente en decirle a Holly que pasaré la Navidad en Galway con mi familia. Me marcho mañana. No he logrado localizarla en el móvil, sé que está de vacaciones y no tengo el número de su casa... de modo que si tú...»

El mensaje se cortó y Holly aguardó al siguiente.

«Sí, perdona Sharon, soy yo otra vez. Eh... Daniel, quiero decir. Se me ha cortado. Bueno, si puedes, dile a Holly que estaré en Galway durante unos días y que tendré el móvil conectado por si quiere llamarme. Sé que tiene cosas en las que pensar y... —Hizo una pausa—. Da igual, más vale que cuelgue antes de que esto se corte otra vez. Nos vemos en la boda la semana que viene. Bueno, gracias... Adiós.»

El tercer mensaje era de Denise, que llamaba para decirle que Daniel estaba buscándola; el cuarto, de su hermano Declan, informando de lo mismo; y el quinto mensaje, de una vieja compañera del colegio a quien Holly no veía desde hacía años, que había llamado para comentarle que había conocido en un pub a un amigo de ella llamado Daniel, lo cual le había hecho pensar en Holly, pues el tal Daniel estaba buscándola y quería que lo llamara. El último mensaje era de Daniel otra vez.

«Hola, Holly, soy Daniel. Tu hermano Declan me ha dado este número. No puedo creer que hayamos sido amigos durante tanto tiempo y que nunca me hayas dado el número de tu casa, aunque tengo la leve sospecha de que lo he tenido desde el principio sin saberlo... —Hizo una pausa mientras suspiraba—. En fin, necesito hablar contigo, Holly, de verdad. Creo que lo mejor sería hacerlo en persona y a poder ser antes de que nos veamos en la boda de Tom y Denise. Por favor, Holly, contesta mis llamadas, te lo ruego. No sé de qué otra manera ponerme en contacto contigo. —Silencio, otro profundo suspiro—. Bueno, esto es todo. Adiós.»

Holly pulsó otra vez la tecla PLAY, sumida en sus pensamientos.

Se sentó en la sala de estar, contemplando el árbol de Navidad y escuchando villancicos. Lloró. Lloró por Gerry y por su arbolito calvo.

50

—¡Feliz Navidad, guapa! —Frank le abrió la puerta a Holly, que tiritaba de frío en el umbral.

—Feliz Navidad, papá. —Sonrió y le dio un gran abrazo. Olisqueó mientras deambulaba por la casa. El delicioso aroma a pino mezclado con el del vino y el de la cena que se estaba cociendo le provocó una punzada de soledad. La Navidad le recordaba a Gerry. Gerry era la Navidad. Un paréntesis que disfrutaban juntos dejando al margen la tensión del trabajo y que dedicaban a recibir a parientes y amigos, así como a gozar de su intimidad. Lo echó tanto de menos que se le revolvió el estómago.

Aquella mañana, había visitado su tumba para desearle una feliz Navidad. Era la primera vez que había estado allí desde el funeral. Había sido una mañana triste. Ningún paquete debajo del árbol para ella, ningún desayuno en la cama, ningún ruido, nada. Gerry había expresado su volutad de que lo incinerasen, lo que significaba que Holly se encontró frente a una pared en la que figuraba grabado su nombre. Y lo cierto era que se sintió como si estuviera hablando con una pared. Sin embargo, le contó cómo había pasado el año y los planes que tenía para aquel día, que Sharon y John estaban esperando un niño y que tenían previsto llamarle Gerry. Le contó que sería su madrina y que también la dama de honor en la boda de Denise. Le explicó cómo era Tom, ya que Gerry no lo conocía, y le habló de su nuevo trabajo. No mencionó a Daniel. Había tenido una sensación extraña, allí de pie hablando consigo misma. Deseó que la embargara un sentimiento profundamente espiritual que le revelara que Gerry estaba allí con ella escuchando su voz, pero a decir verdad lo único que sintió fue que estaba hablando con una pared gris.

Tratándose del día de Navidad, su situación no tenía nada de extraordinaria. El cementerio estaba lleno de visitantes, familias que llevaban a sus ancianos padres y madres a visitar a sus cónyuges fallecidos, mujeres jóvenes como ella deambulando a solas, hombres... Observó a una joven madre que se echó a llorar ante una lápida, mientras sus dos asustados hijos la miraban sin saber qué hacer. El menor no podía tener más de tres años. La mujer se había enjugado enseguida las lágrimas para proteger a sus hijos. Holly se alegró de poder permitirse ser egoísta y preocuparse sólo de sí misma. La maravilló que aquella mujer tuviera la fuerza necesaria para salir adelante teniendo dos críos de los que preocuparse, y su recuerdo la asaltó varias veces a lo largo del día.

En general no había sido un gran día.

—¡Vaya, feliz Navidad, cielo! —la saludó Elizabeth, saliendo de la cocina con los brazos abiertos para abrazar a su hija.

Holly se echó a llorar. Se sentía como el niño del cementerio. Todavía necesitaba a su madre. Elizabeth tenía el rostro enrojecido del calor de la cocina y la calidez de su cuerpo reconfortó el corazón de Holly.

—Perdona —dijo Holly, enjugándose las lágrimas—. No quería hacer una escena.

—No pasa nada —susurró Elizabeth con voz tranquilizadora, estrechándola con más fuerza. No era preciso que dijera nada más, su mera presencia bastaba.

Presa de pánico, Holly había ido a visitar a su madre la semana anterior al verse incapaz de resolver la situación con Daniel. Elizabeth, una madre poco dada a hacer pasteles, estaba en plena faena preparando la tarta de Navidad para la semana siguiente. Tenía rastros de harina en la cara y el pelo y llevaba el suéter arremangado por encima de los codos. El mostrador de la cocina estaba lleno de pasas y cerezas desperdigadas. Harina, masa, fuentes de hornear y papel de plata cubrían las superficies. La cocina estaba decorada con adornos de colores brillantes y un maravilloso aroma festivo llenaba el aire.

En cuanto Elizabeth vio el rostro de su hija, ésta supo que su madre adivinaba que algo iba mal. Se sentaron a la mesa de la cocina, dispuesta con servilletas navideñas verdes y rojas con dibujos de Santa Claus, renos y árboles de Navidad. Había cajas y cajas de galletas de Navidad listas para que la familia se las disputara, bizcochos de chocolate, cerveza y vino, el lote completo... Los padres de Holly se habían abastecido bien para recibir a la familia Kennedy.

—¿Qué te ronda por la cabeza, hija? —preguntó su madre, tendiéndole una fuente de bizcochos de chocolate.

A Holly le tembló el estómago pero no se vio con ánimos de comer. Había vuelto a perder el apetito. Respiró hondo y explicó a su madre lo que había sucedido entre ella y Daniel, planteándole la decisión a la que se enfrentaba. Elizabeth la escuchó atentamente.

—¿Y tú qué sientes por él? —preguntó Elizabeth, estudiando el rostro de su hija.

Holly se encogió de hombros con impotencia.

—Me gusta, mamá. De verdad que me gusta, pero... —Volvió a encogerse de hombros y se calló.

—¿Es porque todavía no te ves preparada para iniciar otra relación? —preguntó su madre con delicadeza.

Holly se frotó la frente.

—No lo sé, mamá. Tengo la impresión de no saber nada. —Meditó un momento y añadió—: Daniel es un amigo fantástico. Siempre está ahí cuando le necesito, siempre me hace reír, logra que me sienta bien conmigo misma... —Cogió un bizcocho y se puso a apartar las migas—. Pero no sé si alguna vez estaré preparada para otra relación, mamá. Puede que sí, puede que no; puede que nunca vaya a estar más preparada que ahora. Daniel no es Gerry pero tampoco espero que lo sea. Lo que ahora siento es algo distinto, aunque también sea bueno. —Hizo una pausa para pensar en ello—. No sé si alguna vez volveré a amar de la misma manera. Me cuesta trabajo creer que eso vaya a pasar, pero resulta agradable pensar que alguna vez ocurrirá. —Sonrió con tristeza a su madre.

—Bueno, no sabrás si puedes hasta que lo intentes —dijo Elizabeth, tratando de alentarla—. Lo importante es no precipitarse, Holly. Sé que ya lo sabes, pero lo único que quiero es que seas feliz. Te lo mereces. Y que esa felicidad sea con Daniel, con el hombre de la Luna o sin compañía es lo de menos, sólo quiero verte feliz.

—Gracias, mamá. —Holly sonrió débilmente y apoyó la cabeza en el mullido hombro de su madre—. El caso es que aún no sé cuál de esas cosas me hará feliz.

Por más reconfortante que fuera su madre aquel día, le resultaba imposible tomar una decisión. Antes debía pasar el día de Navidad sin Gerry.

El resto de la familia, salvo Ciara que seguía en Australia, se unió a ellos en la sala de estar y uno por uno la felicitaron con calurosos abrazos y besos. Se reunieron junto al árbol para repartir los regalos y Holly se permitió llorar sin reparos. Le faltaba energía para reprimir el llanto e incluso para preocuparse por eso. Sin embargo, aquéllas lágrimas fueron una extraña mezcla de alegría y tristeza, una peculiar sensación de sentirse sola pero amada.

Holly se escabulló del salón para disfrutar de un momento de intimidad. Tenía la cabeza hecha un lío y necesitaba ordenar sus ideas. Se encontró en su antiguo dormitorio mirando por la ventana el oscuro día borrascoso. El mar embravecido y proceloso la hizo estremecer.

—Así que aquí es donde te has escondido.

Holly se volvió y vio a Jack, mirándola desde el umbral de la puerta. Esbozó una débil sonrisa y se volvió de nuevo hacia el mar, indiferente a su hermano y su falta de apoyo en los últimos tiempos. Escuchó el oleaje y observó cómo el agua negra se tragaba el aguanieve que había comenzado a caer. Oyó un profundo suspiro de Jack y notó su brazo en los hombros.

—Perdona —susurró Jack.

Holly arqueó las cejas con indiferencia y siguió mirando al frente.

Jack asintió parsimoniosamente con la cabeza y dijo:

—Tienes derecho a tratarme así, Holly. Últimamente me he portado como un perfecto idiota. Y lo siento mucho.

Holly se volvió para mirarlo a los ojos y le espetó:

—Me dejaste tirada, Jack.

Jack cerró los ojos como si la mera idea le doliera.

—Lo sé. No he sabido manejar la situación, Holly. Me resultaba muy duro enfrentarme a Gerry... Ya sabes...

—Muerto —concluyó Holly.

—Sí. —Jack apretó los dientes y dio la impresión de haberlo aceptado al fin.

—Tampoco fue nada fácil para mí, ¿sabes, Jack? —Se hizo el silencio entre ellos—. Pero me ayudaste a embalar sus cosas. Seleccionaste sus pertenencias conmigo y conseguiste que me resultara mucho más llevadero —añadió Holly, confusa—. Me echaste una mano y te lo agradecí. Pero ¿por qué desapareciste de repente?

—Dios mío, aquello fue muy duro —dijo Jack, negando apesadumbrado con la cabeza—. Tú eras tan fuerte, Holly... Eres fuerte —se corrigió—. Deshacernos de sus cosas me dejó hecho polvo, ir a tu casa sin que él estuviera allí... fue demasiado. Y además me di cuenta de que estabas haciendo buenas migas con Richard, así que supuse que no habría problema si yo pasaba a segundo plano porque le tenías a él... —Se encogió de hombros y se sonrojó, sintiéndose ridículo al exponer sus sentimientos.

—Eres tonto, Jack —dijo Holly, dándole un leve puñetazo en la barriga—. Como si Richard pudiera sustituirte.

Jack sonrió.

—No sé, no sé, se os ve muy amiguetes últimamente.

Holly volvió a ponerse seria.

—Richard me ha dado todo su apoyo a lo largo de este

último año y créeme si te digo que la gente no ha dejado de sorprenderme durante esta experiencia —agregó dándole un codazo—. Dale una oportunidad, Jack.

Jack dirigió la mirada hacia el mar y asintió lentamente, asimilando lo que Holly acababa de decir.

Holly lo rodeó con los brazos y agradeció el reconfortante abrazo de su hermano. Estrechándola aún con más fuerza, Jack dijo:

—Ahora estoy a tu lado. Dejaré de ser egoísta y cuidaré de mi hermana pequeña.

—Oye, que a tu hermana pequeña le está yendo muy bien por su cuenta, gracias —contestó Holly, observando cómo el mar se estrellaba con violencia contra las rocas y los rociones de espuma besaban la Luna.

Se sentaron a cenar y a Holly se le hizo la boca agua ante el espléndido festín.

—Hoy he recibido un e-mail de Ciara —anunció Declan. Todos exclamaron con entusiasmo.

—Ha enviado esta foto —agregó pasando la fotografía que había impreso.

Holly sonrió al ver a su hermana tendida en la playa, celebrando la Nochebuena con una barbacoa en compañía de Mathew. Tenía el pelo rubio y la piel bronceada y ambos parecían muy felices. Contempló un rato la imagen, sintiéndose orgullosa de que su hermana hubiese encontrado su lugar. Después de recorrer el mundo buscando sin tregua, todo indicaba que Ciara por fin había encontrado la dicha. Holly confió en que tarde o temprano a ella le sucediera lo mismo. Pasó la foto a Jack, que sonrió al mirarla.

—Han dicho que hoy quizá nevará —anunció Holly, sirviéndose otra ración de asado. Ya había tenido que desabrocharse el botón del pantalón, pero al fin y al cabo era Navidad, época de regalos y... festines...

—No, no nevará —repuso Richard, chupando un hueso—. Hace demasiado frío.

Holly puso ceño y preguntó:

—Richard, ¿cómo puede hacer demasiado frío para que nieve?

Richard se lamió los dedos y los limpió con la servilleta que llevaba sujeta al cuello, y Holly contuvo la risa al darse cuenta de que se había puesto un chaleco de lana con el dibujo de un gran árbol de Navidad.

—Tiene que hacer menos frío para que nieve —insistió.

Holly rió.

—Richard, en la Antártida están a menos un millón y sin embargo nieva. Y eso no es poco frío.

Abbey también se echó a reír. Luego dijo con naturalidad:

—Así es como funciona.

—Lo que tú digas —concedió Holly, poniendo los ojos en blanco.

—En realidad Richard tiene razón —terció Jack al cabo de un rato, y todos dejaron de masticar para mirarlo. Aquélla no era una frase que oyeran con frecuencia. Jack se puso a explicar por qué nevaba y Richard le echó una mano con los detalles científicos. Ambos intercambiaron sonrisas y se mostraron muy satisfechos de su condición de sabelotodo. Abbey arqueó las cejas al cruzar con Holly una mirada secreta de asombro.

—¿Quieres un poco de verdura con la salsa, papá? —preguntó Declan, ofreciéndole con seriedad impostada un cuenco de brócoli.

Todos miraron el plato de Frank y rieron. Una vez más, era un auténtico mar de salsa.

—Ja, ja —se mofó Frank, cogiendo el cuenco que le ofrecía su hijo—. De todos modos vivimos demasiado cerca del mar para conseguirla —agregó.

—¿Conseguir qué? ¿Salsa? —bromeó Holly, y los demás rieron de nuevo.

—Nieve, tonta —dijo Frank, cogiéndole la nariz como solía hacer cuando era niña.

—Bueno, pues yo apuesto un millón de libras a que hoy

nieva —insistió Declan, mirando desafiante a sus hermanos.

—Muy bien, pero más vale que empieces a ahorrar, Declan, porque si tus hermanos dicen que no, es que no —bromeó Holly.

—Pues ya estáis pagando, chicos. —Declan se frotó las manos con avaricia, señalando hacia la ventana con el mentón.

—¡Oh, Dios mío! —exclamó Holly, levantándose de golpe de la silla—. ¡Está nevando!

—Menuda teoría la nuestra —dijo Jack a Richard, y ambos se echaron a reír mientras miraban los copos blancos que caían del cielo.

Todos abandonaron la mesa, se pusieron los abrigos y salieron afuera, excitados como niños. Al fin y al cabo, eran exactamente eso. Holly echó un vistazo a los demás jardines de la calle y comprobó que las familias de todas las casas habían salido a ver la nevada.

Elizabeth rodeó los hombros de su hija y la estrechó con fuerza.

—Vaya, parece que Denise tendrá unas navidades blancas para su boda —dijo sonriente.

El corazón de Holly latió con fuerza al pensar en la boda de Denise. Dentro de muy pocos días tendría que enfrentarse a Daniel. Su madre le preguntó en voz baja, como si le hubiese leído el pensamiento:

—¿Ya has pensado qué vas a decirle a Daniel?

Holly alzó la mirada hacia los brillantes copos de nieve que caían del negro cielo estrellado. Fue un instante mágico y justo entonces tomó su decisión final.

—Sí. —Sonrió, y exhaló un hondo suspiro.

—Bien. —Elizabeth la besó en la mejilla—. Y recuerda, Dios te guía y te acompaña.

Holly sonrió.

—Más vale que así sea, porque voy a necesitarlo mucho durante un tiempo.

—¡Sharon, no cojas esa maleta, pesa demasiado! —gritó John a su esposa y Sharon dejó caer la bolsa, enojada.

—John, no soy una inválida. ¡Estoy embarazada! —le espetó Sharon, mientras John se alejaba hecho una furia.

Holly cerró el maletero con estrépito. Estaba harta de las rabietas de John y Sharon; los había oído discutir en el coche todo el trayecto hasta Wicklow. Ahora sólo tenía ganas de entrar en el hotel y que la dejaran descansar en paz y tranquilidad. También empezaba a temer un poco a Sharon, su nivel de voz había subido considerablemente en las dos últimas horas y daba la impresión de estar a punto de estallar. En realidad, viendo el tamaño de su vientre de embarazada, Holly temía que en efecto estallaría y no quería estar presente cuando eso sucediera.

Holly cogió su bolsa y echó un vistazo al hotel, que más bien era un castillo. Era el lugar que Tom y Denise habían elegido para celebrar su boda de Año Nuevo y no podían haber encontrado un entorno más bello. El edificio estaba cubierto de hiedra verde que trepaba por sus viejos muros y una fuente enorme presidía el patio delantero. Varias hectáreas de exuberantes jardines perfectamente cuidados se extendían alrededor del hotel. Así pues, Denise no iba a tener un decorado de navidades blancas para su boda, ya que la nieve no había cuajado. Aun así, la nevada fue un hermoso momento que compartir con su familia el día de Navidad y había conseguido levantarle un poco el ánimo. Ahora sólo quería encontrar su habitación y mimarse. Ni siquiera estaba segura de que el vestido de dama de honor aún le sentara bien después de la comilona navideña, pero no iba a comunicar a Denise sus temores ya que probablemente le daría un infarto. Quizá no resultaría tan complicado hacer unos arreglillos... Tampoco osaba decirle a Sharon que estaba preocupada por eso, después de haberla oído gritar que ni siquiera le cabía la ropa que se había probado el día anterior, por no hablar de un vestido que había comprado meses atrás.

Holly arrastraba su maleta por el patio adoquinado

cuando de repente salió despedida hacia delante. Alguien había tropezado con su equipaje.

—Perdón —oyó decir a una voz cantarina, y se volvió enojada para ver quién había estado a punto de romperle el cuello. Se quedó mirando a una rubia muy alta que bamboleaba las caderas mientras se dirigía a la entrada del hotel. Holly frunció el entrecejo, aquellos andares le resultaban familiares. Sabía que aquella mujer le sonaba de algo, pero... Oh, oh.

Laura.

«¡Oh, no —pensó horrorizada—. Al final Tom y Denise han invitado a Laura!» Tenía que encontrar a Daniel enseguida y advertirle. Seguro que se llevaría un disgusto cuando se enterara de que la habían invitado. Y de paso, si el momento era oportuno, concluiría la charla que tenía pendiente con él. Eso si aún quería dirigirle la palabra; al fin y al cabo había transcurrido casi un mes desde la última vez que habían hablado. Cruzó los dedos con fuerza en la espalda y se encaminó presurosa hacia la recepción.

La recibió un tumulto.

La zona de recepción estaba atestada de maletas y gente enojada. Holly reconoció al instante la voz de Denise por encima del barullo.

—¡Escuche, no me importa que haya cometido un error! ¡Arréglelo! ¡Reservé cincuenta habitaciones hace meses para los invitados a mi boda! ¿Me ha oído bien? ¡Mi boda! Así que ahora no pienso mandar a diez de ellos a una pensión barata de la carretera. ¡Soluciónelo!

Un recepcionista con cara de espanto tragó saliva, asintió enérgicamente y trató de explicar la situación.

Denise levantó la mano hasta su cara.

—¡No quiero oír más excusas! ¡Limítese a conseguir diez habitaciones más para mis invitados!

Holly localizó a Tom, que parecía perplejo, y fue a su encuentro.

—¡Tom! —Se abrió paso a codazos entre la multitud.

—Hola, Holly —dijo Tom con aire distraído.

—¿En qué habitación está Daniel? —preguntó de inmediato.

—¿Daniel? —repitió Tom, confuso.

—¡Sí, Daniel! El padrino... Es decir, tu padrino —corrigió.

—Ah, pues no lo sé, Holly —dijo Tom, volviéndose para agarrar por la solapa a un empleado del hotel.

Holly dio un salto para situarse delante de él e impedirle ver al empleado.

—¡Tom, necesito saberlo enseguida! —suplicó horrorizada.

—Mira, Holly, de verdad que no lo sé. Pregunta a Denise —masculló, y echó a correr por el pasillo para alcanzar al empleado.

Holly miró a Denise y tragó saliva. Denise parecía una posesa, y no tenía intención de preguntarle nada en aquel estado. Se puso al final de la cola de invitados y veinte minutos después, tras colarse un par de veces más, llegó al mostrador.

—Hola, quisiera saber en qué habitación se aloja el señor Daniel Connelly, por favor —preguntó enseguida.

El recepcionista negó con la cabeza.

—Lo siento, no podemos facilitar el número de habitación de nuestros huéspedes.

Holly puso los ojos en blanco.

—Oiga, si soy amiga suya —explicó sonriendo con dulzura.

El hombre le devolvió la sonrisa y volvió a negar con la cabeza.

—Lo siento, pero es contrario a la política faci...

—¡Escúcheme! —vociferó Holly, y hasta Denise dejó de gritar a su lado—. ¡Es muy importante que me lo diga!

El hombre tragó saliva y lentamente hizo un gesto de negación con la cabeza, al parecer demasiado asustado para abrir la boca. Por fin dijo:

—Lo siento pero...

—¡Aaagghh! —exclamó Holly con frustración, interrumpiéndolo otra vez.

—Holly —dijo Denise, apoyándole una mano en el brazo—, ¿qué sucede?

—¡Necesito saber en qué habitación se aloja Daniel! —gritó, y Denise se quedó perpleja.

—Está en la tres cuatro dos —farfulló.

—¡Gracias! —soltó Holly, enojada, sin saber por qué seguía gritando y echó a correr hacia los ascensores.

Holly recorrió a toda prisa el pasillo, arrastrando la maleta mientras comprobaba los números de las puertas. Cuando llegó a la habitación de Daniel, llamó furiosamente a la puerta y al oír unos pasos que se acercaban advirtió que no había pensado qué iba a decirle. Respiró hondo y la puerta se abrió.

Holly contuvo el aliento.

Era Laura.

—¿Quién es, cariño? —oyó preguntar a Daniel, y luego lo vio salir del cuarto de baño con una toalla diminuta enrollada a su cuerpo desnudo.

—¡Tú! —exclamó Laura.

51

Holly permaneció de pie ante la puerta del dormitorio, mirando alternativamente a Laura y a Daniel. Por su semidesnudez, dedujo que Daniel ya sabía que Laura asistiría a la boda. También supuso que no había informado de ello a Tom ni a Denise, ya que éstos no la habían avisado a ella. Pero aunque lo hubiesen sabido no habrían considerado importante decírselo, ya que no había contado a ninguna de sus amigas lo que Daniel le había dicho antes de Navidad. Mientras Holly contemplaba aquella habitación de hotel, comprendió que no tenía absolutamente ninguna razón para estar allí en aquel preciso momento.

Inmóvil, Daniel se anudó la toalla. Su rostro era la viva imagen del desconcierto; el de Laura anunciaba tormenta. Holly se había quedado atónita. Nadie dijo nada durante un rato. Holly casi podía oír el tictac de sus tres cerebros. Finalmente alguien habló, y Holly deseó que no hubiese sido esa persona en concreto.

—¿Qué estás haciendo tú aquí? —masculló Laura.

Holly boqueó como un pez en un acuario, mientras que Daniel puso ceño con expresión confusa sin dejar de mirar a las chicas.

—¿Vosotras dos...? —Se interrumpió como si la idea fuera absurda, pero lo pensó mejor y decidió preguntar de todos modos—. ¿Vosotras dos os conocéis?

Holly tragó saliva.

—Ja. —Laura torció el gesto con desdén—. ¡Desde luego no es amiga mía! ¡Sorprendí a esta bruja besando a mi novio! —soltó, y se calló de golpe al darse cuenta de lo que había dicho.

—¿Tu novio? —exclamó Daniel, cruzando la habitación para reunirse con ellas junto a la puerta.

—Perdón... ex novio —puntualizó Laura mirando al suelo.

Un amago de sonrisa apareció en los labios de Holly, feliz de que Laura se hubiese puesto en evidencia.

—Sí, Stevie, ¿no? Un buen amigo de Daniel, si no recuerdo mal.

El rostro de Daniel enrojeció mientras las contemplaba atónito. Laura miró a Daniel, preguntándose muy enojada cómo era posible que aquella mujer conociera a su novio... a su novio actual, por supuesto.

—Daniel es un buen amigo mío —explicó Holly, cruzándose de brazos.

—¿Y también has venido a robármelo? —inquirió Laura con acritud.

—Por favor, mira quién fue a hablar —le espetó Holly, y Laura se sonrojó.

—¿Le diste un beso a Stevie? —preguntó Daniel, que comenzaba a seguir el hilo del asunto. Parecía enojado.

—No, no le di ningún beso a Stevie. —Holly puso los ojos en blanco.

—¡No poco! —gritó Laura como una cría.

—¿Por qué no te callas de una vez? —dijo Holly, y se echó a reír—. Además, ¿a ti qué te importa? Veo que vuelves a estar con Daniel, así que al final todo te ha salido a pedir de boca. —Se volvió hacia Daniel y añadió—: No, Daniel. No le di un beso a Stevie. Fuimos a Galway a celebrar la despedida de soltera de Denise y Stevie estaba borracho e intentó besarme —explicó con serenidad.

—Menuda mentirosa está hecha —dijo Laura amargamente—. Yo lo vi todo.

—Y Charlie también. —Holly hizo caso omiso de Laura y siguió mirando a Daniel—. Si no me crees, puedes preguntárselo, aunque en realidad tampoco me importa que me creas o no —agregó—. En fin, venía para charlar un rato contigo, pero es evidente que estás ocupado. —Echó un vistazo a la pequeña toalla que llevaba anudada a la cintura—. Así que ya os veré a los dos en la boda.

Luego se volvió y se alejó por el pasillo a grandes zancadas, arrastrando su maleta. Se volvió un momento para mirar a Daniel, que aún estaba asomado a la puerta, y siguió caminando hasta doblar la esquina. Se paró en seco al ver que por allí no había salida. Los ascensores estaban en la otra dirección. Anduvo hasta el final del pasillo para no pasar otra vez por delante de la habitación y quedar como una tonta de remate. Esperó un rato al final del pasillo, hasta que oyó que Daniel cerraba la puerta. Entonces por fin se encaminó de puntillas hacia los ascensores.

Pulsó el botón y suspiró aliviada, cerrando los ojos. No estaba enfadada con Daniel. En realidad, de un modo un tanto infantil, se alegraba de que él hubiera hecho algo que les impidiera mantener la conversación que tenían pendiente. La había plantado y no al revés, como tenía previsto. Aunque Daniel no podía estar muy enamorado de ella, se dijo, si había sido capaz de olvidarla tan pronto para caer de nuevo en los brazos de Laura. En fin, al menos no había herido sus sentimientos... aunque seguía pensando que estaba loco si volvía con Laura...

—¿Piensas entrar o qué?

Holly abrió los ojos de golpe. Ni siquiera había oído abrirse las puertas del ascensor.

—¡Leo! —exclamó sonriente. Entró y le dio un abrazo—. ¡No sabía que venías!

—Hay que arreglarle el pelo a la mandamás —bromeó Leo, refiriéndose a Denise.

—¿Tan grave es? —Holly hizo una mueca.

—Está nerviosa porque Tom la ha visto el día de su boda. Cree que le traerá mala suerte.

—Bueno, sólo será mala suerte si piensa que lo es —dijo Holly, sonriendo.

—Hacía siglos que no te veía —dijo Leo, mirando de forma elocuente el pelo de Holly.

—Tienes razón —admitió ella tapándose las raíces con una mano—. He estado tan ocupada en el trabajo este mes que no he tenido tiempo de nada.

Leo arqueó las cejas y adoptó una expresión simpática.

—Nunca pensé que alguna vez te oiría decir algo así sobre el trabajo. Eres una mujer nueva.

Holly sonrió agradecida.

—Sí, creo que realmente lo soy.

—Venga, pues —dijo Leo, saliendo del ascensor en su piso—. Aún faltan unas horas para que empiece la boda. Voy a atarte el pelo para cubrir esas raíces tan espantosas.

—¿Seguro que no te importa? —preguntó Holly, mordiéndose el labio con picardía.

—No, no me importa lo más mínimo. —Leo restó importancia al asunto con un ademán—. No podemos permitir que eches a perder las fotos de la boda de Denise con esa cabeza que llevas, ¿no crees?

Holly sonrió y fue tras él con la maleta. Aquel último comentario era más propio de él. Por un instante se había pasado de amable.

Nerviosa, Denise miró a Holly desde la mesa presidencial del salón de banquetes del hotel mientras alguien golpeaba una copa con una cuchara para indicar que comenzaban los discursos. Holly no paró de retorcerse los dedos en el regazo, repitiendo mentalmente su discurso por enésima vez sin prestar atención a lo que decían los demás oradores.

Debería haberlo escrito, pues ahora estaba tan nerviosa que no se acordaba del principio. El corazón le latió con fuerza cuando Daniel se sentó y todos aplaudieron. Era la siguiente y esta vez no podía esconderse en el cuarto de baño. Sharon le apretó su temblorosa mano y le dijo que lo haría muy bien. Ella respondió con una sonrisa vacilante, ya que no lo tenía muy claro. El padre de Denise anunció que Holly iba a hablar y la concurrencia se volvió hacia ella. Lo único que veía Holly era un mar de rostros con los ojos puestos en ella. Se levantó lentamente de la silla y miró a Daniel en busca de aliento. Éste le guiñó el ojo. Holly sonrió y sus pulsaciones disminuyeron. Todos sus amigos estaban allí. Echó un vistazo al salón y localizó a John sentado a una mesa con amigos suyos y de Gerry. John le hizo una seña levantando el pulgar y el discurso de Holly saltó por los aires mientras otro nuevo tomaba forma en su cabeza. Carraspeó.

—Por favor, perdonadme si me pongo un poco sentimental mientras hablo, pero es que hoy estoy muy contenta por Denise. Es mi mejor amiga... —Hizo una pausa y lanzó una mirada a Sharon—. Bueno, una de ellas.

El público rió.

—Hoy me siento muy orgullosa de ella y me encanta que haya encontrado el amor junto a un hombre tan maravilloso como Tom. —Sonrió al ver que a Denise se le saltaban las lágrimas. La mujer que nunca lloraba—. Encontrar a alguien a quien amas y que te corresponda es una experiencia maravillosa. Pero encontrar una verdadera alma gemela es aún mejor si cabe. Un alma gemela es alguien que te entiende como nadie, que te ama como nadie, que estará a tu lado siempre, pase lo que pase. Dicen que nada dura para siempre, pero tengo una fe inquebrantable en que a veces el amor sigue vivo incluso cuando dejamos de existir. Sé un par de cosas sobre lo que significa conocer a alguien así, y me consta que Denise ha encontrado a su alma gemela en Tom. Denise, me alegro de decirte que un vínculo así nunca muere. —A Holly se le hizo un nudo en la garganta y se tomó un momento para recobrar la entereza—. Estoy tan honrada como sorprendida de que Denise me haya pedido que hablara hoy.

Todo el mundo volvió a reír.

—Pero también me siento orgullosa de que me hayan pedido que comparta este día tan hermoso con Tom y Denise, y desde aquí les deseo que pasen muchos días más tan felices como éste.

Los invitados lanzaron vítores y levantaron sus copas.

—¡No obstante! —Holly levantó la voz por encima del griterío y alzó la mano para acallarlo. El ruido cesó y todas las miradas volvieron a estar pendientes de ella—. No obstante, algunos de los invitados aquí presentes estarán al corriente de cierta lista que ideó un hombre maravilloso. —Sonrió y dirigió la mirada hacia la mesa de John; Sharon y Denise gritaron entusiasmadas—. Y una de las reglas de esa lista era no ponerse jamás un vestido blanco caro.

Holly se echó a reír mientras la mesa de John enloquecía y Denise se ponía histérica al recodar la fatídica noche en que aquella regla se agregó a la lista.

—Así que en nombre de Gerry —prosiguió Holly—, voy a perdonarte por romper esa regla sólo porque estás guapísima y os pido a todos que brindéis conmigo por Tom y Denise y su vestido blanco carísimo, pues me consta que lo es porque ¡me he recorrido todas las tiendas de novias de Irlanda!

Todos los invitados alzaron sus copas y repitieron al unísono:

—¡Por Tom y Denise y su vestido blanco carísimo!

Holly volvió a su asiento y Sharon la abrazó con lágrimas en los ojos.

—Ha sido perfecto, Holly.

El rostro de Holly se iluminó cuando todos los de la mesa de John levantaron la copa hacia ella y la vitorearon. Y entonces comenzó la fiesta.

Los ojos de Holly se llenaron de lágrimas al ver a Tom y Denise bailar juntos por primera vez como marido y mujer, y recordó aquella sensación. Una sensación de entusiasmo, de esperanza, de pura felicidad y orgullo, una sensación de no saber lo que el futuro deparaba y al mismo tiempo estar preparado para hacer frente a lo que fuera. Aquel pensamiento la alegró. No iba a llorar por eso, iba a aceptarlo. Había disfrutado con cada segundo de su vida con Gerry, pero ahora tenía que seguir adelante. Avanzar hacia el siguiente capítulo de su vida, llevándose consigo maravillosos recuerdos y experiencias que le enseñarían y la ayudarían a moldear su futuro. Sin duda sería difícil, había aprendido que nada era nunca fácil. Pero no le parecía tan difícil como unos meses atrás, y supuso que a medida que pasara el tiempo aún le resultaría menos complicado.

Había recibido un regalo maravilloso: la vida. A veces ésta era arrebatada cruelmente demasiado pronto, pero lo que contaba era lo que hacías con ella, no cuánto duraba.

—¿Me concedes este baile?

Una mano apareció delante de ella y, al levantar la vista, vio a Daniel sonriéndole.

—Claro. —Sonrió y tomó su mano.

—¿Puedo decirte que estás preciosa esta noche?

—Puedes —dijo Holly sin dejar de sonreír. Estaba satisfecha de su aspecto, Denise había elegido para ella un hermoso vestido de color violeta con un corsé que disimulaba su barriga navideña y un corte en el costado. Leo había hecho maravillas con su pelo, recogiéndolo de modo que le cayeran unos rizos sueltos hasta los hombros. Se sentía bella. Se sentía como la princesa Holly y rió para sus adentros al pensarlo.

—Tu discurso ha sido encantador —dijo Daniel—. Sé que lo que te dije fue muy egoísta de mi parte. Dijiste que no estabas preparada y no te escuché —se disculpó.

—No te preocupes, Daniel. Creo que no estaré preparada hasta dentro de mucho, mucho tiempo. Y gracias por olvidarte de mí tan deprisa —dijo Holly, sonriendo y señalando con el mentón a Laura, que estaba sentada sola y malhumorada a su mesa.

Daniel se mordió el labio.

—Entiendo que te parezca una locura, pero como no contestabas a mis llamadas hasta yo capté la indirecta de que no estabas preparada para una relación. Y cuando fui a casa a pasar las vacaciones y me encontré con Laura, la vieja llama volvió a encenderse. Tenías razón, en realidad no había renunciado a ella. Créeme, si no hubiese sabido de todo corazón que no estabas enamorada de mí, jamás la habría traído a la boda.

Holly sonrió y dijo:

—Perdona que haya sido tan esquiva todo el mes. Necesitaba un poco de tiempo para mí. Pero sigo pensando que estás loco.

Negó con la cabeza al ver que Laura ponía cara de pocos amigos. Daniel suspiró.

—Sé que ella y yo tenemos mucho de que hablar y mi intención es que nos tomemos las cosas con mucha calma pero, tal como has dicho, a veces el amor sigue vivo.

Holly alzó la mirada y dijo:

—Oh, vamos, no consiento que me cites. —Sonrió—. En fin, sólo espero que seas feliz. Aunque no sé cómo vas a conseguirlo. —Suspiró histriónicamente y Daniel rió.

—Soy feliz, Holly, supongo que simplemente no puedo vivir sin el drama. —Echó un vistazo a Laura y la mirada se le enterneció—. Necesito a alguien que se apasione por mí y, para bien o para mal, Laura es apasionada. ¿Y tú qué? ¿Eres feliz? —Observó el rostro de Holly mientras ella meditaba.

—Esta noche soy feliz. Ya me ocuparé del mañana cuando llegue. Pero sigo adelante...

Holly se sumó al corro de Sharon, John, Denise y Tom y aguardó la cuenta atrás.

—¡Cinco... cuatro... tres... dos... uno! ¡FELIZ AÑO NUEVO!

Todo el mundo soltó vítores y aplaudió mientras globos multicolores caían del techo del salón de banquetes y rebotaban en las cabezas de la concurrencia.

Holly abrazó a sus amigos con lágrimas de felicidad en los ojos.

—Feliz Año Nuevo —le deseó Sharon estrujándola con fuerza y la besó en la mejilla.

Holly puso la mano en el vientre de Sharon y estrechó la mano de Denise.

—¡Feliz Año Nuevo para todos nosotros!

Epílogo

Holly hojeaba los periódicos para ver cuál contenía una foto de Denise y Tom el día de su boda. No ocurría cada día que el locutor más famoso de Irlanda se casara con una de las protagonistas de «Las chicas y la ciudad». Al menos eso era lo que a Denise le gustaba pensar.

—¡Oiga! —le espetó el quiosquero gruñón—. Esto no es una biblioteca. O lo compra o lo deja.

Holly suspiró y comenzó a coger un ejemplar de cada periódico como la otra vez. Tuvo que hacer dos viajes hasta el mostrador debido al peso de los diarios y al hombre ni siquiera se le ocurrió echarle una mano. Tampoco es que ella hubiese aceptado gustosa su ayuda. Una vez más, se formó una cola frente a la caja. Holly sonrió y se tomó su tiempo. La culpa era de él, si le hubiese permitido hojear los periódicos no lo habría retenido. Fue hasta el principio de la cola con el último lote de diarios y comenzó a añadir tabletas de chocolate y paquetes de caramelos al montón.

—Ah, y también necesitaré una bolsa, por favor. —Pestañeó afectadamente y sonrió con dulzura.

El hombre la miró por encima de la montura de sus gafas como si fuese una colegiala traviesa.

—¡Mark! —gritó enojado.

El adolescente de los granos surgió de un pasillo con la máquina de etiquetar igual que la otra vez.

—Abre la otra caja, hijo —le ordenó su padre, y Mark se encaminó hacia la caja.

La mitad de la cola que había detrás de Holly pasó a la otra caja.

—Gracias.

Holly sonrió y se dirigió a la puerta. Justo cuando iba a tirar de ella alguien la empujó desde el exterior, haciendo que sus compras cayeran al suelo otra vez.

—Lo siento mucho —dijo el hombre, agachándose para ayudarla.

—No pasa nada —contestó Holly educadamente. Procuró no volverse para no ver la mirada burlona del quiosquero que notaba en el cogote.

—¡Vaya, eres tú! ¡La adicta al chocolate! —exclamó la voz, y Holly levantó la vista, sorprendida.

Era el cliente simpático de peculiares ojos verdes que la había ayudado en la ocasión anterior.

Holly rió.

—Volvemos a encontrarnos.

—Te llamas Holly, ¿verdad? —preguntó él, entregándole unas tabletas de chocolate de tamaño familiar.

—En efecto. Y tú Rob, ¿no? —contestó Holly.

—Tienes buena memoria —dijo Rob, sonriendo.

—Igual que tú.

Volvió a meterlo todo en la bolsa, sumida en sus pensamientos, y se puso de pie.

—Bueno, seguro que no tardaré en tropezarme de nuevo contigo.

Rob sonrió y se dirigió a la cola.

Holly se quedó mirándolo como si estuviera en las nubes. Finalmente se aproximó a él.

—Rob, ¿hay alguna posibilidad de que te apetezca ir a tomar ese café hoy? Si no puedes, no pasa nada... —Se mordió el labio.

Rob sonrió y miró con inquietud el anillo de Holly.

—Oh, no debes preocuparte por esto —dijo mostrando la mano—. Ahora sólo representa toda una vida de recuerdos felices.

Rob asintió con la cabeza.

—Pues en ese caso, encantado.

Cruzaron la calle y se dirigieron a la Greasy Spoon.

—Por cierto, perdona que saliera huyendo la última vez —se disculpó, mirándola a los ojos.

—No te preocupes. Yo suelo escaparme por la ventana del lavabo después de la primera copa —bromeó Holly.

Rob rió de buena gana.

Holly sonrió mientras se sentaba a la mesa y aguardaba a que él regresara con los cafés. Parecía un tipo agradable.

Se retrepó en el asiento y miró por la ventana al frío día de enero. El viento agitaba con violencia los árboles. Pensó en lo que había aprendido, en quién era antes y en quién se había convertido. Era una mujer que había recibido consejo de un hombre al que amaba, que lo había seguido y se había esforzado al máximo para curar sus heridas. Ahora tenía un trabajo que le encantaba y se sentía segura de sí misma para alcanzar lo que se propusiera.

Era una mujer que cometía errores, que a veces lloraba un lunes por la mañana o por la noche en la cama. Era una mujer que a menudo se aburría de su vida y le costaba mucho levantarse para ir a trabajar. Era una mujer que con frecuencia tenía un mal día, se miraba al espejo y se preguntaba por qué no iba más a menudo al gimnasio. Era una mujer que a veces detestaba su empleo y se cuestionaba por qué razón tenía que vivir en este planeta. Era, en fin, una mujer que a veces entendía mal las cosas.

Por otra parte, también era una mujer con un millón de recuerdos felices, que conocía el significado del amor verdadero y que estaba dispuesta a gozar de la vida, del amor y a crear nuevos recuerdos. Tanto si tardaba diez meses como diez años, Holly obedecería el mensaje final de Gerry. Fuera lo que fuese lo que le aguardaba, sabía que abriría su corazón y lo seguiría allí donde éste la llevara.

Mientras tanto, simplemente viviría.